大石嘉美

# 源氏初山踏

港の人

# はじめに

『源氏物語』は不思議な物語です。小説や物語を読んでいるうちに、語り手の言葉遣いが耳慣れたものとなり、知らず知らずのうちにその考え方感じ方の影響を受ける経験は、誰しも持っているでしょう。いつしか生身の語り手が自分の裡に棲むようになり、登場人物がそこにいるかのように感じられることも珍しくありません。

しかし、この物語の場合はそれだけではないのです。広壮な庭園付きで、いくつ部屋があるかわからない館のように、門をくぐって散策するうちに、庭園のここかしこ、館のあちこちの部屋に入り込んで迷いつつ、ようやくその構造の一部がわかり、また更に未知の場所を知りたくなって迷い込むという性格を持っています。

私は、初めてこの「館」に足を踏み入れてから、迷いつつ長い時間をかけて何とか出口に立ったとき、しばらくは他の本が色褪せて見え、読む気になりませんでした。少々大袈裟に言えば、本どころか他の全てのものが色褪せて、何の魅力も持たず、何をしても、何を見ても、以前のような輝きを失ったかのように感じられました。しかし、この物語は、一見してたちまちその魅力の虜になるような、表向きの見た目の良さとは無縁です。むしろ、それを期待して近寄ろうとする者を寄せ付けないものがあります。こちらが時間をかけて少しずつ、奥深くに分け入ろうとしたとき、初めてわずかにその「魅力」を放ち始め、そしてそれは次第に大きく深くなるのです。

＊

本書は、『源氏物語』全帖について「解説」を試みたものです。源氏物語の全現代語訳やダイジェスト版は少なからず出版されています。原文で読む時間はないので、現代語訳で読もうとしたが、思うようにはかどらず、なんとか通読してみたものの、手応えは得られなかった、という方がいると思います。私は、現代語訳の価値を否定するものではありませんが、やはり現代語訳で読むことは『源氏物語』を読む行為とは似て非なるものだと思います。

訳されると、主客が明示されて文脈が辿りやすくなり、センテンスも適度な長さとなり、場合によっては敬語も省かれ、語義もあらかじめ選ばれて、近現代の小説に近い文章になります。読者は、原文を読む際に伴う、主客を考えながら文脈を辿り、長い文の意味の切れ目を確かめ、敬語で人物相互の関係を認識し、語義を選択してゆくという作業を省くことになります。しかし、この作業こそ、読者が自分の内部に物語の世界を創り上げてゆくために欠かせないものであり、古典を読む醍醐味は、そこにあるのではないかと思います。

ただ、この読者に課せられる作業に時間のかからないはずはなく、通常の日常生活を営む人がこのようにして全編を通読しようとすれば、仮に『源氏物語』だけに取り組んだとしても、一〇年はかかるでしょう。それがその人の人生にとって有意義であればよいのですが、また他の作品に触れる機会を失うことにもなります。それでは、どのように読んだらよいのでしょうか。

私は、『源氏物語』に限らず、古典は必ずしも全編を通読する必要がないと考えています。現代語訳で通読して読んだことにするよりも、原文でどれか一帖を時間をかけて読む方が、『源氏物語』を本当に読んだことになるのだと思います。また、一帖を読み通すことができなくとも、たとえある一節、ある一文でも、その人にとって忘れられない言葉となるなら、『源氏物語』を読んだことになるのだと思います。要約や、前後を見渡すための知識や、読みどころを説いた解説書の存在意義は、読者を原文に導いて、そのような体験をもたらすところにあります。本書を手に取る方々が、たとえ一帖でも一節でも、原文に触れたいと思って下されば幸いです。なお、文意が通じにくいと思われる内容については図示しましたが、あくまで説明の補助としてお考えください。

原文の引用は、すべて岩波文庫の新版『源氏物語』全九冊によりました。引用文末の（　）内に記してあるのは同書の巻と頁です。ただし、引用文のあとに必要に応じて付けた文意は、諸注を参考にして私に記したものです。これから原文を机上に備えようという方には、この最も新しく、読みやすく、入手しやすいテキストをお薦めします。

言うまでもなく、本書の内容は幾多の先学の業績に負っていますが、本書の性格上、少々の例外を除いて、参考にさせていただいた知見の一つ一つには触れませんでした。巻末に主な参考文献を掲げることで、敬意と謝意を表したいと思います。

＊

物語の中味に少し触れておきます。その母は、後宮の争いがもとで、主人公を産み落としてから三年後に世を去りました。生まれた子は、自分の母がなぜ死ななければならなかったのか、教えられることはありませんでした。この世に生を受けたことが、母の死と深く関わっているからでしょう。母を知らずに育った主人公は、新たに迎えられた継母に強く惹かれてゆきます。大人になった彼が恋人とした女も、既に一児の母でした。しかし、やはり母として生きること三年で急死します。彼が荒れ果てた館に連れ出さなければ、死に至らしめることはありませんでした。彼の妻もまた、母となった直後、彼のせいで生霊となった女のために、命を落としています。

この三人の母は、いずれも尋常な死に方をしていません。一人は子を産んだがために迫害の度は増して横死に至ります。一人は、子を遺して頓死し、もう一人は、子を宿したために、生霊に取り殺されたのでした。

一方、長い物語の幕を降ろす女の母もその女を求める男の母も、死に至ることなく物語は終わります。後者の母は不義の子を身籠もり、その子は物語の終わるまで半生を母と共に生きます。前者の母は、それと気づかぬうちに、自ら発した言葉によって子を死に追いやるところでしたが、生き延びた子が最後に求めたのは他ならぬその母でした。

この他にも、母としての立場が重要な意味を持つ人物が、『源氏物語』には少なからず登場します。母の存在がこの物語を支えていると言ってよいと思います。作者自身が綴った日記も、仕えた后の出産から語り出されます。初めての皇子の誕生が、特筆すべき慶事であったことはもちろんですが、作者にとって、仕える主人が母となることには特別な意味があったのでしょう。その時彼女自身もすでに母となっていました。

それでは、これから『源氏物語』という広壮な館の中をめぐり歩いてみましょう。

# 源氏初山踏　目次

装画：龍女「源氏物語絵巻」（部分）
メトロポリタン美術館蔵

# 源氏初山踏

# I 桐壺（きりつぼ）

## 桐壺更衣の物語

いづれの御時（おほむとき）にか、女御（にょうご）、更衣（かうい）あまたさぶらひ給ひける中（なか）に、いとやんごとなき際（きは）にはあらぬが、すぐれてときめき給ふ有りけり。（一・14）

物語は、さしたる有力な外戚のない若い帝の後宮を舞台として始まります。時の有力な上層貴族たちは、外戚となるべく争って娘を入内させましたが、その大勢の后たちの中で、さほど高貴な家柄の出身ではない人がいて、彼女が帝の愛を独占することになります。この后は、「更衣」と呼ばれる身分でした。帝の日常生活の場である清涼殿から遠く離れた殿舎のひとつ、淑景舎（しげいさ）（桐壺）を与えられましたので、桐壺更衣と呼ばれています。他の后たちは彼女が帝の愛を一身に受けることに我慢がなりません。これは単なる嫉妬ではなく、それぞれの后の後ろにいる貴族たちの将来を左右する重大事なのでした。そのために彼女はいじめられ、政務を怠りがちな帝とともに宮廷で孤立します。

ただでさえ他の后たちの反感を買っていた更衣でしたが、そのうちに皇子まで生まれます。帝はますます彼女が愛しくなり、それだけ他の后たちの憎しみは募ってゆきます。帝は、愛する更衣の子として生まれたこの皇子をこよなく愛します。帝の溺愛ぶりに、第一皇子の母であった弘徽殿女御は、わが子がつくべき東宮の地位を横取りされるのではないかと警戒し、更衣をいっそう苦しめるのでした。

更衣は、物語の最初から、周囲の嫉妬や憎悪によって病気がちでした。ところが帝は更衣の容態が悪くなっても、実家に下がることを許しません。片時もそばから離したくないのです。死の穢れを忌む宮中では、死ねば一大事となりますが、帝はそのような常識すら失いかねない動揺ぶりでした。

母親の奏上によって、更衣はようやく宮中から下がることができたのですが、その日の夜のうちにあえなく亡くなってしまいます。愛する故にそばから離すことができず、離さないことが病状をますます悪化させてその死を早めると共に、禁忌を破る危険性が高まってゆき、かろうじてそれを避けた直後に、唐突に訪れた死でした。更衣の母が「横さまなるやうにてつひにかく成り侍りぬれば」（一・36）と言うように、更衣の死は、他の后たちの嫉妬によってもたらされた、横死と言ってよいものです。

更衣の父は大納言でしたが、すでに亡くなっています。名門の系譜に属する家柄で（その兄はのちに登場する明石入道の父で大臣でした）、生きていれば大臣になっていたでしょう。亡くなる時、「たゞ、この人の宮仕への本意、かならず遂げさせたてまつれ。われ亡く成りぬとてくちをしう思ひくづほるな」（一・36）という言葉を遺しています。たとえ自分の家が、自分の死後に外戚として栄えることはあり得なくても、娘が帝の子を生むことに、名門の再生をかけたのです。その道は死によって断たれ、その遺志もまた娘の死によって絶たれたのでした。

ところで、この更衣は、『源氏物語』巻頭に登場し、第一帖「桐壺」のはじめの五分の一あたりで舞台を去っています。その人物像については、他の主要人物のように様々な側面から描き出されてはいません。この人がどのような性格で、どのようなことを考え、どのような生活を送ったのかというような、子細は描かれていないのです。家族のこと——父母や生まれた子がどうであったかということが記されたあとは、いよいよ最期を迎えるという時に、「いとにほひやかにうつくしげなる人」（一・22）、たいそう艶やかでかわいらしい人と容姿にふれるのみです。死後に、心ある人々が、容姿が美しく気立て穏やかで感じ良く、憎めない人だったと思い起こし、人柄の優しさや思いやりの深さを帝付きの女房らに偲ばれています。しかし語り手が言うように、亡くなったあとは誰しも故人を恋しく思う人情としてそう思うに過ぎません。

このように、桐壺更衣はごく簡略なスケッチしか与えられていないと言えます。彼女によく似た藤壺中宮や紫上、女三宮に比べると、演ずる役割はごくわずかな部分です。更衣は、帝に愛されたというだけで人々に見下され、嫉妬される人として登場し、まもなく「世になくきよらなる玉のをの子御子（みこ）」（一・16）、この上なく美しい輝くような皇子を生み、生んだためにますますさげすまれ、それが原因で皇子たる子の成長を見とどけないうちに病死するのです。彼女が遺したのは、ただ一首の歌でした。

限りとてわかるゝ道のかなしきにいかまほしきは命なりけり（一・22）

死を覚悟して詠んだ歌なのに辞世らしくありません。辞世は死別の悲しみを歌うものですが、この歌は別れを悲しむのではなく、逆に桐壺帝と共に生きたいと訴えるのです。物語の最初に登場し、ごく簡潔に後半生がたどられ、ただ一首の歌で締め括られるゆえに、このヒロインは忘れがたい印象を残します。

## 藤壺宮の物語

桐壺更衣を喪って政務にも身が入らず、食事もろくに取らない帝に、人々は「人のみかど」（一・48）すなわち唐の玄宗皇帝の例を引き合いに出して、世が乱れることを憂慮します。これは、冒頭で桐壺更衣のみを愛する帝に対して人々が抱いた憂慮と同様で、〈桐壺更衣の物語〉は、人々の憂慮に始まり憂慮に終わるとも言えます。そして、この最後の「憂慮」が次の〈藤壺宮の物語〉を生み出します。

桐壺更衣を喪って悲嘆にくれていた桐壺帝は、周囲の人々のすすめにより、その代償として亡き人によく似た先の帝の皇女を入内させたのです。与えられた部屋は、桐壺更衣とは対照的に、清涼殿に近い飛香舎（藤壺）でした。帝は彼女を心から愛し、次第に悲しみが癒されてゆきます。一方、母の顔も記憶の中にない光源氏は、母によく似ていると教えられたこの藤壺を慕い、十二歳で元服する頃にはそれが憧れに変わります。

藤壺は桐壺更衣に似ていますが、桐壺更衣との間に血縁関係はありません。二人が似ていたのは偶然でした（これに対して、後に登場する紫上・女三宮はそれぞれ藤壺の姪に当たり、似ていてもおかしくはありません）。元服した光源氏は、正妻として葵上を得るのですが、藤壺に対する思いは募ります。行く先に重大な波乱が予想されるところで、桐壺巻は閉じられます。

〈桐壺更衣の物語〉は、この〈藤壺宮の物語〉に始まる物語の前史と言えます。それにしても、光源氏が後にこの藤壺と通じ、その子が帝位につき（冷泉帝）、光源氏が準太上天皇（上皇に準ずる身分）となるとは、読者の誰も予想できないことです。

藤壺は、『源氏物語』全体に関わる重要な人物であるにも関わらず、物語前半においては前面に出てくることがありません。このような省筆あるいは朧化とも見られる描き方は、人物の理想化に伴うものであるばかりでなく、藤壺の「形代（かたしろ）」（身代わり）としての役割にも由来しています。亡き母の「形代」として、光源氏は藤壺を慕うのですが、藤壺は手の届かないところにいて、ひとたびは逢瀬を遂げるものの、そのことによってますます遠いところへ行ってしまいます。そこで新たにその「形代」として、紫上を手に入れるのです。その結果、藤壺は「形代」そのものから「形代」の対象へと、役割を変えることになります。「形代」自体が本物ではない存在ですが、それすら光源氏の手には入らないのです。

## 2　帚木

**帚木三帖**

一二歳で元服した光源氏が、正妻葵上を得たにもかかわらず、継母である藤壺を一層慕うようになり、ここに重大な波乱が予想されるところで桐壺巻は閉じられていました。

かゝる所に思ふやうならん人を据ゑて住まばやとのみ嘆かしうおぼしわたる。光君と言ふ名は高麗人のめできこえてつけたてまつりけるとぞ言ひ伝へたるとなむ。（一・70）

桐壺巻の結びです。光源氏は元服後、宮中では亡き母の住んだ淑景舎（桐壺）を居室とし、母の実家を私邸として暮らしています。実家は帝によって立派に改築されますが、それにつけても光源氏は、このようなところで藤壺のような人とともに過ごしたいと思うのでした。光源氏の名が最初に出てくるのは、源氏が藤壺を慕うことが述べられたあとです。世の人が「光君」（一・60）と申し上げたとあり、また、藤壺が光源氏と並び称せられて「かゝやく日の宮」（一・62）と呼ばれたとありました。二人はそれぞれ「光る」・「輝く」と、最高の呼称で呼ばれたのです。

しかし、この輝かしい名前が、続く帚木巻では思いがけない扱いを受けます。巻頭は、右の桐壺巻の結びを受けて、光源氏の名前のことから語り出されています。

　光源氏名のみこと〲しう、言ひ消たれたまふ咎多かなるに、いとゞかゝるすきごとどもを末の世にも聞き伝へて、かろびたる名をや流さむと、忍び給ひける隠ろへごとをさへ語り伝へけむ、人のもの言ひさがなさよ。(一・78)

「光源氏」という名前は大げさだ。なぜかというと、よく知られていない失敗もあったからで、これから光源氏の私生活を話題にするのだが、これは、そんな軽薄な男という浮き名を流しかねない話なのだ、というのです。横死に近い形で母を失い、亡き母とよく似た継母を慕うという、何か重大な出来事が起こりそうな前巻の結びから、私たちの期待をはぐらかして話題を一転してみせたかのような書き出しです。

　この帚木巻の冒頭と、夕顔巻末の「かやうのくだ〲しき事は、あながちに隠ろへ忍び給ひしもいとほしくて、みな漏らしとゞめたるを」(一・356)――こんな話は、光源氏自身が隠していたのが気の毒で、全部は書かなかったのだという一節が照応していることから、帚木・空蟬・夕顔の三帖は「帚木三帖」と呼ばれています。帚木冒頭で「光源氏」という名は大げさだと言い、続いて、三帖にわたってその「失敗談」を語ったあと、夕顔巻末で、あえてこんな話を紹介したのは、帝の子だからと言って余り理想化しすぎると、作り事だと思われるからだ、と締めくくるわけです。

桐壺巻末で一二歳だった光源氏は、帚木三帖ですでに一七歳、続く若紫巻では一八歳になっています。その若紫巻で、桐壺巻で暗示されていた重大な出来事が起こり、桐壺巻は帚木三帖を飛び越えて、若紫巻へつながります。

**雨夜の品定め**

帚木巻の冒頭で、光源氏の性格づけがなされているのが興味深いところです。先に引用した一文に続けて、「いといたく世を憚(はゞか)り、まめだち給ひけるほど、なよびかにをかしきことはなくて、交野(かたの)の少将には笑(わら)はれ給ひけむかし」(一・78)とあります。交野少将とは物語中の人物で、残念ながらこれを主人公とする作品は現存していません。他の作品にその名がしばしば見え、そこから推すと女への手紙一つにも細かく気を配る、色好みとして評判の人物であったようです。源氏は、その交野少将のような、恋愛一途に生きる人物なのではない、と語り手は言います。それは物語だけにあり得ることで、現実に生きる人はそのような振る舞いはできず、世評を気にし、社会人としての生活を大事にせざるを得ません。光源氏も、そのような、現実の世界の人であって、そこで時折、軽率な一面も見せるのだというのです。

『源氏物語』には、教育論(少女)、絵画論(帚木・絵合)、音楽論(若菜下)、書道論(帚木・梅枝)、香道論(梅枝)、物語論(蛍)、歌論(玉鬘)など、評論として読める箇所がいくつかあります。帚木巻の「雨夜の品定め」もその一つで、女性について論議が交わされます。ここには一七歳の光源氏が登場しますが（藤裏葉巻に三九歳とあることから逆算）、桐壺巻は光源氏一二歳までの物語ですので、すでに四年以上が経過していることになります。この時、源氏は近衛中将でした。中将は宮中を警固する近衛府の次官ですが、実質上、名門貴族の子弟が公卿に列するために任じられる官職です。

陰暦五月前後、雨がつれづれと降り続ける日のことでした。気候の不安定な季節には、危険を避けて家に籠もる「物忌み」が行われました。源氏は宮中で過ごすことが多く、この頃も内裏で物忌みの日々を過ごしていました。夜、人少なな宮中の自室で、源氏の正妻葵上の兄であり、かつ親しい友人である頭中将（とうのちゅうじょう）と読書などしている時、源氏が厨子にしまってあった手紙が話題になります。それを機に女性論議が始まるのですが、まもなく、「世のすきもの」（一・88）つまり風流事にたけた左馬頭（さまのかみ）と式部丞（しきぶのじょう）がこれに加わり、そこからは左馬頭が中心となって座談が進みます。光源氏はもっぱら聞き役です。座談のメンバーはすべて男で、作者が女の方から男を見るだけでなく、男の側から女を見ることもできる複眼の持ち主であったと評されるゆえんです。

始めに、女の才芸、階級と女、理想の妻、女の隠遁、出家といったテーマが話題となり、これを指物師・画家・書家を喩えにして述べ、指食い女・木枯らしの女・常夏の女・賢い女と、男たちが出会った女を挙げて裏づけ、女と学識、詠歌でしめくくるという具合に座談は展開します。

この座談は、全体としては、妻のあり方が話題になっています。光源氏も頭中将もすでに正妻を持っていますが、二人とも、左右大臣の娘を娶っており、深窓の令嬢と言うべき妻を敬遠しがちでしたので、それは自然のなりゆきでした。長い女性談義は、「いづ方に寄り果つともなく、はて〳〵はあやしき事どもになりて明かし給ひつ」（一・144）とあるように、結論らしいものも出ずに終わったのですが、三者の発言を総合して見ると、「理想の妻」の箇所を、ひとまず結論と見てよいようです。

ここで左馬頭は次のように述べています。

　いまは、たゞ品にも因らじ、かたちをばさらにも言はじ、いとくちをしくねぢけがましきおぼえだになくは、たゞひとへにものまめやかに静かなる心のおもむきならむ寄るべをぞつひの頼み所には思ひおくべかりける。（一・100）

出身でも容貌でもない。ひねくれたところさえなければ、地道で穏やかな気だての女が妻としてふさわしいと言うのです。そして、ともかくも忍耐をもって連れ添ってゆくことが大切だと主張し、これには頭中将も同意します。

体験が語られる部分には、①指食い女、②木枯らしの女、③常夏の女（撫子の女）、④賢き女という四人の女が登場しますが、このうち①～③の三人はそれぞれに長所・短所があり、頭中将は男女の間柄はそんなもので比較はむずかしいと感想をもらしています。④は珍談というべきものですが、それに付随する左馬頭の意見は、思慮深くしとやかであることを主張したものでした。これが光源氏の心に響きます。

君は人ひとりの御ありさまを心の内に思ひつゞけ給ふ。これに足らず、又さし過ぎたる事なくものし給ひけるかな、とありがたきにもいとゞ胸ふたがる。（一・144）

一人の女の面影が、光源氏の脳裏から去ることはなかったのでした。「人ひとり」とは藤壺宮のことです。帚木巻の冒頭に、光源氏が宮中にだけ仕えていたとあるのは、桐壺巻末の「御遊びの折〳〵、琴、笛の音に聞こえ通ひ、ほのかなる御声を慰めにて、内住みのみこのましうおぼえ給ふ」（一・68）という一文を受けています。光源氏が宮中で過ごすことが多いのは、藤壺の弾く琴の音に合わせて笛を吹き、その肉声をかすかに聞くことができるからなのでした。のちの夕顔巻に「秋にもなりぬ。人やりならず心づくしにおぼし乱るゝ事どもありて」（一・256）とあるのも、藤壺への思慕を暗示する箇所です。

先に述べたように、桐壺巻は帚木三帖を飛び越えて若紫巻へつながるのですが、同時に、帚木三帖はこのような形で桐壺巻を受け、次の若紫巻へと続ける側面も持つわけです。

## 中の品の女、空蟬

「帚木三帖」（帚木・空蟬・夕顔）では、宮中で迫害を受けて亡くなった后の子が、亡き母とよく似た父帝の后を慕うという、悲劇性を帯びた桐壺巻から一転して、「いといたく世を憚り、まめだち給ひける」（一・78）光源氏が、時折見せる軽率な一面が語られることになります。それが空蟬や夕顔との交渉です。

帚木巻の前半は「雨夜の品定め」、後半は空蟬の物語となっており、後半はそのまま次の空蟬巻へと続きます。「雨夜の品定め」の女性論議の間も、藤壺の面影が光源氏の脳裏から去ることはありませんでした。その理想の女性の面影を抱きつつ、宮中で夜を明かした光源氏は、葵上が住む左大臣邸へ赴きます。彼女は、品定めで人々が捨て難いものとして評価した「まめ人」（まじめな人）には当たるものの、「あまりうるはしき御ありさまのとけがたくはづかしげに思ひしづまり給へる」（一・146）様子、つまりうちとけず取り澄ました態度に終始していて、源氏はそこに物足りなさを感じるのでした。

折しも、左大臣邸へ泊まるには方角が悪く、自邸である二条院へも同様に行くことができなかった源氏は、供人の勧めで紀伊守の家へ泊まることになります。方違えする女の家はあまたありましたが、妻の家から、方違えだからとそのまま他の女のところへ行くのは舅の左大臣に対して憚られました。この紀伊守邸で、源氏は紀伊守の継母に当たる空蟬と出会うのです。

光源氏の関心を引いたのは、地方官（伊予介、紀伊守の父）を夫とする空蟬が、「雨夜の品定め」で話題になった「中の品」（中流）の女であったことでした。すでにそこで好奇心を刺激されていた源氏は、たちまち強い関心を呼び起こされます。しかもかつては入内を望んでいたほどの「思ひ上がれるけしき」（一・152）、すなわちプライドが高い女だということを耳にしています。相手は長い間一途に思い続ける対象でもなく、妻としてふさわしい「まめ人」でもない女です。理想の女（藤壺）は遠いところにあり、妻（葵上）には満たされぬ思いを抱えているという状況の中で、源氏はそのどちらでもない女（空蝉）に出会ったのでした。

その夜眠れなくなった光源氏は、何のためらいもなく空蝉の居所に忍び込み、かき口説き、小柄な彼女を抱きかかえて自分の寝所に連れてゆきます。抱いて自分の寝所に連れてくるのは、女房など目下の女に対する態度です。源氏は、これは身分の違いをまだ知らない「うひ事」（一・168）であって、何が何でもという好色な心は抱いたこともないと自ら強調しています。これまで上の品の女しか知らず、このような中の品の女を相手にした冒険的な経験は初めてだというのです。帚木巻の冒頭で、光源氏は世間に気兼ねして誠実そうにしており、その場限りの恋などは好まない性分だとされていました。光源氏がそれまで交渉した上の品の女は、いつも気を緩めることなく、取り繕ってうわべしか見せませんでした。そうでない女との逢瀬は、「初事」となるのです。

空蝉との逢瀬は、宮中での女性論議がきっかけとなって、光源氏が、まだ経験していない「好ましからぬ」好き事、すなわち「中の品」の女との交渉を初めて経験するという意味を持っています。方違えする女の家があまたあったとされるように、「上の品」（上流）の女との交渉は十分に経験している光源氏が、初めてそれとは異なる階級の女と接触したのでした。

# 3 空蟬（うつせみ）

## 空蟬の生い立ち

光源氏の「初事」の相手となった女、空蟬の父は公卿の末席の中納言でした。娘を桐壺帝の後宮にと志し、娘自身もそのつもりでしたが、若死にしたために実現しませんでした。桐壺更衣の場合も、父は亡くなっていましたが、宮仕えできたのは血統と財産に恵まれていたからです。空蟬の家は父が亡くなると同時に没落し、空蟬は余儀なく伊予介の後妻となり、弟の小君（こぎみ）とともに引き取られます。婿入りが一般的であったこの時代に妻が夫の家に引き取られるのは、妻の身分が低いか貧しい場合でした。夫の伊予介は従六位相当。公卿の娘であり、入内も志していた誇り高い空蟬が、地方官風情の家に後妻として引き取られることになったわけです。夫とその子（空蟬の継子、紀伊守）は、光源氏の庇護を受けてその家に出入りする家司（けいし）（執事）のような存在で、光源氏にとって空蟬は家司の娘に過ぎません。

さて、源氏が自分になびくだろうと思っていた相手は、意外に強く抵抗します。それは、それまで彼が経験したことのない強い態度でした。理想的な男がすぐ目の前で求愛しているのに、なぜ、空蟬は拒んだのでしょうか。それは、あまりに身分が違い、ここで受け入れたとしても、本気で妻として扱われる可能性はないからです。空蟬は「中の品」の女であり、「上の品」の中でも「上」の源氏の相手にはなりません。そのような本気でもない扱いを拒んだのです。

確かに光源氏はすばらしいのですが、たとえその光源氏に気に入らない女と見られても、ありふれた女のようにみじめな思いをするよりは誇りを保つ道を彼女は選びました。空蟬が源氏を拒むのは、夫がいるからではありません。空蟬が夫の伊予介を思うのは、すでに事が終わってからで、それまで見下していた夫が、このような事態になって初めて恐れの対象となります。没落した中納言家の女という気位の高さは、下位の夫に対しては蔑視となり、上位の源氏に対しては激しい憧れとなっていたのです。

## 空蟬の容姿と人柄

帚木巻の、二人の逢瀬の場面（一・164〜168）では、空蟬の容姿はあまり明らかにされていません。「いとさゝやかにて」（一・164）、「らうたげなれば」（一・166）、「いとちひさやかなれば」（同）とあるのみです。これらはみな光源氏から見た印象です。

逢うまでは容姿をはっきりと知ることができないのは、当時の男女関係の常ですが、この場合は、逢った後も明らかにはされていません。翌朝の源氏の感想として「すぐれたることはなけれど、めやすくもてつけてもありつる中の品（しな）かな」（一・176）、他よりも秀れているわけではないが、感じの良さが身についた中流の女だなとありますが、まことに抽象的な表現です。しばらくして、光源氏が空蝉について紀伊守に「よろしく聞こえし人ぞかし。まことによしや」（一・178）と尋ねているほどです。この時、紀伊守は「けしうは侍らざるべし」（同）、悪くはないと答えています。空蝉の容姿が具体的に描写されるのは、次の空蝉の巻になってからであり、垣間見る光源氏の目を通して語られることになります。ここでは、垣間見と逢瀬が逆転しています。

何にかあらむ上に着て、頭つき細やかにちひさき人の、ものげなき姿ぞしたる、顔などはさし向かひたらむ人などにもわざと見ゆまじうもてなしたり。手つき痩せ〳〵にて、いたう引き隠しためり。（一・202）

目すこし腫れたる心ちして、鼻などもあざやかなるところなうねびれて、にほはしきところも見えず、言ひ立つればわろきに寄れるかたちを、いといたうもてつけて、このまされる人よりは心あらむと目とゞめつべきさましたり。（一・206）

光源氏の目に映った空蝉の容姿です。「引目」すなわち細く引いたような切れ長の目がよしとされた当時にあっては、大きな目は美点とはなりませんでした。空蝉の目は「腫れたる心ちして」とあるように、好ましいものではありません。鼻筋も整わず、肌の色つやもよいとはいえません。一般に「つぶつぶと」と形容される、肥えた感じを美点としたのに対し、空蝉は手も「やせやせとして」います。当時の女性にとって、髪はとくに重要で、何よりも豊かで長いこと、色つやがあることが条件でした。空蟬の髪については、差し向かう軒端荻の髪はふさやかであることが示されていること、また小君に添い寝した時、その少年の小柄であることや髪が短い点が、空蟬を思わせると書かれていることから、理想的なものではないことがわかります。

これに対して、空蟬の内面には、先に述べたような生い立ちに由来する誇りの高さ・強さがありました。

> 人がらのたをやぎたるに、強き心をしひて加へたれば、なよ竹の心ちして、さすがにをるべくもあらず。（一・170）

光源氏が初めて空蟬に迫った時の描写です。人柄はもの柔らかだとあります。そこへ「強き心」を意志的に保ち続けるので、ちょうど竹のように、なかなか折れないと言うのです。巧みな比喩で、空蟬の人柄をよく言い表しています。「雨夜の品定め」で理想的な妻が論じられた際、人々は「中の品」の女を話題の中心として取り上げ、身分や容貌にとらわれず、もっぱら人柄を問題としていました。空蟬はその条件に見合う女だったのです。

この後、光源氏は三度まで紀伊守邸を訪れて空蟬と会う機会をうかがいますが、空蟬は巧みにそれを避けます。そのうちに上京してきた夫の伊予介は空蟬を連れて下りました（夕顔巻）。源氏のところには、強引な求愛から辛くも逃れた空蟬の抜け殻——一枚の薄衣が残されただけでした。

# 4 夕顔（ゆふがほ）

## 光源氏の関心

「帚木三帖」の最後は夕顔巻で、これも空蟬巻と同様「いといたく世を憚（はゞか）り、まめだち給ひける」一七歳の光源氏の、時折見せる軽率な一面として語られる物語です。冒頭に「六条わたりの御忍（しの）びありきのころ」（一・234）——六条に住む女の所へひそかに通っていた頃とあります。これは雨夜の品定めに言う「上（かみ）の品」の女であり、他の女とは違って気を許さない様子で、余りに思慮深く「見（み）る人も苦（くる）しき御ありさま」（一・288）に、窮屈な思いがするのでした。光源氏は、雨夜の品定め以来、そのようなつくろったよそよそしい上流の女たちに対して、中流以下の女とのうち解けた親密な間柄に関心を抱いていたと言えます。

「雨夜の品定め」で、光源氏の親友である頭中将は、大事に育てられて欠点の見えにくい「上の品」の女よりも、思いや好みのよく見える「中の品」の女を称揚し、また「下（しも）のきざみ」（下流）には興味がないと述べています。彼が体験談として語ったのは、ある中流の女（常夏の女）の話でしたが、その女は頭中将の北の方の脅迫によって姿を消したことになっていました。この女が、実は夕顔巻に登場する夕顔だったのです。夕顔の父は三位中将（さんみのちゆうじよう）で、「上の品」に属する家柄でしたが、両親は早く死んで零落します。頭中将がまだ少将の頃、三年ばかり通って子をもうけますが、頭中将の北の方から脅迫され、その娘を伴って姿を隠しました。その後、西の京の乳母の家に隠れ、さらに山里へ移り住もうとしましたが、方塞(かたふた)がりのため五条の家を仮の住まいとしている間に、光源氏と出会います。

ある夏の夕方、光源氏は六条に住む女の家への道すがら、五条に住む乳母(めのと)を見舞います。その乳母の西隣の家に、夕顔は住んでいたのです。光源氏は、乳母の隣家のたたずまいを見て、頭中将が興味がないと言った「下の品」だと考えます。実際には「上の品」から零落した「中の品」なのでした。光源氏は頭中将への対抗意識から、その「下の品」の中に「思ひのほかにくちをしからぬ」(一・252)、つまり意外に悪くない女を見つけようとします。

## 夕顔との出会い

空蟬との出会いは、たまたま方違えで中流の家に立ち寄ったのがきっかけでした。夕顔との出会いもまた、乳母の見舞いに訪れたのがきっかけというふうに、偶然が作用しています。通常はありえない「下々」の女たちとの出会いを、自然な話の展開の中に描こうとする語り手の工夫です。「雨夜の品定め」でいくら中流の女の美点を強調したとしても、帝の第二皇子という最高の出自を持つ光源氏を、場末の陋屋の女と出会わせるのは容易ではありません。宮仕え女房や受領の北の方などの中流の女が『源氏物語』の読者の主流であれば、実際にはありえない貴公子との出会いは現実味のない作り話だと非難されることになります。そこで、乳母への見舞い、その隣家の女たちと夕顔、夕顔の花を載せた扇、扇に書かれた女の歌、それに対する光源氏の返歌と、語り手は用意周到に場面を展開します。

乳母の隣の家は粗末な作りでしたが、白い簾の向こうには「をかしきひたひつきの透影(すきかげ)」(一・234)が、たくさん光源氏の方をのぞいているのが見えます。続いて夕顔の花が光源氏の目を引きます。

切懸(きりかけ)だつものに、いと青(あを)やかなる葛(かづら)の心(ここ)ちよげに這(は)ひかゝれるに、白(しろ)き花ぞおのれひとり笑(ゑ)みの眉(まゆ)ひらけたる。(一・236)

庶民の家の垣根に咲く夕顔の花を、源氏はまだ知りませんでした。光源氏が「くちをしの花の契りや。一房(ひとふさ)をりてまゐれ」(同)と、随身にこの花を折取らせたところ、中から出てきた童女が、扇を差し出して夕顔の花をそれに載せて源氏に奉ります。そこから、夕顔と光源氏の物語が始まります。

このように、初めにきっかけを作ったのは光源氏でした。女の方も、当初から源氏に関心を寄せている様子です。当時の女は、日常は顔を隠すのが慣いで、そのための扇を手放すことは軽率な行為でした。男女間で扇を交換することは「扇ゆゆし」と言って忌むべきこととされました。光源氏が渡された扇は、香をたきしめた日常用いているものですから、夕顔がそれを光源氏に渡したことになります。しかも後で、そこには歌が書かれていることがわかります。

心あてにそれかとぞ見る白露の光添へたる夕顔の花（一・242）

これを、夕顔が路上の牛車の主を半ば光源氏と察して詠みかけた、積極的な贈歌とすると、「常夏の女」や夕顔巻の彼女の内気なイメージと矛盾しかねません。そこで侍女のさかしらであったとか、頭中将と誤ったのだ等の解釈も生まれますが、ここは、高貴な人が花の名を問い掛けたことに対して、夕顔の花と答えた挨拶の歌と見るのがよいでしょう。賤しい垣根に咲く「夕顔の花」に自分をなぞらえ、「白露の光添へたる」に、高貴な源氏（白露）の来訪が光栄であることを示唆したのです。

## 廃院の怪

さて、惟光の手引きで夕顔を自分のものとした光源氏は、たちまちその虜となります。

人のけはひ、いとあさましくやはらかにおほどきて、もの深くおもき方はおくれて、ひたふるに若びたるものから、世をまだ知らぬにもあらず（一・266）

おっとりとしていてうぶな感じを与えるが、世間を知らないわけではない——光源氏は、そんな夕顔に惹かれる自分自身を「いづくにいとかうしもとまる心ぞ」と不可解に思い、「いともの狂ほしく、さまで心（こゝろ）とゞむべき事のさまにもあらず」（同）と冷静になろうとしますが、もはや自分を抑えることはできません。時の帝の第二皇子ともあろうものが、このような「下の品」の女と交渉を持つなどということは、許されぬことですが、光源氏は、たとえ非難を浴びようとも自邸の二条院へ迎え取りたいとまで考えるのでした。かたやそんなふうにのめり込む自分自身を、どのような宿縁だったのだろうと思いつつ夕顔のもとへ通います。

夕顔の仮住まいは庶民が暮らす隙間だらけの板屋で、すぐ隣からは人々の生活の音も聞こえてくる所でした。上流の優雅な気取った人々にとっては恥ずかしくていられないような有様でしたが、かつて三位中将の娘で頭中将との交際もあった夕顔は、恥ずかしく思いながらも、「つらきもうきもかたはらいたきことも」深く考えている様子も見せず、「あてはかに子（こ）めかしく」（一・272）、上品であどけなく、ただ光源氏にひたすら従うといったふうです。

共寝にはふさわしくない市井の陋屋を離れて、二人きりになりたいと思った源氏は、牛車で夕顔を近くにある「なにがしの院」（一・280）へと誘い出します。この「なにがしの院」は、左大臣源融（みなもとのとおる）（八二二～八九五）の邸宅として知られた、河原院（かわらのいん）がモデルであったと言われています。四町を占めたとされる壮麗な邸宅で、当時は美しい景観で知られた陸奥の塩釜の浦を模した庭園で、海水をくみ寄せて塩焼きの風情を楽しんだと伝えられています。源融の没後には荒廃し、その有様は『小倉百人一首』に採られた恵慶法師の歌「やへ葎（むぐら）しげれる宿（やど）のさびしきに人（ひと）こそ見（み）えねあきは来（き）にけり」にも詠まれています。荒廃した邸宅で二人は忍び逢い、源氏はただただ、夕顔の「細（ほそ）やかにたを〳〵として、物うち言ひたるけはひ」（一・274）に、苦しいばかりの愛らしさを感じるのでした。

ところが、ここから物語は一気に悲劇へと急転回します。少し寝入った光源氏は、枕上に美しい女が現れ、嫉妬して夕顔をかき起こそうとする夢を見ます。火は消えており、ものに襲われるような気持ちがした源氏は、人を起こして渡殿に出ます。そこの火も消えているので、紙燭を持ってくるよう命じて戻ると、夕顔はすでに息をしていません。夕顔の枕上には夢に見た女の顔が浮かんで消えます。正気を取り戻させようと添い臥して懸命に揺り動かした甲斐もなく、夕顔はそのまま「たゞ冷えに冷え入りて」（一・298）、亡くなります。

廃屋に泊まった男女が、物の怪に襲われて女が命を奪われるという話は、『源氏物語』以前から伝えられていたようです。『伊勢物語』には、ある男が長年通った女を盗み出し、途上荒れ果てた蔵へ入れて見張りをしながら一夜を明かすが、中の女は鬼に食われてしまっていたという話があります。また、『源氏物語』から時代は下りますが、「なにがしの院」のモデルとされる河原院には、宇多法皇が寵愛する后と泊まると、源融の霊が現れて法皇の腰に抱きつき、后は恐怖のあまり絶命してしまったという話や、東国から来たある夫婦が泊まると、夫の後ろの妻戸を押し開けて手が出てきて妻を中へ取り込み、どの戸も開かないので斧で壊して入るとすでに妻は殺されていたという話が伝わっており、作者はこのような伝説に着想を得たと考えられています。

## 夕顔の花のイメージ

このような、最愛の女をつかの間に喪うという話には、ものはかなげな人物像がいかにもふさわしいでしょう。「いとかよわくて、昼もそらをのみ見つるものを」（一・292）という光源氏の言葉が象徴的です。色彩は、見る人によって様々な印象を与えるものです。夕顔巻の場合、巻頭から繰り返し用いられているのは白ですが、夕顔という人物と重ね合わせると、清純で、どことなくはかない雰囲気を漂わせます。「簾などもいと白う涼しげなるに」（一・234）、「白き花ぞおのれひとり笑みの眉ひらけたる」（一・236）、「白き扇のいたうこがしたる」（一・238）と、小道具には白が目立ちます。扇に書かれた、夕顔が最初に詠み贈った歌も「白露の光添へたる夕顔の花」（一・242）であり、夕顔が最後に着ていた衣服も「白き袷、薄色のなよゝかなるを重ね」たもの（一・274）でした。

低い階層の家に咲く花であり、『源氏物語』以前には和歌にほとんど詠まれたことのなかった夕顔の花は、夕顔その人の象徴ですが、それはまた白く、清純で一夜でしぼむはかないものなのです。夕顔巻では、そのような女の造型のもとに、身分差を超越したかのような、美しくもはかない逢瀬が描き出されています。

# 5 若紫（わかむらさき）

## 藤壺への憧れ

帚木三帖（帚木・空蟬・夕顔）に続く若紫巻は、光源氏が生涯の伴侶とした紫上に出会うと共に、桐壺巻で暗示された重大事、すなわち父桐壺帝の后である藤壺との密通が描かれる巻です。桐壺巻は、帚木三帖を飛び越える形で、若紫巻へつながるのですが、帚木三帖でも光源氏と藤壺との関わりは暗示されていました。

帚木巻では、「雨夜の品定め」の女性談義が一区切りついたところで、青年となってからも藤壺が絶えず光源氏の心を占めていたことが明らかとなります。また空蟬と出会う伊予守邸で、女房たちの噂話を立ち聞きするところでは、藤壺との関係が抜き差しならないところまで至ったかと思わせます。夕顔巻では、おそらくは藤壺のことが原因で正妻の葵上への通いが途絶えがちです。帚木三帖で、中流の女たちとの間に浮き名を流しかねない軽率なふるまいがあったことが語られながらも、藤壺への憧憬は、地下水のように絶え間なく光源氏の心の中を流れていたのです。桐壺巻から読み進めてくると、それが地表に湧き出るのが若紫巻です。

## 源氏物語の巻名と若紫巻

『源氏物語』の巻名は、おおよその巻の歌や文にちなんで名付けられています。そうでないのは、他の巻に出てくる語を用いたり（紅葉賀）、巻中の語を少し変えたり（花宴・蓬生・常夏・絵合）したものですが、若紫巻はそのいずれでもありません。「わかむらさき」という言葉は、植物の紫を意味する「むらさき」の異名で、『伊勢物語』冒頭の段に初めて見えるものです。元服して間もない若者が、奈良の春日野に狩に出かけ、思いがけず美しい姉妹に出会って歌を詠みかけるという物語で、その男の歌の中に「わかむらさき」の語が用いられています。「若紫」という巻名は、この『伊勢物語』の話を思い起こさせるのです。主人公が、思いがけないところで美しい女を垣間見るという展開が巻名によって暗示され、私たちはその期待をもって物語を読むことになります。

## 紫上との出会い

ところが、その期待は早くも巻頭で裏切られます。登場するのは、若者には違いありませんが、元服まもない初々しさとはほど遠く、病気を患っています。若者が行くのは、京の南方の古都ではなく、北方の山の中。しかも目的は狩ではなく、加持祈祷によって病気を治療するためです。このように、巻名によって私たちが抱く期待を裏切ってこの巻は始まるのですが、到着した翌朝、主人公が小高いところから僧坊の一つを見下ろし、そこに若い女や子供を見出すあたりから、物語は新たな展開を見せます。やはり、主人公の貴公子は、ここで『伊勢物語』と同じように女を垣間見るのです。

巻頭の、光源氏が熱病にかかっていたという設定は、夕顔巻の、夕顔急死事件のあと病に倒れるのと逆で、その時は出来事と病気に因果関係がありました。若紫巻では、出来事のあとではなく、始めに病気にかかっています。これは、何らかの原因で光源氏が病に臥したことを意味しています。貴公子は病気になり、加持祈祷を試みても効果がなく、北山に住む聖（ひじり）の治療を受けることになりますが、聖は年老いて都へ出ることができず、やむを得ず源氏自身が赴きます。いわば病気が、帝の寵児であり窮屈な人間関係でがんじがらめになっている貴公子を、都の生活から解放して北山におもむかせるのです。そこは源氏にとって、みずみずしい緑にあふれた別世界でした。

思いがけず、この春の山の中で女たちを見出したところで、語り手はもう一度私たちの期待を裏切ります。夕刻、源氏は腹心の家来である惟光だけを連れて、昼間見かけた僧坊の一つを訪れます。『伊勢物語』の若者が垣間見たのはみずみずしく美しい若い姉妹でしたが、光源氏が垣間見たのは、年取った尼と年端のゆかぬ少女でした。しかし、源氏の目には、それが限りなく魅力あるものに映ります。老女と少女の尼削ぎの髪が、光源氏の心をつかむのです。

しかし、少女の髪と容貌に心を奪われた源氏はふと気づきます。こんなにも心を引かれるのは、この子があの方に似ているからだと。

かの人の御代（か）はりに、明（あ）け暮（く）れの慰（なぐさ）めにも見（み）ばや（一・386）

藤壺の代わりにそばに置きたいと思った光源氏は、その夜、この少女の父（式部卿宮）と藤壺が兄妹であること、つまり少女が藤壺の姪であることを知ります。老尼はその祖母で、少女は幼い頃、実母と死別してこの祖母に養われたのでした。少女が紫のゆかりであることを知った源氏はますます思いをつのらせ、このような少女の時から自分の思い通りに養い育てたいと思うのでした。引き取って親代わりに教育し、理想的な妻に仕上げようと望んだのです。

源氏は事実上結婚を申し込んだのですが、祖母でなくても、まだ一〇歳ばかりの子に結婚を許すわけにはいきません。後ろ髪を引かれる思いで下山すると、なんとしてでも少女を自分のものにしようと何度も手紙を送りますが、はかばかしい返事は返って来ません。一方葵上は、光源氏が久々に対面しても、相変わらず「絵にかきたるものゝ姫君のやうにし据ゑられて」（一・422）います。光源氏をよそよそしく気詰まりな人と思い、年を重ねるにつれて心を隔ててゆく有様でした。

**藤壺との逢瀬**

北山の少女を得ようとして得られないもどかしさ、葵上との間柄もますます遠のいてゆく苦しみ。光源氏の嘆きが続くうちに、藤壺との逢瀬が唐突に語られ出します。

藤壺の宮、なやみ給ふことありて、まかで給へり。（一・430）

藤壺が病気で里に下がっていたといふ一文で始まるくだりは、私たちにとっては思いもかけないことで、それまでの光源氏の膠着した感情生活を一気に突き破ったという印象があります。

宮もあさましかりしをおぼし出づるだに世とともの御もの思ひなるを、さてだにやみなむと深うおぼしたるに、いとうくて、いみじき御けしきなるものから、なつかしうらうたげに、さりとてうちとけず心深うはづかしげなる御もてなしなどのなほ人に似させ給はぬを、などかなのめなることだにうちまじり給はざりけむ、とつらうさへぞおぼさるゝ。（一・430）

これが最初の逢瀬であったとする見方と、いやすでに逢瀬は遂げていて、これが初めてでないとする見方があります。藤壺は、『源氏物語』全体に関わる重要な人物であるにも関わらず、物語前半においては前面に据えて描かれることがありません。また男女の逢瀬は露わに描かないのが普通です。ところが、この藤壺と光源氏の密会の場面には「慕わしくて可憐な様子だが、なれなれしくはせず、奥ゆかしい気品のある態度」とあって、はっきりそれとわかるのです。最初であったかどうかはともかくとして、語り手は例外的に踏み込んで描いていると言えます。

この逢瀬は、藤壺懐妊という重大事をもたらします。これは以後『源氏物語』の大きなモチーフとなりますが、さしあたりこの時の光源氏にとっては、「はかなき一くだりの御返りのたまさかなりしも絶え果てにたり」（一・436）とあるように、懐妊によって、稀だった一行の返事すら絶え果てて、藤壺がますます遠ざかるという耐え難い事態をもたらしました。

## 北山の少女

我が子を宿した結果、藤壺がさらに特別な、またさらに遠い存在になった時、光源氏にとって求め得るのは藤壺と瓜二つの北山の少女でした。少女はもともと「かの人の御代はり」（一・386）だったのですが、その思いは今ひときわ強くなったのです。少女は、同じ年の秋に病気が快方に向かって都へ戻っていた老尼とともに暮らしていました。相変わらず、源氏の申し出に対して慎重な祖母でしたが、まもなくこの祖母も亡くなります。少女の父である式部卿宮は、娘を引き取ろうとしますが、それを知った光源氏はいちはやく少女を奪い取るのです。

巻末のかなりの量がこの少女略奪劇に割かれています。少女を引き取るふるまいが機敏さと情熱を合わせもった行為として描かれていますが、これは『伊勢物語』の男がただちに姉妹に歌を贈った行為、「いちはやきみやび」（せっかちな風流事）に通ずるものがあります。亡き母の「形代」（身代わり）として、光源氏は藤壺を慕うのですが、藤壺は手の届かないところにいて、ひとたびは逢瀬を遂げるものの、そのことによってますます遠いところへ行ってしまいます。光源氏はそこで新たにその「形代」として紫上を手に入れたのでした。

# 6 末摘花

## 末摘花という花

第四帖から、「夕顔」「若紫」「末摘花」と、草花の名を冠した巻が続いています。「末摘花」とは紅花の異称で、染料とする紅または黄紅色の花を、咲く順に従って末の方から摘むことからこの名があります。白から紫へ、紫から紅へ。巻名の対照と変化の妙をここに見ることができます。紅花は和歌では「人知れず思へば苦し紅の末摘花の色にいでなむ」（『古今和歌集』）などと詠まれ、黄色い花が時が経つに従って鮮やかな赤色となるように、恋慕の情をどうしても心に秘めていられなくなるという心情が託される花です。たとえばこのような歌を念頭に置くと、秘めていた恋心が表に現れ出て燃えさかってゆくような物語を私たちは予想します。相手は藤壺かそれとも新たな女か。しかし、語り手の意図は他にありました。

## 並びの巻

末摘花巻は、光源氏が夕顔のことを忘れられないと語り起こされています。若紫巻を読み終えた私たちは、再びその一つ前の夕顔巻が終わったあたりまで連れ戻されるのです。末摘花巻を三分の一ほど読むと、「わらは病にわづらひ給ひ、人知れぬものおもひの紛れも、御心の暇なきやうにて、春夏過ぎぬ」（二・522）という一文があり、源氏が「わらは病」にかかっていた若紫巻と同じ頃あった話なのだとわかります。つまり、若紫巻と末摘花巻は横並びの関係にあるわけです。『源氏物語』ではこのような関係にある巻は少なくなく、これを「並びの巻」と称しています。

さて、雨夜の品定め以来、光源氏が「中の品」（中流）の女たちに求めていたのは、つくろったよそよそしい上流の女たちにはない、うち解けた親密な間柄でした。ここでもやはり光源氏は、葵上やその他上流の女たちの、気取りや競争心に対して、夕顔の「け近くうちとけたりしあはれ」（一・500）を忘れられないのでした。そのような女がないものか――末摘花巻は、私たちが光源氏とともに、夕顔のような女の再登場を期待するところから始まります。

## 琴という楽器

光源氏の乳母の娘で、宮中に仕えていた「大輔の命婦」と呼ばれる女房を、光源氏はしばしば召し使っていました。ある日、この大輔の命婦から一人の女の話を聞きます。詳しいことは分からないが、今は亡き常陸宮が生前大変大事にしていた娘で、今は心細い状態で琴の琴を友としてひっそりと暮らしていると言うのです。琴は今日の箏とは異なって七弦で柱がなく、また奏法は複雑で音が小さく、神秘的な楽器というイメージがあったようです。奈良時代に伝来し、延喜天暦の頃までは盛んに演奏されましたが、次第に衰微し、紫式部の時代にはあまり演奏されなくなっていました。『源氏物語』

ではこの楽器が重視され、光源氏は非常な名手ということになっています。一般の人々には弾きにくい楽器で、源氏は後の巻で、後世には伝わらないであろうと言っています。

源氏はすぐに、その父親である故常陸宮が音楽に造詣が深かったことを思い出し、その娘もきっと普通の手並みではあるまい、演奏を聴いてみたいと命婦にねだります。高貴な血筋を引くが、父を喪い後見もなく細々と暮らしている女。しかも古風な音楽の趣味を持ち、それだけを楽しみにしているという。これらの条件は、光源氏の好奇心をかきたてるのに十分でした。

訪れた姫君の屋敷は、「いといたう荒れわたりてさびしき所」（二・508）でした。初めて聴いたその琴の演奏は、さほどすぐれた腕前ではありませんでした。しかし、もともと他とは性格の異なる楽器なので、聞き苦しいというのではなく、むしろ光源氏は、このような場所に高貴な血筋を引く人が零落して暮らしていることに、「昔物語」（古くから伝わる物語）に対するのと同様の興味を抱きます。草深い山里や荒れた屋敷に思いがけなく美しい姫君がひっそりと暮らしていて、偶然訪れた貴公子に見出されて恋の花が咲くというのが、「昔物語」のパターンでした。ちなみに、『源氏物語』以前に書かれた『宇津保物語』俊蔭の巻でも、姫君が琴の名手でした。

ここで光源氏は、思いがけなくも頭中将と出会います。彼は、源氏の正妻がいる左大臣邸でもなく、源氏の自宅二条院でもない行き先が気になって、後をつけて来たのでした。二人はこの後、姫君をめぐって競い合うことになります。双方から手紙が贈られますが、いずれに対しても返事はありません。光源氏は遠慮するばかりで引き籠もっている相手の様子に不満を抱きますが、夕顔の、子供のようでおっとりしたかわいらしさが忘れられず、なお期待を持ち続けるのでした。

## 末摘花との逢瀬

そのうちに、光源氏は「わらは病み」にかかり、北山へ向かうのですが、この後のことは前の若紫巻に描かれていた通りです。北山の少女との出会い、藤壺との逢瀬・懐妊と、その後の光源氏にとって大きな意味を持つ出来事が続いた春夏が過ぎ、秋になると、再び例のつれない姫君に対する関心がよみがえります。相変わらず、手紙の返事すらしない姫君。こんなことは初めてだと不満をつのらせる光源氏に、間に立った大輔の命婦は、ともかく物越しだけの対面をさせようと計らいます。八月の下旬、姫君は端近く出て、琴をほのかに掻き鳴らしていましたが、光源氏が訪れたと聞くと、奥の方へ引き込んでしまいます。

この辺で私たちとしては、この姫君の資質を疑わずにはいられません。果たして、この姫君は光源氏が期待しているような女だろうか。いくら深窓の令嬢で奥ゆかしく世間を知らないと言っても、ここまでかたくなに交際を拒むのは納得がいきません。しかし、光源氏はまだ疑いを抱かず、いつものように強引に、というよりは与えられた権利を当然のこととして行使するように、姫君の部屋に入り込みます。

ところが、念願かなって逢瀬を遂げたはずの源氏は、夜遅く姫君のもとへやって来たにも関わらず、早々にその場を辞したのです。女と過ごす時間をなるべく長く持ち、人目につかないよう朝が来る前に帰るというのが、通常の逢瀬でした。最も理想的なのは午後九時から午前三時の間であったともされています。「うちうめかれて」(一・536)とあるように、光源氏の落胆は相当なものでした。その理由はまだはっきりとはしません。大きな異和感があったのでしょう。翌朝贈るべき「後朝の文」も、夕方になる始末でしたが、それでも光源氏は気の毒に思って贈ります。古ぼけた紙に時代遅れの書体で書かれた姫君の返書に、見るかいなく思っても、「心長く見果ててむ」(一・542)、心長く最後まで見届けようと心に決めるのでした。

## 末摘花の真実

冬となり、例の北山の少女を我がものとした光源氏は、その養育に心を入れて、しばらく姫君から足は遠のきました。それでも、手さぐりではわからない、顔だけは見たいものだと思い、ある日姫君の住まいをこっそりのぞき見ます。そこには、生活の苦しさを物語る調度類や衣装、寒さに震える女房たちの姿がありました。今来たかのように格子をたたき、荒れ模様の雪の一夜を明かした翌朝、雪明かりの中で初めて見た姫君の容姿に、光源氏は愕然とします。目に映るその容貌も衣装も、髪だけを除いて、いわゆる王朝美人の特徴からかけ離れていました。「末摘花」という巻名は、姫君の鼻が「普賢菩薩の乗物」のようで、「あさましう高うのびらかに、先の方少し垂りて色づきたる」(一・552)ところから名付けられたことが、ここで明らかになります。この巻名が、秘めていた恋心が表に現れ出て、燃えさかってゆくような物語を暗示するものではなく、実は姫君の大きく垂れた鼻の先が赤いことを意味していたとは、誰しも想像できないことです。

姫君の真実の姿を知った後、光源氏は、これも亡き常陸宮の霊魂がこの姫のことを心配して導いた結果であろうと、末摘花の暮らしを援助してやるのでした。こうして、思いもかけぬ光源氏の厚情のもと、末摘花はその後も父宮の思い出のみをよすがとして、細々とした暮らしを続けます。そして一〇年後、須磨退去という事件をはさんで、二八歳となった光源氏は末摘花と再会しますが、この時のことは末摘花巻の続編というべき蓬生巻において詳しく語られることになります。

## 若紫巻と末摘花巻

ところで、末摘花の巻末には、二条院で暮らし始めた紫の少女と光源氏の様子が描かれており、ほのぼのとした二人のやりとりの中に、末摘花は戯画化され、笑いの対象とされています。若紫巻では、藤壺に対する激しい情念と、その「形代」としてこの紫の少女を求める行動が描かれていましたが、語り手はこの末摘花巻の最後の一齣によって、それと時を同じくして末摘花との交情もあったのだということを、明瞭に示しておきたいもののようです。激しい情念と行動の描写の一方に、このようなユーモアとペーソスをたたえた挿話が描かれるところに、人物造型の厚みを感じさせ、また人間認識の深さもうかがわれます。心の内奥にある「永遠の女性」に対する、身を蝕むような抜き差しならない情念と、それとは全く対照的な女に対する、好色的でない愛情という二つの心情が光源氏の中には同居していたのです。

# 7 紅葉賀（もみぢのが）

## 並びの巻・朱雀院への行幸

紅葉賀巻は、若紫巻・末摘花巻とほぼ同じ時期の光源氏のエピソードで、やはり「並びの巻」と称されています。若紫・末摘花両巻には、それぞれ桐壺帝の朱雀院への行幸（天皇の外出）のことが出てきますが、紅葉賀の巻頭においても、「朱雀院（すざくゐん）の行幸（ぎやうがう）は神無月（かむなづき）の十日あまりなり」（二・14）と語り出され、それによって、これから始まる話が前の二巻と同じ頃のものであることがわかるのです。

同じ頃と言っても時間のずれはあり、この巻は若紫巻の終わり頃、光源氏一八歳の冬から始まり、末摘花巻が閉じられる年、光源氏一九歳の秋で終わります。すなわち、北山の少女、紫上を奪い取った頃に始まり、末摘花の真実を知った後、なお彼女を思いやってその邸を訪ねてから、しばらく経った頃までとなっています。

若紫巻を読み終えた私たちは、藤壺が懐妊したことを知っています。続く末摘花巻は、いわば間奏曲とでもいうべきものです。藤壺はいずれ出産を迎えるはずであり、無事、皇子または皇女が誕生した時には、その父親が帝ではなく、帝の子、光源氏であるという、未聞のゆゆしき一大事が出来するわけで、私たちとしてはそこに最大の興味があります。紅葉賀巻は、その興味に応えるかのように、藤壺の出産とその後の帝・藤壺・光源氏三者の心理描写にかなりの筆を費やしています。

しかし、后とその継子である皇子の姦通によって、後の帝となるべき皇子が産まれるという異常な事態を、物語の中において不自然さのないように描くためには、何らかの準備が必要です。それが巻頭に語られる光源氏の舞なのでした。桐壺帝の朱雀院への行幸に先だって、本番を見ることができない藤壺のために、帝が清涼殿の東庭において予行演習である「試楽（しがく）」を行い、そこで源氏が頭中将とともに「青海波（せいがいは）」と呼ばれる舞を披露するのです。

## 二度の舞

紅葉賀の巻の桐壺帝の朱雀院行幸は、醍醐天皇が父宇多法皇の四十賀・五十賀に際して、父のいる朱雀院に行幸した史実（延喜年間、一〇世紀初め）に基づくとされています。これに準じて考えると、桐壺帝が、父（一説に兄）である一院の住む朱雀院を、その四十賀または五十賀を祝うために訪ねたことになります。このような、宮中の外で行われる行事には、后とその女房たちは参加できないしきたりでした。この度の行幸は、帝の父の長寿の祝いという催しで、しかもその主役となるべきは光源氏ですから、帝が本番に先立って后と女房たちのために試楽を催したのは自然の成りゆきでした。

試楽と本番と、光源氏は二度の舞を披露することになります。語り手は、同じことの繰り返しにならぬようにこれらを描き分けています。すなわち、一度目は視覚的な描写を抑制して、ただ源氏の舞姿がこの世のものならぬ趣であって、帝を始め上達部・親王たちが感涙にむせぶ様を述べるにとどめ、源氏の舞はどんなだったのかということは語らないのです。行幸当日を迎え、いよいよ本番が始まると、初めてその実際が描き出されます。

木高き紅葉の陰に、四十人の垣代、言ひ知らず吹き立てたるものゝ音どもにあひたる松風、まことの深山おろしと聞こえて吹きまよひ、色ゝに散りかふ木の葉の中より、青がい波のかゝやき出でたるさま、いとおそろしきまで見ゆ。かざしの紅葉いたう散り透きて、顔のにほひにけおされたる心ちすれば、御前なる菊を折りて左大将さしかへ給ふ。日暮れかゝるほどに、けしきばかりうちしぐれて、空のけしきさへ見知り顔なるに、さるいみじき姿に、菊の色ゝうつろひ、えならぬをかざして、けふはまたなき手を尽くしたる入り綾のほど、そゞろ寒く、この世の事ともおぼえず。（二・20）

紅葉は、古くから秋の景物として春の花と取り合わせて扱われ、この花と紅葉の美意識は平安時代を通じて生き続け、今日に至っています。そのうち、散る紅葉は『古今和歌集』で晩秋の情趣として確立され、『後撰和歌集』以後、冬の景物としても定着したものです。この描写は、散る紅葉の美の一つの頂点をなすものと言えます。

本番に先立つ試楽は清涼殿の東庭で行われており、紅葉はありませんでした。それですら藤壺は、光源氏の舞姿に「おほけなき心のなからましかば、ましてめでたく見えましし」（二・16）、光源氏の大それた気持ちがなかったら一層見事なものとして見ることができただろうと、夢でも見ているような思いがします。それはあくまで予行でした。朱雀院で行われた本番では、紅葉が散り交う中から光源氏が舞い出るのです。時刻は試楽と同じく夕方でしたが、本番では夕日に照り映える紅葉と光源氏の舞姿とが一体となって、「いとおそろしきまで」の美が現出しています。

### 光源氏の容姿と才能

このように、紅葉賀巻では、光源氏の美しさがほとんど天上的なものとして描かれています。物語においては、『竹取物語』のかぐや姫など、しばしばその主人公に天上的な資質が与えられることがありました。紅葉賀の宴で、語り手が作中の人物と一緒になって、あたかも神仏を礼拝・讃歎するように光源氏を賞讃することは、このような物語に見られる一般的傾向の一つと見ることができます。桐壺巻でも七歳の光源氏について、「世に知らずさとうかしこくおはすれば、あまりおそろしきまで御覧ず」（一・50）、あるいは「わざとの御学問はさる物にて、琴、笛の音にも雲居を響かし、すべて言ひつゞけばこと〳〵しううたてぞ成りぬべき人の御さま成りける」（一・52）と、その才能が讃歎されています。

紅葉賀巻では、語り手以外にも藤壺・兵部卿宮・左大臣・女房たち・桐壺帝などの目を通して光源氏の容姿が語られていますが、その美しさは藤壺を動揺させ、帝に読経せしめ、左大臣をまるで下人のように源氏に奉仕させています。そのような超人的な人物でなければ、父帝の寵愛する后との間に密かに子を持つことはできないのです。

しかし、このような天上的性格は、幼い頃の母の死、臣籍降下という不幸な境遇や、空蟬や夕顔、末摘花、そして藤壺など、思うに任せぬ女たちとの交渉など、地上的な出来事の数々の中に置かれて初めて意味を持つのでしょう。光源氏が思い通りになったのは、紫上くらいなものですが、この頃はまだ少女であって、しかも掠奪によってしか共に暮らすことができません。それどころか、紫上の心は、晩年には光源氏から離れていきました。光源氏は天上ならぬ地上にあって苦悩する人間で、天上的性格によって藤壺との間に子をなすに至るのですが、そのために地上的な様々な苦悩を味わうことになるのです。

**藤壺出産**

朱雀院行幸から四ヶ月後、光源氏一九歳の春に藤壺が出産を迎えます。誕生したのは男子、後の冷泉帝です。誕生した皇子の容貌が光源氏に酷似しているのを見て、藤壺はおののきます。

いとあさましうめづらかなるまで写し取り給へるさま、たがふべくもあらず。(二・40)

容貌の酷似は、単に自分の過去の過失を突きつけられるのみならず、密通の露見の危険性をはらんでいるからでした。一日も早い皇子との対面をと懇願する光源氏に対して、藤壺は赤子がまだ見苦しい頃だからというのを口実に、それを拒むほかありませんでした。

一方、帝は対面を心待ちにしています。桐壺帝にとって、この皇子の誕生は格別の意味を持っています。かつて熱愛した桐壺更衣は女御ともならずに失い、その間に生まれた子光源氏は皇太子にすることもできず、臣籍に降下させざるを得ませんでした。身分の劣っていた桐壺の更衣に対して、藤壺は王妃でした。光源氏では果たし得なかった夢を、桐壺帝は藤壺の子によって叶えることができるのです。

夏になって、帝が生まれたばかりの子を抱いて、初めて光源氏と対面した時、帝は赤子が光源氏とよく似ていること――かつての最愛の后から産まれた最愛の皇子に似ていることを、心から喜んでいます。その前にいる光源氏の心中は、次のように描写されています。


中将の君、面(おもて)の色変(か)はる心(ここ)ちして、おそろしうも、かたじけなくも、うれしくも、あはれにも、かた〴〵うつろふ心(ここ)ちして、涙落(なみだお)ちぬべし。(二・46)

赤子と光源氏が生き写しであることに帝が不審を抱き、生まれ月のことに思い当たれば、事が露見するかもしれない場面です。皇子誕生というこの上ない慶事の中、藤壺と光源氏と、二人の関係を知る命婦だけが、周囲とは全く異なる息詰まるような世界にかろうじて呼吸しています。

秋には藤壺が中宮となり、桐壺帝は譲位を決意します。この後、藤壺の産んだ皇子が皇太子となることで桐壺帝の念願は成就に向かいますが、その東宮位をおびやかしかねない右大臣家の時代がすぐそこまで来ています。東宮位をいかにして守るかという問題が、藤壺の出家や光源氏の須磨退去へと進展します。

# 8 花宴（はなのえん）

## 藤壺立后

皇子を出産した藤壺は、その年の秋七月に、中宮となります。藤壺の腹に皇子が生まれたことは、桐壺帝にとって格別の意味を持っていました。先に述べたように、帝は光源氏では果たし得なかった夢を、桐壺更衣の形代（かたしろ）である藤壺の子によってかなえることができるのです。

中宮は女御の中からただ一人選ばれます。醍醐・村上朝以降、摂関はじめ有力な貴族が娘を入内させ、この座を目指して競いました。『源氏物語』は、桐壺帝にまだ中宮が立てられていないという設定で始まっています。中宮は必ず立てられるものではなく、歴史上、それのいない帝は少なくありません。立后がないことは後宮の寵愛争いが激しいことを物語るのですが、桐壺帝の後宮も同様なのです。その末期に至ってようやく藤壺が中宮に立つのは、その腹に男子が誕生し、この皇子を次の皇太子にという願いが桐壺帝に生まれたからです。

この皇子が皇太子となった時、政治的に後見をする人が必要です。母方は皇族で政権の中枢に位置することができないので、光源氏を宰相中将（さいしょうのちゅうじょう）に昇進させ、一方、母親を中宮という最高の地位につけるのです。立后は後宮の勢力争いの決着としての意味を持っています。立后すべき女御の序列や資質が問われ、政治的にも安定する必要があります。しかし、桐壺帝の後宮で最も重んじられるべきは、現東宮の母であり、右大臣を父とする弘徽殿の女御でした。彼女を差し置いて藤壺を立てたのは、桐壺帝の「断行」といってよい行為でした。

## 花宴

右のような事情で、中宮の座を手にすることができなかった弘徽殿女御が、何かにつけて藤壺を不快なものと思うのは当然でした。

弘徽殿(こうきでむ)、いとゞ御心動(うご)き給ふ、ことわり也(なり)。(二・82)

花宴の巻は、藤壺立后の翌年春、南殿(なでん)(紫宸殿(ししんでん))で催された桜の宴から幕を開けますが、冒頭、藤壺への反感を胸に秘めながら宴に列席するこの弘徽殿女御が登場します。桐壺帝は前巻で退位が間近いと言われていました。この花宴巻をもって、桐壺帝は位を下りるのです。その意味で、この宴は桐壺帝治世の最後を飾るものです。優れた人材が輩出したとされ、聖代と仰がれた帝らしく、この宴は理想的な治世の現出という趣を持っています。その中心となるのはやはり光源氏で、紅葉賀巻における青海波同様、再びその華麗な春鶯囀(しゅんのうでん)の舞が人々を魅了し、即席の漢詩が博士たちを感嘆させます。ところが、桐壺帝の左右に中宮藤壺と東宮が並び、光源氏を中心にして華やかな王朝絵巻が繰り広げられるその場に、藤壺と光源氏に憎悪を抱く弘徽殿女御が、一点の黒い翳りのように存在するわけです。

記録に遺されている紫宸殿の桜の宴は、村上天皇の康保二年（九六五）のみです。天徳四年（九六〇）九月の内裏の火災後、新しく植え替えた桜を鑑賞するためでした。そのほかは、多くの場合清涼殿で、時には承香殿（じょうきょうでん）や常寧殿（じょうねいでん）などで行われました。しかしその後は、天徳四年を始めとして一条天皇の時代まで約五十年間に八回を数える内裏の焼亡により、紫式部の時代に至るまで花の宴は行われていません。彼女は自分の体験ではなく、何かの記録に基づいて書いていることになります。それは光源氏という理想の人を育てた理想的な時代の空気を伝える宮廷儀式を背景として用いるためでした。

桐壺帝の花の宴では、史上の南殿の花の宴では行われなかった探韻（たんいん）と舞楽が行われます。探韻とは、上位の者からそれぞれ帝の前に進み出て置物台の上の杯の中から韻字を書いた紙片を探りとり、紙を開き見て官位・姓名・韻字を名のり上げ、その韻字を用いて詩を作ることです。詩文に秀でた者にとっては人々の注視の中で行われる晴れがましい催しでした。広々とした紫宸殿の白砂の庭で、光源氏が探韻に進み出て、満場の注目を浴びます。そして、紅葉賀の青海波と対をなす舞姿が帝の前で披露され、それが藤壺の眼にふれ、弘徽殿女御の心を騒がすことになるのです。

後に光源氏が葵上方を訪れると、左大臣が作文と舞楽・楽器の音がよく調えられていることを絶賛します。それは、光源氏が帝の補佐役として心を砕いた結果でした。光源氏は実質的にも桐壺帝の御代の栄華を支えています。

## 出会い

さて『源氏物語』は、光源氏と多くの女との、変化に富んだ出会いの場面を創造しています。私たちの日常生活においては、それほどドラマティックな男女の出会いがあるわけではありません。平安朝の人々においてもおそらく同様であって、実際に貴族の男女が結ばれるには、親達の思惑があり、様々な手続きがあって、恋愛の情熱とはほど遠かったかもしれません。物語にはよく出てくる垣間見も、「見る」という言葉がすでに結婚を意味する場合もあることを考えると、女の側はそのような機会をおいそれとは与えなかったでしょう。物語では逆に、ドラマティックな場面を創り出して読者を楽しませる必要があります。

『源氏物語』の始めの方の巻々に描かれている、光源氏と藤壺、空蟬、夕顔、紫上といった女たちの出会いは、どれも用意周到に、それらしい日常的な条件を積み上げて、ある日思いがけず巡り会うように書かれています。この巻に登場する朧月夜(おぼろづきよ)もまた同様です。しかし、異なる点が一つあります。このころ、右大臣家は、いずれ帝位につくであろう東宮(桐壺帝の第一皇子、母は弘徽殿女御)を擁して栄華の時代を迎えようとしていました。朧月夜は右大臣の六の君。光源氏と藤壺を目の敵にする弘徽殿女御の妹に当たるわけで、この朧月夜との逢瀬は、他の女と異なり、単なる男女関係ではなく、政治的な関係に発展する可能性があったのです。

南殿の花宴が終わったあと、光源氏の心の内に沸き起こって来たのは、藤壺への思慕でした。人々が散会し、藤壺も東宮も居室に帰ると、光源氏は藤壺に会いたい一心で、前後の見境もなく藤壺の殿舎付近を徘徊します。帝はすぐ隣の清涼殿にいるのです。

折しも「月いと明かうさし出でてをかしき」(二・94)時でした。藤壺の殿舎は、どの戸口も閉ざされていて、光源氏の期待は裏切られます。そのままでは気が済まず、東隣の弘徽殿の西面を探り歩くと、北から三つ目の戸が開きました。弘徽殿女御は侍女等を伴って帝のもとへ参上しており、人は余りいない様子。そこからは更に母屋の開き戸が開いているのが見えます。光源氏は細殿(廊下)へ上がり、母屋の中を覗きます。

すると、こちらへ向かって若い女が歌句を口ずさみながら近づいて来ます。声からして並の身分の者とは思えません。にもかかわらず侍女も伴わず、端近く出ようとしているのです。しかも通常の膝行ではなく、立って歩いているのでした。宮中を我が家同然に歩く怖れ気のない態度。この時光源氏は、これが誰であるかはもちろん知りませんでしたが、弘徽殿にいる姫となれば、右大臣家の血筋の者ということは推測できたはずです。しかし、源氏は嬉しさに思わず女の袖をとらえていました。

この後に見える「まろはみな人にゆるされたれば」(二・98)という驕慢な言葉は、この夜の光源氏の大胆な行動とともに、光源氏が聖代と仰がれた帝の寵児として、華やかな宮廷社会の中心に位置していることをよく物語っています。それは、この一ヶ月後、来るべき春宮の治世を待つ右大臣の邸で行われた藤花の宴において、招かれた光源氏が周囲を圧倒するような美しさで登場する場面へとつながります。花宴巻は、そこで光源氏が朧月夜と再会するところで閉じられます。

## 情念の力

一方、この巻で描かれている光源氏を、若さの絶頂にあるプリンスの大胆さと圧倒的な魅力という点でのみ理解することはできません。始めに述べたように、光源氏を中心にして絢爛たる王朝絵巻が繰り広げられるさなかに、藤壺と光源氏に憎悪を抱く弘徽殿女御が、一点の黒い翳りのように存在しています。やがて右大臣家の天下となった時、光源氏と、自分の妹である朧月夜との関係を知った弘徽殿女御の怒りが、光源氏失脚の原因となるのです。花宴巻の光源氏の大胆さと圧倒的な魅力は、同時に、情念というものの持つ危うさもはらんでいると見るべきでしょう。

改めて振り返れば、花宴の果てた夜、月の明るさにさし招かれるように「わりなう」(二・94)、どうしようもなく中宮の殿舎へ向かうところ。望みがかなえられぬとなると、「なほあらじに」(同)、あきらめきれずに自分を憎む最上位の女御の殿舎に立ち寄るところ。そこに現れた姫君らしき女に「いとうれしくて、ふと袖をとらへたまふ」(二・96)ところと、周到に描写を積み重ねる語り手は、光源氏の内面にひそむ、光源氏自身を突き動かす情念を暴いて見せているかのようです。

手に汗握る場面の中で、色恋を超えた、人間の持つ情念そのものに迫ることこそ、語り手の目的なのでしょう。それは、人間の心の奥にある、当の本人のあずかり知らぬ何ものかであり、人間は知らず知らずのうちにその力に支配され、場合によっては人生の方向を決定づけられるのです。

# 9 葵

## 朱雀帝即位

世の中代はりて後、よろづものうくおぼされ、御身のやむごとなさも添ふにや、軽〳〵しき御忍びありきもつゝましうて、こゝもかしこもおぼつかなさの嘆きを重ね給ふ報いにや、なほわれにつれなき人の御心を尽きせずのみおぼし嘆く。（二・124）

葵巻の書き出しです。冒頭に「世の中代はりて」とあるように、前々巻、紅葉賀で予告された桐壺帝の退位は、花宴巻の後に現実のものとなったことがわかります。聖代と仰がれた桐壺帝の治世をことほぐように華やかに催された花の宴の後に、帝の退位・新帝の即位という大きな時代の変わり目があったのです。新しい帝は、光源氏の兄、朱雀天皇。その母は右大臣の娘、弘徽殿女御であり、花宴巻では、宮中の桜の宴に対抗するかのように、来るべき春宮の治世を待つ右大臣の邸で、藤花の宴が行われる様子が描かれていました。右大臣家の繁栄がこれから頂点に達しようとしている時なのです。すでに光源氏は二二歳。花宴巻から二年が経っています。

右大将に昇進して忍び歩きもままならなくなった源氏の心を占めていたのは、彼に思いを寄せるどの女でもなく「われにつれなき人」藤壺でした。その源氏の足が遠のいた女たちの中に六条御息所もいたのです。

## 六条御息所

六条御息所はこれまでにも何度か登場していますが、くわしい素性等はわかりませんでした。登場したとしても六条御息所その人であるかどうかさえ定かでないこともあります。夕顔巻の書き出しでは、光源氏が六条あたりに忍んで通う所があると記され、病を見舞った乳母の家の隣に住んでいた夕顔と、思いがけず歌を詠みかわしたあと、源氏はその邸に一泊しています。はじめ容易に靡かなかったのですが、愛人となってからは源氏があまり熱心でなくなり、それを恨めしく思っています。彼女はものごとを深く思い詰める性向でした。夕顔急死の場面には「いとをかしげなる女」（一・288）が現れますが、これも六条御息所の生霊かと思わせます。若紫巻では、藤壺が懐妊して光源氏から遠ざかってゆく頃、六条京極辺りを訪ねようとしますが、途中で紫上の祖母の家に立ち寄って沙汰止みになります。末摘花巻では、紫上の養育に熱中して、源氏の足は御息所から遠のきます。そしてこの葵巻に至って、初めて「六条の御息所（みやすどころ）」（二・124）という名が現れ、その素性が明らかにされるのです。

彼女は、ある大臣の娘で、桐壺院と同腹の兄弟であった前皇太子の妃でした。父は亡くなり、また夫の皇太子も亡くなって、姫君が一人遺されました（後の秋好中宮（あきこのむちゅうぐう））。今は、光源氏との関係が世間に知れ渡ったのを嘆きつつ暮らしています。この姫君が、折しも新しい帝が即位したのに伴い、代替わりに伊勢神宮に奉仕する斎宮に選ばれました。源氏の冷たい態度に悩む御息所は、それ以来、これを機に娘と共に伊勢へ下ってしまおうかと考えるようになります。

## 賀茂の祭と御禊

朧月夜との逢瀬に始まる光源氏の二〇代は、激動の時代でした。そのことを暗示するかのように、この葵巻の始めの方で、素性のわかってきた六条御息所が当事者となる「車争い」事件が起こります。『源氏物語』では、基本的に女同士があらわに対立することはありませんが、この事件は例外で、六条御息所側の人々と葵上側の人々が公衆の前で衝突し、暴力沙汰に及ぶ特異な場面です。この出来事は、賀茂の祭（葵祭）を舞台としていますが、起こったのは祭の当日ではなく、祭の前の斎院の「御禊」の日のことでした。

斎院は、天皇の代が変わるごとに、王城鎮護の社として尊崇された賀茂神社に奉仕する、未婚の内親王または女王です。同じく、代替わりに伊勢神宮に奉仕する人は「斎宮」と呼びます。両者とも、肉親の喪に遭うような特別の場合を除いて、天皇一代の間その任につきました。斎院に選ばれると、その家や門に木綿をつけた榊が立てられ、賀茂川で禊（初度の御禊）をし、大内裏の中に設けられた居所（初斎院）に入り、そこで潔斎の生活を送ります。三年目の四月、賀茂の祭の前に賀茂川で禊をし（二度の御禊）、それが終わった後、斎院一行は一条大路を通って紫野の斎院に入ります。

そして祭の当日、賀茂神社に参拝し、神事に従事します。勅使発向とともに奉幣使の行列が下鴨から上賀茂へと続き、それを見るために一条大路に桟敷が立てられました。車簾、社殿ともに葵・桂を飾り、供奉の人々もそれらをかざしにします。上賀茂では当日菖蒲の根合わせがあり、午後からは競べ馬が行われました。葵祭は藤原道長の時代には特に盛んで、「過差」（贅沢）の禁令が出るほどでしたが、貴族達はそれを冒して、美麗を競いました。

葵巻では、朱雀帝が即位した際、弘徽殿女御の娘（女三宮）が斎院に、六条御息所の姫君が斎宮に選ばれたことになっています。葵巻の賀茂の祭は、朱雀帝が即位してから最初のもので、新斎院にとっても最初の奉仕でした。そのため祭当日は「限りある公事に添ふこと多く、見どころこよなし」（二・130）、つまり例年よりも趣向が加えられました。先立って行われる「御禊」においても、朱雀帝の「取り分きたる宣旨」（同）によってお供の一人に光源氏が指名されたほか、特に世評高く容姿のすぐれた者が選ばれました。その行列見物のために桟敷が設けられ、多くの物見車が立ち並びます。といっても、葵巻のこの箇所には肝心の斎院の描写はありません。行列の主役はあくまで光源氏なのです。そして、この光源氏を一目見るためにやってきた人々の中に、六条御息所がいました。物思いの絶えない自分を慰めるためにやって来ていたのです。

### 葵上

この御禊の日に、葵上の一行も出かけて来ていました。光源氏にとって、葵上は余りに慎み深い妻でした。二人が結婚したのは、光源氏一二歳、葵上一六歳の時でした。しかし葵上は結婚当初から、夫が四歳年下であることを恥じていた上に、育ちの良さから来る上品さが隔てとなって、なかなか光源氏にうち解けなかったのです。「あまりうるはしき御ありさまのとけがたくはづかしげに思ひしづまり給へる」(一・146)、「女君例のはひ隠れてとみにも出で給はぬを」(一・422)、「例の、女君とみにも対面したまはず」(一・472)、「大殿には、例の、ふとも対面したまはず」(二・106)といった具合です。

葵上は左大臣の一人娘で、母は時の帝の姉妹(大宮)。他は同腹(頭中将)・異腹の男子がいるだけでした。光源氏とは従姉弟の関係に当たります。大臣と名の付く太政大臣、内大臣、左右大臣のうち、葵巻までに登場するのは左右大臣のみで、『源氏物語』のこの巻までに限っていえば、葵上の父左大臣は、人臣の身としては最高権力者でした。その娘である葵上は、貴族の女性の中でも最上層に属する人ということになります。小さいころから多くの乳母や侍女にかしずかれ、父左大臣と母大宮の愛を一身に受けて育った人です。東宮からも、葵上を女御にという申し出がありましたが、桐壺帝の内意を受けた左大臣の意向で、第二皇子の光源氏の妻となりました。

一方、母と祖母を早く喪って寂しい身の上の源氏にとって、葵上のような慎み深い女は魅力がありませんでした。子供の時から父帝がそばから離さなかったために、源氏はその女御や更衣の部屋に入り込み、可愛がられて育ちましたので、いわば抱きかかえたり、寄りすがったり、甘えたりする女がよかったのだと言えるかもしれません。何よりも、葵上との結婚前から、光源氏は父帝の后である藤壺に亡き母の面影を重ね合わせて慕っており、結婚はしたものの、思いは藤壺にあったのです。

このようにしっくりいかない夫婦関係でしたが、葵巻の始めのところで、結婚九年目にして葵上はようやく妊娠し、二人の関係には変化の兆しが見え始めます。源氏は葵上の懐妊を「めづらしくあはれ」（二・128）と思い、何かと気を遣って心の暇がない状態となります。自然と、六条御息所のところへは途絶えがちとなりました。

**車争い事件**

こうした時に、事件は起こったのでした。「かやうの御ありきもをさ〳〵し給はぬに、御心(ここ)ちさへなやましければ、おぼしかけざりけるを」（二・130）、概してあまり外出しない王朝の貴族女性の中でも、特にめったに外出しない引っ込み思案の葵上が、しかも身重で物見などは思いもよらなかったのに、なぜ御禊の人混みの中、光源氏を一目見ようと押しかける人々の中へ、出かけて行ったのでしょうか。いつもなるべく避けている自分の夫を、わざわざ見に出かけることはないのです。これは葵上自身の自発的な行動ではありませんでした。女房たちが、光源氏の姿を一目見たいけれども自分たちだけでは面白みがないと言い出し、それを聞いた母大宮も勧めたためでした。

御禊当日の朝、急に決まったことでしたので、日はすでに高く、大路には牛車が立錐の余地無く並んでいました。父左大臣の権威によって他の牛車を立ち退かせ、牛車を置こうとしたところに、たまたま六条御息所の車がありました。御息所はれっきとした前皇太子妃であり、いかに左大臣の姫君であっても、葵上方から敬意が払われるべきです。立ち退くことを拒んだ六条御息所の供人に対して、葵上の供人が言い返し、狼藉が始まります。そのうち葵上方が強引に何台も牛車を乗り入れたために、御息所の車は物見もできない奥に押しやられ、その間に榻（昇降台を兼ねた牛車の轅置き）がへし折られてしまいます。

## 六条御息所の苦悩

葵祭の御禊の日に、葵上方から受けた仕打ちは、六条御息所の心に深い傷痕を遺しました。亡き大臣の娘であり、前皇太子妃であって、左大臣の娘であり光源氏の正妻である葵上と比しても、決してひけを取らないというプライドは、無残にも打ち砕かれます。その上、事件が光源氏の晴れ姿を一目見ようとやって来た折も折であり、しかも後方へ押しやられたことで光源氏の一顧さえ得られないというみじめな結果に終わってしまったことが、一層傷を深いものにしました。そうでなくても、長年薄情な光源氏に思い悩んで来た余り、源氏への執着を断ち切ろうとして断ち切りかねていたのですから、車争い事件は二重三重の意味で御息所にとって不幸な出来事だったのです。

不釣り合いな年齢差を恥ずかしく思う上に、光源氏の愛情は深くもなく、公然と結婚するに至らない関係を世の人に知られてしまっている御息所は、以前から、斎宮として伊勢におもむく娘がまだ年端のゆかぬのをよい口実に、同行して下ってしまおうと考えていました。しかし、そうすれば笑い者になることは見えています。かといって、京にとどまれば、これも誰もが知っている車争い事件によって見下されます。御息所は、以前にもまして「起き臥しおぼしわづら」い、「御心ちも浮きたるやうに」(二・148)なります。そして、まもなく、御息所自身さえ思いもかけない出来事――生霊となって出産間近の葵上に取り付いて苦しめ、ついには死に至らしめるという事件を招くことになります。

### 遊離魂

この時代の人々は、人間には魂があって、人を恋い慕う余りに、あるいは病や死に際して、その身から遊離するものと考えました。和歌に詠まれる「魂」は前者で、相手に対する思いが極まると身からさまよい出し、「夢の通い路」を経由して相手のもとへゆく、すなわち相手の夢に現れるとされたのです。従ってこの遊離魂の発想が見られる歌の多くは、恋歌や男女間の贈答です。

後者の、病や死に関わる遊離魂については、一条天皇の出棺の際、敦康親王御所から人魂が出て西北へ飛び去ったという話や、藤原道長が重病のとき、屋敷から人魂が出て北に飛び去ったという話、同じく、その臨終まぎわに招魂祭を行うと、人魂が飛来したという話などが諸記録に残っています。一一世紀半ばころ書かれた『更級日記』には、作者菅原孝標女が、夫の死の前年、天喜五年(一〇五七)に、夫が任国へ下った翌日の早朝に大きな人魂が現れて、都へ向かって飛んで行ったという話が記されています。この時は供人か誰かの人魂で不吉な前ぶれとは思わなかったと、作者は述べています。このように、身と魂は分離し得るものと考えられていたのです。

## 物の怪

身から分離し、さまよい出た魂が、人にとりついて苦しめるのが「物の怪（け）」で、すでに当人が死んでいる場合（死霊）と、生きている場合（生霊）とがあります。文献上は一〇世紀以後にしばしば見られ、妊娠や病気によって心身の弱った時に取り入り、病人の口を借りて恨み言を述べたり、病人の身近な人の身体について行動します。一般に正体を現さず、僧の修法によって「寄り坐（ま）し」に乗り移って自ら名乗り、正体が知られるとともに病人から出て行きます。

死霊が政敵の一族に取り憑いたという話は少なくなく、醍醐天皇の元服のとき入内した為子内親王が、お産によって亡くなったのは同じく入内しようとして止められた藤原基経の娘、穏子の母の死霊によるという話、藤原元方の死霊が円融帝の口を借りて名乗った話、藤原師輔の死霊が東宮（居貞（おきさだ）親王）女御の娍子懐妊に際して出現し、藤原実頼の子孫を滅ぼす意志を語ったという話、藤原伊周に近い者の死霊が、失脚した伊周の官位を回復するよう道長に告げた話などが伝えられています。死霊の多くは政治的敗者である男性の霊です。

一方、生霊の具体的な記述は『源氏物語』以前にはありません。怨恨による呪詛はよく行われたのですが、生霊が取り付いて苦しめるという話はないのです。『枕草子』などに「いきすだま」と記されてはいるものの、これは名を聞くと恐ろしいものの例でした。どんなものか知らないけれども、耳にするだにうす気味悪いものだったのでしょう。時代が下って『今昔物語集』には、捨てられた女の生霊が捨てた男を取り殺す話（巻二十七第二十）がありますので、このころには生霊が取り付くという発想があったことは確かです。

## 『源氏物語』の物の怪と紫式部

『源氏物語』には「物の怪」という語が五〇例ほど用いられており、そこでは物の怪が、登場人物たちを病気で痩せさせたり、出産を遅らせたり、難産にしたり、妻を乱心させたり、出家させたりしています。物の怪の用例は、『源氏物語』以前には数えるほどしかなく、また物語として描かれていません。『源氏物語』に至って頻出する言葉です。しかし、紫式部は、物語でこのように物の怪の働きを描く一方、それに対して冷静な見方も見せています。

『紫式部集』に載る一首の歌によって、紫式部自身の物の怪に対する考え方の一端を垣間見ることができます。歌は、ある絵を見て詠んだもので、その絵には、ある男が妻に取り付いた先妻の死霊を退散させようとしているところが描かれていました。式部はこれを見て、「亡き人に託言はかけてわづらふもをのが心の鬼にやはあらぬ」と詠みます。その死霊というのは男自身の「心の鬼」、すなわち先妻の恐ろしい幻影ではないかというのです。この歌のみで、式部が物の怪を信じてはいなかったとは言えません。しかし、物の怪を心の反映と見る視点を持っていたことは、『源氏物語』の葵巻を読む上で重要です。物の怪が実際に目に見えることについて作者が懐疑的であったことは、葵巻本文で、源氏が葵上の声や見た目の感じが変わってしまっていることに気づき、「世にはかゝる事こそはありけれ」（二・166）とうとましく思った、とあることからも想像できます。

ただ、六条御息所の生霊を光源氏が見た幻影と考える必要はありません。源氏は実際に見たのです。そこに、当時の人も今日の私たちも夢中にさせる作り話の面白さの一端があります。小説を読む時のことを考えればわかるように、私たちはあたかも実際にあったことのように、虚構の中に身をゆだねて読んでいます。若紫巻で光源氏が紫上を略奪したり、藤壺と通じたりする話も、当時普通にそのようなことが行われたわけではないからこそ、読者は面白いのです。葵巻の生霊も、人々は単純に信じていたわけではなく、興味深いフィクションとして読んだのでしょう。

しかし、もちろん葵巻は面白い作り話で終わっているわけではありません。もっとも特徴的なのは、生霊につかれた人物の苦しみよりも、物の怪の側、つまり生霊となって取りついた人物の苦しみの方に大きな重点が置かれ、その境遇や性質、心理を丁寧に捉えていることです。

## 葵上の出産と御息所の生霊

光源氏と葵上との間には長い間子供がありませんでした。結婚九年にして、ようやく懐妊したことが、この葵巻のはじめのところに記されていました。光源氏にはすでに藤壺との間に一子がありましたが、それはどこまでも秘密裏のことで、公にできる最初の子が誕生したのでした。左大臣の文字通り「一人娘」で、他は同腹・異腹の男子がいるだけでしたから、左大臣の喜びは言うまでもありません。貴族達の場合は特に、無事子供が産まれるか否かということには、一家の繁栄がかかっているのです。

当時、出産は今日以上に危険を伴う命がけの仕事でした。産婦の五人に一人は亡くなったと言われています。出産には物の怪が現れて妨げをなすと信じられていました。『紫式部日記』には中宮彰子が敦成親王（後の後一条天皇）を出産した時のことが詳しく書かれていますが、そこにも複数の物の怪が登場します。葵上の出産に際しても同様でした。様々な物の怪が修法によって「寄りまし」に付いて名乗り、退散してゆく中で、一つだけ、特別に葵上を悩ますわけではないが、ぴったりと取り付いて離れないものがありました。この噂を耳にした御息所は、度々夢の中で、葵上らしき姫君を荒々しく引っ張ったり引きずったりしていることに思い当たり、愕然とします。無事出産が済んだと知ったあとには、衣に芥子の香が染みついていることに気づくのでした。

あやしう、われにもあらぬ御心ちをおぼしつゞくるに、御衣などもたゞ芥子の香に染み返りたるあやしさに、御泔まゐり、御衣着替へなどし給ひて、心みたまへど、猶おなじやうにのみあれば、わが身ながらだにうとましうおぼさるゝに、まして人の言ひ思はむことなど、人にの給ふべき事ならねば、心ひとつにおぼし嘆くに、いとゞ御心変はりもまさりゆく。（二・168）

もはや御息所自身でさえ、さまよい出る魂をどうしようもなくなっていたのです。御息所の魂は、自分に対してつれない態度を変えない光源氏のもとへ、恋しさの余りに通うわけでもなく、また病によって遊離するのでもありませんでした。「人をあしかれなど思ふ心もなけれど」（二・158）とあるように、御息所には、葵上に対して明確な怨恨の念がありませんでした。生霊となる者には明確な怨恨や殺意があるものです。『今昔物語集』には、ある近江の女が、自分を捨てた男を恨み、生霊になって取り殺す話があります。また『落窪物語』では、男に復讐された継母がなんとかして生霊にでもなりたいものだと、相手を強く呪う場面が出てきます。

これに対して、葵巻には御息所の「恨めし」「憎し」などの言葉が一切なく、そうした感情は御息所も気づかぬ心の奥底に潜んでいたものとして描かれています。彼女の魂は、車争いの屈辱によって傷つき、ただ日々もの思いに沈んでいるうちに、知らず知らず葵上のもとへさまよい始めたのでした。そして生霊となって葵上をとり殺してしまったために、御息所自身がさらに深く傷つくのです。

# 10 賢木(さかき)

## 六条御息所の位置

生霊事件後、初めて六条御息所から光源氏へ宛てた手紙は、普段よりも優美な書体で書かれてはいるものの、正妻を喪った者に対する一般的な弔問の言葉が記されているのみでした。御息所にしてみれば、このことを明らかに記すことなどできなかったはずです。取りついたことを謝罪する生霊はいないでしょう。しかし光源氏には、そのような型通りの挨拶がしらじらしいものに感じられ、改めて御息所の生霊に接したことが悔やまれるのでした。もともと、光源氏は御息所が立派な教養の持ち主で奥ゆかしい人と見ており、車争い事件については御息所に同情的でした。返事をせず、このまま関係が絶えてしまうのでは、御息所の名に傷がつきます。かといって、表面的な型通りの返事は出せません。思い悩んだ光源氏は、弔問に対する返歌に、生霊事件をほのめかす「おぼし消(け)ちてよかし」(二・188)、執着をお捨てなさいとの一言を添えます。この言葉を目にした六条御息所は、この上ない身の憂さに心を乱すのでした。

そもそも、光源氏と関わる女たちの中で、六条御息所はどのような位置にあるのでしょうか。御息所は言うまでもなく「上の品」の女性です。初めてそれらしき人が光源氏の通い所として登場するのは夕顔巻で、光源氏一七歳の時。ところが、前に述べたように、光源氏は雨夜の品定め（帚木巻）以来、つくろったよそよそしい上流の女たちに対して、中流以下の女とのうち解けた親密な間柄に関心を抱き、空蟬や夕顔と交渉を持ちます。他方では、藤壺への憧憬がその間にも地下水のように絶え間なく光源氏の心の中を流れており、それが地表に吹き出るように逢瀬となります（若紫巻）。

それによってますます藤壺が遠ざかると、心の奥に「永遠の女性」に対する身を蝕むような情念を抱きつつ、その「形代」として紫の少女を手に入れ（若紫巻）、それと前後して、末摘花に対する好色的でない愛情を見せます（末摘花巻）。一方、藤壺に対する情念に突き動かされるようにして徘徊した宮中で、朧月夜と邂逅（花宴巻）。二年を経て車争い事件が起こり、六条御息所の生霊によって正妻葵上が死去し、その後まもなく紫の少女と結婚します（葵巻）。これが一七歳から二二歳までの光源氏の私生活のあらましです。この間、物語にはほとんど書かれていないのですが、光源氏は公人としての職務は果たしているはずであって、生活の全てが女との交渉に費やされているわけではありません。

これを心理的な距離という視点から見ると、まず光源氏の心の深層には亡き母桐壺更衣が存在し、それと重なるように藤壺・夕顔があり、更にそれに重なるように紫の少女、紫上がいます。この三者が光源氏の心の中心を占め続けていると言ってよいでしょう。心理的には近かった夕顔と空蟬はこの世にないか遠方にあり、末摘花は近くにいても心理的には遠いところにあります。比較的近いのはこれからも関係が続く朧月夜くらいのもので、六条御息所は、葵上と同じく光源氏をめぐる女たちの同心円の外側の方にいるのです。葵上は既にこの世にありません。とすると、始めに述べた光源氏の悩みも、相手が一定の距離を置いて愛する女であるところから来るのでしょう。源氏は、六条御息所が住まいとする野の宮（斎宮が伊勢に下る前に住む仮の宮）の、趣向を凝らした風情あるたたずまいをうわさに聞いて、御息所ならば当然であると、その一流のたしなみの深さを誉めています。彼にとって御息所は、「たしなみのある上流貴族の女」以上の存在ではなかったのです。

## 六条御息所の伊勢下向

賢木巻は、この御息所が、「よろづのあはれをおぼし捨てゝ」（二・246）、光源氏に対する執着を断ち切って、斎宮たる娘とともに伊勢へ下る決意をするところから始まります。これに対して光源氏は、手紙だけは情をこめてしばしば送り、御息所がしまいに自分のことを薄情であると思うのも気の毒であり、世の人も同じように思うだろうと思い至って、伊勢への旅立ちを目前に控えた野の宮の御息所のもとへ向かいます。この二人の対面は名場面として知られていますが、それは嵯峨野の晩秋の風情を流麗な筆致で綴った次の一節によるところも大きいでしょう。

はるけき野辺を分け入り給ふより、いとものあはれなり。秋の花みなおとろへつゝ、浅茅が原もかれ〴〵なる虫の音に、松風すごく吹き合はせて、そのこととも聞き分かれぬほどに、も

のの音ども絶えぐ\聞こえたる、いと艶なり。(二・248)

光源氏は、これまでここにやって来なかったことを悔いるのですが、これは身勝手な言い分というよりは、偽らざる真情と言うべきものでしょう。語り手は、これまでの光源氏の御息所に対する態度を、思うままに会え、相手も慕っているふうに見えるあいだは、慢心からそれほどにも思わなかったと説明しています。いつでも会えると思えばさほどではないが、いざその人が去ってしまうとなると、その人の美質が惜しまれるのが人情です。そして、その美質を知りながらゆったり構えていた心の驕りが、相手を苦しめ、果ては生き霊となって妻を死に至らせ、それによって愛情も急速に冷めて行ったといういきさつは、光源氏にとって皮肉な運命でした。従って、愛情が冷めれば容易に別れることができるという問題ではありませんでした。光源氏は昔を思い出し、来し方行く末を思って泣かずにはいられないのです。

## 桐壺院の崩御

御息所は斎宮と共に伊勢へ下ります。そのころ、桐壺院は病重く、余命の少ないことを悟っていました。藤壺中宮との間にできた皇子——実は光源氏の子——は、春宮でしたが、その後見は源氏に託されていました。これは、桐壺帝が譲位後、右大臣家の勢力が盛んになりつつあった時で、それによって不安定要素を増した光源氏と春宮の将来を配慮した処置でした。院は、朱雀帝に対して、改めて政治のことは何事も光源氏を支えとせよと言い遺し、続いて春宮、藤壺中宮、光源氏と、次々と見舞いに訪れた人々と最後の別れを交わして亡くなります。この時、弘徽殿女御だけは、藤壺が院にぴたりと付き添っているのをはばかって、見舞いをためらっているうちに時を逃してしまいます。

昨年は正妻、今年は父と、立て続けに肉親を喪い、政治的にもままならぬ立場に置かれた光源氏は、出家を思うこともありましたが、院の遺言に違うことはできません。ひと頃の、官位昇進を願う人々で所なく立ち込んだ二条院の馬や車はめっきりと減り、源氏はこれから先のことを思いやって寒々とした気持ちになるのでした。一方、一目を忍んで文など通わしていた朧月夜は、尚侍（ないしのかみ）（内侍所の長官で后と同格）となって宮中の弘徽殿に住まうことになります。ここはかつて朧月夜と邂逅した場所でした。不愉快な思いの絶えぬ光源氏は、これまで経験したことのない苦悩に人々と交わる気になれず、その晴らしようのない鬱屈した思いは朧月夜に向けられ、二人は再び同じ所で逢瀬を重ねます。

## 藤壺との再会

桐壺院を喪った痛みを負うもう一人の人物、藤壺も心の晴れる暇もなく、その悲しみは、世が弘徽殿女御の思うままになること以上のものでした。桐壺帝は生前、藤壺と春宮の将来を保障するために、あらゆる手だてを尽くしていました。弘徽殿女御を差し置いて藤壺を中宮に立てたこと、当代随一の人物である光源氏を春宮の後見としたこと、そして朱雀帝に、光源氏を政治の柱として重んずるよう厳しく遺戒したことです。ところが、桐壺帝亡き後、政界の勢力地図は塗り変えられ、そのすべての策は無駄になりかねない事態に陥ります。右大臣家が実権を握り、弘徽殿女御が権勢を振るう時代が到来したのです。藤壺の願いは、わが子春宮を即位させることであり、藤壺にとっては、わが子の後見として源氏以外には頼る者もありません。

源氏は、朧月夜と逢瀬を重ねつつ、反対に藤壺が冷淡に自分を隔てることを立派だと思いながら、それに不満を抱いて過ごしていました。源氏の恋慕は止まず、藤壺は「ともすれば御胸をつぶし給ひつゝ」（二・286）、それに肝を冷やすことが度重なり不安を募らせます。かつての秘事が露見して、我が身はともかくも春宮の身に廃立などの危うい事態が出来するかもしれません。藤壺の唯一の味方であるはずの光源氏が、逆に致命的な破綻を招く危険性を抱えているのです。光源氏を後見として頼らずにはいられないが、それが自分に近づく機会を作ってやることを意味するという、困難な立場に立たされた藤壺は、光源氏の懸想が止むよう祈祷までしていました。ところが、ある日光源氏はとうとう人目を欺いて、藤壺の寝所に忍び込みます。

しかしこの日と翌日と、藤壺は二度の挑みを拒み通します。この時の光源氏は、他の女達に対するのと比べると、同一人物とは思われないほどの違いを見せています。

をとこも、こゝら世をもてしづめ給ふ御心みな乱れて、うつしざまにもあらず、よろづのことを泣く〳〵うらみきこえ給へど、まことに心づきなしとおぼして、いらへも聞こえ給はず。（二・292）

長い間自制してきた心が一挙に乱れ、ほとんど気が違ったように泣きながらかきくどくという醜態をさらすのです。人目のある時は抑えているのが、ひそかに逢うことができたとなると、何を言い何をしているのか、場所も忘れ時も忘れて、ただ思いのたけを訴えるのみでした。

## 藤壺の立場

光源氏の惑乱にも似た懸想に藤壺は苦悩を深めます。祈りの甲斐もなく忍び込まれ、二度挑まれて拒み通したものの、かつての秘事が露見して、春宮の身に廃立などの危うい事態が出来する危険性は増してゆきました。

藤壺は、『源氏物語』全体に関わる重要な人物であるにも関わらず、これまでその心の中に立ち入った描写がありません。このように筆を省いているとも、ぼかしているとも見られる原因は、最高の女性として理想化されていることや、亡き母の「形代」(身代わり)としての役割にも由来していました。藤壺は始めから源氏の手の届かないところにいて、ひとたびは逢瀬を遂げるものの、そのことによってますます遠いところへ行ってしまいます。そこで新たにその「形代」として、紫上を手に入れたのでした。その結果、藤壺は「形代」そのものから「形代」の対象へ、いわば「正身(しようじみ)」(本物)へと役割を変えることになります。

光源氏は、藤壺との不義の子である春宮の後見となることで藤壺に接近しやすい状況が生まれ、桐壺院の死後、藤壺を目の当たりにすることができたのですが、その時の惑乱ぶりは、この「形代」から「正身」へという役割の変化に伴うものと言えます。

髪ざし、頭つき、御髪のかゝりたるさま、限りなきにほはしさなど、たゞかの対の姫君にたがふ所なし。年ごろすこし思ひ忘れ給へりつるを、あさましきまでおぼえ給へるかな（二・290）

「形代」紫上に驚くほどよく似ている——かつて北山で少女を垣間見た時と逆に、かの人が確かにそこにいるという感動が光源氏を支配します。賢木巻になると、初めて藤壺の内面が詳しく描写されるのも、同じ理由からでしょう。

しかし、そこに描き出された藤壺の内面は、光源氏との秘事が露顕することや、愛する春宮が廃位されることや、自らの中宮位を剝奪されることへの恐れと不安に支配されていました。そのために、藤壺は光源氏の執拗な接近を、源氏が悲嘆のあまり出家する危惧を抱きながらも、拒み通すのです。そして、このままではそれらの問題は回避できないと見たとき、唯一の方策として藤壺が選んだのは自らの出家でした。

### 藤壺出家の意図

当時は男女を問わず病苦から逃れようとして出家する場合が多かったとされていますが、中には現世的な幸福の頂点を極めた時、現世の幸いを来世にも実現させたいという願いをこめて自らの意志で出家した例や、夫や親しい者の死をきっかけとしたり、男女関係による場合もありました。『源氏物語』の中で、病気でも、老齢でも、死期が近くもない女たちで出家する人物を挙げれば、藤壺、女三宮、朧月夜、浮舟と、密通かそれに近い事態を体験した人物に限られます。

人々は、藤壺の出家を、夫である故桐壺院の死を哀悼する、后の貞節のあらわれとして評価しました。桐壺院の后たちは少なからぬ数だったはずですが、この段階で出家したのは藤壺中宮一人であって、これは、もっとも深く故院の寵愛を受けた彼女の位置を意味するものでもあります。

しかし、初めて詳細に描かれる藤壺の内面をうかがうと、出家の意図は保身的であり、大后の策略に陥らぬためにしたことと読めるのです。先に挙げた、藤壺の心を占めていたもの——光源氏との秘事の露顕、愛する春宮の廃位、自らの中宮位剥奪へのおそれと不安といった事柄——は、「貞節」といったものとは遠く、源氏の熱愛と弘徽殿大后の敵愾心の板挟みとなった中宮の危機回避の一策と言うことができます。密通という事実がなくても、右大臣の天下となった今、皇太子の地位には危ういものがあります。

ましてその母親に不義があって、その結果生まれたのだとわかれば、相当の制裁が母子に対して加えられるでしょう。歴史上、母親の不義だけで皇子が源の姓を剥奪され、僧籍に入った例がありました。藤壺は、想像するだに恐ろしいそのような事態を回避するために、出家を決意したのでした。一方、現皇太子が、中宮と故院の第二皇子との密通によって生まれたことを夢にも知らぬ人々にとっては、中宮の「貞節」以外には出家の理由が見出せなかったのです。

## 出家後の藤壺と出家の意味

后の出家は、后の位を返上しなければならないという実質的な意味は持たなかったとされています。出家後も、中宮、皇后、皇太后等の地位にとどまることはでき、天皇の生母となって、院号を与えられる時に返上するのが常でした。この時藤壺は、まだ皇太子の母であるに過ぎません。にもかかわらず、藤壺は出家後、本来受けるべき中宮としての特権を停止されているらしく、后位は剝奪されたか、それに等しい待遇に成り下がったと考えられます。これは、弘徽殿女御をはじめとする右大臣家の画策によると見るほかはありません。そのような境遇を実際に体験するにつけて、藤壺の心は揺れ動きますが、ただひたすら仏道修行に励みます。

わが身をなきになしても東宮の御世を平(たひら)かにおはしまさば、とのみおぼしつゝ、御おこなひたゆみなく勤(つと)めさせ給ふ。(二・340)

春宮は不義の子であり、その将来に不吉なものを感じていた藤壺は、その罪を自分の出家と仏の加護によって軽くし、許されることだけを念じて生きていました。光源氏にとって亡き母の「形代」であった藤壺は、密通によって源氏から遠ざかり、「正身」となったあとは出家によって更に遠ざかったのでした。

## 朧月夜との逢瀬

光源氏が藤壺に迫ったのは、朧月夜との逢瀬の帰りを、敵方の頭中将（藤少将）に物陰から見かけられた後でした。相手はかたや先帝の中宮、かたや今上帝後宮の尚侍。二つの禁忌を重ねて犯そうという、まさに無謀というべき振る舞いでした。もともと、朧月夜は宮中で偶然出会った相手で、その後も逢瀬を重ねていましたが、右大臣天下の政界で人々と交わる気になれない光源氏は、そのどうにも晴らしようのない鬱屈した思いを、朧月夜に向けていたのでした。

藤壺中宮の方は、その出家によって危機は回避されました。しかし朧月夜の方は、たまたま夏のある日の未明、雷雨のために人目が繁く、光源氏が帰る機会を失った時、逢瀬の現場を朧月夜の父である右大臣に押さえられるという不覚の事態によって露顕し、一大事に発展しかねない様相を帯びてきます。光源氏にとって重大な試練の始まりでした。わが娘可愛さに、憤懣やるかたない右大臣から「報告」を受けた弘徽殿女御は激怒、これもわが子の今上帝可愛さ、裏返せば光源氏憎さに、その失脚の画策をめぐらすところで賢木巻は閉じられます。

## 11 花散里

### 花散里巻の位置

賢木巻の巻末から須磨巻へと、光源氏の苦境が語られる中に、花散里巻という短い一帖が置かれています。この巻は和歌の香り高く漂う巻で、光源氏が身を置く皇室およびその周辺に生じた激動の中、賢木から須磨への物語の流れを一時停めて、静謐な情趣を醸し出しています。

舞台は、光源氏が訪れた麗景殿女御の屋敷で、その妹が花散里です。かつて「はかなうほのめき給ひし」（二・370）、つまり宮中で人目を忍んで会ったこの人を、源氏はどういう訳か思い出します。この後の物語でたびたび登場し、重要な役割を演ずることになる人物です。源氏はまず女御と歌を詠み交わして懐旧の情にひたり、その後、西の対に住まう花散里と語らいますが、その場面は全く描写を伴わず、当の女は登場しません。ひとまず舞台の袖に立ったといった趣で巻は閉じられます。

この頃までに、光源氏は、正妻葵上の死、父桐壺院の死に続いて、六条御息所が京を去り、藤壺が出家と、立て続けに周囲の主立った人々を失っています。桐壺帝の譲位と朱雀帝の即位、そして桐壺院の崩御という大きな政治的転換にともなって、公的な場で窮地に立たされていたばかりではなく、私生活においても行き詰まりが生じていました。その中で、源氏の記憶の底から、かつての経験が甦ったのでした。

仮に、賢木巻と須磨巻の間にこの短い帖がなくとも、賢木巻の末尾で弘徽殿女御が策略をめぐらし、それが須磨巻の巻頭で「世中(よのなか)いとわづらはしく」(二・386)思われる源氏の心情にそのままつながって、何ら不自然さは感じられません。しかしこの短い巻が、苦境に立たされた源氏の心情に触れ、また次の須磨巻の巻頭では「花散里」の名とともに女の嘆きに言及があることを考えると、賢木・須磨両巻の橋渡しとしてあることは明らかです。苦境に立たされ、人生の大きな転変を迎えつつある源氏の意識は、ここで変わらぬ自分をもう一度確かめようとでもするかのように過去へと向かい、変わらぬ日常を演じています。

# 12 須磨（すま）

## 須磨退居の決心

世中（よのなか）いとわづらはしく、はしたなきことのみまされば、せめて知（し）らず顔（がほ）にあり経（へ）ても、これよりまさることもやとおぼしなりぬ。（二・386）

須磨巻の書き出しです。光源氏にとって、もはや都は安穏に過ごすことのできるような場所ではなくなっていました。この巻に入ると、すでに光源氏の須磨行は決まっており、前巻との間にどのようなことが起きたのか、あるいは起きようとしたのか、記されてはいません。賢木巻は、朧月夜との密会の発覚と、それを機として弘徽殿大后が画策を巡らすところで終わっていました。桐壺帝の譲位と朱雀帝の即位（葵巻）、そして桐壺院の崩御（賢木巻）という、政界の大きな動きにともない、光源氏の身の上にも大きな変化が生じ、物語は、花散里巻をはさんで都から須磨・明石へと舞台を移します。葵巻から賢木巻にかけて、光源氏は公的な場において不遇に陥るとともに、私生活においても行き詰まりを見せますが、その結末が、須磨への退居なのでした。葵巻・賢木巻からこれまでの物語の展開を整理してみると、図1のようになります。新帝即位が様々な出来事へと波紋を拡げてゆくことがわかります。

　弘徽殿大后の画策がどのようなものだったのかは、はっきりと書かれていませんが、推測することは可能です。大后によると、源氏が春宮（のちの冷泉帝）に特別に心を寄せる人物ゆえに、時の帝に仕える尚侍、朧月夜と通じ、斎院である朝顔とひそかに文を交わすような不埒を働いたのでした。

　一方光源氏は、都を旅立つ前に、舅である左大臣と別れを交わす際、自分が官位を剥奪されており、遠流の判決が出ていると述べています。二人の言葉をつきあわせると、画策とは、光源氏に、今上朱雀帝の廃位と春宮の即位をもくろんでいるという謀

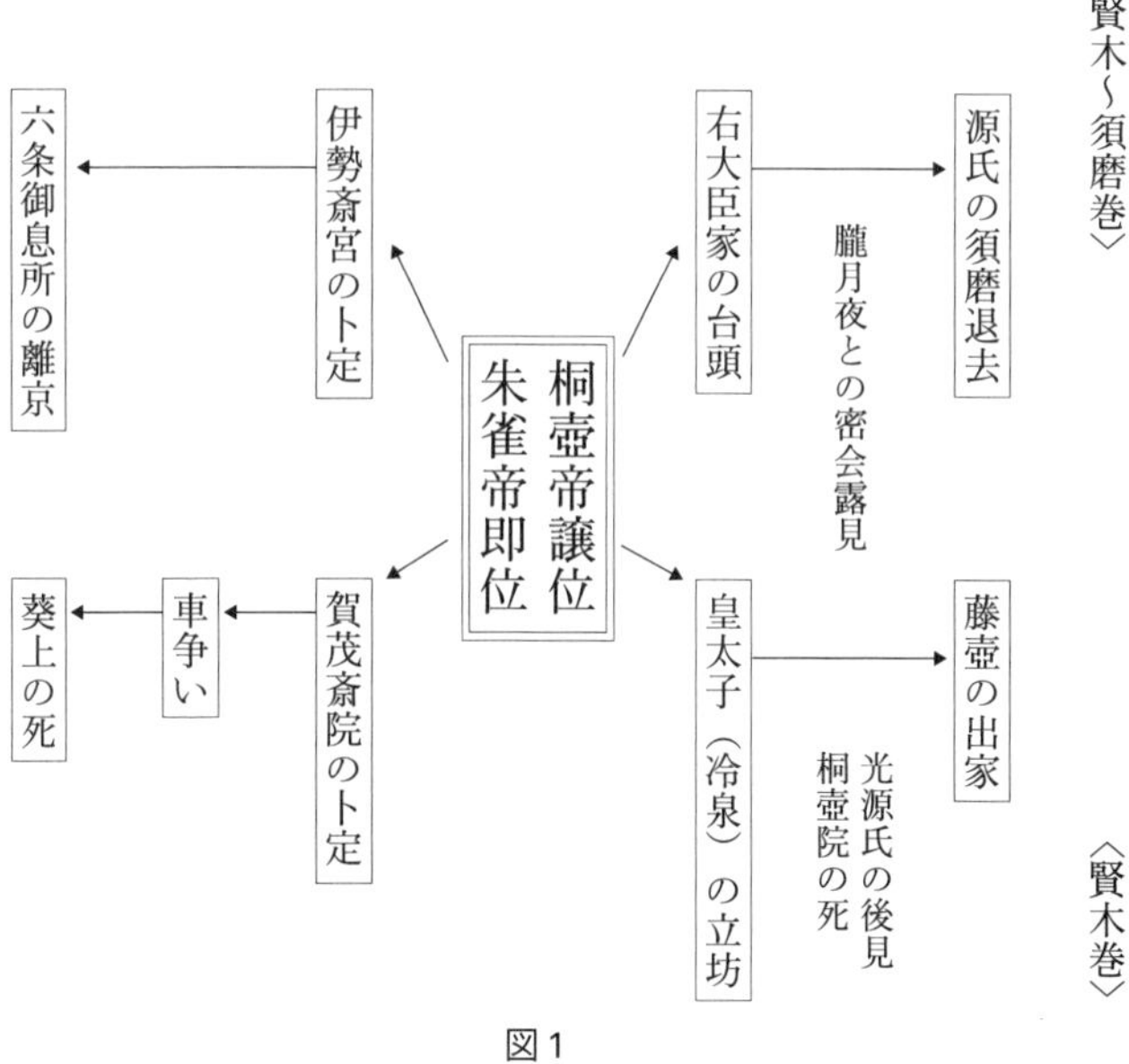


図1

叛の濡れ衣を着せ、流罪に処することであったと考えられるのです。光源氏は、これ以上事態が悪化し、画策が実現して春宮に累が及ぶことを避けるために、自発的に退居を決意したのでした。

しかし、光源氏が退居した理由は、事態の深刻化を避けるためというにとどまりませんでした。左大臣に対しては、世俗的な意味での無実を訴え、紫上に対しても自分に過ちはないと明言する源氏が、藤壺に対しては次のように述べています。

かく思ひかけぬ罪(つみ)に当(あ)たり侍るも、思(おも)う給へあはすることのひとふしになむ、空(そら)もおそろしう侍る。をしげなき身はなきになしても、宮の御世にだにことなくおはしまさば。(二・418)

空恐ろしいのは、事実、自分が犯した罪でした。源氏は須磨に退去した後、罪障消滅のために精進の日々を送っています。実際には「謀叛」など企んでいない源氏が罪障消滅を祈るのは、もっと深い所にある罪——すなわち、藤壺との密通と、それによる子の誕生——を自覚していたことを示しています。このことは、須磨退居が、出家ではないにせよ、それに準ずる意味を持つ行為であったことを物語っているのです。

### 人々との別れ

母親、祖母、愛人、妻、父と、親しい人に先立たれる経験を経て来て、六条御息所の離京、朝顔君の斎院卜定、藤壺の出家、朧月夜との密会発覚と、次々に愛すべき対象を喪失した光源氏に、ただ一人遺されたのが紫上でした。

当時、旅立ちに際しては、深刻な生き別れの感を抱くのが常であり、当然でもありましたが、源氏の須磨退去は、ひときわ強い永訣の感情を伴いました。何か期限のある旅でもなく、定めなき世ゆえ、そのまま別れの門出になるかも知れず、将来の帰京の目途はまったく立たなかったのです。

語り手は、光源氏が人々との間に交わした一七首の贈答歌を通じて、さまざまな離別の形を示し、それぞれ異なる人間関係を示そうとしています。そこでは、源氏と親しい縁に結ばれた人物のほとんど全てであり、亡き父帝への別れをも含めて、この四日間の離別の悲しみが克明かつ周到に描かれています。特に、紫上との別れと須磨退去後の二人の心情の描写は、濃密な情緒をただよわせていて、味わい深い箇所です。

### 貴種流離譚

光源氏がこのように都に住み続けることができなくなり、地方に居を求めることになるという筋立ては、折口信夫の言う「貴種流離譚」の話型に依っています。「貴種流離譚」とは、貴い血統を受けた者が異国に流離し、多くの試練を通じてその尊貴さを現してゆくストーリーを持つ物語で、多くの場合、主人公は罪を負って地方へ流離する人物です。これが日本の古典を貫いて流れる重要な要素の一つであると折口は言います。

光源氏須磨流竄の原因は、犯すことが、あつたのである。其故、天上に近い生活から、自ら去つて、流離することになつたとしてゐる。其犯しの種類は違ふが、竹取の赫耶姫も、愈、昇天する前になつて、翁に語つた所では、天上の者だが、聊かの犯しがあつて、人界に住むことになつたと言ふのである。

（「日本文学の発生 序説」）

昔物語の上の貴人のさすらひが、伝承の詞章から、文学の上にとりあげられた一つの絶頂が、源氏の須磨・明石の巻である。此巻々にこそ、「物語要素」としての貴種流離譚の持つてゐるすべてのものが出ても居り、そのうへに、物語の内容にもなり、其を包んで来た民族の感激と謂つたものも、「輝いた愁ひ」とも言ふべき艶めかしさに潤うて現れてゐるのである。（同）

このように述べて、かぐや姫、麻続王、石上乙麻呂、中臣宅守、小野篁、在原行平、在原業平、光源氏、源義経、「山椒大夫」の安寿と厨子王などをこの流れの中にあるものとして挙げています。その上で、これら貴種流離譚と見なされる話の中で、『源氏物語』須磨・明石両巻を、もっとも完成度が高いものとして位置づけています。

## 須磨の生活

須磨巻は、別離の場面が大方四割で、それに伴う情緒が、敵対勢力から圧迫を受ける主人公の憂愁を濃密に表現しています。源氏が出発したのは三月二十日余りの頃、時に二六歳で、身を置く場所として選んだのは須磨でした。源氏は、須磨が昔と異なって人里離れた海士の家さえ稀な所だと耳にしていました。人の行き来が余りなく、かといって都からそれほど遠くない土地が、まさに源氏の望むところだったのです。

須磨についてから、翌年三月上巳(じょうし)の御禊(ごけい)の日に暴風雨が起こるまでの約一年間、春霞、五月雨、秋風、雁、月、雪、千鳥などの風物を背景に、四季折々のわび住まいの様が絵巻物のように展開します。中でも、次の一節は古くから名文として親しまれて来ました。

> 須磨(すま)にはいとゞ心づくしの秋風に、海(うみ)はすこしとほけれど、行平(ゆきひら)の中納言の、「関吹(せきふ)き越(こ)ゆる」と言(い)ひけん浦波(うらなみ)、よる〳〵はげにいと近(ちか)く聞(き)こえて、またなくあはれなるものは、かゝる所の秋なりけり。御前にいと人少なにて、うち休(やす)みわたれるに、ひとり目(め)をさまして枕(まくら)をそば立(だ)てて四方(よも)の嵐(あらし)を聞(き)き給ふに、波(なみ)たゞこゝもとに立(た)ちくる心(ここ)ちして、涙落(お)つともおぼえぬに枕浮(う)くばかりになりにけり。(二・450)

須磨は、明石海峡を隔てて淡路島を間近に望む、風光明媚の地として知られていました。歌枕であり、和歌ではしばしば須磨の海人や藻塩の煙が詠み込まれています。『古今和歌集』に、勅勘（天皇のとがめ）を受けて退居した在原行平の歌「わくらばにとふ人あらば須磨の浦に藻塩（もしほ）垂れつつわぶと答へよ」があります。「藻塩」は、もともと和歌では多く「しほたる」（泣く）にかけて用いますが、そこから須磨は零落の思いと結びつき、さらに行平の歌で流人の流離の地というイメージが定着します。源氏は、この行平がかつて住んだあたりに居を定めます。自分を、流人となった歴史上の人物に寓したわけです。

右の一節は、須磨を詠んだ先行の和歌の影響を受けているのみならず、多くの和歌を挿入し、地の文にも和漢の流離の人の詩歌をちりばめて漸層的に抒情を深め、風の音、浦波の音、四方の嵐、琴の音と、夜の寂寥の中に高まり響きあう物音を耳にして、都を恋いわびて泣く光源氏の孤愁、先に引いた折口信夫の言葉を借りれば「輝いた愁ひ」を表現しています。

都には、藤壺、朧月夜、花散里、六条御息所を始め、退居を余儀なくされている光源氏を恋い慕う人々も多く、そのような人々と源氏の間には、始めの頃は「あはれなる文（ふみ）を作（つく）りかは」す（二・464）、うるわしい交情がありました。それが「世中（よのなか）にのみめでられ」る（同）、つまり世間の評判を呼ぶという、罪人らしからぬ結果をもたらします。これを快く思わない弘徽殿大后は、光源氏がわざわざ風流な家に住んで世の中を非難している、などと批判し、そのために人々は消息すら書くことをやめてしまいます。

しかし、その中で唯一人、三位中将（さんみのちゅうじょう）（かつての頭中将）が、源氏と関わって罪を負わされることを恐れず、須磨を訪れています。年が明けて、須磨での暮らしも一年が経とうという春のことでした。この二人の束の間の対面が、『源氏物語』中随一の、うるわしい友情を描いた場面となっています。そこでは、都を恋いわびて暮らす光源氏が、他ならぬその憂愁によって、一層輝きを増しているように見えます。須磨巻は、貴人が迫害を受け、試練を通じてその尊貴さをあらわしてゆく物語でもあります。

## 明石の人々登場――若紫巻から須磨巻へ

少し時間を戻すと、始めの年の冬、須磨の西隣の明石では、八年前、源氏一八歳の時に、北山で家来の良清からそのうわさを耳にした人物――明石入道が、光源氏の須磨退居の情報に色めきたっていました。

北山で聞いたそのうわさによれば、彼は播磨国の前国守で、もとは大臣の家柄であったのが、「世(よ)のひがもの」(一・372)であったために出世もせず、かえって中央の官職を辞して地方官である国守となったものの、地元の播磨国の人々にも侮られて出家してしまい、今は海辺近くに造営した広壮な住まいに一人娘の将来だけを夢見て暮らしているというのです。

その時光源氏は、どんな娘かと尋ねていますが、娘の出世に対する明石入道の常軌を逸した期待ぶりに「海竜(かいりゅう)わうの后(きさき)になるべきいつきむすめななり」(一・374)と冗談を言いながら、志が遂げられなかったら海に入れとまで遺言しておく入道の娘に、深い関心を抱いています。「わらはやみ」と藤壺への思慕の苦しみの中でも、そのような変わり者と娘の話は、心の片隅に置いておいたのです。しかし、この一家が、のちに光源氏の人生において大変重要な役割を果たします。

明石の一家が実際に登場するのはこの須磨巻の巻末近くで、かねてから明石入道の娘に関心を抱いていた良清が、娘に消息を寄せるところからです。娘から返事は来ず、入道が会うことを求めてくるのですが、良清は入道の志の高いことを知っていますから、娘を簡単に会わせるわけがないと思い、応じません。入道の目的は、実は光源氏にあったのでした。入道と妻の会話が、徐々に事情を明らかにしてゆきます。

入道は、光源氏が須磨に来ていることを知ると、娘を光源氏に添わせようと考えます。その意向を聞いた入道の妻は、光源氏のことを「やむごとなき御妻どもいと多く持ち給ひて、そのあまり、忍び〳〵みかどの御妻さへあやまち給ひて、かくもさわがれ給ふなる人」（二・470）と評して、こんな田舎娘をもらうわけがないと答えます。「みかどの御妻」とは、藤壺ではなく朧月夜のことです。朧月夜との一件は、既に世上にうわさとして流れ、明石の地まで聞こえていたのです。世の人は、それゆえに、光源氏が謀叛の企みなど抱いたのではなく、無実の罪を着せられたのだということを、暗黙のうちに知っていたことになります。

入道の妻が、誰が好きこのんで縁談のはじめに「罪に当たりて流されておはしたらむ人」（二・472）を思いかけるだろうか、それでも光源氏ならいいが、源氏は戯れにも娘を相手にはすまいと言うと、入道は、外国にもわが国にも、世に優れた人が罪を得ることは必ずあるのだと言い返すのでした。そして、ここで初めて、入道の叔父の娘があの桐壺更衣であったということが明らかになります。光源氏から見れば、明石入道は母のいとこに当たるわけで、決して田舎者だからと言って見捨てまいと入道は信じています。

娘は、それほど美しいわけではありませんでしたが、優しく気高く教養がある点で、上流の女たちに勝るとも劣りませんでした。高貴な男は自分のことを見向きもすまいと思う一方、今の身分相応の結婚も嫌だ、父母が先立ったら、尼になるか海の底に入ろうと考えていました。彼女は幼い頃からの父親の教えに従うつもりなのです。「女は心高く(たか)つかふべきものなり」（二・474）、女は望みを高く持つべきだとの入道の考え方は、十分娘に染みこんでいました。

## 須磨と明石

この明石という所は、須磨からは「たゞはひ渡る(わた)ほど」（二・470）、気軽に歩いて行ける距離にあると記されています。須磨は摂津国で畿内、明石は播磨国であり、行政区画の異なる地域でしたが、人々の意識としては明石辺りから東が畿内とされていました。明石を越えようとする時、鄙の地におもむくという思いを深くし、逆に、明石に至ると家郷が近づいたことを喜ぶのは、奈良時代以前から歌に歌われて来たことでした。須磨・明石は、鄙の地とはいえ、かろうじて都とつなぎとめられている土地なのです。

貴族が朝廷の許可もなく、畿内の外に出る事は律令法によって禁じられていました。須磨はその畿外との境界をなす位置にあります。光源氏の自発的な退居は、法に触れない畿内の最も遠いところを選んだとも言えるのです。従って、須磨退居を法によって咎められることはないはずです。

また、この摂津国の守が光源氏の家来、惟光であるという設定は、退居後の生活はどう賄ったのかを説明しています。国守の私的・公的収益の中から物資を供給すること、中央の指示による光源氏の荘園の没収などを有利に取りはからうこと、光源氏が都と交信し、物資を輸送する時、妨害されないようにすることが可能となります。光源氏を監視する任を受けていたとすれば、その動静を報告する義務がありますが、有利に報告させることもできます。様々な条件を、その国の国守が味方であることによって満たすことができるのです。逆に摂津守が源氏の家来でなければ、一切を遮断されて、悪しざまに報告され（帝を呪詛した等）、本格的な流罪や春宮廃位ともなりかねません。

須磨は畿内と山陽道を分ける境界でした。山陽道は大同元年（八〇六）以来、新任国司等の赴任は海路によることになり、陸路は衰微します。私人の通行、貨物の輸送等も舟が主流となります。播灘と大阪湾をつなく頸部である明石海峡をのぞむ明石海岸は、瀬戸内海諸国のみならず遠く九州と畿内との経済や文化の要衝に当たっていました。明石入道が国守として蓄財し得たというのも、このような事情を背景としています。すなわち、海岸を支配することによって、船着き場としての権利を持ち、倉を置いて背後の土地の農林産物をたくわえ、海産物による収益や塩浜（塩田）の権利、更には公益による収益もあるのでしょう。物語には書かれていないことですが、想像が広がります。

## 明石一家の物語

ところで、この須磨退居当時、光源氏には二人の子がいました。藤壺との間に生まれた皇太子（のちの冷泉帝）と、葵上との間に生まれた夕霧です。一人は見かけ上は先帝の子、もう一人は亡き正妻の子です。物語は、この須磨・明石の巻後、もう二人の子の誕生へと展開します。そのうちの一人が、明石入道の娘との間に生まれる明石姫君、もう一人が宇治十帖の主人公、薫でした。薫は、柏木と女三宮の密通によって生まれた子であって、実子ではありません。見かけ上、源氏には三人の子があったのですが、それは実子である三人の子供たちとは異なるわけです（図2）。

光源氏の苦境は、冷泉帝の誕生（紅葉賀巻、光源氏一九歳）と夕霧の誕生（葵巻、二二歳）を語り終わったあとで一段と深まり（賢木巻）、それが明石一家との出会いをもたらし（明石巻、二七歳）、光源氏三人目の子であり、今上帝の中宮となる明石姫君の誕生（澪標巻、

| 実質 | 見かけ |
|---|---|
| 1 冷泉帝 | 1 夕霧 |
| 2 夕霧 | 2 明石姫君（中宮） |
| 3 明石姫君（中宮） | 3 薫 |

図2

二九歳）へとつながります。近衛中将を捨てて播磨守となった明石入道が、都にも劣らぬ環境をこしらえて、娘を大切に育て上げ、彼女が光源氏と結婚し、その間に生まれた子が入内、さらに立后するに至って、栄光への願望を実現するのが、明石一家の物語です。

### 須磨の嵐

須磨巻の終わり近くで、三位中将（かつての頭中将）が友情から源氏のもとを訪れたのは、都を去ってから一年が経とうという時でした。源氏にとって、このまま須磨で暮らすのは耐え難いことでしたが、官位を剥奪された人物が、都へ戻ってもとの生活を始めるためには、帝による召還の命がなければなりません。光源氏の腹違いの兄である朱雀帝は、源氏に同情的で、源氏のいないのをひどく寂しがっています。しかし、その母弘徽殿大后の、光源氏に対する憎悪が召還を許さなかったのです。

孤立したまま退居の日々を送る光源氏は、三月一日、人に勧められて「上巳の祓」（三月初めの巳の日に水辺でけがれや災いを祓い浄める風習）を行います。源氏がうららと凪渡る海面を前に、来し方行く先を思い続けて、自らの無実を八百万の神に訴える歌を詠んだ時、にわかに風が吹き始め、空はかき曇り、一転して暴風雨となります。

肱笠雨とか降りきて、いとあわたゝしければ、みな帰り給はむとするに、笠も取りあへず。さる心もなきに、よろづ吹き散らし、又なき風なり。波いといかめしう立ちて、人〳〵の足をそらなり。海の面は衾を張りたらむやうに光満ちて、神鳴りひらめく。落ちかゝる心ちして、からうしてたどり来て、「かゝる目は見ずもあるかな。風などは吹くもけしきつきてこそあれ、あさましうめづらかなり。」とまどふに、猶やまず鳴り満ちて、雨の脚、当たる所とほりぬべくはらめき落つ。（二・484）

野分巻の暴風と並んで、『源氏物語』の中でも珍しい、荒々しい自然の描写です。祓を終え、居室にもどってうつらうつらとした源氏の夢に誰ともわからない人物が現れます。その人物が「など、宮より召しあるにはまゐり給はぬ」（二・486）、なぜ宮から召されているのに参上なさらないのかと告げるに至って、光源氏は海龍王に魅入られたかと思い、須磨にいることがますます耐え難くなります。

# 13 明石（あかし）

## 落雷

明石巻は、暴風雨がなお収まらないところから始まります。紫上の見舞い状を届けた使者の話では、都でも雹が降り、雷が鳴りやまぬという状態であるとのこと。幾日も続く暴風雨に、光源氏をはじめ供の人々もいよいよやる瀬なく、果てはここで死なねばならぬかとまで思い詰めます。都では、「この雨風、あやしき物のさとしなり」（二・500）と、この天変地異を何かのお告げであるとして、仁王会（護国を祈念する法会）を行うことになります。公卿たちも道を断たれて登庁できず、政務も滞ってしまいます。暴風雨を鎮めるために、一同が住吉の神に祈願すると、雷はいよいよ鳴り轟き、源氏のいる部屋に続く廊へ落ちかかって出火します。人々の恐怖が極点に達した時、雷雨はようやく収まります。

天変地異が当時の人々に与えた物理的・精神的な影響の大きさは、計り知れないものがあります。それは人智を超えた存在の働きですが、人間の世界で起きていることと密接なつながりがあると考えられていました。菅原道真が、その死後、雷神となって藤原時平のいた清涼殿に落ちかかり、その祟りのために時平一族が短命になったという言い伝えは、それを端的に示す話です。

## 明石への転居

光源氏は、落雷による住居の一部の焼失によって、台所へ避難します。するとその日の夜、亡き桐壺院が光源氏の夢に現れ「住吉の神の導き給ふまゝには、はや舟出して、この浦を去りね」（二・508）と告げます。ここで初めて、須磨巻の最後で光源氏の夢に現れた何者かが、住吉の神の使者であったことが明らかになるのです。その時の夢のお告げは、源氏の祈願に感応して、住吉の神が暴風雨を起こして須磨を去らせようとしているのに、なぜただちにそれに従わないのかという意味なのでした。

しかし、政敵に官位を剥奪されて都を去った光源氏は、これらの二つの夢による導きを、都への帰還の促しと受け止めることはできません。ともかくも、須磨を去ることに何か意味があるのだと理解するにとどまります。この直後に、明石入道の舟が須磨に到着し、光源氏は入道と対面します。明石入道も夢のお告げによって須磨へ向かうよう諭されていたことがわかると、光源氏は初めて自分が入道のいる明石へ導かれていたのだとわかるのです。

すでに若紫巻でうわさに上っていた明石入道は、須磨巻で登場し、娘を光源氏にと熱望していました。この娘がこのあと光源氏と結婚し、源氏の三人目の子を産み、その女子が入内、更に立后することになります。暴風雨は、光源氏に命にも及びかねない苦難を与えるとともに、彼が須磨を去って明石へ移り、更に都へ帰還して地位を回復してゆくきっかけともなっています。光源氏の受難は、同時に住吉の神の明石への誘いであり、救いだったわけです。

## 明石入道の悲願

光源氏が身を置くことになった明石入道の邸宅は、「月ごろの御住まひよりは、こよなく明らかになつかしき」（二・520）とあるように、晴れやかで住み心地のよい所でした。これは、須磨における住居が、「海づらはや、入りて、あはれにすごげなる山中なり」（二・432）と、閉ざされた陰鬱な空間であったのと対照的で、右に述べた光源氏の受難と救いを象徴するものです。

都の人々との文通も再開し、源氏は明石入道の昔話につれづれを紛らす日々を送ります。明石入道は、いざ光源氏を目の前にすると、娘のことをなかなか切り出せません。そんな折、久しく手にしなかった琴を源氏が弾き始めました。光源氏の琴の音を聞きつけた入道が参上して琵琶を演奏、箏をすすめられた源氏が少し弾いた後、二人は箏をめぐって語らいます。その中で、明石入道が延喜の帝（醍醐天皇）から箏を相伝して三代目になることが明かされ、自らも箏を演奏します。その演奏は、「いまの世に聞こえぬ筋」で、「いといたう唐めい」いた（二・536）音色でした。光源氏がそれまでに聞いたことのない調べ、光源氏が青春時代を謳歌した桐壺帝の聖代にはなかった音色でした。

夜は更けてすでに月も入り方になろうというとき、明石入道は光源氏に、この一八年間住吉の神に祈り続け、毎年春と秋には住吉神社に詣でて、娘が高い位に上ることを念じ続けてきたことを語ります。話の中にはもちろん、まだ光源氏は知らなかったはずのこと――源氏の母がこの入道のいとこであることが含まれていたのでしょう。光源氏はそれを聞いて、自分が無実の罪で須磨へ退居し、暴風雨をきっかけに明石へやって来たことの意味を初めて悟り、娘と引き合わせるよう入道に告げたのでした。

## 桐壺巻の前史

ところで、明石入道の家は父が大臣となる家柄であったにも関わらず、今は零落して明石にいることになっています。若紫巻の良清のうわさ話によれば、「世のひがもの」（一・372）の入道は上流貴族の人々とうまくつきあえず、出世もせず、都を捨てて播磨に下ったと見られていました。しかし、名門の出で、深い教養もあり、財をなす才覚にも恵まれた人物が、社交嫌いというだけで冷遇されたとは考えにくいのです。背景には、物語では明確に語られない何かの理由を考えなければなりません。その入道が、娘の将来の入内を念頭に、「もしわれにおくれてその心ざし遂げず、この思ひおきつる宿世たがはば、海に入りね」（一・374）とまで遺言しているのは、単に入道自身や娘の栄華を願って言うのでないことは明らかです。ましてや娘の現実的な結婚相手としては良清あたりがふさわしく、源氏との結婚は、社会通念を無視した執念と言うべき念願でした。

一方、入道の叔父に当たる按察使大納言（桐壺更衣の父）も、大臣になる資格も可能性もあったのに、亡くなっています。その遺言は、娘（桐壺更衣）の入内という志を「かならず遂げさせたてまつれ。われ亡く成りぬとてくちをしう思ひくづほるな」（一・36）というものでした。娘を争って入内させ、女御・中宮にと期待をかけるのは当時の上流貴族の常でしたが、この桐壺更衣の父の口吻には、やはり何か異様な固い意志、執念めいたものが感じられます。自分が死んでも、娘の入内によって、成し遂げられねばならないことがあるのです。

ここに読者は、光源氏の母系に連なる人々の、物語では語られなかった歴史へと想像を促されます。桐壺巻で左右大臣が権勢を誇りつつ対立する以前に、桐壺更衣の父大納言と、明石入道の父大臣という兄弟の家系が栄えた時代があったのではないか。そしてこの兄弟が失脚するような事件が起こり、一族復活への重要なステップとして、娘（桐壺更衣）を入内させたのではないか。とすれば、その遺児である光源氏には、この一族の悲願を実らせる使命がある。明石入道が、流人のごとき光源氏を迎え、娘の明石君の婿とした意図はそこにあったのではないか――。

先に述べたように、明石入道の箏の演奏は、源氏の知らない、桐壺帝の御代にはなかったものでしたが、右のような桐壺巻前史というべきものを想定すると、その箏の音色は、明石入道の父とその弟、桐壺更衣の父が政権の中枢で栄えた時代と、それらの人々の失意の日々、そしてそれぞれの血を引く桐壺更衣と明石入道の苦難の人生を象徴するものとして、深い響きを帯びてきます。

## 明石君と光源氏

明石入道から身の上話を聞いた光源氏は、自分が罪を得て須磨に退居し、住吉の神の導きによって明石に移り住んだことが、明石入道にとっては一八年にわたって娘の出世を住吉の神に祈願して来た結果であることを知り、浅からぬ宿縁に心を打たれます。明石にやって来た当初から、入道からは娘の将来を気にかけていることを聞かされていたのですが、我が身の上を思い、都の紫上が念頭を去らない光源氏は、関心を抱きながらも、進んで娘に近づく気にはなれませんでした。こうして事の次第が明らかになった今、光源氏の胸には初めて、明石入道のかねてからの念願に応ずる気持ちが生まれます。

しかし、源氏が文をやっても、娘は舶来の上質紙を用いた格式の高さに気圧され、身分の違いをはばかって、返事をすることとさえできません。父入道がいくらせきたてても応ぜず、「心ちあしとて寄り臥しぬ」（二・544）という有様です。その後やっとのことで文のやりとりは始まりますが、なびく様子はありません。しかしその文は都の上流の女性たちにひけを取らず、高貴な人のごとき風情があって、源氏の心を引きつけます。

娘にしてみれば、光源氏にとって自分は大した存在ではない、問題にもしてもらえまいという自覚がありました。名門の血を受けた父親の望む通りに、プライドを高く保ちながらも、その願望はとうてい現実のものとなりそうもないと思えば、消極的にならざるを得なかったのです。名門の出である誇りと、現実の境遇との間にある矛盾が、娘の心を閉ざしているのです。

それが、光源氏から見れば「女はた、中〱やむごとなき際の人よりもいたう思ひ上がりて、ねたげにもてなしきこえたれば」（二・548）、すなわち上流の女以上にプライドが高く、源氏をじらすような態度を取っているように思われ、しばらくは根比べの状態が続きます。光源氏としては、身分が大きく違うこととを考えれば、軽々しく自分から出向くわけにもいきません。娘を正式な妻として扱うつもりはないので、その必要はないのです。その上、都にいる紫上のことが気がかりです。いっそ紫上を密かにこちらに呼び寄せようとまで考えますが、もちろんそんなことができようはずがありません。しかし、文を交わすうちに、光源氏は次第に入道の娘に惹かれてゆき、会ってみたいという気持ちと、それを抑制する気持ちが葛藤しているうちに秋になります。

光源氏はとうとう入道に、娘を寄こすように言います。独り寝のわびしさに耐えられなくなったのです。自分から通い出すのではなく、呼び寄せたにしても、光源氏としては大きな譲歩でした。召し出せばすぐに応じる受領の娘といった感覚なのです。しかし、あろうことか娘は肯んじませんでした。光源氏と文を交わし、その琴の音を聞くだけでも身に余ることと思うのです。入道は、大願の成就を目前にして、不用意に娘を源氏に会わせてすぐに棄てられるようなことがあってはと、慎重に事を運びます。母親は、最後まで不安を捨て切れず思い煩います。入道はその繰り言を聞き入れずに、娘の部屋を最高にしつらえ、光源氏を迎えるばかりにしておき、八月半ばの月明かりの夜、風雅のわかる人に華やかな月を見せたいと源氏を誘います。

入道は、あくまで源氏に娘のところへ通って来て欲しいのです。娘を召人なみに扱われては、先々が思いやられます。到底正式の結婚は望めないにしろ、せめても婿取りの形を取りたかったのでした。光源氏としては、心情的にも娘に会ってみたいという気持ちは募っており、またこのような風雅の心に訴える誘い方には応ぜざるを得ず、もはや拒むことはできません。明石に移り住んだ年の秋に、光源氏は明石入道の娘のもとを訪れ、契りを結びます。

## 光源氏召還

光源氏が明石入道の娘と会おうという気持ちになったところで、物語はそれより半年近く前、三月の嵐の時点にいったんさかのぼります。時を同じくして都でも雷雨があり、朱雀帝の夢に桐壺院が現れ、帝を睨み、様々なことを告げるという事件がありました。光源氏の処遇に関して、亡き桐壺院が朱雀帝を叱責したらしいのです。恐ろしくなった帝は、母である弘徽殿大后にこのことを知らせましたが、大后は天候が荒れたせいであって、軽々しく驚くなと誡めます。ところが、それから帝は眼を病むようになり、加えて大后も病気になります。さらに太政大臣が死去。これら一連の出来事を、光源氏を迫害した罪であると考えた帝は、度々大后に光源氏の復権を求めますが、大后は応じません。二人の病は月日を重ねて悪化してゆきます。

年が明けると、内裏では朱雀帝の病気を機に、皇位継承のことが取り沙汰されるようになりました。明石では既に源氏が入道の娘と結ばれています。朱雀帝には子がありましたが、この時まだ二歳だったので、もし位を譲るようなことがあれば、現春宮（のちの冷泉帝）が即位することになろうというのです。次の帝たる春宮が即位するのは当然のことですが、ここでそれが確認されるのは、春宮の地位が危うかったからに他なりません。

ここで、政界の動きと光源氏の須磨退去について振り返っておきましょう。桐壺帝は、譲位後は春宮の後見を光源氏に託し、朱雀帝に、政治のことは何事も光源氏を支えとせよと言い遺して亡くなりました。藤壺は密通の露顕、春宮廃位という最悪の事態を回避するために出家。右大臣の天下となったあと、弘徽殿大后は、源氏が春宮に特別に心を寄せる人物ゆえに、時の帝に仕える尚侍、朧月夜と通じ、斎院である朝顔君とひそかに文を交わすような不埒を働くのであるとして、源氏の官位を剥奪し、遠流に処しようとします。光源氏に、朱雀帝の廃位、春宮の即位をもくろんでいるという謀叛のぬれぎぬを着せ、流罪に処するという画策を廻らせたのです。光源氏はこれ以上事態が悪化し、画策が実現して、春宮に累が及ぶことを避けるために、自発的に退居を決意したのでした。

はるか後年、ほぼ四〇年後にあたる頃になって――すでに源氏はこの世にいません――、この時の弘徽殿大后の陰謀の事実が初めて明らかになります。源氏を流罪に処した後は、現春宮を位から下ろし、故桐壺院の皇子、八宮を擁立して、春宮位につけようというのが、弘徽殿大后側の計画だったのです(橋姫巻)。ところが、源氏が自ら身を引き、当の弘徽殿大后も朱雀帝も病んで久しく、譲位のことを本気で考えなくてはならなくなります。その候補としては現春宮しかないのです。そして、即位に当たっては帝を支え、政治を執る人物が必要になります。朱雀帝は遂に「后の御諫(いさ)めを背(そむ)きて」(二・566)、光源氏召還の宣旨を下したのでした。

**道真伝説と光源氏**

須磨巻で、光源氏が須磨に退去するという筋立てが「貴種流離譚」の話型に依っているという、折口信夫の見方を紹介しました。折口説に従えば、その後光源氏を襲った暴風雨も、貴種として受けるべくして受けた苦難なのです。この暴風雨には、同時に、源氏を明石へ導いて再生へとつなげる意味も見出すことができます。光源氏の受難と再生というドラマが、須磨・明石両巻には展開されていると言えます。

しかし、歴史的に見ると、光源氏のように一旦都から姿を消して再び返り咲き、より大きな栄華に達した人物はほとんどありません。通常は考えられない再生・復権の劇を、作者は住吉の神の導きと、桐壺院の霊のさとしによって組み立てています。朱雀帝が、母大后の反対を押しきる形で光源氏の召還を決断したのも、遠からず即位する春宮を補佐すべき人物が光源氏以外にはいないということ以上に、雷雨や雹といった天変地異と、帝・大后の病気、太政大臣の死去といった異常事態が起こり、光源氏を無実の罪で迫害することの報いを恐れたからでした。

怪異を語ることの少ない『源氏物語』が、このような筋立てを持っているところには、菅原道真伝説の影響が認められます。昌泰四年（九〇一）、左大臣藤原時平の讒言によって太宰府に左遷された道真は、二年後に彼の地で没します。その後次々に起こる時平一族の早死や疫病・干魃、死者の出た清涼殿への落雷は、道真の怨霊によるものとされました。左遷の命を下したのは醍醐天皇ですが、道真の死後二〇年にして、もとの右大臣に復し、左遷の詔書を破棄しています。

この後まもなく、醍醐天皇が道真を左遷させた罪で地獄に堕ちたという伝説が生まれ、民間でも道真を天神として祭り始めるのです。『源氏物語』が書かれた時代になっても、道真伝説は過去の出来事ではなく、現実的な恐怖でした。一条天皇の前に道真の亡霊が現れて無実の罪を訴えたという事件があり、翌年道真に左大臣、次いで太政大臣が贈られたのを始めとして、公卿達が道真の怨霊をなお恐れていたことを示す事実が記録に遺されています。道真没後すでに約九〇年が経過していました。これらは、朱雀帝が夢に桐壺院を見、光源氏の復位復官を決断するいきさつと重なり合います。ただし、光源氏は生きながら復権しますが、道真の復権はその死後のことでした。

# 14 澪標（みをつくし）

## 光源氏の壮年期

明石巻が終わると、『源氏物語』のいわゆる第一部（桐壺〜藤裏葉）は一つの区切りを迎えます。続く澪標巻は、いわば青年時代を終え、壮年期に入った主人公が新たな舞台で活躍を始める巻です。政界では朱雀帝が譲位し、冷泉帝が一一歳で元服し即位。源氏は六条御息所の娘（前斎宮、のちの秋好中宮）の後見となり、冷泉帝の後宮に入内させようと計画します（のちに絵合巻で入内）。一方明石では、明石君が女児（のちの明石中宮）を出産します。こうして光源氏は、須磨・明石から都へ帰還したあと、華やかな栄光への道を歩み出し、それに伴って権勢家としての側面も見せます。「永遠の女性」藤壺も、今は女院として光源氏に政治上の助力を与える立場となります。一方、頭中将は権中納言となって、このような権勢家・源氏一族の新しい政敵としての位置を占めるに至ります。これらを始めとして、澪標巻では、明石巻から一転して様々な人物が混然と登場し、それらの人物が次の物語への糸口を作り出します。

様々な人物が登場し、多方面の出来事が記されていて雑然とした印象を受けるこの巻ですが、帝の代替わりとそれにともなう政界の再編を軸として、私生活においては、一方には明石君との間に生まれた光源氏の実の娘に関する話を、他方には、六条御息所の子で光源氏が後見する娘に関する話を配している点が注意を引きます。ここでは、光源氏が親としてふるまっています。実の娘は、一〇年後には春宮に入内、その一二年後には中宮（明石中宮）となり、後見する娘は、翌年冷泉帝に入内して女御、その二年後に中宮（秋好中宮）となることを考えれば、それぞれが、光源氏が権勢家としての地歩を固める上で必ず語られなければならない話題なのです。

## 明石君のその後

政権交代の余韻もまだ収まらない三月、明石から姫君誕生の知らせが届きます。光源氏は、八歳の時、「宿曜（すくえう）」（星占い）から「御子三人、みかど、后（きさき）かならず並（なら）びて生（う）まれたまふべし。中（なか）の劣（おと）りは、大政大臣にて位（くらゐ）を極（きは）むべし」（三・26）との予言を得ていたことが、この巻で明らかになりますが、そのうちの一つは、冷泉帝の即位として実現したのでした。続く明石姫君（のちの明石中宮）誕生の知らせによって、光源氏は予言に対する確信を深めます。明石姫君が将来后の位に上ることもあり得ると考えたのです。后になるべき娘ならば、田舎の身分の低い母親のもとで成人させるというわけにはいかず、自分のところで、理想的に養育しなければなりません。光源氏は、すでに始めていた二条の東院の修築をさらに進めるとともに、しかるべき身分の乳母を選んで明石へ送ります。

しかし、明石君にとって、娘が后への道を歩むことは、決して平坦な道のりではありませんでした。この秋、明石君は毎年の例として住吉神社に参詣しましたが、思いがけず、都帰りの御礼参りのために訪れた光源氏一行に行き会います。その豪勢きわまりない行列を目の当たりにして、彼女はあまりにも身分の違うわが身の上を思い知らされます。立場上、言葉をかけることもできない源氏は、人目をはばかりながらひそかに慰めの手紙を書き送ります。これが、その後の明石君のつらい道のりの始まりでした。

**六条御息所のその後**

都から帰還して一年に満たない光源氏としては、一刻も早く政界における権力の基盤を固める必要がありました。物語は、主人公の私生活を中心に語られており、あまり強い印象は与えないのですが、源氏は、権力を手中に収めるべく、能動的に自分の運命を切り開いてゆかねばなりませんでした。源氏は、実は冷泉帝の父親であって、何でも思うがままになりそうですが、これはあり得べからざることで、極秘の事柄に属します。帝の父は、帝でなければならないのです。当時の貴族達が争ってしたように、自分の娘を帝の後宮に入内させる必要があるのですが、光源氏には女子がありません。明石の姫君はまだ生まれたばかりで、入内は不可能です。そもそも、二人は源氏を父とする血を分けた兄妹です。他に、ふさわしい女性を求めなければなりません。

折しも、御代替わりによって伊勢の斎宮が交代し、六条御息所の娘が母と共に上京してきます。まもなく病床の人となった六条御息所は、娘を光源氏の庇護に委ねて世を去ります。光源氏は、御息所の遺志を受けて娘の後見人となります。この娘――前斎宮に対しては、かつて伊勢下向の際の別れの御櫛の儀以来、朱雀院が深い愛着を抱いていました。そこでしばしば参院をうながされていましたが、光源氏はそれを黙殺します。前斎宮を思い通りにできる立場で所期の目的を達しようとしたのです。今は女院の地位にある藤壺と計って、冷泉帝の後宮に女御として入内させることを企図します。前斎宮と冷泉帝の年齢は九歳離れており、朱雀院の方が似合いでしたが、権勢の拡張の要である後宮政策のためには、他に手駒を持たなかった光源氏にとって、いかに朱雀院であっても、その希望に添うことはできなかったのです。

## 二条の東院修築

この巻に初めて見える二条の東院について触れておきましょう。帝の代替わりにともなう人事の異動が語られると、光源氏が故桐壺院の遺産として拝領した二条の東院を修築するという事実が告げられます（三・24）。二条の東院は、源氏の自邸である二条院に隣接する別邸でした。これを新たに修築する目的は、第一に花散里のような「心ぐるしき人」を住まわせること（三・24）、第二に明石の君とその姫君を迎え入れること（三・28）、第三に源氏の恋人、五節のような女を集め、かしづく姫君が現れたらその後見に起用すること（三・50）、というものでした。第一の目的を直接の動機として起工し、第二の目的が工事の進捗を促し、それに第三の目的が加わります。

この二条の東院は、翌々年松風の巻で落成します。西の対に花散里が迎えられ、東の対は明石君の母が上京した折のために確保し、北の対はとくに広く造って、一時であっても心をかけて行く末のことまで約束した女たちが住めるようしつらえます。寝殿は源氏が時々おもむいて住む所として空けてありました（三・222）。こうして、心がさまよい出るに任せて忍び歩きをしていた源氏は、女たちを迎え取り、彼女らの「恋人」から「後見者」というべき存在になってゆきます。

この澪標巻に至ると、光源氏は初めて「おとど」と呼ばれるようになります。この呼称は、最晩年に至るまで、のちに加わる「院」などと平行して用い続けられています。澪標巻で、源氏が「おとど」と呼ばれるのは、実際に大臣になったからというのでなく、光源氏の関心が外歩きから館造りへと向かい、一族の長としての顔を現し始めたことを意味します。青年期の「源氏の中将の物語」から、壮年期以降の「源氏のおとどの物語」へ。この二条の東院で源氏が思い描いた構想は、後年太政大臣になった折、新たに造られた六条院で修正を経て実現します。

## 三つの予言

『源氏物語』の第一部（桐壺〜藤裏葉）は、帝の子として生まれながら、皇位継承権を喪った皇子が、受難を経て政権の中枢を占め、帝位に近づいて行く物語であると言えますが、そのアウトラインは、三人の予言者によって、あらかじめ謎解きのように示されています。次頁の図3は、予言がなされた時点と、実現した時点を示したものです。予言の要点を整理すると、次のようになります。なお「宿曜」の予言は、桐壺巻と澪標巻に言及がありますが、それぞれ別の時点とみなし、宿曜1・2としました。

①高麗（こま）の相人・大和相・宿曜1（桐壺巻　源氏八歳　一・52〜53）

帝王の位に昇る相があるが、即位すると国が乱れる。また、臣下として補佐する相でもない。

②宿曜2（澪標巻　源氏年齢不明　三・26）

子供が三人生まれ、一人は帝、一人は后、一人は太政大臣になる。

③夢解き（若紫巻　源氏一八歳　一・436）

ありうべからざる事態が起きる。また、謹慎しなければならないことがある。

このうち②の子供の一人の即位が実現し（冷泉帝）、他の予言も実現の可能性を帯びてくるのが、この澪標の巻です。源氏は、冷泉帝即位にあたって自らは摂政とはならず、隠居していた前の左大臣に譲りました。のちにこの摂政太政大臣が亡くなっても、自らは太政大臣となることを固辞します。そして太政大臣になっても、すぐに内大臣に政務を譲

| 巻名 | 桐壺 | 若紫 | 紅葉賀 | 葵 | | 澪標 | | 藤裏葉 | 御法 |
|---|---|---|---|---|---|---|---|---|---|
| 源氏年齢 | 8 | 18 | 19 | 22 | | 29 | | 39 | 51 |
| 帝 | 桐壺 | 桐壺 | 桐壺 | 朱雀 | 朱雀 | 冷泉 | 冷泉 | 冷泉 | 今上 |
| ①高麗の相人 大和相 宿曜1 | ● → | → | → | → | → | → | → | 准太政天皇 | |
| ②宿曜2 | | ? → | 冷泉誕生 → | 夕霧誕生 → | | 冷泉 | 明石姫君誕生 → | 入内（春宮） → | 中宮 |
| ③夢解き | | ● → | | → | 須磨退居 → | 即位 | | | |

図3

ってしまうのです。

光源氏は帝王の相を持ちながら即位はしなかったのですが、その足跡を見ると、やはりただの臣下としての政治家を超えています。それは、自分はただの臣下ではない隠れたる天子の父なのだという自負から生まれた姿とも言えます。

15　蓬生（よもぎふ）

## 蓬生巻・関屋巻の位置づけ

先に述べたように、『源氏物語』の第一部とされる、桐壺巻から藤裏葉巻までの三三帖は、帝の子として生まれながら皇位継承権を失なった皇子が、受難を経て政権の中枢を占め、帝位に近づいて行く物語であると言えます。前巻の澪標巻は、光源氏が受難ののち都に返り咲いたところを描いた巻でした。

ところで、第一部の三三帖には、右のような筋立てを中心として見ると、それを離れて語られる巻があります（図４）。中心となるのが一七帖、それ以外の巻が一六帖あり、それぞれ「紫上系」と「玉鬘系」、あるいは「若紫グループ」と「帚木グループ」、「本流」と「別伝」などと呼ばれています。この蓬生巻は、二つの系列のうちの後者、すなわち「玉鬘系」（帚木グループ・別伝）に属するもので、かつ第六帖末摘花巻の続編というべき巻です。次の関屋巻も、第三帖空蟬巻の続編となっていますので、蓬生・関屋の両巻は、かつて光源氏が一七歳の若かりし頃に体験した「中の品」の女との交渉を、およそ一〇年を隔てて受け継いでいることになります。

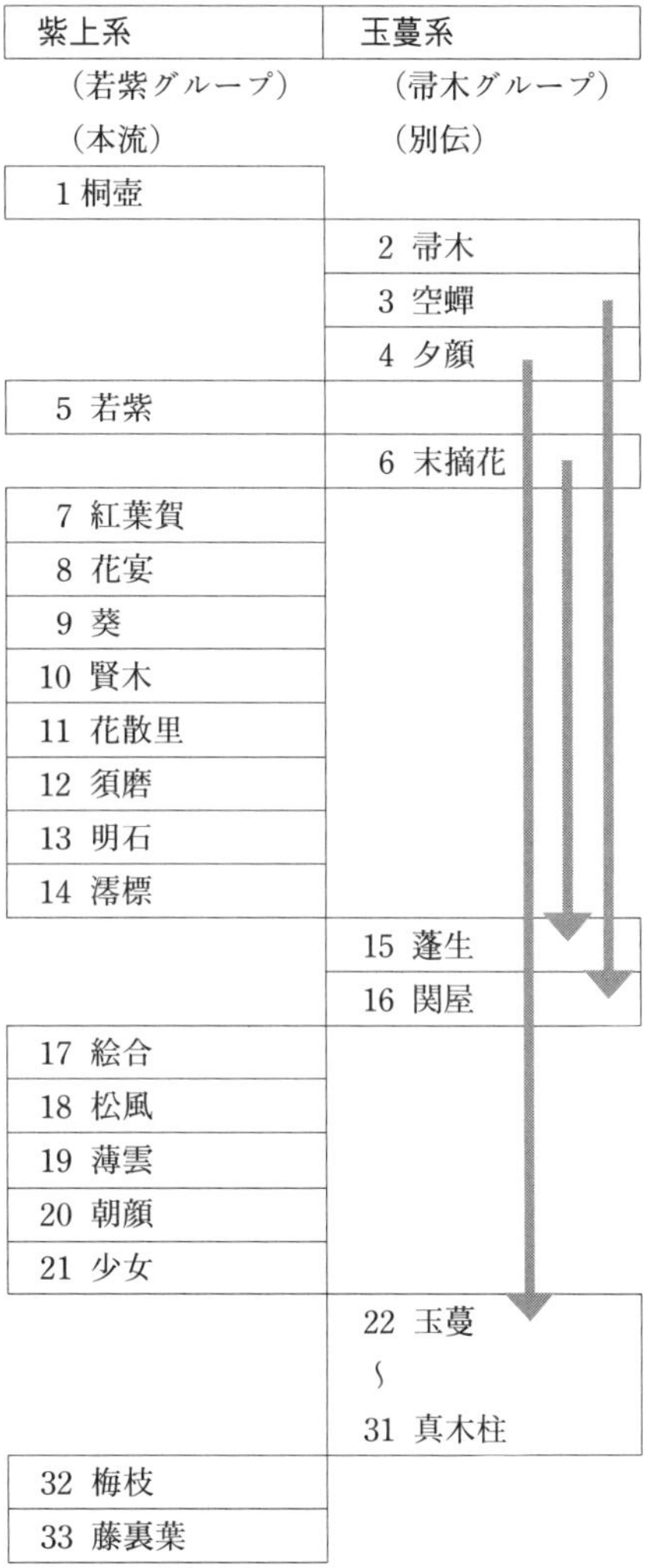

| 紫上系 | 玉鬘系 |
| --- | --- |
| （若紫グループ） | （帚木グループ） |
| （本流） | （別伝） |
| 1 桐壺 | |
| | 2 帚木 |
| | 3 空蟬 |
| | 4 夕顔 |
| 5 若紫 | |
| | 6 末摘花 |
| 7 紅葉賀 | |
| 8 花宴 | |
| 9 葵 | |
| 10 賢木 | |
| 11 花散里 | |
| 12 須磨 | |
| 13 明石 | |
| 14 澪標 | |
| | 15 蓬生 |
| | 16 関屋 |
| 17 絵合 | |
| 18 松風 | |
| 19 薄雲 | |
| 20 朝顔 | |
| 21 少女 | |
| | 22 玉鬘 〜 31 真木柱 |
| 32 梅枝 | |
| 33 藤裏葉 | |

図4

## 末摘花邸の荒廃

蓬生巻は、光源氏が帰京した秋の、荒廃した末摘花邸の様子から始まります。末摘花巻に描かれているように、末摘花は、常陸宮（ひたちのみや）と呼ばれる親王の晩年の子でした。宮が生前大変に可愛がっていた娘で、父亡きあとは、細々と琴（きん）だけを友として暮らしていました。光源氏は、高貴な血筋を引く女で、父を喪って後見もないまま荒廃した屋敷に住み、おそらく音楽に造詣が深かった父ゆずりの、古風な琴の趣味を持つ彼女に関心を抱きます。

ところが、かたくなに交際を拒まれたあと強引に忍び込んで見ると、娘は光源氏が思い描いていたような女ではありませんでした。真実の姿を知った後、光源氏は、これも亡き常陸宮の霊魂の導きと思って姫君の暮らしを援助してやります。末摘花はその後も、思いもよらない光源氏の厚情のもと、父宮の思い出のみをよすがとして細々とした暮らしを続けていたのです。

そうしているうちに、源氏の須磨退去という事件が起こります。これは末摘花にとっては一大事で、経済的な援助を断たれた彼女の生活は、窮乏の一途をたどります。


もとより荒れたりし宮の内、いとゞ狐の住みかになりて、うとましうけどほき木立に、ふくろふの声を朝夕に耳馴らしつゝ、人げにこそさやうのものもせかれて影隠しけれ、木霊などけしからぬ物ども所得て、やう〳〵かたちをあらはし、ものわびしき事のみ数知らぬに（三・102）

これは末摘花の家を描写した箇所ですが、その困窮のひどさを物語っています。

## 男女が再会する物語

この困窮の中で、それまで仕えていた侍女や召使いたちも、一人去り二人去ってゆきます。残った者も、調度類を売却して、あちこちを見苦しくないように修理するよう奨める始末です。末摘花邸の結構な木立を気に入った受領達が、家を譲るよう申し出たり、挙げ句は、ある受領の正妻となっている叔母が、末摘花を自分の娘の女房にしようと企てます。

しかし、末摘花の心は動きませんでした。末摘花にとって自分の屋敷は「親(おや)の御影(かげ)とまりたる心ち(ここち)する古(ふる)き住(す)みか」(三・102)なのでした。宮であった父、その娘である自分。かりそめにも、我が家で用いていた道具が、「かろ〴〵しき人のいへの飾(かざ)り」(三・104)となるのは、許される事ではありませんでした。こうして月日は経ってゆき、屋敷は荒れる一方です。それでも末摘花が心を動かさなかった理由は、亡き父宮への追慕の念と、光源氏の訪れに対する期待でした。

光源氏が花散里のもとを訪ねようとして、偶然目にしたのが、末摘花邸でした。一〇年近く前、一七歳の折の体験を思い出した光源氏は、案内させて姫君と言葉を交わします。このように、一対の男女が葎の宿で再会するという話を人々は好みました。出逢った女が男を信じて待ち続け、再会したのち結婚する話、待ち続ける女が零落し、男と再会したあと死ぬ話、別れたあと女は幸福になるが男は零落し、再会したあと男が逃げる話など様々です。

末摘花の話もその一つですが、彼女の場合は、逆境に立たされた時に自分の生き方を貫き通しています。それは決して高邁な考え方にもとづくのではなく、ただ亡き父宮の遺志を汲み、源氏の訪れを信じて生活を改めないというに過ぎません。しかし追いつめられてもなお意志を翻さなかったその姿が深い感銘を与えます。

## 末摘花の人物造型

末摘花と出逢った当初、源氏は末摘花に恋心を抱く立場にあり、その意味で両者は通常の男女関係でした。しかし、この蓬生巻では、末摘花と再会しようとする源氏に恋のときめきなどはありません。語り手は、末摘花と源氏を、恋物語の男女関係に位置づけようとしないのです。光源氏が向かう先には、孤独や苦境にあってもなおも待ち続ける、女の側が作りだした空間だけが存在しています。

末摘花は、女房たちが「いでや、いとくちをしき御宿世(すくせ)なりけり」(三・100)と嘆いているのを耳にしても、一度たりとも自身の境遇を「宿世」とは考えませんでした。女房たちが口にする「宿世」とは、思うに任せぬ現実に対する不満の表明であり、その先には現状からの脱出願望があります。従って末摘花邸の調度類を売却しようとしたのは、彼女たちにとって正当な手段でした。それに対して末摘花は、屋敷が朽ちてゆく状況に任せて微動だにしなかったわけです。こうしてみると、末摘花という女の造型は、『源氏物語』の女達の中でも際だって特色のあるものと言えます。

## 末摘花の歌

光源氏と末摘花との間柄は、およそ恋物語の男女関係とは異なるものでした。光源氏が向かう先には、屋敷はもちろん、調度類の売却や修復をも拒絶して、孤高を保ちながら待ち続ける末摘花がいます。当時好まれた、貴公子が荒れた屋敷に住む麗人と出逢うという話とは異なり、恋愛の情趣があったのは逢う前だけで、その後は、男が庇護者として女の面倒を見るのです。ところが男は都を離れることになっても女のことはほとんど顧みず、流離している間も思い出した形跡はなく、都に戻っても同様で、他の女のところへ通う途中で偶然女の屋敷を通りかかって思い出すのです。

その再会は、およそ男の生きる華やかな宮廷の世界とは対極の、形容のしようがないほど荒れ果てた屋敷の庭に、男が躊躇しつつ入ってゆくというものでした。しかも、かつての経験では、女からすぐ歌が返って来る保証はないので、男は文を贈ることすら控えています。歌は、男女が情を交わすのには欠くべからざるものですが、少なくとも一〇年前、末摘花巻では、たとえ返歌があっても、女には男が首をかしげるような歌しかできなかったのでした。

物語全体で六首ある末摘花の歌（侍女による代作二首を除く）のうち、三首に「からころも」という語が出てきます。着る・断つ・裾などにかかる枕詞として古くから用いられていました。陳腐というわけではありませんでしたが、末摘花が何でも「からころも」を詠み込むので、後に光源氏は「唐衣又から衣からころもかへすがへすもから衣なる」（四・446）と、末摘花をからかう戯れ歌を詠んでいます。

しかし、几帳越しに対面して歌を詠み交わした時、光源氏は女の変化に気づくのです。末摘花の返歌も、その際の「忍びやかにうちみじろき給へるけはひも、袖の香も」（三・148）、昔日の末摘花とは異なるものでした。

年を経て待つしるしなきわが宿を花のたよりに過ぎぬばかりか（三・146）

長い年月あなたをお待ちしてもかいのなかった私の家を、ただ藤の花をご覧になろうとお立ち寄りになったのでしょうか――。この返歌には「からころも」が用いられていません。この巻で末摘花が詠む三首の和歌には、「からころも」が詠み込まれていないのです。そして、乳母子の侍従との別れに贈った歌、光源氏が来ていることを知らないでいる時に一人口ずさんだ歌、この光源氏への返歌のいずれも、他の巻の末摘花歌とは異なって、ロべたな佶屈したリズムは見られません。その時々の末摘花の感情が自然な形で流露していて、贈答歌として恥ずかしくないものばかりです。

## 末摘花の香

「けはひも、袖の香も」とあったように、光源氏が再会した末摘花に成熟を見たのは、返した歌のみによるのではありませんでした。その際の「けはひ」や「袖の香」にも、それは表れていました。容貌が、当時の「美人」の条件からかけ離れていた末摘花には、「待ち続ける」ことに加えて、他の女にも優るとも劣らない美点があったのです。

彼女は、末摘花巻で描かれていたように、手入れもできず新調もできない古い服の上に、古い皮衣を重ねて着ていましたが、この時の皮衣には、香を焚きしめてあります。手紙もまた、紙こそおよそ恋文にふさわしくない、陸奥国紙のごわごわしたものですが、香ばかりは深く焚きしめてあるのです。その香は、父宮が所持していた宮家伝来のものです。

蓬生巻で源氏が花散里を訪れようとした時、末摘花邸に立ち寄ったのは、花散里の家に薫っていた橘と異なる藤の花の香りに惹かれたのがきっかけでした。光源氏が香りにひかれて再会となるのです。末摘花は、何しろ着るものもないし、いざとなると対面を恥ずかしがりますが、老女房たちに勧められて、叔母が末摘花の心を動かそうと置いていった衣類を身につけます。それは、伝来の香を入れた唐櫃に納めてあったので、「いとなつかしき香（か）」（三・144）がしました。光源氏は、末摘花のこの袖の香に、かつてはなかった大人びた女らしさを感じ取っています。花と香の香りが、二人の間の距離を縮めたとも言えるでしょう。同時に、他では手に入れることのできない香は、没落した宮家の姫君の誇りを象徴するものともなっています。人々に見捨てられ、貧窮と屈辱にまみれても、これだけは変わらず光源氏の心をひき寄せるだけの価値を持っていたのです。財や力ではなく、誇りが香りを守っていたのです。

## 16 関屋（せきや）

### 空蟬の人生

先に述べたように、蓬生巻・関屋巻は、『源氏物語』第一部三三帖のうち、「玉鬘系」（「帚木グループ」・「別伝」）に属するものであり、それぞれ第六帖末摘花巻の続編、第三帖空蟬巻の続編となっています。両巻は、かつて光源氏が一七歳から一八歳にかけて体験した「中の品」の女との交渉を、およそ一〇年を隔てて受け継いでいます（121頁図4）。

しかし、両巻の内容は対照的です。興味をひくストーリーがあり、短編小説を読むような趣のある蓬生巻に対して、光源氏と空蟬の邂逅を描く関屋巻は淡彩で描いたように見えます。常陸から都にもどる空蟬と、石山に参詣する源氏が関山ですれ違う場面を中心に、帰京後の二人の歌の贈答、常陸介の死、空蟬の出家という出来事を簡潔に述べるだけで、きわめて短い巻となっています。光源氏と空蟬との関わりは、すでにそのおよそ九割は帚木巻の後半から空蟬巻にかけて語られており、関屋巻一帖は、その空蟬が生きた人生の終結部を描くためにあるのです。

ここで空蟬の半生を振り返っておきましょう。話は光源氏一七歳の時にさかのぼります。宮中で雨夜の品定めに夜を明かした源氏は、正妻葵上の家へも自邸へも、方角が悪くて行けず、供人の勧めで紀伊守の家へ泊まることになります。ここで守の継母に当たる空蟬と出会ったのでした。「上の品」の女との交渉は十分に経験している光源氏が、初めて「中の品」の女と接触した経験でした。

空蟬の父は、公卿の末席の中納言。娘を桐壺帝の後宮にと志し、空蟬自身もそのつもりでしたが、若死にしたために実現せず、父が亡くなると家は没落し、空蟬は伊予介の後妻として、弟の小君とともに引き取られます。公卿の娘であり、入内も志していた誇り高い空蟬が、地方官の家に後妻となって暮らしていました。しかし、憧れの貴公子との一度の逢瀬ののち、空蟬は容易に光源氏を受け入れませんでした。あまりに身分が違い、妻として扱われる可能性はないからでした。どこにでもいる女のようにみじめな思いをするよりは、誇りを保つ道を選んだのです。

空蟬は、鼻筋は整わず、肌の色つやはよいとは言えず、目は腫れぼったく、手も痩せており、髪も長く豊かではありませんでした。しかし、理想的でない容姿に対して、空蟬のもの柔らかな人柄の内面には、生い立ちに由来する誇り高さと、竹のような意志の強さが秘められていました。その後、光源氏は三度まで紀伊守邸を訪れて空蟬と会う機会をうかがいますが、空蟬は巧みに身を避けます。そのうちに上京してきた夫伊予介は空蟬を連れて任国に下りました。

こうして別れてから一〇年。この間、伊予介は桐壺院崩御の翌年に大国の常陸介（ひたちのすけ）となり、この頃すでに任を終え、上京するところでした。空蟬も夫に伴われて常陸に下っており、彼の地で光源氏の須磨退居という出来事も耳にしています。人知れず光源氏の身を案じますが、自分の思いを伝えようもなく年月を過ごしたのでした。ところが、空蟬が夫に伴われ、常陸の国から都へもどる途中、逢坂の関でゆくりなくも光源氏の一行と行き会います。内大臣光源氏の行列の先駆たちが、避けきれないほど大勢なだれこんで来たので、常陸介一行は杉の木の下に車を引き込んで止め、木陰にかしこまって通り過ぎるのを待ちます。光源氏の挨拶の伝言に、空蟬はただ人知れぬ嘆きを歌に託すのみでした。空蟬は、自分の身のなりゆきに満足していませんでしたが、誇りだけは保ちつつ生きています。関屋巻の簡潔さは、そのような空蟬の潔さとそこからにじみ出る悲しみをも物語っているようです。

### 末摘花と空蟬

末摘花は常陸宮の娘、空蟬は中納言の娘で、共に桐壺帝の後宮に入内する可能性もあった人でした。二人とも貴顕の家に生まれながら、父の死によって家が没落して思わぬ苦境に陥ります。常陸の親王の女として人生を全うしようとした末摘花は、光源氏と再会した二年後に二条の東院に迎えられ、大臣の妻としての待遇を得ます。一方、国司の妻として人生を全うしようとした空蟬は、夫の死後出家し、源氏と邂逅した六年後に、やはり二条の東院に迎えられ、仏道修行に専念することになります。二人は苦境を味わいつつ、出自に対する誇りと光源氏への思いを終生持ち続けた点で共通しています。

# 17 絵合（ゑあはせ）

## 澪標巻から絵合巻へ――冷泉帝の後宮

澪標巻の後、蓬生巻・関屋巻と、いわゆる「玉鬘系」の二巻が続き、絵合巻で、物語は再び「紫上系」にもどります（121頁図4）。澪標巻は、青年時代を終え、壮年期に入った主人公が、新たな舞台で活躍を始める巻でした。光源氏はすでに、須磨・明石の隠居暮らしから一変して、都における華やかな栄光の道を、権勢家としての側面も見せつつ歩み出しています。「永遠の女性」藤壺も、女院として光源氏に政治上の助力を与える立場となり、若き日のライバル頭中将も、権中納言となって、源氏の新しい政敵としての位置を占めるに至りました。

須磨・明石からの帰還後、光源氏は、政界における権力の基盤を固めるために、自分の娘を帝の後宮に入内させる必要がありました。しかし光源氏にはふさわしい女子がありません。明石の姫君はまだ生まれたばかりで、しかも冷泉帝は、実は光源氏の実子で腹違いの兄妹ですから入内はできません。

折しも、帝の代替わりによって伊勢の斎宮も交代し、六条御息所の娘が母と共に上京してきました。まもなく御息所が世を去ると、光源氏はその遺志を受けて娘の後見人となります。光源氏は、この前斎宮の娘に対して深い愛着を抱く朱雀院の意向を黙殺し、女院となった藤壺と図って、冷泉帝の後宮に入内させます。絵合巻は、冷泉帝の後宮にこの前斎宮が入内（梅壺女御、のちの秋好中宮）するところから幕を開けます。

澪標巻から絵合巻の間には、一年の空白があります。年立では光源氏三〇歳に相当するのですが、この一年の間のことは何も記されていないのです。ここに空白が置かれているのは、前斎宮が入内するためには、母の喪に服する期間を過ごさなければならないからです。冷泉帝の治世を描いてゆくためには、前斎宮の入内という、新しい局面を作り出さなければ物語は進展しません。すでに権中納言（かつての頭中将）は二年前に娘を入内させており（弘徽殿女御）、紫上の父兵部卿宮も自分の娘を入内させようとしています。新帝をめぐって有力者たちが覇を競うのです。

**朱雀院と前斎宮（梅壺女御）**

ところで、朱雀院の前斎宮への恋慕は、伊勢下向の際に帝が斎宮に櫛を挿す「別れの櫛の儀」に始まります（賢木巻）。

いとうつくしうおはするさまを、うるはしうし立てたてまつり給へるぞいとゆゝしきまで見え給ふを、みかど御心動きて、別れの櫛たてまつり給ふほど、いとあはれにてしほたれさせ給ひぬ。（二・264）

一四歳であった彼女に櫛を挿すとき、帝（朱雀院）は感極まって落涙したのでした。この時の斎宮の面影は院の心に焼き付き、その後六年を経ても忘れることがありません。

この時の斎宮の美しさは「ゆゝしきまで」という言葉で表現されています。「ゆゆし」は、ここでは人並みならぬすばらしさを言いますが、神に魅入られてこの世のものではなくなってしまうではないかという不吉な連想とも結びついており、女性の美を表すには一般的な語ではありませんでした。朱雀院の恋情には、単に色を好むというのではなく、斎宮としての彼女に惹かれているところがあります。斎宮は帝の治世の安泰を期して神に奉仕する存在であり、その崇高な美しさがかつての治世を象徴するものとしても捉えられているのでしょう。

冷泉帝への入内に際して朱雀院が用意した豪華な贈り物の中には、「御櫛の箱（くし・はこ）」（三・176）があり、櫛を詠み込んだ歌が添えられていました。朱雀院は、進んで位を冷泉帝に譲ったのではありませんでした。相次ぐ天変、眼病、母皇太后の病、祖父太政大臣の死去と変事が続き、夢に現れた桐壺院の誡めとその折の目つきの恐ろしさに、譲位を余儀なくされたのでした。前斎宮への思いの中には、帝位への未練と自分の血統への執着が混然と存在しており、前斎宮を喪うことは、帝位を喪ったことと同列に捉えられる痛恨事であったでしょう。櫛が、諸々の思いを代弁するものだったのです。

しかし、院はそのような情念を、剝き出しにすることはありません。一方、前斎宮の方は、当時の院の「いとなまめききよらにて、いみじう泣き（な）給ひし御さま」（三・180）が強く記憶にとどめられており、その様を、よくわからないながらも子供心に沁みて見たことを思い起こしています。厳かな儀式のさなか、眼前で帝が泣くなどとは、思いもかけなかったのです。

朱雀院は、須磨退去後の光源氏への思いやりが示すように、もともと優しい気立ての持ち主でした。光源氏にしても、その当時は恨めしいと思ったこともあったのですが、このたびの入内については、院の優しく思いやりのある性格を心苦しく思います。入内の願いのかなわなかった朱雀院は、前斎宮の入内に際しては贈り物と共に歌を、そののち御前の歌合に先立っては、別れの儀を描いた絵を贈るのでした。

前斎宮入内という出来事は、光源氏の権力闘争とも見なされますが、源氏は決して権力者の相貌を持たず、一方朱雀院は屈辱を味わいながらも、その情念は歌や櫛や絵によって示すのみです。心の底には栄光への欲望があっても、それを剥き出しにしないのが二人の流儀です。そして、絵合巻の巻末において光源氏が出家を願望するのは、この闘争によって得た栄華が決して長続きしないという認識によるのでした。源氏は、栄華を目指して芸術による闘争に力を注ぎながら、その己の欲望そのものを相対化する視点も併せ持っています。

**絵合の饗宴**

前斎宮をめぐって、朱雀院と冷泉帝の間には対立関係が生じていたのですが、藤壺女院の力で前斎宮が冷泉帝に入内すると、今度はこの前斎宮（梅壺女御）と、すでに入内していた弘徽殿女御との関係へと、対立の軸が移されます。この新たな対立関係がこの巻のクライマックスである絵合の饗宴として展開します。

冷泉帝は大変絵を好み、自らも巧みに描きました。梅壺女御も絵が上手でしたので、冷泉帝は絵を介して女御に惹かれてゆきます。これに対抗意識を燃やした弘徽殿女御の父、権中納言（かつての頭中将）が、画師たちにたくさんの絵を描かせ、弘徽殿女御のもとに絵を集めさせます。少年の帝の関心を絵で惹こうというわけです。それを聞いた光源氏は、所蔵の絵の箱を開いて紫上と共に絵を選び、梅壺女御のもとへ送り込みます。それらの絵について女房たちが批評などしていることを知った藤壺が絵合を行わせます。

「絵合」という催しは、『源氏物語』が書かれる以前の記録には残っていませんが、それに似たことは行われていたようです。作者は天徳四年（九六〇）に村上天皇の御前で行われた歌合を参考に、この場面を書いたと考えられています。

藤壺の御前の絵合は物語絵でした。勝負はつかず、参内してきた光源氏の提案で、冷泉帝の御前で改めて行うことになります。御前の絵合では、物語絵だけでなく「四季絵」（人事・自然を描いた絵）も、また巻子本だけでなく「紙絵」（一枚の紙に描かれた絵）も競われています。ところが、このいわば第二回戦も容易に決着がつかず、勝負は夜に入ります。そして、いよいよ最後の一番という時に、梅壺女御の左方から、光源氏の「須磨の巻」が出されるのです。これは、光源氏退居中の絵日記で、光源氏が他の格別優れた絵とともに、藤壺の絵合には出さずに手元に残しておいたものでした。

## 光源氏の絵日記

源氏の絵は、専門の絵師にもひけをとらないものでした。日記の絵は、描くこと自体の愉しみのため、あるいは後日の思い出のために描くものです。他人の目に触れることを前提としないので、描き手の真情がありのままに表現されます。光源氏のそれも、「心の限り思ひすまして静かに」(三・208)描かれているのでした。それは光源氏をよく知る人々の目にさらされる時、四季絵や物語絵と異なり、大きな共感を呼び起こすはずです。

予想通り勝負は一挙に決着し、左方の勝利となります。人々は光源氏の絵の見事さに感動するのですが、それだけでなく、あるいはそれ以上に、絵の中に描き込まれた光源氏の心情と境遇とに胸を打たれるのです。単に技術の巧拙や趣向で価値が決まるのではなく、絵の中に込められた制作者の深い思いが決定力を持ったのだと言えるでしょう。

絵合巻では、後宮を制覇しようとする勢力同士がぶつかり合うのですが、争いが雅やかに造型されているのは、確かに絵合そのものが一面「私ざまのかゝるはかなき御遊び」(三・216)、つまり私的なちょっとした遊びにすぎないからであり、またどちらが勝利を収めるかは自明であるからとも言えます。帝は藤壺と源氏の間にできた子であるゆえに、二人の協力によって入内した梅壺女御に帝の寵愛が傾くことになるのは当然のなりゆきでした。勝敗の最後の決め手になったのは、光源氏の描いた絵日記でした。しかし絵合巻に描かれる宮廷の有様は、その勝敗の行方の必然性を超えて、帝の寵愛の獲得、言い換えれば権力の獲得競争において芸術の価値が問われるという側面があることも見逃せません。

# 18 松風（まつかぜ）

## 絵合巻から松風巻へ

先に述べたように、須磨・明石からの帰還後、光源氏は、政界における権力の基盤を固めるために、自分の娘を帝の後宮に入内させる必要がありました。ふさわしい女子のない源氏は、折しも帝の代替わりによって任を終えた斎宮、六条御息所の娘の後見人となり、藤壺の女院と図って冷泉帝の後宮に入内させます。絵合巻に描かれていた、絢爛たる「絵合」は、この前斎宮（梅壺女御、のちの秋好中宮）と、先に入内していた弘徽殿女御との間で競われたのでした。そして光源氏は、自ら描いた日記絵によって勝利を収めたのです。それは、光源氏の宮廷社会における地位の確立を象徴する出来事でした。絵合巻は、宮中行事を通して源氏の公的生活の一面を語る巻でしたが、この松風巻は再び光源氏の私生活を語ります。

## 三つの建物

都に帰って後、光源氏は「おとど」「大殿」とも呼ばれるようになります。それは光源氏の内大臣としての立場を意味すると同時に、実際に彼の関心が外歩きから館造りへと向かい、一族の長としての顔を現し始めたこととも関わりがあります。松風巻では、修築成った二条の「東の院」、嵯峨大覚寺の南に新たに建てられた「御堂」（嵯峨の院）、そして「桂の院」（桂殿）と、光源氏が建てた三つの建物が登場します。

清冽な大堰川から桂川にかけての沿岸地域は、優美な小倉山・嵐山などを望む山紫水明の地であり、当時嵯峨は古来の別荘地、桂は新興の別荘地でした。洛西の二つの建物のうち「御堂」は、絵合巻の巻末に「静かに籠りゐて、後の世のことを勤め、かつは齢をも延べん、と思ほして、山里ののどかなるを占めて御堂を造らせ給ひ」（三・216）とある「御堂」で、栄華は決して長続きしないゆえ、いつかは出家をと願う源氏が将来の隠棲のために用意したものです。源氏は、晩年の出家後二、三年をこの辺りで過ごすことになります。「桂の院」は、船遊びなど行楽に来る際の別荘で、松風巻で「にはかに造らせ給ふ」（三・244）と、初めてその存在が明らかになります。

なお、これらの建物は、醍醐天皇第一六皇子、兼明親王の山荘がモデルだと言われています。親王は、臣籍に下って左大臣まで昇ったあと、藤原氏の策謀によって皇位に復籍された上、中務卿の閑職に逐われます。その兼明親王が嵯峨に営んだ山荘は、やはり臣籍に下って大将に至ったのち、苦杯をなめた経験を持つ光源氏の別邸と重なるのです。

### 二条の東院の落成

一方、この巻で落成した洛中二条の東院は、源氏の自邸である二条院に隣接する別邸でした。これを新たに修築した目的は、それまで関わりのあった女たちを一堂に住まわせることにありました。西の対に花散里が迎えられ、東の対は明石君上京の折のために確保し、北の対はとくに広く造って、たとえ一時期であっても、心をかけて行く末まで約束した女たちが住めるようしつらえ、寝殿は源氏が時々おもむいて住む所として空けてありました。心がさまようままに忍び歩きをしていた源氏は、女たちを迎え取り、彼女らの「恋人」から「後見者」というべき存在になります。この二条の東院で源氏が思い描いた構想は、後年太政大臣になった折、新たに造られた六条院で修正を経て実現します。源氏の生涯の中で、この二条の東院の造営はそれに次ぐ特筆すべき大きな工事でした。

## 明石君の上京問題

松風巻の巻頭でこの二条の東院の修築工事完了が告げられたあと、場面はすぐに明石に移ります。源氏が東院に迎えようという明石君と、その両親が今どうしているのかを語るのです。澪標巻で、「宿曜の賢き道の人」から、子供が三人生まれ、一人は帝、一人は后、一人は太政大臣になるとの予言を得ていたことが明かされました。そのうちの一つは、冷泉帝の即位として実現しています。この三人の子のうち、女子が「后」になるということは、生まれたばかりの明石君の娘が、将来后になるということです（118頁図3）。

とすれば、田舎の身分の低い母親のもとで成人させるわけにはいかず、都にいる自分のところで、理想的に養育しなければなりません。光源氏は、すでにしかるべき身分の乳母を選んで明石へ送ってありましたが、その後何度も文を送り、上京を促していました。明石君にしてみれば、もとより光源氏にとって自分は大した存在ではない、問題にもしてもらえまいという自覚がありました。源氏が都に帰ったあと、偶然同じ日に住吉に詣でた光源氏を、彼女は遥かに望見するほかはなかったのでした。

この松風巻では、明石君の母方の曾祖父が中務宮（なかつかさのみや）であることが示され、明石君は実は皇統に連なっていることが明らかになります。父明石入道は大臣の子でもあり、名門の血を受けたプライドを高く保つ理由はあったのです。しかし、現実には受領風情の娘にすぎない自分が、源氏に迎えられたところで行く末は頼もしくないという思いは拭えません。

光源氏から、再三上京を勧められるのは光栄で願ってもないことですが、いざ実際に自分が源氏の妻妾の一人となっても、とても人数には入れられず、たまに源氏が訪ねてくるの待つだけで、人の笑い物になるだろう、それはかえって姫君の面汚しだ――こんな名門出身の誇りと、身分の低いことからくる劣等感が、彼女の心の中にはありました。それでも、光源氏との間にできた姫君の将来を思うと、いつまでも明石にいるわけにはいきません。

## 大堰の山荘と明石入道の悲願

明石入道にしても、娘の気持ちはよくわかりました。しかし、光源氏の子の祖父となったことは、「末（すゑ）の世（よ）に思ひかけぬこと」（三・224）であり、その孫娘の入内へと、夢は実現に向かって一歩一歩近づいていきます。いずれ都に住まわせないわけにはいきません。そこで入道は考えました。妻の祖父にあたる中務宮が作った別荘が、大堰川のあたりにある。あそこなら、源氏の言うとおりに二条の東院に住まうのではなく、そこにひとまず身をおけば、たまにでも光源氏の訪問を受けることができるし、光源氏の邸宅に住むことによって生ずるかもしれないつらい事態も避けられよう――こうして、明石君と姫君は上京することとなり、母尼君もこれに付き添います。

明石入道は以前から、没落した名家を再興するために女子を貴人にめあわせ、生まれた子を入内させるという願いを持っていました。これは後に明らかになるのですが、入道は明石君が生まれる前に、そのようになることを示唆する夢を見ていたのです。大臣家の血筋だけでなく、母尼君の祖父の、皇統の血が加わることで、一族の再興の悲願は達成へと近づきます。地方へ下った皇族の末裔が、皇統への回帰を目指して都へ上ることになるわけです。大堰川の別荘に着いた後、この悲願達成を暗示するかのように、明石君は源氏から譲り受けた琴(きん)を弾きます。『源氏物語』では、光源氏を始め、蛍兵部卿宮、八の宮、末摘花、女三宮など皇族が弾くもので、明石君はその名手でした。

## 光源氏の立場

明石君らの大堰での生活が始まります。源氏は、この山荘の調度などにも心を配ります。近くには、先に述べた源氏の「御堂」がありました。女君のために遠く洛西の地までわざわざ出かけることが許されるほど、源氏の立場は自由ではありませんでした。当代随一の権勢家、光源氏の一挙手一投足に、今や人々の目が注がれているのです。内大臣がしばらく洛中を離れるとすれば、付き従う殿上人達も少なくありません。

そこで源氏は、私人として仏事を営み、その折に明石君を訪ね、訪ねたあとで、公人としての立場で殿上人達をねぎらうべく別荘の桂院で饗宴を催す、という形で洛西に赴きます。殿上人達は先を争って源氏のもとへと参集します。時の帝（冷泉帝）さえも、源氏の動静にまず眼を奪われています。桂の院における管弦の遊びは、宮中のそれに優るとも劣らぬものとされ、名実共に、源氏は冷泉帝の治世の中心となります。時の帝と臣下第一の実力者とがお互いに補強し合い、二人の栄華は確固たるものとなっています。ただし、このとき冷泉帝は、源氏が実父であること――源氏の血によって今日の自らの栄華が支えられていることを知りません。この秘密は、次の薄雲巻で冷泉帝の知るところとなります。

光源氏は、娘の明石姫君が后になったとき、生まれや母親について後ろ指を指されないようにする必要がありました。そこで、紫上の養女にすることを思い立ちます。これは、姫君にとっても源氏にとっても理想的ですが、産みの親の明石君にとっては酷い仕打ちでした。源氏との愛情の絆である姫君を奪われては、身分の低さをはっきりと思い知らねばなりません。源氏の女君として、また源氏の子供の母親としてふさわしくない我が身の上を悟らされることになるのです。

# 19 薄雲

## 二つの別れ

『源氏物語』には、様々な別れが描かれています。これまでの巻に限っても、桐壺巻の桐壺更衣と帝との死別に始まって、光源氏と女君との生別・死別のほか、祖母と孫、夫婦、愛人、親子など、枚挙に暇がありません。この薄雲巻にも、二つの別れが語られています。一つは、明石君と明石姫君の別れ、一つは藤壺と冷泉帝・光源氏との死別です。薄雲巻では、この二つの別れを軸に、光源氏が権力の基盤を形成してゆく過程をたどります。母と別れた娘（明石姫君）は中宮位への道を歩み始め、母と死別した息子（冷泉帝）は、出生の秘密を知らされて、父親である「兄」（光源氏）を帝位につけようとします。これは源氏が固辞しましたので、のちに準太上天皇とすることで一応のかたがつくことになります。このような源氏の権力基盤の形成は、露わには語られず、摂関政治全盛期の貴族たちとは対照的に、源氏はあくまで反俗的で雅な貴人として終始しています。

さて松風巻で明石君は母の尼君と共に娘を伴って上京していました。明石一家にとって、相当の決断を要する選択でしたが、明石姫君は、いずれ都に住まわせないわけにはいかないのです。明石入道は、妻の祖父にあたる中務宮が作った、大堰川付近の別荘に娘を住まわせることにして上京させたのでした。たまにでも光源氏の訪問を受けることができるし、光源氏の邸宅に住むことによって生ずるかもしれない辛い事態も避けられようとの判断でした。

## 明石姫君の袴着

薄雲巻は、光源氏が明石君に、明石姫君を紫上の養女として二条院に迎えたいと伝えるところから始まります。その際、源氏は姫君に「袴着（はかまぎ）」をさせたいと述べていますが、紫上の養女として袴着を行うことは、源氏と明石姫君にとって重要な意味を持っていました。袴着は、男女児が初めて袴を着ける儀式で、この時代には貴族の家で三歳を主として六、七歳までに行われました。袴の腰の紐を結ぶのは、一族の長など重要な立場にある者が果たす役目でした。『源氏物語』では、光源氏の袴着と明石姫君のそれが語られています。

誕生から死まで、人生の節目節目に行なう儀式を「通過儀礼」と呼んでいます。子の誕生から三日目、五日目、七日目には産養（うぶやしない）（親類・縁者が様々な贈り物をして祝宴を開く儀礼）を、五〇日目には五十日（いか）の祝いを行います。子供が成長するところで話題になっている「袴着」（三～七歳）、そして成人式に相当する男子の「初冠（ういこうぶり）」（一一～二〇歳頃で、一〇代前半が多い）と女子の「裳着（もぎ）」（一二～一四歳頃）と続きます。源氏と姫君の将来にとって、これらの儀式を盛大に行い、世間に周知することが必要なのです。

明石姫君の誕生は、澪標巻で光源氏が明石から帰還したあとのことです。都で誕生の知らせを受けた光源氏は、すぐに乳母を遣わし、その後、五十日の祝いのために使者を派遣しています。「御佩刀（みはかし）、さるべきものなど、所せきまでおぼしやらぬ隈（くま）なし」（三・32）とあるように、都であればしたであろう十分なことができないのは、源氏にとって残念なことでしたが、できる限りのことはしたのです。

一方、物語には直接語られていませんが、明石入道の方でも念入りに出産に関わる儀式を行ったと見られます。明石姫君が大堰から出発する際に、乳母が持っていった「天児（あまがつ）やうのもの」（三・294）、子供の災難を負わせる人形は、明石君が用意したものでした。仮に、生まれた子が即座に光源氏のもとに引き取られ、そのまま紫上の子として公表されたとしたら、明石君はただ腹を借しただけになります。明石の地でこのような儀式を行うことが、姫君の将来にとって非常に重要なのです。

すでに松風巻の巻末で、紫上に対して明石姫君を養女にと依頼する際、源氏は三歳になった姫君に袴を着せて、その紐を引き結んで欲しいと話していました。先に述べたように、明石姫君が后になったとき、生まれや母親について後ろ指を指されないようにする必要から、紫上のもとで姫君の袴着をきちんと行いたいのです。

上流貴族の子供は、三歳で袴着を行うものという意識があったとされていますが、光源氏が政界における地位を確立し、明石上と姫君が上京したとき、すでに姫君は三歳になっていました。源氏は、姫君の袴着にあたって、姫君が三歳になったことを断った上で紫上に袴着のことを相談しており、更に姫君を二条院に引き取ってから間もない年末に儀式を行っています。明石での出産だったために、誕生に関わる儀礼を十分にしてやれなかった光源氏にとって、袴着は娘を自分のもとで祝福する第二のチャンスでした。生まれてから鄙の地明石で人知れず過ごしてきた女子を、最上流階級の姫君として都に据え直し、その存在を世間に知らしめなければなりません。父親として、未来の后候補である娘の評判を高めてゆかなければならないのです。

こうした事情を背景に、明石の君は涙を飲んで実の娘を手放す決断をします。次の一節は、師走に入って姫君が源氏に連れられ大堰から二条院へ移る前に、霰まじりの雪が降る中、姫君をそばに物思いにふける明石君の描写です。

雪、霰がちに、心ぼそさまさりて、あやしくさま〴〵にもの思ふべかりける身かな、とうち嘆きて、常よりもこの君を撫でつくろひつゝ見ゐたり。雪かきくらし降り積るあした、来し方行く末の事残らず思ひつゞけて、例はことに端近なる出でゐなどもせぬを、汀の氷など見やりて、白き衣どものなよゝかなるあまた着て、ながめゐたる様体、頭つき、うしろ手など、限りなき人と聞こゆとも、かうこそはおはすらめ、と人〳〵も見る。（三・288）

## 藤壺の死

明石姫君を二条院に迎えたのは光源氏三一歳の冬、その年の内に袴着は行われました。年が改まると、太政大臣（もと左大臣、葵上の父）と藤壺の死が語られます。藤壺の死が、光源氏にとってどんなに大きな出来事であったかは言うまでもありませんが、それとは別に、なぜここで藤壺が死を迎えなければならないかという問題があります。位人身を極め、六三歳で亡くなる太政大臣はさておき、藤壺は三七歳であり、これからの光源氏との成り行きが物語の軸となっていってもよさそうです。なぜ、藤壺はここで舞台から去るのでしょうか。

『源氏物語』第一部は、桐壺巻に始まり、藤裏葉巻の大団円で締め括られます。桐壺巻で、高麗の相人が、帝王でもなければ臣下でもないだろうと予言した光源氏の地位——公に認知されていない帝の父親の地位がどうなったか、藤裏葉巻で明らかになるのです。この光源氏の地位の問題と、この薄雲巻の藤壺の死とは、密接に関連しています。

物語を進める上で、藤壺は死ぬ必要がありました。まず、明石姫君が入内し立后しても、后の父である光源氏はあくまで臣下（太政大臣就任）に留まるので、実権は握れても身分に変化はありません。また、帝の父であることを世間に暴露するような形（即位）で光源氏が身分を改めることはできません。それは冷泉帝の治世を汚し、その地位を危うくすることになります。

従って、光源氏も無傷で、冷泉帝の御代も安泰に、天皇の父たるにふさわしい、臣下ではない待遇をするには、誰の指図も受けない無上の位にある天皇の命によるしかないのです。そのためには、天皇ただ一人が光源氏を実父と知る必要があります。その場合、藤壺が生きていては具合が悪いのです。なぜ光源氏がそのような地位を得るのか、冷泉帝が彼女に説明しなければならなくなるからです。それは、子が母に不義の事実を突きつけることを意味します。藤壺は、そのような汚辱にまみれてはならない人物でした。

こうして藤壺は、光源氏三二歳の春、重篤の病に罹って亡くなり、物語の舞台から去ります。亡くなる前に藤壺は「御心の内におぼしつゞくるに、高き宿世、世の栄えも並ぶ人なく、心の内に飽かず思ふことも人にまさりける身、とおぼし知らる」（三・312）、並ぶ者のない栄光を手にしながら、同時に心が満たされぬことも人並み以上であると、光源氏の愛を受け入れることのできなかった生涯を悔やんでいます。この世の生を終わろうとする時、亡き桐壺院への悔恨ではなく、自分の満たされぬ一生への痛恨のみがあったのでした。この藤壺の心情は、のちに朝顔巻で光源氏の夢の中に現れることで、再度確認されます。

### 夜居の僧都

物語は、冷泉帝が初めて源氏と藤壺の不義を知る、密奏の場面に移ります。藤壺の母（桐壺帝の先帝の后）の代から続けて宮中にあって、代々の帝・后の祈りを担当してきた夜居の僧がありました。宮中や貴族の家に終夜起きて仕える宿直を「夜居」と言い、特に夜間の祈祷のために宿直する僧を「夜居の僧」と呼びます。

当時の人々は事ある毎に「加持祈祷」を行いました。安産や虫払い、治病などさまざまな目的で、霊験あらたかな僧に祈祷を請うたのです。特に天皇個人の安穏のためにこれを行う僧を護持僧といい、当代の代表的な僧が務めました。護持僧は宮中の清涼殿に夜居をして不断の読経を行います。当初は一人でしたが、後一条天皇の時代には七人となり、天皇の側近くに侍することは、僧侶として栄誉あることと考えられました。
　この夜居の僧も、護持僧の一人で僧都の地位にありました。朝廷から受ける僧の官職には「僧正」・「僧都」・「律師」の三つがあります。これらの官職に就くには、徳があり、法話に説得力があり、法務に熱心である上に、寺内の人々の推挙が必要でした。『源氏物語』には多くの僧が登場しますが、物語の展開上、重要な役割を持つのは「僧都」です。若紫巻で光源氏が紫の上を引き取る時に交渉の窓口になった北山の僧都、手習巻で浮舟を救済する横川の僧都、そしてこの薄雲巻で冷泉帝に秘事を密奏する夜居の僧都がそれです。

### 秘事密奏

母藤壺を喪った冷泉帝は、その寂しさをなぐさめるために、祖母の代から仕えるこの僧都を呼び寄せ、始終そばに置いていました。ある静かな暁に、夜の御殿の冷泉帝のそばにはこの僧都だけがいる時のことでした。僧都は咳払いしつつ、はばかりながら重大事を語り出します。

　いと奏しがたく、かへりては罪にもやまかり当たらむと、思ひ給へ憚る方多かれど、知ろしめさぬに罪おもくて、天眼おそろしく思ひ給へらるゝ事を、心にむせび侍りつゝ命終り侍りなば、何の益かは侍らむ。（三・320）

この後、僧都は藤壺と源氏から依頼を受けた祈祷の内容を詳しく話すのですが、それは省かれ、その直後の帝の反応と応答、またその後の振る舞いによって、この秘事が帝に知られたことが明らかになります。秘事をめぐる僧都と帝の会話は詳細に語られ、その場に居合わせているかのような臨場感があります。もちろん、光源氏はこのことを全く知らないのです。

ところで、この夜居の僧は、どのようにして藤壺と光源氏の秘事を知ることができたのでしょうか。事実を知るのは、密通の手引きをした藤壺の女房、王命婦(おうみょうぶ)のみですが、この王命婦から聞いたのなら、聞いたと帝に告げれば事はすむはずです。僧都自身の語るところによれば、そうではなく、ただ藤壺と光源氏から重ね重ね祈祷を命じられたというのです。冷泉帝を懐妊した時から藤壺は深く嘆くことがあり、僧都に祈祷を依頼したが詳しいことは僧侶の身にはわからなかったこと。そのうち光源氏が須磨に退居せざるを得なくなった時、藤壺は益々恐れるようになり、重ねて祈祷を依頼されたこと。光源氏もこれを聞いて更に祈祷を命じたこと。そして、その祈祷の種類。

当時、延暦寺の僧は「如意林法」、園城寺の僧は「不動法」、東寺の僧は「普賢延命法」などと、各寺は別々の修法を行ってその功験を競いました。臨時に必要となった場合は、洪水、干ばつ、天変地異、病気、御産、兵乱などに応じて夥しい作法の中から適切なものが採用されました。ここで夜居の僧都が帝に告げた内容は、祈祷の種類と考えられます。それが即位まで続いたということは、冷泉帝が無事即位できるようにとの祈りであったということを意味します。

皇太子が即位するのは自然のなりゆきですが、冷泉帝の場合は、光源氏との秘事が露顕して皇太子の地位を失う可能性がありました。藤壺が出家し、祈り続けたのは、光源氏の飽くなき接近によってそれらの事態が現実のものとなることを恐れてのことでした。光源氏の須磨退去によって、藤壺は不義の子の将来を一層危惧するようになります。藤壺は僧都に重ねて祈祷を命じたのです。

**謎解き**

なぜ藤壺は皇太子の地位が安泰であるように特別に祈祷するのか、なぜ、光源氏も須磨にあって、それを聞いたあと同様のことを命ずるのか——それを説明する唯一の理由に思い当たった時、僧都はその当時の藤壺の周辺の動きにも思い当たる節があることに気づいたのでしょう。これは本文では語られていないことですが、夜居の僧は終夜起きていて読経するため、夜の人の動きがわかる立場にありました。光源氏一八歳の夏、藤壺の里第である三条宮での初めての逢瀬（若紫巻）、また二四歳の春、同じく三条宮における強引な対面（賢木巻）の折など、光源氏の行動を察知する機会はあり得たのです。前者の場合、藤壺は病んで里第に下がっていましたから、夜居の僧を伴っていた可能性があります。

冷泉帝から、他に秘事を知る者はないかと問われた僧都は、王命婦と自分だけであると答えています。すると、王命婦が手引きしたことに気づいていたとも考えられます。その場合、光源氏に寝所へ押し入られたため、藤壺は胸を患ったようになり、人々が僧を呼ぶよう騒いだとあります。この時、夜居の僧都が祈祷した可能性があり、また光源氏は塗籠（ぬりごめ）（壁で塗り込めた部屋）に身を隠し、夜が明けてから抜け出していますから、その姿を見られた可能性もあるのです。

このようにして僧都が秘事を知り得たとして、それでは、なぜ今冷泉帝にこのことを打ち明けなければならないのかという問題が残ります。僧都はその理由を、相次ぐ天変地異であるとしています。僧都の言葉の中には、「天眼(てんげん)おそろしく」(三・320)、「仏天(ぶつてん)の告(つげ)あるによりて」(三・322)、「天変(てんべむ)しきりにさとし」(三・326)といった言葉がしばしば見られます。天変地異は光源氏と藤壺が罪を犯したことが原因であり、何事もわきまえることができる年齢に達した帝を、天が諭そうとしているのだと僧都は言うのです。

## 父光源氏との対面

冷泉帝が日が高く昇るまで寝室を出ないと聞いた光源氏は、すぐ内裏に参上します。冷泉帝は、父と知ってから初めて光源氏と対面したのでした。冷泉帝の心を占めていたのは、これまで父を臣下としてきてしまったことに対する恐れ多さでした。退位の意志を示す帝に対して、光源氏は天変や相次ぐ皇族・大臣の死が、必ずしも帝の不徳によるのではないと制止します。帝はしげしげと光源氏の顔を見つめ、容貌の相似を確認し、秘事を知ったことをほのめかしたいとも思いますが、源氏への遠慮からそれはできず、普段と変わらぬことを常よりも親しげに語らいます。光源氏はすぐに帝の様子がいつもと異なることに気づきますが、この時はまだ、よもや帝が秘事を知ったとは考えられなかったのです。

このあと冷泉帝は、学問に没頭します。内外の様々な書物をひもとき、歴史上、同じように皇統が乱れた事例を探るのでした。驚くべき事実を知った帝は、歴史の鑑に自分の姿を映し出そうとしたのです。その結果、自分と同じようなケース――つまり、帝でない人物と母后との不義によって生まれながら、それを周囲の者も自分自身も知らずに帝位についてしまった皇統の乱脈――は、唐に多くの例が見いだされる一方、日本には全く見られませんでした。そこで冷泉帝は考えます。「たとひあらむにても、かやうに忍び(しの)たらむ事をば、いかでか伝(つた)へ知(し)るやうのあらむとする」(三・332)。たとえあったとしても、それが国史に伝えられている訳がない、と。

物語上の人物や事件が、歴史上実在したそれらをもとにして書かれていると解される場合、それらの史実を「準拠」と呼びます。『源氏物語』は、たとえば桐壺帝は醍醐天皇、光源氏須磨退居は左大臣源高明の流罪といった具合に、準拠に基づいて書かれています。作者は、虚構に史実を重ねて、実在感を持たせているのです。しかし、冷泉帝のケース、つまり不義によって生まれた皇子が即位したという記録は、物語でも冷泉帝自身が確認したように、存在しませんでした。ただし、陽成天皇の時代に、天皇が在原業平の子であるという風評が行われていた可能性があり、作者がその風評に基づいて冷泉帝出生のストーリーを組み立てたのではないかという説もあります。

さて、皇族が臣下に下った、いわゆる一世の源氏が納言や大臣になったあと親王になり、さらに帝位についた例は、光仁天皇・桓武天皇・光孝天皇・宇多天皇等少なからずありました。一度臣籍に下った皇子が皇位につくには、これらの事例の示す通り、まず臣下から皇族に復籍する必要があります。

そこで冷泉帝は、源氏を親王に戻し、位を譲ることを考えます。秋の司召の除目で、光源氏を太政大臣に任ずる予定であることを内々に伝えた折、とうとう帝は源氏に帝の位を譲りたいと申し出ます。これは、冷泉帝が、母と源氏の秘事を知ってしまったことを告げるのと同様の意味を持っていました。いかに源氏が優れた人物であっても、現今の状況にそうする必然性がないからです。誰が冷泉帝に秘密をもらしたのか、源氏にとっては謎でした。

# 20 朝顔（あさがほ）

## 回想の巻

朝顔巻は、光源氏が過去を回想する巻となっています。薄雲巻で、夜居の僧の密奏によって秘事を知った冷泉帝は、父光源氏を太政大臣にすべく議定しますが、源氏はすぐには受けず、位階のみ従一位に昇進していました。翌年秋、次の少女巻で、太政大臣に上るのです。少女巻では、息子の夕霧が元服してその青春時代が物語られるとともに、光源氏の邸宅である六条院が造営されて、新たな物語が始まります。光源氏の従一位昇進と、太政大臣就任の間に位置するのがこの朝顔巻であり、いよいよゆるぎない王者として君臨する直前に、光源氏がそれまでの人生を振り返ります。

薄雲巻では、岳父太政大臣と藤壺に加え、叔父の式部卿宮という三人の源氏の縁者が世を去りました。それに続くこの巻でも、過去の世代の人々が物語の舞台から去ってゆきます。ユニークな老女源典侍（げんのないしのすけ）は葵巻以来一〇年ぶりに顔を見せるものの、この巻を最後に消息が語られていません。冒頭に登場する桐壺院の女五宮は、このあと朝顔の姫君に源氏との結婚を考えるよう勧めたあとは姿を消します。朝顔巻には、桐壺院ゆかりの人々の影が揺曳しています。源氏は、この過去の世界に属する年老いた宮の昔語りにひとときを過ごします。

桃園宮邸は過去につながる空間でした。故式部卿宮――桃園宮は、桐壺帝の弟で、桐壺・朱雀・冷泉の三代を式部卿として過ごしました。物語では通称の「桃園宮」は用いられず、官職名「式部卿」で呼ばれています。式部卿は、中心的な存在の親王だけが就くことの出来る最も格式の高い官職であり、この宮も長きにわたり、皇族の長老的存在であったと考えられるのです。その姫君は、父の死去に伴って斎院を退き、叔母である女五宮とともに、宮家の娘という誇りを胸に、桃園宮邸でひっそりと暮らしています。

## 朝顔の姫君

桃園宮の姫君――朝顔の名が初めて見えるのは帚木巻で、源氏一七歳の時。当時、源氏が「式部卿の宮の姫君に朝顔たてまつり給ひし歌など」（一・154）を、女房達がうわさしたというだけで、どのような人なのか、光源氏とどのような関わりがあるのかということは、全く語られていません。その後、姫君は光源氏二四歳の春、桐壺院の崩御にともない、故院の女三宮に代わって斎院に立ちました（賢木巻）。物語の中で「朝顔の姫君」と呼ばれるのはこの時からです。ちなみに、歴史上、孫王（姫君は桐壺院の孫）が斎院になることはまずありませんでしたので、姫君が斎院に立つのは、かなりの特別待遇となります。

朝顔は、朱雀帝と冷泉帝の二代にわたって斎院をつとめています。伊勢の斎宮は、天皇一代毎に交代しましたが、賀茂の斎院は御代がわりがあっても交替しないことがしばしばでした。大斎院と呼ばれた選子内親王が、円融天皇から後一条天皇まで、五代五七年もの長きにわたり、斎院であった例もあります。姫君は、初めてその人の存在が示されてから一五年、斎院となってから八年経った今、父宮の死にともない、王城鎮護の社として尊崇された賀茂神社に奉仕するつとめを終えて、表舞台に姿を見せるのです。光源氏三二歳の時です。

## 光源氏の求愛

一七歳の時、朝顔の花につけて恋歌を贈って以来、折りにふれて文通を絶やさなかった相手が、今や神のはばかりもなくなり禁を解かれたわけですから、光源氏が見逃すはずがありません。世間の人々も、内大臣従一位という身分の光源氏にまだ正妻のいないのを惜しみ、この恋愛を好意をもって見守っています。

朝顔に対して光源氏が口にした「神さびにける年月(とし(つき))の労(らう)」(三・366)とは、神さびるほどの長い年月慕い続けて来た功労という意味で、実際に一五年余りの歳月が流れているのです。斎院に立つ以前、光源氏に求愛された姫君は、源氏のつれなさに苦しむ六条御息所の噂を聞くにつけて、そのようにはなるまいとして、決してなびきませんでした(葵巻)。斎院に立ってからは、まして恋愛は禁忌であって、なおさら光源氏との間には一線を画さなければなりませんでした。

「御文(ふみ)などは絶(た)えざるべし」(二・280)とあるように、手紙のやりとりだけは変わらず続いていました。藤壺への思いを鎮めるために参詣した雲林院でも、二人は和歌を贈答しています。その中で「朝顔」という言葉が、過去の大切な思い出を示す言葉として使われ、いわば風流の友の関係が長年の間に築かれてきた、というふうに描かれています。しかしその二人の間に波瀾が生じます。斎院である姫君との文通が、当時の右大臣方に格好の攻撃材料とされてしまうのです。光源氏と朧月夜との密通を表沙汰にしたくない右大臣方にとって、「聖女」たる斎院との交流は、何より確かな朱雀帝への反逆の証と目されたのでした。

姫君にしてみれば、光源氏との交流が、世の大きな動きにつながっていったわけで、源氏の政争の渦にはからずもひきこまれてしまった形です。斎院を下りた今もなお、彼女は「わづらはしかりしことをおぼせば、御返(かへ)りもうちとけて聞(き)こえ給はず」(三・358)と、慎重な態度をとる理由がここにありました。

## 紫上の動揺と朝顔の結婚拒否

光源氏の朝顔に対する求愛を知った紫上は動揺します。明石君に娘が生まれたのも大きな事件でした。もとより、受領の娘である明石君と身分は違うのですが、娘が生まれたことで相手の地位は上がります。この時は、源氏が娘の将来を考え、紫上を重んじて、娘を母親から引き離し、紫上の養女としたのでした。明石君一人が辛い目を忍び、紫上は幸福でした。ところが、式部卿宮の娘である朝顔の場合は、もし結婚すれば、重々しい正妻の扱いで迎えられるはずなのです。光源氏の愛情以外に何も持たない紫上は、比べものにならぬ日陰の存在となり、生活の基盤さえ崩れてしまいます。紫上の動揺は深刻でした。この不安は、後に光源氏と女三宮の結婚によって現実のものとなりますが、ここでは、朝顔のきっぱりとした拒絶で結婚話には区切りがつきます。

すでに述べたように、かつて光源氏との交流が須磨退去に間接的に関わったことや、代表的な宮家の娘であり前斎院という特別な立場にあることが、容易に彼女を靡かせなかったのです。長年神に仕える特別な生活を送ってきたため、依然として神のいさめや神への誓いを意識する日々が続いており、周囲の人々が光源氏との結婚をいくら強く勧めようとも、彼女は拒否し続けました。

「朝顔」という言葉は、「はかなさ」と「朝の顔」という二つのイメージを伴って歌に詠み込まれました。前者については、顔の垣根にまとう風情、露を含む風情とともに、朝の光とともに咲き、夕の光を待たぬはかない花として詠まれています。朝顔は光源氏との結婚を拒否し続けるのですが、そこには、思いを潜めたまましぼむ花という、歌語のはかない「朝顔」のイメージも重なってきます。姫君自身、「ありし世はみな夢に見(み)なして、いまなむ覚(さ)めてはかなきにや」（三・366）夢のような過去が醒めた目で見ればはかなく思われるといい、あるいは「秋果(あきは)てて霧(きり)のまがきに結(むす)ぼほれあるかなきかにうつる朝顔(あさがほ)」（三・372）と自らを朝顔の花にたとえています。光源氏もまた、彼女に対する執心は持ち続けながら、「げにこそ定(さだ)めがたき世なれ」（三・368）と、心から共感を示すのです。

## 雪まろばしと藤壺の霊

振り返れば全てが定め難くはかない夢のようなこの世、という認識は、朝顔と光源氏に共通のものでした。冒頭で述べたように、光源氏がいよいよゆるぎない王者として君臨する直前に、それまでの彼の人生を振り返るという意味がこの巻にはあります。この上ない栄華に達する前に、この世のはかなさを改めて認識しておくのです。これは絵合巻において、光源氏が「いみじき盛り」の中で世をなお「常なきもの」と思う（三・216）のと同様です。

しかし、その回想すれば定め難くはかない過去の中に、藤壺もいたのでした。この年（光源氏三二歳）の冬、ある雪の降り積もった日の夜のことです。源氏の朝顔への執心に苦しむ紫上を終日なぐさめたあと、源氏が月明かりの下で子供たちに雪転がしをさせたことがありました。源氏はかつて藤壺が雪山を作らせたことを思い起こし、それを機に話は藤壺の思い出に及びます。藤壺は自分を遠ざけて接していたために、そば近くで拝見することはできなかったが、相談すれば何であれ対応してくれるすばらしい方であったと、源氏は誉め上げます。ところが用心深く言葉を選びながら、つい、そのそば近くに寄った者でなければ言えないことを口にしてしまうのです。

> 世にまたさばかりのたぐひありなむ［や］。やはらかにおびれたるものから、深うよしづきたるところの並びなくものし給ひしを（三・402）

穏やかな性格で、内気でおどおどしているが、大変奥ゆかしいところがすばらしいという評価は、御簾などを隔てずじかに対面して初めて可能なのでした。亡き藤壺の側に立てば、他の女との睦言の中で、愛する男が自分のことを話題にするだけでもいい思いはしません。まして、深い関わりのあったことに言い及ぶとは。その夜寝室に入った光源氏の前に、藤壺が「夢ともなくほのかに」（三・406）現れたのは、秘密を漏らした光源氏に対する怨みを述べるためでした。

藤壺は、中宮でありながら帝ならぬ男の胤を宿して罪の思いに苦しみ、その後、愛するその男を受け入れることを許されず、一生避け続けて終わったのでした。光源氏の、振り返れば定め難くはかない過去の記憶の深層に、藤壺は厳然と存在を主張しています。藤壺は、はかなく流れ去ろうとする過去ではなかったのです。

# 21 少女（をとめ）

## 夕霧の元服

少女巻の冒頭では、前巻に続いて朝顔のことが語られています。相変わらず光源氏との結婚を拒み続けます。源氏もそんな彼女の気持ちに背いてまで無理を通そうとはしません。この巻では、続いて息子の夕霧に焦点が当てられ、彼の元服とその青春時代——大学寮への入学、雲居雁との恋愛——が語られるとともに、光源氏の新しい邸宅である六条院の造営が描かれます。夕霧は、光源氏二二歳の時の子で、生まれてまもなく母葵上を亡くし、祖母大宮のもとで育てられました。乙女巻では一二歳になっています。元服の儀式は、本来は父邸である二条院で行うべきものですが、光源氏は祖母大宮に配慮して、その住まいである三条殿で行います。

初冠（ういこうぶり）は、男子が成人して初めて冠を被る儀式で、おおよそ一〇代前半、遅くとも二〇歳ころまでに行われました。それまでの童子の髪型である鬟（みずら）を解き、髻（もとどり）を結い、冠を着けます。周囲の人々は、愛らしい少年の姿を見られなくなることを惜しみつつ、一人前の男子としての晴れがましい装いを祝福したようで、桐壺巻でも、光源氏の元服が、帝をはじめとする人々のそのような思いと共に詳細に描かれています。

元服の際には、位階を与えられました。夕霧の父光源氏は、薄雲巻で従一位に昇進、太政大臣への就任は固辞しましたが、いずれその地位に昇ることは自然のなりゆきでした。これほどの地位の人物の子であれば、元服してすぐ四位か五位になるのが普通です。特に親王の子や一世の源氏は、元服後従四位下になりました。夕霧は二世の源氏ですが、父の権勢によって、親王に準じて四位にすることができたのです。ところが、光源氏は息子に厳しい教育方針をとります。世間の常識に従って四位にしてやろうとも考えますが、それは思い留まって六位にしてしまい、大学に入れて学問をさせたのです。

## 貴族社会と官位

いわゆる「貴族」は、三階層に分けることができます。摂政・関白・太政大臣・左右大臣・内大臣・大納言・中納言などに相当する三位までを「貴」、四、五位を「通貴」と称し、それら五位以上と六位以下とは明確に区別されていました。位によって待遇に大きな違いがありました。与えられる宅地は、一位〜三位は四〇丈（約一二〇メートル）四方を、四位・五位はその半分、六位以下は更にその半分と決められていました。また位に応じた衣服を身につけ、位に応じた車に乗りました。内裏に出仕する時には、男性の着る束帯は位によって色合いが決められており、人目で身分が分かるようになっていました。上衣は「貴」が紫、「通貴」は緋色（後に四位以上は黒）、それより下位は緑でした。また、「蔭位（おんい）の制」があって、五位以上の父・祖父を持つ子や孫は二一歳になると自動的に位階を与えられたので、五位以上と六位以下とが固定化しました。五位以上の待遇は格別に良く、刑が軽減され、免税の特権を持ちます。このような事情を考えると、夕霧を六位に叙したことは、きわめて異例のことでした。

## 夕霧の教育

『源氏物語』の時代設定は、作者の生きた一条天皇の治世ではなく、それからおよそ一〇〇年前の醍醐天皇から村上天皇の頃（延喜～天暦、九〇一～九五六）です。乙女巻に描かれる「大学寮」も、ほぼ延喜の頃の実情を反映していると考えられています。大学寮が栄えたのは、それから更に一〇〇年をさかのぼる奈良朝末から平安朝初期にかけてで、さして家柄もよくなく貧しい者にとって、大学寮は官人への登竜門でした。九世紀半ばを過ぎると、大学寮は衰退しますが、宇多・醍醐天皇の頃、大学教育が見直され、延喜期には八人の大学出身の参議が誕生し、中には三位の大納言・中納言に至る者も出て来ます。しかし、先に述べたように、上流貴族の師弟は蔭位によって官途に就くことができます。大学に入学することは昇進を遅らせることになり、敬遠されました。延喜期に大学寮の出身者が輩出したといっても、彼らは少数派でした。『源氏物語』でも、貴公子で大学出身と明らかに言えるのは夕霧だけです。夕霧の大学入学もまたきわめて異例のことなのです。

一〇世紀の大学寮は紀伝（中国の歴史文学）・明経（儒学）・明法（法律）・算（数学）の四学科から成っていました。このうち紀伝が最も中心的な役割を果たしていました。これは、九世紀に顕著になった、文章（漢詩文）の制作が国家の経営に重要な意義を持つという、「文章経国」の思想を背景にしていました。夕霧が大学入学後進んだのも紀伝でした。

大学寮で行う試験である「寮試」にパスすると「擬文章生」となり、次に式部省で行う「省試」にパスすると「文章生」となりました。擬文章生のときが学習期間です。省試は作詩で、一〇世紀ころからしばしば官庁を離れて行幸・饗宴などの行事と一緒に遊戯的に行われるようになります。夕霧もまた、このような中で省試を受けています。乙女巻では、大学入学に際して「字」をつける儀式および詩宴、入学の礼、寮試の予備テストと本番、擬文章生の合格、翌年二月朱雀院行幸の際の文章生合格、そして秋の司召しで侍従となるところまでが描かれています。

光源氏の学問観には、「文章経国」の理想がありました。衰微しつつある大学寮を興すことによって、学問を重んずる文人政治を実現させようとするのです。夕霧が、光源氏亡き後の政権担当者になることは、明石姫君誕生の際に占い師が予言していました（澪標巻）。光源氏は、夕霧に一門の将来を託すべく、漢学の本格的な教養を身につけさせようとします。光源氏は、大宮との会話の中で「なほ、才をもととしてこそ、大和魂の世に用ゐらるゝ方も強う侍らめ」（三・428）と述べていますが、「才」とは漢学に関わる才能・知識、「大和魂」は、実務的な能力で、学問の基礎としての「才」を身につけてこそ、政治家としての力も発揮できるというのです。

権門の息子が親の力で何も努力をしないで昇進し、芸能におぼれて思い通りの官位を得ていい気になっていると、親が死んで時勢が移った時、手のひらを返したように離れていく者がいると源氏は言います。夕霧は幼くして母葵上を亡くし、その後祖母と乳母のもとで母のない子として育てられたので、ややもすれば「甘やかし」の教育がなされる環境にありました。光源氏は、そんな息子に厳しい教育方針をもって臨んだのです。夕霧は、そのような父親の方針に不満を抱きながらも、生来の生真面目な性質のままに学問にいそしむ日々を送ります。

## 夕霧と雲居雁

光源氏が時の帝、冷泉帝の後宮を掌握するためには、養女である梅壺女御を中宮として立てる必要があります。女御の中で最も有力な者が中宮位につきますが、誰が中宮になるかということは、将来の皇太子・天皇に誰がなるかという問題にもつながる重大事です。冷泉帝の後宮には、梅壺女御のほかに、大納言兼右大将（かつての頭中将）の娘である弘徽殿女御と、梅壺女御のあとに女御として入内を果たした、兵部卿宮の娘がいました。この中では、最も早く入内した弘徽殿女御が、候補の筆頭に挙げられるはずであり、一方の梅壺女御と兵部卿宮の娘は藤原氏出身ではないため、世人は歓迎しません。

かつて、桐壺帝はかの弘徽殿女御（後の大后）をさしおいて藤壺を中宮に立てましたが、藤壺も皇族でした。次の朱雀帝は、候補者であった朧月夜を中宮として立てることができませんでした。光源氏と通じたためでした。冷泉帝の御代となって、今度こそ藤原氏から帝をと期待する人々は、皇族が頻繁に后になることを許さなかったのです。しかし、最終的には、宮廷の力学は光源氏に優勢で、梅壺女御が中宮となり、それによって地位を不動のものとした光源氏は太政大臣となり、大納言兼右大将に内大臣の位を譲ります。

長女の立后争いに敗れた内大臣は、せめてもう一人の娘である雲居雁を、今の春宮（朱雀院の子）に入内させようと期待をかけています。しかし、その場合も、光源氏の実の娘である明石姫君が強力な対抗馬として待ちかまえているのでした。雲居雁は、按察大納言の北の方との間にできた娘で、今年一四歳になります。按察大納言の北の方が、内大臣と別れた後に再婚してたくさん子を産んだので、内大臣はその中で雲居雁が育てられるのを不都合と考え、引き取って祖母である大宮のもとに預けたのでした。そこには夕霧がいました。二人は、幼いうちは何をするにも一緒に育てられますが、ともに一〇歳を越えるころからは部屋を分かたれます。

ところが、幼心に雲居雁を慕う夕霧は、何かにつけて雲居雁に近づこうとし、文を贈り、雲居雁もそんな夕霧を拒むこともありませんでした。幼いながらも、二人は子供の遊びでない関係を結ぶに至ります。夕霧が元服した頃には、すでに離れがたくなっていたのです。二人の幼い恋は女房たちの知るところとなり、内大臣の耳にも入ります。

内大臣としては、二人の恋はよくないことではないが、ありきたりないとこ同士の結婚で終わらせたくないと思います。中宮争いで光源氏に敗北したばかりで、せめて雲居雁を春宮妃にと思うのに、またしてもやられたのではと、苦虫をかみつぶした格好です。内大臣はその不満を母大宮にぶつけます。春宮に入内させても対抗馬がいて立后させることが難しいとなれば、夕霧と結婚させるのも悪くはありません。しかし、それでは面子が立たないのです。大宮にとっては、孫の世話や養育は大きな慰めであれこそすれ、二人の孫がそのような間柄だとは、夢にも知らないことでした。

## 内大臣と大宮

大宮は、罪を自分に被せられるのは辛いといい、これまで息子が思い至らぬことまで人知れず心を砕いてきたと反論します。大宮は、とりわけ男子である夕霧が可愛く、今度の一件を内大臣がとんでもないことのように言うのが不満です。まして、内大臣がこれまで弘徽殿女御に比してさして心をかけてこなかった雲居雁を、春宮女御になどと思い立ったのも、自分が大切に育てて来たからだ、もしそれが叶わず臣下に嫁するのならば、夕霧ほどの人物はあるまいと思うにつけ、内大臣を恨めしく思うのでした。

雲居雁とのことが内大臣の耳に入ったことを、遠回しに大宮から聞き知った夕霧は、今後は手紙を贈ることもままならぬだろうと嘆き、ひたすら大宮に対して自分の心を見せまいとしつつ、雲居雁に対する恋慕の情を募らせます。雲居雁はまだうぶで幼く、夕霧との恋について、自分の身の上をどうしようとか、人が自分をどう見るかということは気に掛けていませんでした。夕霧を貶めるような噂を耳にしても、それで夕霧を疎んずることもありませんでした。元々、このように周囲の人々が騒ぐとは思いもよらなかったのです。

ところが、思いのほか、自分たちのことが騒ぎを引き起こしていることがわかり、後見する人々にたしなめられて、容易に手紙を贈ることもできなくなります。語り手は、この事態における夕霧と雲居雁の立場を「おとなびたる人やさるべきひまをもつくり出づらむ」（三・478）と評しています。つまり、彼等がもう少し大人だったら、何とかして手紙のやりとりをする隙を作っただろう、というのです。こういう場合、男がその突破口を開くものですが、「をとこ君もいますこし物はかなき年のほどにて」（同）、すなわち男の方がいま一歩経験不足の面があって、ただ残念だと思うにとどまっているのでした。

## 不機嫌な内大臣

一方、大宮を責めたのみでは気の済まない不機嫌な内大臣は、まず梅壺中宮のせいで「世中思ひしめりて」（三・480）、わが身を悲観して過ごしている娘弘徽殿女御を、自邸に下がらせます。これは、表向きは休暇でしたが、実質的には中宮の位を取られたことに対する不満の表明、いわばサボタージュでした。帝は中々許しませんでしたが、内大臣は強引に実行に移します。次に、弘徽殿女御が退屈だろうというので、女御の相手をさせるという建前で、雲居雁を大宮のもとから自邸に迎え取ります。夕霧はすでに学問に打ち込む環境を整えられて、光源氏の別邸、二条の東院で過ごしていましたから、大宮は最愛の二人の孫と引き離される形になったのです。

娘を亡くし、夫を亡くし、婿は高位高官に昇り、実の息子も多忙で顔を見せない日々が続く中、老後の慰めであった一二歳の孫が別居した上に、重ねて美しい盛りを迎えようとしている一四歳の孫娘が別居することになり、大宮は落胆します。雲居雁とほんの少しでもよいから会いたいと願い、頻繁に大宮邸を訪れていた夕霧は、引き取られる前に呼ばれて大宮の部屋に来ていた雲居雁と、乳母の力添えにより対面を果たします。内大臣邸に引き取られた後は、これまで以上に逢うことが難しくなるでしょう。夕霧の苦悩は深まります。

## 五節の舞姫

この年の冬、一一月の新嘗会に、光源氏は「五節の舞姫」の一人として、乳母子惟光の娘を世話して奉ることになりました。「五節」は、新嘗会（天皇即位後初めて行う場合は大嘗会）の際に、四日間にわたって行われる宮中の公式行事で、盛大に行われました。初日に天皇が常寧殿に参入した舞姫たちを御覧になり、二日目に清涼殿で御覧になり、三日目に舞姫に付きそう童女を天皇が点検、最後の日の夜、豊明節会で少女たちの舞が披露されました。この時、舞を舞う少女たちを「五節の舞姫」といい、人数は四人――公卿の娘二人、受領の娘二人と決まっていました（大嘗祭の場合は五人）。『小倉百人一首』にも採られている僧正遍昭の歌「あまつ風雲（かぜくも）のかよひ路吹（ぢふき）とぢよ乙女（をとめ）のすがたしばしとゞめん」は、この五節の舞姫を見て詠んだもので、舞姫があまりに美しいので天女に見立て、空へ帰る道をしばらく閉ざして、地上にその姿をとどめてほしいと風に向かって呼びかけた、という趣向です。この歌に示されているように、舞姫には特に若く美しい女が厳選され、舞姫を出す公卿と受領の家々では、対抗意識を燃やして華美を競い合いました。また若い公達は、五節の舞姫に胸をときめかしました。その様子は『紫式部日記』にも記されています（寛弘五年一一月条）。
惟光の娘（のちの藤侍典）も、容姿が美しいとの評判がありました。それだけに、父惟光は深窓に籠めておきたい気持ちはあったのですが、光源氏の意志とて、そのまま宮仕えさせようと腹を決めます。惟光はこの巻で摂津守となっているので受領の娘なのですが、光源氏はこれを公卿の娘として五節の舞姫に出したのでした。

この惟光の娘が、新嘗会を前に光源氏の私邸、二条院西の対に来ていた時のことでした。夕霧は、雲居雁との恋が思うに任せぬ鬱々とした思いが晴れるかと、西の対に向かって歩いてゆきます。西の対には紫上が住んでいましたが、光源氏は日頃から、夕霧を紫上の部屋の御簾の前にさえ近づけようとしませんでした。かつて継母藤壺を恋慕した頃の自分を思えば、夕霧に同じような感情が生まれないとも限りません。そこへ、いま夕霧は足を踏み入れたのであって、光源氏がひたすら避けようとしていた、紫上を夕霧が垣間見るという事態が起こりかねなかったのです。

## 惟光の娘と夕霧

しかし、いま夕霧の目に入ったのは、妻戸近くに仮の居所をしつらえて控えていた、惟光の娘でした。夕霧は中を覗き見て、娘に心を惹かれます。「なやましげにて添ひ臥したり。たゞかの人の御ほどと見えて、いますこしそびやかに、様体などのことさらびをかしき所はまさりてさへ見ゆ」（三・500）。雲居雁と同じ位の年格好で丈は少し高め、容姿は一段と目立って魅力的に見えたというのです。

全体が、雲居雁とよく似た雰囲気を漂わせているのに心が激しく動いて、夕霧は思わず自分の袖を引きならし、とっさに歌を詠み贈るのでした。

この場面は、『伊勢物語』の「初冠」の段と似たところがあります。元服した若者が奈良の春日の里へ狩にゆき、そこで美しい姉妹を垣間見て、歌を贈るという話です。夕霧もこの年の夏に元服しており、恋情にかられて衝動的に行動しています。しかし、夕霧の方は、『伊勢物語』に「いちはやきみやび」（せっかちな風流事）と評される清新さはなく、失恋同然の若者がたまたま見かけた美しい娘に唐突に声をかけ、娘が薄気味悪いと思ったというところで終わります。

若紫巻の光源氏の垣間見は、心に思う女がいて、その女への思いを投影している点でこの場面の夕霧と重なります。若い一八歳の光源氏を思い起こさせるような語り方ですが、父光源氏と異なって、紫上を奪うように引き取った、「いちはやきみやび」と言うにふさわしいふるまいは、夕霧にはできませんでした。雲居雁が夕霧にとって初恋の人であるとすると、この舞姫に対する恋慕は、成人したばかりの夕霧が初めて体験する「大人の恋」だったわけです。しかし初恋も大人の恋も、この時点では思うに任せない結果で終わるのです。

### 六条院の造営・完成

光源氏三四歳の春、朱雀院行幸の際に、夕霧は省試に及第して晴れて文章生となり、秋の司召で五位侍従となります。この時一三歳。合格したのは夕霧を含めて三人だけでした。蛍雪の功を積んで、いよいよ世に出る時を迎えたのです。息子が後継者として一歩を踏み出したのを見届けた後、光源氏はこの年の秋、静かな住まいを六条京極あたりに造営することを思い立ち、およそ一年後に六条院が完成します。藤壺が亡くなって二年後のことでした。秋好中宮が母六条御息所から伝領した六条京極の旧邸を含む広大な土地に、四町を占めて大邸宅が現れたのでした。この邸宅は、以後出家まで光源氏の住まいとなります。

四町のうち、西南は秋の町で秋好中宮の住まい、東南は春の町で光源氏が紫上と住むところ、東北は夏の町で花散里の、西北は冬の町で明石君の住まいでした。春の町はあらゆる種類の春の花木を植えた理想的な楽園として中核をなしています。秋の町は見渡す限り広々とした秋の野の風情、夏の町は背の高い樹木が森のように茂って山里の風情をたたえています。冬の町は、松の木や菊のまがきなど、雪景色や霜の情緒を味わうにふさわしく作られています。まず紫上が入居、それに付き従う形で花散里が入り、五、六日後に秋好中宮が宮中から里下がりし、一〇月に明石君が引っ越して来ます。

六条院は、太政大臣であり帝の実父である光源氏の圧倒的な権勢を示すものでした。光源氏がそれまで住んでいた、いわば高級住宅街である二条・三条は、内裏への通勤や様々な情報の収集伝達にも便利な場所でした。一方の六条は、別荘が多く、主として政界から隠棲した風流人たちの住む所でした。不便で、しかも遠い六条の地が選ばれたのは、中央政界から距離を保って、風流と風雅の中に生きようとする光源氏の姿勢の表れです。

# 22 玉鬘（たまかづら）

## 六条院とその住人

完成した六条院を舞台として、四季の廻りの中に絢爛たる王朝絵巻が繰り広げられます。しかし、この六条院に住む人々の境遇は、決して安定したものではありませんでした。ここには光源氏以外に頼るべき拠り所のない人々が住んでいます。かつて孤児のように引き取られた紫上、親兄弟がなく、長く光源氏の庇護を受けている花散里、母六条御息所を失い、光源氏の養女と同じ待遇を受ける秋好中宮、娘の将来だけを思いやって上京し、その娘を養女にされた明石君、母と引き離され、紫上に養育されている明石姫君、生まれてすぐ母を失い、一二歳まで祖母の家で育てられ、花散里と共に六条院に移った夕霧。そして、ここに新たに住人の一人となる玉鬘も、同様でした。

## 玉鬘の物語

玉鬘巻以下の一〇帖――玉鬘・初音・胡蝶・蛍・常夏・篝火・野分・行幸・藤袴・真木柱――は、六条院を舞台とする、この玉鬘をめぐる物語です。最初の玉鬘巻は、「年月隔（へだ）たりぬれど、飽（あ）かざりし夕顔（ゆふがほ）を露（つゆ）忘（わす）れ給はず」（四・16）と書き出されています。光源氏は一八年前に亡くなった夕顔のことが忘れられません。玉鬘は、その夕顔と、頭中将（現内大臣）との間にできた子で、初めてその存在が語られるのは、帚木巻の「雨夜の品定め」の場面でした。頭中将が、いわゆる「常夏の女」（夕顔）との交渉を語る中に、「をさなきものなどもありしに、思ひわづらひて」（一・128）とあるのがそれです。のちの少女巻では、内大臣に弘徽殿女御と雲居雁という二人の娘がいたと述べられていますが、実際には娘が三人あったことになります。夕顔は、頭中将がしばらく通わなかった間に、彼の北の方に圧力をかけられ、母子ともども姿を消したのでした。

その後は西の京の乳母の家に隠れ、山里へ入ろうとして方塞がりのために五条の家を仮の宿とします。この家は、光源氏の乳母の家の隣にありました。夕顔巻で、一七歳の光源氏が五条の乳母の家を訪ねて行った時、隣家に咲く白い夕顔の花をきっかけにして二人は出会うのです。光源氏との恋もつかのま、夕顔は不幸にも急死し、後に残された三歳の子供――玉鬘は、翌年夕顔の乳母夫婦（夫は太宰少弐）と共に九州へ下っていきました。

玉鬘の物語は、夕顔巻を受ける「別伝」の物語です（121頁図4）。

## 玉鬘の旅

『源氏物語』で主要な役割を持つ女の中には、都を離れた地域で育ったか、あるいは一時期を過ごした人物がいます。紫上は母と死別したあと都の郊外の北山で育ち、そこで光源氏と出会います。明石君は播磨国に生まれ育ち、流離の光源氏と出会っています。宇治十帖の大君・中君は父と共に宇治で暮らし、浮舟は母と共に陸奥と常陸で青春時代を過ごしています。玉鬘もこれらの人々と同じく、鄙の地筑紫で育ったのです。

成長した玉鬘は、育ての父親である太宰少弐と、その任が果てたあと死別しますが、そのまま一家と共に肥前の国に住みます。玉鬘に懸想する男達は大勢いましたが、玉鬘を片田舎で埋もれさせてはならないというのが少弐の遺言でもあり、乳母は何かと理由を作って拒み続けます。二十歳の頃、隣国肥後の豪族であった大夫監(たいふのげん)が強引に求婚して来たため、乳母は長男である豊後介(ぶんごのすけ)を促し、その妹兵部君らとともに筑紫を脱出して上京します。あてもなく都に上った一行は、いったん九条にあった乳母の知人宅に身を寄せます。そして、運を開こうと石清水八幡宮に参詣し、次に信心の深さを示すためにあえて徒歩で長谷寺に詣でた時、神仏の導きというべきか、その近くの椿市(つばいち)で、かつての夕顔の侍女、今は光源氏に仕えている右近と邂逅したのでした。

平安時代には、霊験あらたかな仏・菩薩の尊像を礼拝したり、霊場を巡礼したりすることがよく行われました。仏・菩薩との交感が重視され、仏の姿を見、声を聞くために仏像の前に参じ、真夜中の夢でそれを感得しようとしました。多くの人々は、そのために御堂に参籠し、そこで夜を過ごしたのです。大和の長谷寺も、霊験あらたかとされる寺社の一つで、そこへの参詣は「初瀬詣(はせもうで)」と呼ばれました。本尊十一面観音が信仰を集め、貴族の参詣が絶えませんでした。『更級日記』や『蜻蛉日記』にもその様子が記されています。

右近は玉鬘を見出したことをすぐに光源氏に報告し、玉鬘は六条院に引き取られることになります。

これ以降、玉鬘は六条院の花形的存在となります。

## 夕顔のゆかり

玉鬘の実の父親は内大臣であるにもかかわらず、なぜ光源氏のもとに引き取られることになったのでしょうか。光源氏は夕顔の死後、すでに玉鬘をその形見として引き取る意志を、乳母の娘である右近に告げていました。ところが、右近は夕顔の頓死について騒がれることをはばかり、また光源氏もこの秘密を漏らしたくないと思うゆえに、遺児について聞き出すこともできないうちに、行方知れずとなってしまったのでした。

光源氏にとって夕顔は、紫上や亡き藤壺とはまた別の意味で特別の存在でした。六条院に住む女達の中には、夕顔ほど愛着を感じた人はいないと述べています。内大臣のところには子供がたくさんいるのに、玉鬘が人数でもない身の上で今さら仲間入りをするのは好ましくない結果になるかもしれません。しかし何と言っても、巻の書き出しにある通り、「飽(あ)かざりし夕顔(ゆふがほ)を露(つゆ)忘(わす)れ給はず」（四・16）という心情が、大きく心を占めていたのです。右近もまた、頓死した夕顔のかわりに遺児を引き取ることが、夕顔への罪滅ぼしになると言って引き取ることを勧めます。

長谷寺で玉鬘と邂逅した右近は、光源氏に「はかなく消(き)え給ひにし夕顔(ゆふがほ)の露の御ゆかりをなむ、見(み)給へつけたりし」（四・82）と報告しています。「ゆかり」は、ある女に対する憧憬を前提に、その身代わりの女を慕う場合に用いられる言葉で、その点で「形代(かたしろ)」と同じ意味を持っています。玉鬘は

「夕顔のゆかり」なのですが、『源氏物語』にはこのほかに「紫のゆかり」――藤壺に対する紫上の関係、「宇治のゆかり」――大君に対する浮舟の関係が出て来ます。

興味深いのは、「紫のゆかり」でも「宇治のゆかり」でも、理想の女の側（藤壺・大君）が優っているのに対し、「夕顔のゆかり」では、玉鬘の方が優っており、可憐さと明るさを備えた美貌の持ち主として描かれている点です。侍女の右近は、玉蔓を「藤原の瑠璃君」（四・66）と呼んでいますが、「瑠璃」はもともとバイカル湖岸に産する青色の宝珠のことで、並はずれた美質を讃えた言葉なのです。

このような玉鬘が六条院に据えられ、光源氏と交渉する間に、その美しさにも微妙な変化を見せ、光源氏の行動や物語の展開に影響を与えます。

## 右近の役割

玉鬘が六条院に迎えられる際に、重要な役割を果たしたのが、夕顔の乳母子である右近です。右近は、母に死なれて孤児となったのを、夕顔の父三位中将が養って育てた人でした。かつて一七歳の光源氏が某院で夕顔と逢い引きした時にも付き従い、そこで主人である夕顔の死に目に遭っています。翌朝、夕顔の亡骸を車に乗せ、惟光とともに東山の山寺に赴き、その後、悲しみのあまり後追い自殺を口にしたり、夕顔の寓居の人々に事情を知らせようとして惟光にさし止められたりと、夕顔の物語には欠かせない人物です。その後、二条院に引き取られ、光源氏つきの侍女となり、光源氏の須磨退去の頃から紫上に仕えるようになります。光源氏は、右近を夕顔の形見として大切にしていました。

しかし、右近は、紫上に仕えながらも、年月が経つにつれてそれが居心地の悪いものに感じられるようになります。自分が望んだのでない中途半端な奉公で、しかも以前から仕えている他の女房たちになじめないのです。右近は長谷寺に度々詣でるようになります。そして、ここで夕顔の遺児である玉鬘と出逢うのです。

玉鬘は、身なりも質素で、徒歩で詣でたために疲れ切っていました。しかし、右近は玉鬘の乳母との会話の中で、彼女の容姿が紫上や明石姫君に劣らないほどであると強調しています。この二人に劣らないということは、都で最も優れた女に比べても玉鬘が劣らないということ、すなわち都で最も美しいということです。片田舎で育った姫君が、都で一番の女にひけをとらないというのです。

右近は、ここに新しい女主人を見出します。この後、右近は六条院に戻ってから改めて紫上と対面し、やはり玉鬘より優れていると思うのですが、それは「さいはひのなきとあるとは隔(へだ)てあるべきわざかな」（四・78）との思い、すなわち光源氏と暮らすようになってから幸福な日々を過ごしてきた紫上と、不幸な生活の連続であった玉鬘との、境遇の差であると考えました。

玉鬘の乳母が、実父である内大臣に知らせて玉鬘を引き取ってもらうよう頼んだのに対して、右近は、玉鬘が光源氏に認められるように祈願し、長年の光源氏の意向であることを伝えて強引なまでに六条院入りを実現させようとします。玉鬘が六条院に入るためには、いくつかの条件が必要でした。容貌・態度はもちろん、教養がなければなりません。九州で長年過ごして来た玉鬘は条件にかなうのかどうか。右近はまず歌を贈ってテストし、玉鬘は見事「合格」します。こうして右近は、太政大臣の光源氏と、流離の孤児玉鬘という全くかけ離れた二人を結びつける役割を果したのでした。一方、六条院では、太政大臣として充足した日々を送る光源氏の生活の中に、新たな恋物語を展開する新しい女主人公を必要としていました。

### 源氏との対面・六条院入り

先に述べたように、光源氏にとって夕顔は、紫上や亡き藤壺とはまた別の意味で特別の存在でした。改めて、これまで光源氏と関わった主な女たちを振り返ると、空間的に最も近いところにいるのは、六条院の住人である紫上・明石君・花散里です。また末摘花や尼となった空蟬が二条の東院におり、この巻にも登場します。この周辺に、故藤壺・亡妻葵上・故六条御息所、そして朧月夜などがいます。

これに対して、賢木巻で述べたように（76頁）、心理的には光源氏の心の奥深くに存在する亡母桐壺更衣を核として、故人である藤壺、夕顔、そのゆかりである紫上が最も近いところにあり、その周辺に明石君、花散里、故六条御息所、朧月夜らがいるということになります（182頁図5）。

夕顔は、はるか昔の、五条のあばら屋というかけ離れたところにいた人ですが、心理的には、その青春時代の痛切な経験によって、桐壺更衣や藤壺に近いところに存在し続けているのでしょう。その傷跡が光源氏を突き動かし、その遺児を六条院へと導きます。

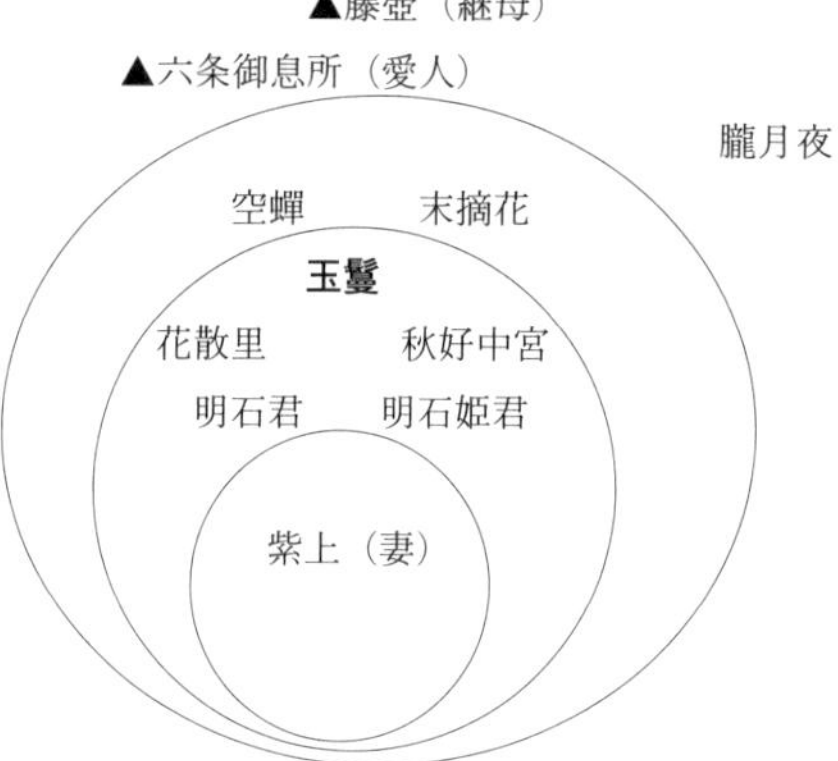


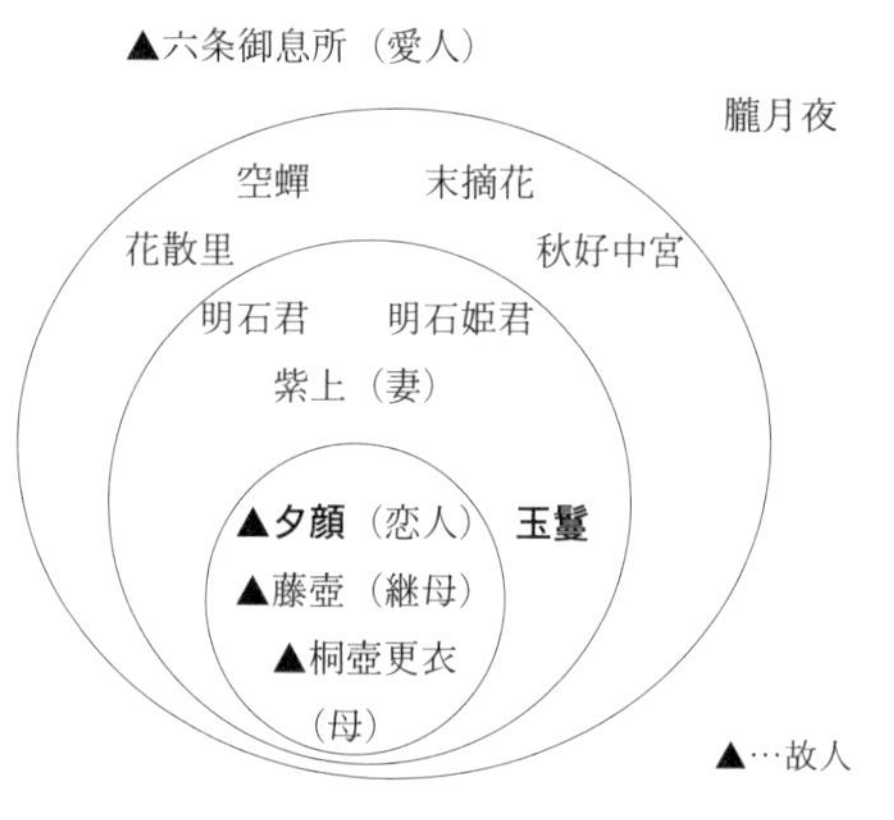


図5

六条院は、新しい女主人公の登場を待っています。そこには、光源氏以外に頼るべき拠り所のない人々が住んでいますが、新たに住人の一人となる新しい女主人公も、恵まれた境遇の上流女性ではあり得ません。光源氏の青春の形見が、流離と苦難の末に、光源氏のもとにたどり着くのです。しかし、導き入れた玉鬘が、この後老境に向かう光源氏の「乱れ」を誘い出し、六条院の秩序が少しずつ崩れ始める端緒となろうとは、源氏自身の思いも寄らないことでした。

右近の積極的な行動と慎重な配慮によって、玉鬘は六条院の女主人公にふさわしい容貌・教養・態度のいずれも優れた女として光源氏と対面を果たし、六条院での生活が始まります。光源氏は右近に、実父には知らせないこと、光源氏の実子といい広めること、好き者たちの気をもませる種となるよう大切に育てることを言い含めます。こうして、玉鬘をめぐって新たな恋愛絵巻が繰り広げられる準備が整います。

## 衣服の贈与

平安時代の貴族たちは、四季折々の自然を身に感じ、それにふさわしい生活をしようとしていました。「心ある人」とは、季節感に敏感な人でもありました。宮廷に仕える女房達は、彼女らの生活に最も密着した、恒例の行事と装束の中に美を見出します。それは形骸化した儀礼ではなく、生活に豊かさと張りと潤いを与えるものだったのです。

光源氏三六歳の春、六条院に初めての新春が巡って来ます。光源氏は、玉鬘巻の巻末で、年の暮れに七人の女君に衣を贈っています。あの末摘花からも光源氏の元日用の衣装が贈られ、大晦日の夕方には、源氏から返礼の衣装が贈られます。新しい年を迎えるにあたって、装束を新たに用意するのです。季節等の節目にあたって装いを新たにすることは、大変重要な意義がありました。葵巻では、葵上の死後、服喪の明けた新年に光源氏が葵上の父左大臣邸を訪れた際、源氏の晴れ着が例年と同じように用意してありました。薄雲巻では、明石姫君が二条院に引き取られる歳の暮に、大堰の明石君から新春の晴れ着が届けられています。なお、上位者から下位者への衣服の贈与を「衣配り」といいますが、これは近世の用語で、平安時代に年中行事として定着していたかどうかは不明です。

光源氏から贈られる装束には、それぞれの女への思いが込められています。その中には、傍らでそれを見ている紫上がまだ見知らぬ玉鬘、明石君などもあり、光源氏のそれぞれの女への思いを、選ばれた装束から思い描くことにもなります。材質や色や模様が身分によって定められていた男子の束帯とは異なり、女子の装束には、身分の標識としての意味が薄く、光源氏が贈った装束も、それぞれの女の優劣をそのまま示すものではありませんでした。

しかし、それぞれの装束の色について見てみると、かつて絵合巻で、童女の着る衣服と調度類の色は、光源氏・梅壺側の左方が赤系統、権中納言（のちの内大臣）・弘徽殿女御側の右方が青系統と分けられていたように、紫上・明石姫君・玉鬘は赤系統、花散里・末摘花・明石君・空蟬は青系統と分かれていることが認められます。前者と後者の間には、やはり優劣があるのです。玉鬘が紫上と同じ系統の色を与えられたことは、彼女が六条院に住む女君として重要な位置を占めていることの証でした。玉鬘は、光源氏の然るべき待遇を象徴する衣を獲得したのです。

# 23 初音

## 六条院の新春

こうして迎えた六条院で初めての新春を、初音巻は丹念に描いています。

年たち返る朝の空のけしき、名残なく曇らぬうらゝかげさには、数ならぬ垣根の内だに、雪間の草若やかに色づきはじめ、いつしかとけしきだつ霞に木の芽もうちけぶり、おのづから人の心ものびらかにぞ見ゆるかし。ましていとゞ玉を敷ける御前の、庭よりはじめ見所多く、磨き増し給へる御方〳〵のありさま、まねびたてんも言の葉足るまじくなむ。（四・130）

右の文は書き出しで、何首もの古歌を引きつつ綴られています。これを受けて、「生ける仏の御国とおぼゆ」（同）と賞される、紫上の春の御殿が描き出されるのです。室町時代の古典学者三条西実隆は、正月になると、初春をことほぐ多くの古歌を引用しつつ語り出されるこの巻を読んだと日記に記しています。

『源氏物語』が成立した頃、年中行事は平安時代を通じて最も盛大で華やかに行われました。「節会(え)」は特に大きな公的行事で、律令によって制定されていました。曲水宴(ごくすいのえん)、重陽宴(ちょうようのえん)といった宴は臣下の邸でも多く行われましたが、節会のように公的な行事は、臣下の邸で行われた記録がありません。ところが、少女巻では臣下たる源氏の私邸六条院で、内裏の儀式を移して白馬節会(あおうまのせちえ)が行われます。以下この初音巻から藤裏葉巻まで、六条院を中心に四季の年中行事が繰り広げられます。

元日、光源氏は春の町で紫上とともに歯固(はがため)・餅鏡・子(ね)の日の祝いをした後、年賀のために明石姫君を始めとして花散里、玉鬘、明石上と邸内をめぐり歩きます。二日には臨時客(りんじのきゃく)。この時代盛んに行われた行事で、摂政・関白・大臣家で親王・公卿以下を迎えてもてなすものです。臨時客に招かれた若い上達部たちは、玉鬘を意識して心の準備に怠りない有様となります。十四日には男踏歌(おとことうか)が行われ、初音巻は閉じられます。

# 24 胡蝶（こてふ）

## 六条院の舟楽

六条院で迎えた初めての新春を丹念に描いた初音巻のあとには、晩春から初夏に至るまでの季節を背景とする胡蝶巻が続きます。『万葉集』の額田王の長歌（巻一・一六）で、春と秋のどちらの趣が優るかと歌われていることや、『古今和歌集』で、四季の歌のうち春と秋の歌が際立って多い（春一三四首、夏三四首、秋一四五首、冬二九首）ことなどからわかるように、四季の情趣の中で、古くから特に春と秋が尊重されて来ました。ここ六条院でも、春と秋の二町は南側を占めており、紫上と、今や源氏の栄華の支えである秋好中宮に割り振られています。

胡蝶巻は、三月二〇日過ぎに春の町で行われた「舟楽（ふながく）」の描写から始まります。舟楽とは、文字通り舟の中で楽器を演奏することで、『紫式部日記』にも、一条天皇が藤原道長の住む土御門殿に行幸した際の、舟楽の模様が描かれています。これには「その日、新しく造られたる船ども、さし寄せさせてご覧ず。龍頭鷁首（れうとうげきしゅ）の生けるかたち思ひやられて、鮮やかに麗（うるは）し」と、新造の船の様を記していますが、これと同じように胡蝶巻でも、新しく作られた龍頭鷁首の舟が光源氏と紫上の住む春の町の池に降ろされます。

「龍頭鷁首」とは、龍と鷁という空想上の動物の頭部を先端につけた唐風の舟のことで、中宮の里内裏である隣の秋の町の池から、女房達が舟で春の町へと――二つの池は舟で行き来できるようにつながれていました――差し向けられ、その女房達の視点から、春の町のこの世のものとは思えぬようなたたずまいが描かれています。光源氏は、唐風の龍頭鷁首の船を、更にそれらしく唐めいた装いに飾り付け、女童にも唐風の身なりをさせて、まるで外国にいるかのような演出でこの舟楽を催しました。美しい庭園と池、その水上で演奏される楽の音は、この世ならぬ浄土の雰囲気を醸し出しています。

乙女巻の巻末で、新築なった六条院に中宮が内裏から退出し、秋の町の見事な紅葉と花々を、箱の蓋に入れて紫上に賜った際――この時は、舟ではなくて廊と渡殿の反橋(そりはし)を渡って行きました――、中宮は紫上に「心から春待(ま)つ園(その)はわが宿(やど)の紅葉を風のつてにだに見(み)よ」(三・538)と詠みかけています。春を待つあなた方は所在ないでしょうから、私の庭の紅葉を風の便りに見て下さいと、秋の情趣を誇ったのです。これは、冒頭に述べた額田王の歌に示されているような、春と秋の情趣を競う「春秋優劣の論」の伝統を踏まえ、その上に立って一方の季節を賞賛してみせる優雅な「争い」です。

その際紫上は、風に散る紅葉は軽々しいと応じようとするのですが、光源氏に、春の花盛りになったら返事をした方が有利だと制されたのでした。今、その春の花盛りになって、中宮に春の町の、この世のものとも思われないような風情を是非見せなければならないのですが、中宮という身分では、軽々しくこちらへ足を運んでもらうわけにはいきません。そこで源氏は舟楽を催して、中宮付きの女房達を招き、その目で確かめたことを中宮に知らせようとしたのでした。

## 季の御読経

舟楽の翌日は、秋好中宮の秋の町で「季の御読経」が執り行われました。季の御読経とは、平安時代に行われた宮廷における法会の一つです。毎年、春と秋の二回、僧に『大般若経』を転読させて、天皇の安寧と国家安泰を祈念するものです。平安中期には宮中だけでなく、中宮や親王、貴族の私邸でも行われました。通常三日ないし四日間の法会が開かれます。時代を経るにつれて、法会としてより、饗応の宴としての派手さが目立つようになります。一〇世紀頃には、宮廷とは別に、上皇や東宮・皇后などの主催でも私的に催されるようになりました。延長二年（九二四）には藤原彰子の主催で行われていますが、これは、藤原道長による中宮の権力誇示を目的としたものとされています。また摂関家でも催されましたが、道長が政治の表舞台から外れるとその回数は減り、続く頼通の時代にはほとんど行われなくなりました。

紫上は、季の御読経における供養の志として、中宮に供花を差し上げるため、桜と山吹を携えた八人の少女を龍頭鷁首の舟に乗せ、春の町から池伝いに秋の町へ送ります。少女達は、四人ずつそれぞれ迦陵頻伽（極楽の鳥）と胡蝶（蝶）の舞装束を身につけています。この時、紫上は夕霧を使者として秋好中宮に「花園の胡蝶をさへや下草に秋まつ虫は疎く見るらむ」（四・182）と歌を贈ります。秋を待つ虫は春の花園の胡蝶さえ気に入らぬものと見るのでしょうかと、前年秋に中宮から挑まれた春秋争いの「お返し」をしたのです。

これに対して中宮は、「こてふにも誘はれなまし心ありて八重山吹を隔てざりせば」（四・184）と返します。「春の今は春の町を立てるべき時だ」と声をかけて下さればそちらへ行くところでしたとの意で、この春秋争いは紫上方の勝ちということになりました。

## 中年光源氏

さて、玉鬘の物語は実質的にはこの胡蝶巻から始まります。光源氏の青春の忘れがたみである夕顔の遺児玉鬘は、流離と苦難の末に源氏のもとにたどり着き、六条院の女主人公にふさわしい容貌・教養・態度のいずれも優れた女として、光源氏と対面を果たしました（玉鬘巻）。光源氏がこうして玉鬘を六条院に迎え入れたのは、彼女が「夕顔のゆかり」だったからです。源氏にとって玉鬘は、夕顔によく似ているという以上に、夕顔の再来とも思われたのです。右近の方は、夕顔の果たせなかった源氏の妻妾の地位を実現させたいと考えました。内大臣に知らせず迎え入れてしまえば、紫上のように、夕顔が生きていたら得られたかもしれない、妻妾の地位に落ち着くことになろうというのです。

しかし、光源氏は既に若くはありませんでした。須磨・明石から帰還した後は、朝廷における立場の重さも手伝って、精神的にも肉体的にも中年的な様子を見せるようになります。二条の東院と六条院を造営し、女君たちを集めてしまうと、源氏の行動はもはや外へは広がらなくなります。夕顔や朧月夜、藤壺などに対して示したかつての大胆さは消え失せてしまうのです。

彼は、男たちが競うところにこそ恋愛の情趣が増していくとは思うものの、自分自身は、すでにかつてのような若々しい振る舞いはできなくなっています。また六条院には、それぞれの町を主宰する女――妻妾ではあっても六条院全体の女主人的な地位を占めている紫上がおり、次の帝の母となるであろう明石君がいます。玉鬘を妻妾の一人として迎えることはかなわない状況です。玉鬘が「夕顔のゆかり」であり、いかにすばらしい女であっても、養女として迎えるほかはないのです。

一方、光源氏の狙いは、胡蝶巻冒頭に描かれた春の町の風情にふさわしく、この世の浄土のような雅の世界を作り出すところにありましたから、そこには恋愛の風情も欠かせません。世の好き者が六条院に集まってくるためには、彼らの「心尽くさするくさはひ」(四・86)、気をもませる種が不可欠であり、玉鬘は格好の「くさはひ」でした。もともと養女として迎え入れる以上は、玉鬘にふさわしい男を見つける必要があります。恋も思うに任せぬ年齢ゆえに、恋愛の舞台を用意して、人々に実践をし向けたというわけです。その効果があって、この後多くの世の好き者どもが玉鬘を目当てに集まります。六条院はいわば恋愛の実践舞台となり、光源氏は男たちを競わせ、女には理想とするすべての所作を身につけさせます。

**養女という「偽装」**

ところで、光源氏には、これまで養女として引き取った女が二人ありました。一人目は紫上です。一〇歳ばかりの冬に二条院に引き取られ、親子として新たな生活を始めています(若紫巻)。しかし、その後、紫上は子でなく妻妾の一人となります。二人目は六条御息所の娘（後の斎宮女御、秋好中宮）です。光源氏は、決して妻妾の一人としては扱わないで欲しいとの六条御息所の遺言に従い、実の娘のいない寂しさを慰めるために世話をしたいと言って引き取っています（澪標巻）。しかし、いざ冷泉帝への入内の計画を進めるとなると、人前で明言することを避けて、六条御息所との約束を反故にする可能性も残していました。実際、斎宮女御が入内した翌年の秋、二条院に退出した彼女と対面すると、源氏は思わずこらえ難い心情を女御に対して訴えてしまうのです。一方ではすぐ自分の年甲斐のなさを恥じています（薄雲巻）。

玉鬘は養女として迎えられたのですが、これまでの「養女」と同じく、「養女」か「妻妾」かという選択肢は、可能性としては残されていたと言えるでしょう。前述のような、養女として迎えざるを得ない状況がありながら、光源氏は玉鬘の魅力に抗しきれず、しきりに慕情を訴えて玉鬘を困惑させます。胡蝶巻の後半は、そのような「中年光源氏」の苦悩を描くのです。光源氏に求愛されることになった玉鬘は、対世間的には実の娘と知らされ、六条院では養女として扱われ、また内々には愛人として遇されようとするという、複雑な立場に置かれます。

光源氏が豪壮な邸宅を六条の地に営んだのは、六条御息所の遺言に従って、中宮の地位に押し上げたその娘を母親ゆかりの地で後見するためでもありました。六条院の西南の町は、もともと御息所邸があった場所だったのです。これに限らず、源氏の六条院建設には、死者への鎮魂の意味があります。故葵上のためには、ここで遺児夕霧を将来太政大臣たるべく教育することが必要でした。故藤壺のためには、源氏との間にできた子、冷泉帝への絶大なる支援が求められました。某院で横死した夕顔のためには、その遺児を養女として後見することが何よりの慰めとなるのです。六条院は、恋愛の実践舞台としての性格と共に、このような側面も持っています。

## 25 蛍（ほたる）

### 玉鬘への求婚

光源氏が六条院に創り出そうとする雅の世界には、恋愛の風情も欠かすことのできない要素であり、玉鬘は世の好き者が六条院に集まってくる格好の「くさはひ」（種）でした。恋も思うに任せぬ年齢ゆえに、恋愛の舞台を用意して、人々に実践をし向けたかいあって、多くの世の「好きものども」が玉鬘を目当てに集まります。求婚者たちは一長一短ありましたので、玉鬘は光源氏の助言もあって、拒むでもなく許すのでもない応答を繰り返していました。

男たちの恋慕の思いはますます燃えさかりますが、そういう恋の風情を盛り上げる演出者であったはずの光源氏自身が、いつしか玉鬘に強く魅せられてゆきます。胡蝶巻後半には、玉鬘を困惑させる「中年光源氏」の姿が描かれていましたが、その惑乱ぶりは、この蛍の巻で更に高じて行くのです。養女として迎えた玉鬘の魅力に抗しきれず、源氏はしきりに慕情を訴えます。玉鬘のもとへは次第に多くの恋文が寄せられてきます。夏が近づくころには、源氏はしばしば玉鬘の部屋にやってきては、あれこれの恋文を検閲。恋文にかけては手馴れた兵部卿の宮、生真面目な右大将、異腹の弟柏木中将の初々しい文面などを前に、尤もらしい顔をして恋の心得を説くと、玉鬘は恥ずかしそうに顔を背けてしまいます。

　光源氏は親として、身分や人柄や執心の程度に応じて、玉鬘にふさわしい者を選ばねばなりません。柏木はまだ若く声望も高かったのですが、内大臣の嫡子で、玉鬘とは異母兄弟の関係であるため、恋の相手になるわけにはいきません。鬚黒は、右大将で東宮の母の兄ゆえに、来るべき御代には権勢が約束されていますが、愚直一徹で洗練されたところがなく、恋を語るにふさわしい男とは思えませんでした。

　蛍宮は、桐壺院の皇子で兵部卿でした。冷泉院御前の絵合で判者を務めるなど、遊芸に堪能な貴公子です。絵画に対する造詣が深く、箏の琴と琵琶の名手であり、書・香の道でも第一人者とされる風流人ですが、政治的実権とは無縁な存在でした。北の方とは三年前に死別しており、前巻胡蝶で玉鬘に熱中する色好み人たちの一人として登場します。光源氏の最も親しい弟であって、当代随一の風流人として名高く、玉鬘を亡くなった北の方の後添えにと望むのです。

　当の玉鬘はといえば、意外な源氏の態度に困惑しつつ、しかし光源氏の世話になる身の上では、無理な要求をきっぱりとはねつけるわけにゆかず、さりとてこのまま過ごして人に知られれば、よい笑い物です。いったん思いを口に出してしまってからは、源氏は巧みに侍女の眼をかすめていい寄って来ます。それをどのように切り抜けたものだろうかと思うと、玉鬘はつくづく母のない身の不幸を思い知るのでした。

　光源氏は、父親の仮装をはらい捨てて内大臣に真実を告げ知らせ、玉鬘を妻にしようかとまで考えますが、玉鬘と結ばれたとしても、紫上を越えて待遇することはとてもできないと思います。しかし、一方では次第に抑え難く膨らんでゆく恋心を胸に秘めておくことができず、悩ましげな態度で玉鬘に迫ることが多くなります。

玉鬘にしてみれば、容姿も人柄も無類の光源氏は、他の求婚者と比すべくもないことは明瞭でしたが、養父との恋愛など思いも寄らぬことで、彼の懸想がましい態度は悩みの種でした。玉蔓の誰に訴えるでもなく悩む風情が、かえって光源氏の恋心をそそります。そのうちに、光源氏の態度に困惑した玉鬘は、蛍宮から寄せられる情愛深い消息などに接すると、そちらに少し気がひかれるようになります。こうして、名高い「蛍の光」の舞台が整えられます。

## 光源氏の演出

ある五月雨のころ、蛍宮はおぼつかない玉鬘の態度に焦燥して、直接に対面を迫ります。養父源氏の懸想に困惑していた彼女は、源氏から逃れるように蛍宮に関心を示します。よい返事を得て訪れた宮は、通常の簀（す）の子ではなく、妻戸の間に招き入れられます。期待を上まわる風情に気持ちをそそられた蛍宮は、玉鬘に対し、わが思いの丈を知らしめようと口説きつづけます。

光源氏は、母屋の几帳の陰にかくれて二人の様子をうかがっていましたが、なかなか自分から返事らしい返事をしない玉鬘を母屋の端近くへと促します。玉鬘がそちらの几帳のもとに臥していた時、光源氏が几帳の帷子を一枚引き上げると、ぱっと光るものがあります。数多くの蛍でした。玉鬘は慌てて扇をかざしますが、すでに宮に姿を見られた後でした。宮は予想以上に美しい人と知って、蛍の火にもまして胸を焦がします。源氏の「演出」は見事効を奏したのです。

その道では達人の、兵部卿宮が煩悶する様子を見て源氏は満足します。『枕草子』冒頭にも見られるように、蛍は身近な虫で、その光で暗闇の人の姿を見ることが不可能なことは、当時の読者も十分承知だったでしょう。しかしこの場面を読むと、それがいかにもあり得ることのように思われて来ます。

ところでこの場面では、密かに同席している光源氏がどこにいるのかはっきり記されていません。源氏の衣服に焚きしめられた香は、空薫物（そらだきもの）（どこから薫るともわからないように焚く香）とともに「いとゞしき御にほひ」（四・230）を漂わせています。源氏の位置はわかりませんが、その存在は嗅覚によって知られるわけです。一方蛍宮は、二つの香が重なり合うことで、玉鬘がかねて想像していた以上に素晴らしい女だと思い込みます。こうした設定のもとで、蛍の光が玉鬘の顔を浮かび上がらせるという瞬時のドラマは起きたのでした。光源氏は「演出」が終わるとこっそり自分の部屋へ帰ってしまい、後には蛍宮と玉鬘が残されます。蛍宮は玉鬘と歌の贈答をしたあと胸を焦がしつつ帰ります。

## 物語論

玉鬘にとっては苦しい日々が続きます。五月雨のころ、六条院の女たちは絵や物語などの慰みごとに日々を過ごしていました。玉鬘にとって物語の世界は絵空事とは思われず、あれこれと自分の境涯に引き当てられるのでしたが、それにしても、養父の恋慕に悩む今の身の上に比すべき物語はありません。

その年は長梅雨で、晴れやかな行事もできず、六条院の女たちはもっぱら部屋にこもって絵物語を楽しみました。読み上げたり、書き写したり、絵を描いたり、冊子を作ったりしたのです。源氏が玉鬘の部屋を訪れると、玉鬘のもとには沢山の物語が散らばっています。それを見て光源氏は、物語には本当のことが余り書いてないのに、くだらないことに精を出すものだと笑う一方、そのような昔から伝わる話でつれづれをなぐさめ、本当でないとわかっていても心を動かされる物語というものについて語ります。

玉鬘はそれに対して、「たゞいとまことのこととこそ思う給へられけれ」（四・254）と答えます。確かに玉鬘の半生は、物語のように数奇なものなのです。この言葉を聞いて、源氏は物語を低く見なした自分の言葉を省み、『日本書紀』などの歴史書に書いてあるのは「たゞ片（かた）そばぞかし」（同）、つまりほんの一部分であるとし、物語のほうにこそ、世の道理というものが書いてあるのだと、また別の側面を指摘します。物語は世の人の善悪両面を、あった通りではないにせよ描き込んでゆくもので、さりとて全く空言とも言えないのだ。それはちょうど、釈尊の教えが浅いものから深いものへと説かれたのに似ている。方便、すなわち真実そのものではなくても、真実へと導く教えがあるゆえに、真実でなくとも十分価値があるのだと、源氏は主張するのです。

この蛍巻の物語論を受け継いで、物語の本質を論じたのが本居宣長の「源氏物語玉の小櫛」です。

その一節を引きます。

大かた物がたりは、世の中に有とある、よき事あしき事、めづらしきことをかしきこと、おもしろき事あはれなる事などのさま〴〵を、書あらはして、そのさまを、絵にもかきまじへなどして、つれ〴〵なるほどの、もてあそびにし、又は心のむすぼゝれて、物おもはしきをりなどの、なぐさめにもし、世中のあるやうをも心得て、もののあはれをもしるものなり

自分と同じ境遇にある人物のことが描かれていれば、それで心がなぐさめられ、様々な人の行為や心のありかたもわかる。それが物語というものであり、そのようにして「もののあはれ」を知るところに、物語の価値があるのだと、宣長は言います。蛍巻の物語論を受け継ぎつつ、それを一段深く解釈したものとなっています。蛍巻の物語論は、今なお、文学の持つ効用の一面を的確に述べたものとして、不動の地位を占めています。

## 26 常夏（とこなつ）

### 子供達の世代

夏木立に囲まれた六条院の広々とした建物も、焼け付くような陽ざしに曝されて蒸し暑い日のことでした。東の釣殿ならばと、光源氏は若い人々を集めて涼を取りながら酒宴を催しています。そこでは、三六歳の源氏と内大臣家の息子たちの間で、内大臣が新たに引き取った外腹の娘が話題となっています。

若い頃からライバルであった光源氏と内大臣は、政界に重きを置くようになってからも、対抗意識はなくなっていません。今は自分たちの子供をいかに育てるかということにその焦点は移っています。源氏には実子として夕霧と明石姫君の二人、養女として秋好中宮と玉鬘の二人があります。数は少ないのですが、それぞれ行く末は頼もしい者ばかりです。

一方、内大臣は、一六〜一八名ほど子供はありながら、今のところ光源氏の子女をしのごうという者は出ていません。その中で女子は少なく、弘徽殿女御と雲居雁、この巻で登場する近江君、それに玉鬘があるのみです。いずれ立后するはずだった弘徽殿女御は、秋好中宮に先を越され、入内させるはずだった雲居雁は夕霧に奪われる形となり、内大臣にとって期待できるのは、まだ見ぬ夕顔の遺児、すなわち光源氏の六条院にいる玉鬘です。

帚木巻の雨夜の品定めで話題になった「常夏の女」夕顔と、その子「なでしこ」玉鬘。大事な二人の娘に対する望みの絶えた今、内大臣は二〇年近く前に別れたこの「なでしこ」を探し出すことに期待をかけるしかありません。「常夏」という巻名には、六条院の四季の巡りが盛夏の時期を迎えたことに合わせて、内大臣がこの「常夏の女」の子を探し求める意味が含まれています。それでは、新たに引き取った外腹の子は、どんな娘だったのでしょうか。

**光源氏の皮肉**

内大臣が外腹の娘を捜しているのは、光源氏にとって気になる噂でした。玉鬘を引き取っていることを知られてはなりません。そこで、内大臣の息子の弁少将にそれとなく尋ねてみます。すると、弁少将から次のような情報が得られました。内大臣が自分の見た夢を占わせたところ、娘がどこかにいることがわかった。これを人に話すと、噂を聞きつけて近江の国から名乗って出てきた者があった。ところが、この娘は世間でも何かと噂の種になり、内大臣家の名誉を傷つけている——。

これを聞いた光源氏は、子供の多い内大臣が「いと多かめるつらに離れたらむ、おくるゝ雁」（四・280）、つまり大勢の列から離れて後れた雁を、無理に探すのは欲が深いと非難します。こちらは子も少ないから、そんな子がいれば探し出したいところだ。内大臣は好き者だから、素姓の知れない子供もいることだろうと貶めたのでした。

光源氏がこのように内大臣に対して手厳しいのは、三年ほど前に、内大臣が夕霧と雲居雁との間を引き裂くという出来事があったからでした。内大臣が二人の間柄を知って激怒したのは、雲居雁を入内させるという計画が水の泡となったからです。劣り腹の雲居雁を何とか東宮妃として入内させようという企ても、光源氏に先を越されたことから始まっており、それが潰れたことで激怒して実際行動に出たことが、光源氏の癇に障ったわけです。

源氏は、更に毒を含んだ皮肉を息子の夕霧に対して言い放ちます。

朝臣（あそむ）や、さやうの落葉（おちば）をだに拾（ひろ）へ。人わろき名（な）の後（いち）の世（よ）に残（のこ）らむよりは、同（おな）じかざしにて慰（なぐさ）めむに、なでふことかあらむ。（四・280）

夕霧よ、せめてそのような落ち葉でも拾うがよい。体裁の悪い評判を後々まで立てられるよりは、同類をもらって満足するのにさしつかえあるまい。雲居雁とその娘は姉妹であり、かつて不愉快な思いをしたことを考えれば、そんな娘の方がまだましだというのです。こうした皮肉にも、中年期にある光源氏の年齢が感じられます。

## 内大臣家の娘たち

常夏巻は、玉鬘と光源氏の関係を軸としながら、内大臣家の家庭事情を紹介するといった趣でその娘たちを描いています。まだ見ぬ玉鬘（二二歳）、目に入れても痛くない雲居雁（一七歳）、そして冒頭で噂の人となった外腹の娘近江君（年齢不詳）、近江君を預けることになる弘徽殿女御（一九歳）と、巻の後半は内大臣の四人の娘が主役となるのです。

内大臣は、噂される玉鬘の美質をなかなか認めようとしません。「年ごろおとにも聞こえぬ山がつの子迎へ取りて、ものめかしたつれ」（四・300）、噂にもならない野人の子を迎え入れて一人前のように扱っている、というのです。内大臣は内大臣で、それまでの経緯から言えば当然ながら、光源氏に対する恨めしい思いと嫉妬があります。それにつけても、夕霧のために入内の望みが断たれたわが娘、雲居雁が愛おしくなります。娘の将来のことについて、あれこれと思いめぐらしているうちに、愛情を押さえがたくなってか、内大臣は出し抜けに雲井雁の居室を訪ねます。雲居雁は、暑い京の夏とて昼寝をしていました。

姫君は昼寝し給へるほどなり。薄物の単衣を着たまひて臥し給へるさま、暑かはしくは見えず、いとらうたげにさゝやかなり。透き給へる肌つきなど、いとうつくしげなる手つきして、扇を持給へりけるながら、腕を枕にて、うちやられたる御髪のほど、いと長くこちたくはあらねど、いとをかしき末つきなり。人〴〵、もののうしろに寄り臥しつゝうち休みたれば、ふともおどろい給はず。扇を鳴らし給へるに、何心もなく見上げ給へるまみ、らうたげにて、つらつき赤めるも、親の御目にはうつくしくのみ見ゆ。（四・304）

すぐに目の覚めない娘を、父親は扇を鳴らして起こします。目を覚ます前と覚ました後の姿態に父親の視線が注がれていますが、それは娘に注がれる愛情そのものです。

内大臣としては、光源氏の側から下手に出てくれさえすれば、雲居雁と夕霧との結婚を認めようとも考えているのですが、源氏にそんな気配もありません。今、夕霧と雲居雁の間柄は膠着状態にあります。内大臣には、一方にこの可愛い不憫な娘の問題があり、一方には、新たに引き取った外腹の娘、近江君という更に大きな悩みの種があったのでした。

## 近江君

近江君は内大臣邸の北の対に住んでいました。母は早く亡くなり、乳母に育てられたといいます。この点、玉鬘と似ていますが、れっきとした内大臣の娘でありながら世間の評判は芳しくありません。かといって、このまま屋敷に置いておいたのでは、内大臣の見識を疑われることになります。処置に困った父親は、娘の一人弘徽殿女御の侍女にして、「さるをこのものにしないてむ」(四・308)、道化者ということにしてしまおうと考えます。

このことが語られるまで、近江君はまだ舞台に登場しません。彼女は噂の人であって、よほど世間の話の種になりそうな人物であることはわかるのですが、いったいどんな娘なのか、具体的には読者には明かされていないのです。その常軌を逸した言動で周囲の者たちを驚かせ、笑わせるのはこの後のことです。

娘は、髪は美しく、愛嬌もあり、見たところ欠点は余りないのですが、額が狭いのと、早口なのが玉に傷です。平安朝の貴族の姫君は、多弁であっても早口であってはなりません。そうなった原因は、近江にある妙法寺の、早口だったらしい別当大徳が、近江君が生まれるとき安産の祈願をしたためだと言います。角ばった筆跡で、引歌をむやみにちりばめた手紙文、歌枕を並べただけの途方もない歌、女御への手紙を、樋洗童（ひすましわらわ）に持たせる非常識さ。その言動は失笑の対象でしかありません。のちの行幸巻では、父内大臣に「ものむつかしきをりは、近江（あふみ）の君見（み）るこそよろづ紛（まぎ）るれ」（四・466）、面白くないことがある時は、近江の君を見れば気が紛れると言われる始末で、近江の君は極端なまでに戯画化されています。

近江の君は、同じく内大臣の外腹の娘である玉鬘と好対照をなす人物です。源氏に引き取られ、六条院のヒロインたるにふさわしく、慎重に教育される価値のある玉鬘と、下層階級の中で成長した、育ちの悪さをまったく矯正できそうにない近江の君とでは、その差は初めから歴然としています。昔、内大臣が捨てて顧みなかった「かのなでしこ」は、六条院で花咲き、今人々の讃美の的です。近江の君の「をこ」（烏滸）さ加減が強調されればされるほど、玉鬘の美点は際立ちます。

この違いは、そのまま源氏と内大臣の対立関係にはねかえって来るのです。語り手は、近江君を抱え込んでしまった内大臣に対して批判的です。源氏が玉鬘を迎え入れたのに対抗しようという内大臣の企図と願望は見事に外れ、大変な物笑いの種を手に入れ、そのために彼自身も物笑いの対象になってしまいます。光源氏の雅な態度を一方に置いて、内大臣の俗物的な権威主義を諷刺するのです。

しかし、近江の君が生き生きと描かれている点にも目を留める必要があります。近江君は、実に素直に自分を表現し、彼女自身の生き方を主張しているとも言えます。天衣無縫に、雅の世界を無視したかのように振る舞う彼女は、『源氏物語』の中では異色の存在で、そのユニークな人物造型は、単に道化者としてのみ登場させたとは思われません。語り手は、近江君を徹底的に道化者として語りながらも、この王朝貴族の枠組みをはみ出すような存在を全く否定しているのではなさそうです。

# 27 篝火

## 篝火の光

篝火巻は、例の近江君の話題で始まります。すっかり「有名人」になった近江君について、光源氏は内大臣の軽率さを非難し、近江君の身の上を気の毒に思っています。それを聞いた玉鬘は、近江君と比べて自分はましだと思うのです。相変わらず光源氏の懸想に困惑してはいるものの、源氏が強引な手段には出ずに玉鬘を愛するので、彼女は次第に打ち解けてゆきます。

そうした中で六条院の四季はめぐり、秋になりますが、光源氏の玉鬘に対する思いは途絶えることなく、彼女のいる花散里の夏の町を足繁く訪れています。ある日のこと、源氏が玉鬘に習わせている琴を枕に、二人は横になります。しかし、周りの目があるので、夜が更けぬうちに光源氏は春の町へ戻ろうとして、消えかけた庭の篝火を灯させます。すると、その光に照らされて、美しい玉鬘の姿が浮かび上がります。

いと涼しげなる遣水のほとりに、けしきことに広ごり臥したる檀の木の下に、打松おどろ〳〵しからぬほどにおきて、さし退きてともしたれば、御前の方は、いと涼しくをかしきほどなる光に、女の御さま見るにかひあり。御髪の手あたりなど、いと冷やかにあてはかなる心ちして、うちとけぬさまにものをつゝましとおぼしたるけしき、いとらうたげなり。（四・338）

涼しげな篝火の光の中で、女の髪に手を触れると、その感触がひんやりと伝わってくる――光源氏は、期せずして演出された玉鬘の美に打たれて帰ることができず、寝ずの番をして火を燃やし続けるように命じます。

# 28 野分

## 野分

この年――源氏三六歳の秋、秋好中宮の御殿の庭には例年以上に様々な種類の草木が植えられました。少女巻で、造営時のこの庭の様が「もとの山に、紅葉の色濃かるべき植ゑ木どもを添へて、泉の水とほく澄まし、遣水のおとまさるべき巌立て加へ、滝落として、秋の野をはるかに造りたる」（三・534）と描かれていました。今それにふさわしい季節が廻ってきたのです。

よしある黒木、赤木の籬を結ひまぜつゝ、同じき花の枝さし、姿、朝夕露の光も世の常ならず玉かとかゝやきて、造りわたせる野辺の色を見るには、はた、春の山も忘られて、涼しうおもしろく、心もあくがるゝやうなり。（四・350）

この庭で管弦の遊びなど催したいところですが、八月は中宮の父（六条御息所の夫）の忌月であって、花の行方を気にかけているうちに、例年になく激しい野分が吹き始めました。「野分」とは、野の草を分けるほど強く吹き通る風、いわゆる台風です。野分を背景に描かれる場面は、ここと桐壺巻で亡き桐壺更衣の母に帝が使者を遣わす「野分の使い」の場面だけです。

秋の町の庭が、激しい野分の風にさらされる様が語られたあと、場面はただちに紫上のいる春の御殿に移ります。そこでは、激しく吹く風に「もとあらの小萩（こはぎ）」（四・352）、下の方の葉がまばらになっている小萩を思いやってか、紫上が端近くまで出て見つめています。この時、光源氏は明石姫君のいる部屋にいましたので、ここにいるのは紫上と女房たちのみです。そこへ夕霧が訪れます。彼は、祖母の住む三条大宮邸へ野分の見舞いに行っていたのですが、風の激しさに、そこから父のいる六条院へと足を向けたのでした。

彼は生真面目な性格で、礼儀正しく毎日のように祖母大宮と源氏に顔を見せていました。物忌みなどで止むを得ない時のほかは、どんなに公務が忙しくてもまず六条院へ、ついで大宮へと向かうのが日課になっていました。野分の吹き荒れるこの日も、祖母と父の家を見舞って、風を受けながら行き来したのです。

## 夕霧の垣間見

普段は建物の奥に格子戸と簾と屏風とで遮られ、男に姿を見られないようにして生活しているのが貴族の女の常です。しかしこの日は、激しい嵐のために常と異なる状況が生じていました。春の町の東の渡殿の小障子の上から、妻戸が少し開いています。夕霧が何気なく覗いてみると、更に強風で倒れないように屏風が折りたたまれています。視線を奥へと移して行くと、その向こうには、紫上がいたのでした。

> け高くきよらに、さとにほふ心ちして、春のあけぼのの霞の間より、おもしろき樺桜の咲き乱れたるを見る心ちす。あぢきなく、見たてまつるわが顔にも移り来るやうに、あい行はにほひ散りて、またなくめづらしき人の御さまなり。(四・352)

夕霧の目に映った紫上の姿です。夕霧はもちろん初めて見たのですが、それが紫上であるということは疑う余地がありませんでした。読者は、開巻まもなく吹き出す野分と、間髪を置かず描き出される紫上の容姿に心を奪われることになります。

彼には、すぐさま思い当たることがありました。父がいつも自分を紫上から遠ざけるようにしていたのは、こんな思いがけぬ事態が起こることを恐れてだったのだと。彼は自分のしていることが急に恐ろしくなり、その場をいったん離れます。しかし、ちょうど帰って来た光源氏が紫上と会話を始めると、また近づいてその様子をうかがわずにはいられません。二人の何一つ不足のない様子に見とれているうちに、自分を隠していた格子戸が吹き開けられたため、今来たかのように咳払いをして簀の子の方へと歩いて行きますが、源氏は妻戸が開いていたことに気づいて夕霧を疑います。

夕霧は大宮のもとへ戻り、そこで夜を明かしますが、夜もすがら吹く荒い風の音につけても、心が揺れ動くのをどうしようもありません。紫上の面影が目に焼き付いて離れないのです。それほどに、一五歳の、女との交渉の経験も少ない若者にとって、衝撃的な出来事でした。嵐も収まった翌朝、六条院に戻って庭の露が光り、一面に霧のかかった空を見ても涙が落ちるのを禁じ得ません。

夕霧の見舞い先には、彼の後見役、花散里のいる夏の御殿があり、里帰りしていた秋好中宮の秋の御殿もありました。源氏から、中宮への野分見舞いの文を託された夕霧は、中宮の気品ある暮らしぶりをうかがい知ると、またもや前日に見た紫上の面影を呼び起こされます。その放心した有様を見た源氏は、ちらりと見えた袖口は紫上のものではと胸を高鳴らせる始末です。光源氏に報告した際も、やはり夕霧は紫上を垣間見たのではないかと疑いを深めるのでした。

## 六条院のゆらぎ

ところで、野分に曝された日の六条院の主要な場面のほとんどは、夕霧の視点から描かれています。玉鬘に対して、源氏が養父でありながらまるで恋人のように馴れ馴れしくしている様を目撃して動揺する夕霧。「やへ山吹の咲き乱れたる盛りに、露のかゝれる夕映え」(四・380)を連想させる玉鬘は、紫上と比べて少し劣るが、肩を並べることができるほどの美しさです。「これは藤の花とや言ふべからむ、木高き木より咲きかゝりて、風になびきたるにほひは、かくぞあるかし」(四・390)と、藤の花に喩えられるのは明石姫君です。三人の女の容姿が、それぞれ草木に喩えられ、比較され、吟味されることになるのです。

このように、夕霧が六条院の女たちを垣間見見てゆくという設定は、少々作り事めいており、夕霧は舞台回しの役目にすぎず、女たちを花に見立てる趣向とも言えます。しかし、その出発点は、やはり彼が紫上を垣間見たことにあり、その衝撃の強さが、その後の垣間見の動機となっている点も見逃せません。

夕霧は、玉鬘に戯れる光源氏の声を聞いて、垣間見への強い衝動にかられます。前日、自分が紫上を垣間見るという禁忌に触れる行為をしたことが、親子であるはずの二人の危険な関係に対する興味を一層かき立てたのでしょう。夕霧が明石姫君を垣間見たのは、他の女たちの容貌と比べるためでした。「まめ人」夕霧が、父の妻妾（紫上）を始めとして、異母姉（実は血のつながりはない玉鬘）や、異母妹（明石姫君）の美しさに魂を揺さぶられています。このように、野分巻では、光源氏の構築した世界が息子である夕霧の視点からとらえ直されています。

光源氏の視点から描かず、一五歳の若者の視点を用いたことは、野分によって切り取られた六条院の美の断面を鮮やかに描き出す上で効果的でした。一方、その美の断面は、通常は見ることのできないものが見えたというにとどまらず、夕霧の禁忌に触れる行為によっても生み出されています。光源氏の立場はそれによって禁忌を犯す側からこれを守る側へと逆転します。

野分は、源氏の支配する世界がその支配に従属しないものを抱え込むきっかけでもありました。六条院の美は、野分によって大きくゆらぎ、ゆらぐことによって新たな美を獲得しましたが、それは光源氏の世界を危うくするものでもあったのです。

# 29 行幸（みゆき）

## 光源氏の苦悩

光源氏は、たまたま見出した夕顔の遺児玉鬘を、養女として六条院に迎え入れました。青春の忘れ形見を妻妾としなかった理由としては、光源氏はすでに若くなかったこと、六条院には紫上がいること、玉鬘は内大臣の子であるゆえに、それを妻妾とすることで内大臣の婿になるのを避けたことなどが考えられます。確かに、養女として迎えるべき必然性はあったのです。しかし、光源氏は次第に玉鬘の魅力に抗しきれなくなり、ここに矛盾が生じます。

行幸巻は、この解決しなければならない当面の課題に、光源氏が頭を悩ませる様子から語り出されます。この矛盾を解決する選択肢として考えられるのは、第一に玉鬘に求婚する公達の誰かと結婚させること、第二に自分の妻妾の一人としてしまうことです。光源氏は、心情的にはもちろん玉鬘を結婚させたくありません。かといって、妻妾の一人とすることも右の事情からできません。ある時は、誰かと結婚させてから密かに逢おうなどとも考えましたが、それも無理な話です。

一方、内大臣には玉鬘が彼の実子であることを隠しており、こちらも道義上いつまでもそのままにしておくわけにはいきません。問題は明かすべきタイミングでした。今、無条件に明かせば、玉鬘は内大臣家に引き取られることになり、源氏はそれを指をくわえて見ていることになります。

## 冷泉帝の大原野行幸

季節は仲秋から師走へと移り、場面は、光源氏の抱える玉鬘の処遇をめぐる苦衷から、一転して冷泉帝が大原野へ行幸する際の詳細な描写へと変わります。「野の行幸」、すなわち天皇が遊猟のために京都近郊の紫野、嵯峨野、大原野などへ出かけることは、平安時代前期には盛んに行われました。そのうち現在の京都市西京区大原野の一帯は、長岡京遷都を機に開発された遊猟地でした。

早朝、内裏を出発した冷泉帝の一行は、朱雀大路を南下して五条大路を西へと進みました。珍しい野の行幸とて、常のそれとは異なる出で立ちの面々も多く、それを一目見ようと大勢の物見車（ものみぐるま）が桂川まで続いたとあります。この見物人の中に、玉鬘を含む六条院の人々もいました。このような催しは、外出の機会の少ない当時の貴族の女たちにとっては、特に心待ちにする一大イベントであったことでしょう。また、これは日ごろは余り目にしない男たちを見る数少ない機会でもありました。物見は、めったに顔を見せない女を見る男の「垣間見」に相当する、女たちの行為でもあったのです。

この日、左右大臣を始め、親王、上達部、殿上人、五位六位の官人などが総出で列を連ねていましたが、その中でも冷泉帝の「かたはら目」（横顔）は、玉鬘の脳裏に鮮烈に焼き付きます。

そこばくいどみ尽（つ）くし給へる人の御かたちありさまを見給（み）ふに、みかどの、赤色（あか）の御衣（ぞ）たてま

つりて、うるはしう動きなき御かたはら目に、なずらひきこゆべき人なし。（四・400）

一行の中には、父内大臣もいましたが、「きらきらしう物きよげに、盛り」（同）ではあったが、その美しさには限りがあり、また、若い女房たちが何かと騒ぐ柏木や弁少将などの公達も色褪せて見える有様です。その日は出てこなかった光源氏と比べても、玉鬘の目から見れば帝に軍配があがるというのです。冷泉帝の横顔が発散する魅力はどこに由来するのでしょうか。

平安時代初期の桓武天皇以来、大原野での遊猟の記録は多く見られ、特に嵯峨天皇の郊外外遊と遊猟の盛行は、王朝草創期の王威の表れとして長く回顧されました。しかし九世紀の文徳・清和・陽成の三代においては、仏教的な生類憐れみと民の生業を妨げないという目的から狩猟が制限され、一部王族の特権的な行事とされます。これには、帝自身の体質や好みも反映もしていると言われています。狩猟は冬場のもので、霰や時雨がつきものであるため、文弱な帝王は好まなかったのでしょう。その後、光孝天皇が復活させ、一〇世紀に入ると醍醐・朱雀両天皇が好みますが、村上天皇に至って再び皆無となるという経緯をたどります。歴史上の「野の行幸」が、決して恒例のものではなかったことがうかがわれます。

『源氏物語』行幸巻では、その行幸を冷泉帝が行うわけで、そこには王威盛んなりし時代の行動力に富んだ帝王の像が重ね合わされています。この時、冷泉帝は一九歳。その若い英雄的な横顔に、玉鬘は魅せられたのでしょう。

その対極にあるのが、通称「鬚黒（ひげくろ）」と呼ばれる右大将で、以前から六条院の玉鬘に思いを寄せる男たちの一人でした。いくら重々しく美しく見せようとしても、もともと色が黒く髭が目立ったのでは、とても好きになれないというのが玉鬘の感想です。一般に、男が垣間見などで女の美質を見出すことは多いのに対して、その逆は少なく、未婚の女の視点からこのように男たちが見られ、評価されているのは特筆すべき点です。

## 尚侍の位置と玉鬘

玉鬘は、冷泉帝の横顔に見とれながら、行幸前に光源氏が言ったことを思い出します。それは宮仕えのことでした。それを聞いた時、玉鬘は田舎育ちの自分が宮仕えなどするのは見苦しいことと思っていたのですが、今冷泉帝の姿を見て、寵愛を受けるかどうかなどはさておいて、普通に帝のそば近く仕えるのはきっと興味深いことだろうと思うのでした。

これは、冷泉帝の後宮に尚侍（ないしのかみ）として宮仕えすることを意味しています。私たちはここで初めて、冒頭の光源氏の二つの選択肢のほかに、第三の道——玉鬘を尚侍として宮仕えさせるという道があることを明かされます。尚侍は後宮の女官長であり、皇妃のように帝の寵愛を受ける可能性のある立場でもありました。玉鬘が宮仕えを考える際に、帝の寵愛はさておいて、帝のそばで実務を執る通常の宮仕えをすることに興味を抱いているのは、女御・更衣のような皇妃とは性格を異にした女官的な側面を物語っています。

尚侍が女御となる例もありましたが、それは道長の時代になってからのことでした。それ以前は、多くの場合、尚侍は大臣や親王の末亡人が、晩年を彩るために与えられる地位であり、また低い家柄や傾きかけた王統出身の女性が、他の女官を勤め上げた後にたどり着く最高の地位であって、帝の寵愛を受けはしても、女御となることはありませんでした。

玉鬘の場合、人妻という前歴ももたず、時の内大臣の娘という、まだ将来性のある立場です。内侍のような、皇妃的でありながら皇妃でない地位に送り込まれるのにふさわしいのです。

行幸見物が終わったあと、光源氏は玉鬘に感想を求めていますが、実のところ源氏は、玉蔓がその目で帝を見ることを目的として物見にやったのでした。光源氏の、玉鬘をめぐる課題は新たな局面を迎えます。

## 光源氏の意図

改めて、源氏がこの課題を解決する第三の道、玉鬘を尚侍にしようと思い立った理由を考えてみます。女御として入内させることは、後宮の勢力図から考えて得策ではありません。内大臣の娘で、立后争いには敗れたものの弘徽殿女御があり、光源氏が後見する秋好中宮があります。入内させれば、内大臣の娘をもう一人送り込むことになり、玉鬘はこの二人との対立関係に立たされることになります。尚侍であれば、そのような状況は一応避けることができます。何よりも入内は帝との結婚を意味するわけであって、源氏にとって好ましいはずはありません。尚侍であれば、皇妃となる可能性はまずないのです。同時に、求婚者たちから玉鬘を遠ざけることができます。

また、尚侍という身分は、源氏との関係にきわめて曖昧な部分を残します。冷泉帝後宮の寵妃的存在であっても、表向きはあくまで女官の長です。その身分の曖昧さから、かつて朱雀帝の内侍であった朧月夜と同様、源氏はどんなふうにもに扱い得るわけです。

そのように考えると、この第三の道は、冒頭の二つの選択肢のうち、選びたくない一つ目、求婚する公達の誰かとの結婚を封ずるとともに、本当は選びたい二つ目の、自分の妻妾とする道を、内大臣の婿となることなく、変則的に実現し得る方法なのです。源氏は、玉鬘の尚侍就任について大宮を説得していますが、玉鬘の内侍就任の異例さについて、内大臣家への弁明が必要だったからだとも言えます。その証拠に、源氏は勅命と玉鬘自身の意志を楯にとりますが、内大臣は必ずしも額面通りに受け取ってはいません。

帝妃として入内するにしろ、女官や女房として出仕するにしろ、家に婿を迎える結婚とは異なり、女自身の同意や志向がなければ、宮仕えは実現すべくもありません。玉鬘をその気にさせるには、帝の風貌を見せるにしくはありません。大原野行幸は、そのために必要だったのです。

## 玉鬘の裳着

こうして玉鬘を冷泉帝後宮の尚侍とすることを決断した光源氏は、まず玉鬘の裳着(もぎ)——成人式を行います。一〇代前半で行うのが普通でしたので、二三歳で裳着を行うのは異例のことでしたが、玉鬘が流離の果てに六条院に迎えられてからまだ一年余りでした。尚侍となるに際して玉鬘が内大臣の実子であることを明かし、腰結（裳の紐を結ぶ役割）を内大臣に務めさせ、盛大に披露しようというのです。光源氏は大宮を介して内大臣との縒りを戻し、一度は大宮の病気を理由に断られた裳着の腰結を依頼し、実子であることを告げます。それを初めて知った内大臣と大宮の驚きは言うまでもありません。玉鬘は実父の手で腰結を行い、養父光源氏の絶大な力のもとに晴れやかな裳着の儀式を行ったのでした。

# 30 藤袴(ふぢばかま)

## 玉鬘の心境

玉鬘の運命は六条院に来たあとも、やはり数奇なものでした。冷泉帝の横顔に惹かれ、尚侍にという光源氏の勧めを受け入れる気持ちになったものの、そのことがまた玉鬘に物思いの種となったのです。人の心は一筋縄ではいかないものです。

出仕した後のことを考えると、「心より外に便(びん)なき事」(四・472)、すなわち自分の思いに反して帝寵を受ける可能性は否定できず、そうなった時には、秋好中宮と弘徽殿女御との間に穏やかならぬ事態が生じます。また、実父である内大臣は、ようやく子であることが明らかになったばかりで、光源氏に対する遠慮から、子として引き取ろうという意志は示していません。

一方源氏は、玉鬘が内大臣の子であることを周囲に明かしたあと、以前にもまして頻繁に言い寄るようになります。もはや実子でないことが明かされて隠し立てする必要がなくなり、内大臣の子ではあっても尚侍となれば女官の一人です。行幸巻で明らかにされた源氏の思わく通りに事は進もうとしているわけです。

さりとて、尚侍の話を断ったとしても、今のままでは光源氏との関係が噂になるのは目に見えています。他の男たちからは、好き心で見られるばかりです。こんな時、便りになるのは母親の存在ですが、玉鬘にはその母がいません。藤袴巻は、このように悩みのつきない玉鬘の心理描写で始まります。

## 夕霧の彷徨

裳着が行われたあと、玉鬘を好き心で見る男たちの中に、夕霧も新たに加わることになりました。玉鬘が源氏の子であると信じていた時は、紫上にひけをとらない美しい姉だった玉鬘が、実は姉ではなかったと知ると、夕霧の見る目もおのずと変わってくるのでした。夕暮れの空を眺めつつ物思いに沈む玉鬘のもとへ、夕霧が冷泉帝からの尚侍任官の要請を伝える使いとして訪ねて来ます。

玉鬘は巻頭で喪服を着て登場しますが、続いて姿を現す夕霧も喪服を身につけています。前巻で死期の近いことが告げられていた大宮は、この時亡くなっていたのです。後の藤裏葉巻で、大宮が三月二〇日に逝去していたことがわかりますが、私たちにはそれと知らされず、二人が喪に服している姿によってその死が暗示されています。

その喪服の沈んだ色が、二人の美しさを引き立てています。夕霧は、玉鬘が尚侍に就任したあと、后たちとの間に生ずる軋轢を心配しています。これは、夕霧の玉鬘に対する恋心の反映とも言えるでしょう。役目を終えたあと、人に聞かせぬようにお伝えせよとの源氏の言葉を引いて女房たちを退け、藤袴（蘭の花）を御簾の間から差し入れて、取ろうとする玉鬘の袖を引き、従姉弟の関係であることを理由に言い寄る夕霧。これ以上会話を続けるならば、夕霧が何を言い出すかわからず、玉鬘は奥へ退きます。

これまでにも、玉鬘と男たちとの交渉を描いた場面はいくつかありました。蛍兵部卿宮が、光源氏の演出によって、蛍の光で見る場面（蛍巻）、光源氏自身が涼やかな篝火の光で眺める場面（篝火巻）、同じく源氏が琴を枕に添い寝する場面（同）、野分の見舞いに訪れた夕霧が玉鬘を垣間見て、咲き乱れる八重山吹に夕露がかかったようだと思う場面（野分巻）などです。これらの場面を通して、紫上にもひけをとらないとされる玉鬘の魅力が、様々な角度から映し出されているわけで、これもその一つです。それぞれの場面はまた、それぞれの男たちの立場を炙り出すものともなっています。

夕霧の場合、雲居雁とは時々文を通わすのみ、五節の舞姫となった惟光の娘に対する恋慕も実を結ばず、その美しさに衝撃を受けた紫上はもとより遠い彼方の存在です。今度はこの玉鬘に惹かれて行くわけで、文字通り恋に彷徨する若者でした。

## 父と子

玉鬘の、尚侍任官の承諾の返事を受けて、夕霧は父のもとへ報告します。彷徨する夕霧が、父光源氏と、玉鬘をめぐって言葉を交わします。夕霧は、昨年秋にはまだ親子ではないことを知らなかったので、光源氏と玉鬘の様子を不審に思ったのでしたが、今「謎」が解かれ、光源氏の思わくが眼前に見え隠れするようになっています。また彷徨する夕霧としては、玉鬘の処遇は人ごとではありません。

夕霧は、始めから本題——すなわち光源氏と玉鬘の関係には入らず、まず玉鬘の尚侍就任に関して、后たちと肩を並べることの困難さや、異母兄弟である蛍兵部卿宮の求婚を退けることの非を説きます。このあたりは、一般論として筋が通っています。それに対して光源氏は、結果として、求婚者たちから恨まれることになってしまったゆえに、玉鬘を引き取ったことは同情から出た軽率な振る舞いだったと答えます。玉鬘を引き取る時点に話を戻して、引き取ったことは誤りであったが、引き取った後の処遇についてはやむを得ないのだと言いたいのです。その上で、玉鬘の人となりが宮などには似合いものの、やはり求婚者たちの誰かと結婚させるよりは、宮仕えが最もふさわしいと主張します。この光源氏の話の中には、内大臣が、自分の娘が現れたという噂に耳も貸さなかったなどという嘘も含まれていて、読者にとっては光源氏の劣勢が手に取るようにわかります。

源氏が玉鬘の尚侍就任について強い意志を持っていることを確かめた夕霧は、すぐさま核心部分に踏み込みます。やはり、あの話は確かだったのだと思いつつ、源氏と玉鬘の間柄に関して、私は内大臣の内輪話を人から聞いたと切り出します。それは、源氏が、玉鬘を尚侍にすることで独占しようとしているという話だ、と言ってのけたのです。急所を突かれた光源氏は、自分の中にある玉鬘に対する懸想心を明るみに引き出されたような思いを味わい、内大臣の直観を気味悪く思うのでした。この父と子の会話には、青年の純粋さと中年の老獪さの対立があり、成長した息子が父親を大人の目で見る構図が浮き彫りにされていて、大変興味深いものがあります。

玉鬘の出仕は一〇月と決まり、求婚者たちはそれぞれに残念がり、玉鬘に文で恨み言を述べるのでした。その中で、鬚黒大将だけは、何とか玉鬘を自分のものにと熱心に言い寄り続けます。鬚黒は、北の方が気に入らず、別れてしまおうと思っていました。玉鬘は鬚黒大将を忌み嫌っていますが、彼は東宮の叔父に当たり、大臣たちに次いで帝の信任厚い人物なのでした。右大臣の息子で、この時三二、三歳です。玉鬘の求婚者たちに序列を付ければ、第一に蛍兵部卿宮、第二第三に内大臣の息子たち（柏木、紅梅）と鬚黒大将、といったところでした。内大臣の息子たちは、玉鬘が姉とわかって資格を失います。新たな対抗馬である夕霧は拒まれて、蛍兵部卿宮と鬚黒大将が残り、玉鬘の出仕が決まったところで蛍兵部卿宮が退く中、鬚黒だけはあきらめずにいるのです。

# 31 真木柱（まきばしら）

## 玉鬘の結婚

藤袴巻を閉じ、続く真木柱巻のページを開くと、私たちは意外な物語の展開に驚かされます。書き出しは、光源氏が誰かを諫める言葉から始まっています。それによると、冷泉帝にも世間に対しても知られてはならない事態が起こった様子です。しかし、そのように源氏に諫められた相手は聞き入れないようで、「おぼろけならぬ契りのほど」（四・516）、つまり自分の福運が並々でないことをしみじみと喜んでいます。一方の当事者は、その事態を不運な情けないことと嘆いています。一向に名は記されないのですが、藤袴巻から読み進めると、鬚黒がとうとう自分の意志を押し通して、玉鬘を手中に収めたのだと気づかされるのです。

鬚黒は大変な喜びようで、天にも昇らんばかりですが、玉鬘は心底不愉快で鬚黒を忌み嫌っています。光源氏も、始めこそ驚天動地の成り行きに言葉を失ったことでしょう。それは語られていませんが、こういうことになってからしばらく日数を経ているせいか、もはや動かせぬことであり、人々も認めていることで今さらどうしようもなく、親でもない自分が反対する訳にもいかず、この結婚の儀式の世話をまたとなく立派にするつもりでいます。実父の内大臣は、玉鬘が尚侍となったとしても、人より軽い扱いとなりかねないことを思えば、むしろ鬚黒と結婚させる方が無難だと考え直すのでした。

## 鬚黒求婚の背景

地位も声望もあり、求婚者の中でも上位にいた鬚黒大将ですが、実直な人物で、色好み人のような振る舞いはできず、その色黒い容貌と実務派の人柄が玉鬘には好かれていなかったはずです。ありとあらゆる手を尽くして玉鬘を手に入れたのでしょう。この鬚黒の強引なまでの熱心な求婚の背景に、物語には直接描かれない政治的背景も読みとれます。『源氏物語』には、あたかも私たちが住む現実の世界のように、当面の物語の筋とは別の場所で別の人物が生活していて、そこでは話がちゃんと進んでいるようなところがあります。

鬚黒の北の方は、紫上の異母姉でした。その父式部卿宮は、光源氏が須磨にあった時、弘徽殿女御一派を恐れて紫上を顧みませんでした。そのため政界に復帰した光源氏に敵視され、冷泉帝に中宮を立てる際には、もう一人の娘（鬚黒北の方の妹）である王女御は差し置かれ、光源氏の後見する梅壺女御が立ったのでした（秋好中宮）。

このころ鬚黒は、朱雀院女御であった妹の子が東宮に立って、東宮の伯父となり、次期政権をもうかがうまでになっていました。北の方との間には有力な東宮妃の候補者として一二、三歳になる娘が一人あり（真木柱）、政界に地歩を固めるには、式部卿宮家の血を引くこの娘が源氏に敵視されてはなりません。光源氏との融和が必要です。

しかもこのあと明らかになるように、母である北の方は物の怪に悩まされる身の上で、東宮妃候補としての教育はままなりません。新しい北の方として玉鬘を迎えれば、娘の教育も任せられるわけです。はじめは源氏の実子だと思っていた玉鬘が、内大臣の子であるとわかって、状況は更に鬚黒に有利になります。源氏の女婿となることは、その政治的思惑への反発を招くことになりかねませんが、内大臣の女婿であれば、太政大臣家に対抗して勢力を挽回するという目的のもとに手を組むことができるというわけです。

## 鬚黒家の家庭事情

藤袴巻は、玉鬘の尚侍として宮仕えすることに対する不安と、さりとて養父光源氏のもとでその恋慕に悩まされるのも厭わしく、実父は子として引き取る態度を明確にしていないという玉鬘の苦悩で始まりました。続く真木柱巻も、彼女の新たな苦悩——鬚黒との結婚による苦悩から幕を開けたのでした。光源氏と対面しても、鬚黒と源氏を引き比べて、「思ひのほかなる身のおき所なくはづかしきにも、涙ぞこぼれける」(四・524)、思いがけない成りゆきに身の置き所もないくらい恥ずかしい思いに涙するという有様です。

尚侍にも就任し、予想していなかった成り行きではあっても、結婚した玉鬘に対して光源氏は依然として執着を捨て切れません。冷泉帝の催促を建前として、まず出仕することを勧めます。それは、鬚黒のもとへ行くことをすぐには許すまいとするかのような態度でした。一方の鬚黒は、もちろん玉鬘の出仕を快からず思っているのですが、それをきっかけに、自邸へ住まわせようと思いつき、少しの間だけとの条件で出仕を許すのでした。

ところで、前節で述べたように、鬚黒には、紫上の異母姉に当たる北の方があり、その間にできた一二、三歳になる娘が有力な東宮妃の候補者でした。鬚黒の北の方は、格別劣った人ではありませんでした。親王である父の式部卿宮にかしづかれて育ち、容貌も優れた人ですが、執念深い物の怪にとりつかれてから、鬚黒との間が疎遠になっていったのでした。この北の方に、東宮妃候補として娘を教育することはままなりません。

そこで、鬚黒としては、新たに北の方として玉鬘を迎えることが好都合なのです。鬚黒の意図が、自邸に玉鬘を住まわせる――玉鬘を北の方にする点にあるとすれば、問題になるのは、既にいる北の方の処遇です。北の方との離縁は、鬚黒のかねてからの意向でした。藤袴巻に、鬚黒が北の方を「嫗(おうな)とつけて心にも入(い)れず、いかで背(そむ)きなん」(四・502)、婆さんと呼んで気にもかけず、何とか離別したいと思っているとある通りです。

## 妻と妾

こうした中で、北の方の父式部卿宮は、鬚黒が玉鬘を自邸に迎えようとしていることを知り、娘に、鬚黒のもとにいて世の笑い物になるよりは、実家に帰るよう勧めます。実のところ、これが鬚黒の望んでいたことでした。しかし北の方は、夫に見限られた身で里に帰ることはできないと思い、心の病はいっそう高じてゆきます。

ある日、鬚黒は北の方に、玉鬘を迎えるつもりであることを打ち明けます。まず、自分がそうしてきたように、あなたも我慢が大事だ、だから私を疎んずることのないようにと言い聞かせます。鬚黒に言わせれば、病身の妻を抱えて、我慢に我慢を重ねてきたというわけです。鬚黒は、全く北の方を見限っているわけではありません。疎遠になったとはいえ、「年（とし）ごろの心ざし」（四・532）、つまりこれまで夫婦として経てきた年月から生ずる情を、捨て去ろうとは思わないのです。

ただ、目下のところ玉鬘一辺倒の鬚黒には、北の方の苦衷も、可愛がった子供たちも眼中にはなく、人の心を推し量ることができません。融通のきかない性質でした。鬚黒は、我慢が大事という主旨の、かなり長い前置きをして北の方をなだめすかし、その上で本題である玉鬘が移り住むことを伝えます。これを聞いた北の方は、自分の身の上を嘆き、心労を尽くす父にも顔を会わせられぬと、鬚黒の話には耳を傾けません。

当時の結婚の制度と実態については、明らかでない点が多く、専門家の間でも見解の相違があります。比較的新しい見方に、いわゆる「一夫多妻制」ではなく、「一夫一妻制」であったとするもの、また法的拘束力のある制度ではなく、社会規範として「一夫一妻」が存在したとするものがあります。これらは、「妻」はあくまで一人であって、その他は「妾」であったとするのです。

その場合、男は妾に愛情を強く持っていても、夫婦関係を持つにあたって妻（正妻）の妨害をとどめることは難しく、また、妻との離婚は、男性の恣意には任せられないが、妾とは簡単に別れることができます。妻と妾との間には、極めて深い地位・待遇の差があるわけです。ただし、法律上、妻との離婚ができなかったのではなく、たとえば子がないことや姦通、口の悪さなど、相当の理由があればできるとされ、これを「棄妻」と呼びました。また、場合によっては妻から妾への転落もあり得ました。

右の見方に立てば、玉鬘は既に正妻のある鬚黒と結婚したのですから、今は妾です。もし鬚黒が北の方と離婚すれば、玉鬘は妻に昇格して同居することになります。一方、北の方は、離婚ののち里に帰るか、離婚せずに妾に降格し、そのまま同居することになります。いずれも不幸な道ですが、特に後者は北の方にとっては受け入れ難い選択肢です。

## 鬚黒の北の方の錯乱

一日中北の方をなだめて夕方になると、鬚黒は玉鬘に会いたくて気もそぞろになります。折しも雪が降り始めていました。雪の中を出かけるのは人目に立つし、北の方が激しく嫉妬でもすれば逆にこちらが腹を立てて出ても行けるのですが、あいにくと北の方の気分は平静です。鬚黒がためらっていると、意外にも北の方はごく落ち着いた、止めても無駄なことと思っている様子で夫を促すのでした。胸を撫で下ろした鬚黒は出かける用意をします。

ふだん身なりを整えることのない北の方が、手づから夫の衣に香を焚きしめる様子を見て、鬚黒は、玉鬘に思いを寄せる自分自身を移り気だと思います。しかしすでに気持ちはすっかり玉鬘のもとにあり、困惑したそぶりをしてみせて、装束を身につけ用意も調ったと思ったその時、北の方は突然起きあがり、火取り香炉を手にして、その中身をそっくり夫の後ろから浴びせかけます。

正身はいみじう思ひしづめて、らうたげに寄り臥し給へりと見る程に、にはかに起き上がりて、大きなる籠の下なりつる火取を取り寄せて、殿のうしろに寄りて、さと沃かけ給ふほど、人のやゝみあふる程もなう、あさましきに、あきれて物し給ふ。さるこまかなるはひの目鼻にも入りて、おぼほれて物もおぼえず、払ひ捨て給へど、立ち満ちたれば、御衣ども脱ぎ給ひつ。（四・544）

鬚黒はそのまま玉鬘のもとへ出かける訳にもいかず、その夜は一晩中、加持祈祷をさせて過ごします。正常な精神状態ではないことがわかっているとはいえ、余りのことに鬚黒は腹を据えかねますが、懸命に気を取り直し、玉鬘に文を送ります。しかし返事はありませんでした。

この場面では、北の方の諦め切ったようなか弱い様子に、自分を恥じながらも溜息をして見せるという、鬚黒の軽薄さが強調されています。また、玉鬘のもとへと出で立つ装束姿が「いとあざやかにをしきさまして、たゞ人とみえず、心はづかしげなり」（四・544）、華やかで男らしい様子をして、並の人とは見えず、立派だと描写されるかと思うと、その直後に右に引いた「こまかなるはひの目鼻にも入りて、おぼほれて物もおぼえず」(四・546)という無様な有様が描かれ、おまけに玉鬘からは返歌が来ないという具合に、徹底して戯画化されています。

## 北の方との別れ

こうしたことがあって、北の方の父、式部卿宮はとうとう娘を引き取ることを決断します。北の方自身も、このまま鬚黒との間が絶えてしまう方が、離縁して里帰りするよりもっと世の笑い物になるだろうと思い、父の決断に従うのでした。北の方は三人の子供たちを呼び集めて、行く先の見えない親子の運命を語り、嘆きつつ鬚黒邸を後にします。

三人の子供とは、先に述べた、東宮妃候補者と目される娘一人と、一〇歳と八歳ほどの男児二人でした。娘はともかくも母親に従うほかなく、男児は、今は当てにはならなくとも、将来のために父と顔を合わさずにはいられません。娘は父に可愛がられて育ったので、なかなか家を出ようとはしません。ようやく母に従って出るとき、歌を詠み、柱のひび割れた隙間に差し込みます。このエピソードから、この娘は真木柱と呼ばれています。

北の方の実家、式部卿宮邸では、紫上の継母にあたる大北の方が大変立腹しています。須磨事件以来、光源氏の「仕返し」に思い当たることがあると言います。確かに立后問題では秋好中宮に押し切られた形で、その上更に今回の里帰り事件で恥をかかせられたわけです。鬚黒は北の方を訪ねますが娘とは会えず、男子二人だけを引き取って自邸に住まわせます。

こうして、鬚黒は北の方と共に、后候補の娘を手放すことになります。これは後のことですが、一端こじれた北の方の実家との関係は修復されず、数年の後に鬚黒が真木柱を引き取ることを申し出ても許されません。真木柱巻で三二、三歳右大将だった鬚黒は、一五年後光源氏と前後して没しますが、玉鬘との間になした娘二人（この他に男子三人）は、いずれも入内を果たすことができませんでした。

このような家庭騒動の一幕の後、やがて玉鬘は宮中に出仕します。帝は、その容姿の美しさに今更のように人妻になったことを惜しみますが、気が気でない鬚黒はすぐに玉鬘を自邸に引き取ります。玉鬘を忘れかねる光源氏もその後消息を贈るなどしますが、その年の一一月、玉鬘は男子を出産し、それまでの光源氏との曖昧な関係には終止符が打たれるのです。玉鬘は、鬚黒大将家の北の方として、光源氏の手の届かぬところで生きてゆくことになります。

# 32 梅枝（むめがえ）

## 再び「本流」へ

六条院の四季の巡りを背景に、玉鬘巻（第二二帖）に始まって、真木柱巻（第三一帖）に終わる「玉鬘十帖」は、帚木・空蟬・夕顔（第二〜四帖）・末摘花（第六帖）・蓬生（第一五帖）・関屋（第一六帖）の各巻とともに、「別伝」「帚木グループ」「玉鬘系」などと呼ばれる、『源氏物語』の中では傍流と位置づけられる巻々です（121頁図4参照）。帚木巻の「雨夜の品定め」では、「中の品」の女たちの中には、始めから中流に生まれた者も、上流に生まれて零落した者もいるとされていました。以後の巻では、その「中の品」の女たちの人生模様が、一方の「本流」（若紫グループ・紫上系）の物語から分流しつつ描かれて来たわけです。最後の「玉鬘十帖」は、それら「中の品」の女の一人である夕顔の遺児、玉鬘の物語でした。

こうして物語は、再び「本流」にもどり、この梅枝巻と次の藤裏葉巻で、第一部と呼ばれる三三帖が閉じられます。

## 明石姫君の裳着――入内の準備

「本流」にもどった物語は、まず光源氏の一人娘、明石姫君の裳着の準備から始まります。源氏三九歳の正月末、春宮（源氏の兄朱雀院の子）の元服が翌月に予定されており、それに合わせて裳着の準備を進めているゆえに、明石姫君は裳着のあと春宮に入内するのだろうと、梅枝巻は語り出されています。

光源氏はこれまでに二名の裳着を行っています。紫上と玉鬘で、紫上の場合は、結婚を世間に知らせる目的があり、玉鬘の場合は、尚侍として入内するための準備でもありました。後者は、内大臣に実子であることを明かした上で、表向き光源氏の娘として盛大に行う必要がありました。この度の明石姫君の場合は、実の娘の成人式であり、光源氏の思いの入れようもこれまでとは違いました。

まして、その一人娘が春宮の后となるのです。桐壺巻で宿曜師（占星術師）が予言し、澪標巻で明石姫君が誕生した際、「御子三人、みかど、后かならず並びて生まれたまふべし」（三・26）と明かされたように、光源氏の子の一人が后となることは、運命とも言うべきものでした（118頁図3）。明石姫君の入内は、いずれ即位する春宮との外戚関係を確立するものであり、源氏の政治的立場を決定する出来事となるはずです。

しかし梅枝巻が描くのは、単なる入内の準備の一部始終ではありません。かつて光源氏が明石君・明石姫君母子に上京を促したのは、将来ある娘を、明石という辺地ではなく、都で后とすべく養育するためでした。母明石君から引き離して紫上を養母として育てたのも、母の身分は高くないからです（松風巻・薄雲巻）。いよいよ娘が成長し入内も間近となったとき、更にそのマイナス面を覆うべく、付加価値としてクローズアップされたのが、薫き物と冊子作りという、いわば文化的な価値です。

絵合巻での絵画の収集が、秋好中宮の立后に決定的な効果を及ぼしたように、薫き物と冊子の収集は、明石姫君の将来の立后を確実にするためのステップにもなります。明石姫君の入内準備は、そのような意味で六条院の文化の総力をあげての催しであり、そのために一巻を費やすだけの意義を持っています。

## 薫き物合せ

公私ともに閑暇な正月末、光源氏は入内の準備として薫き物合わせを思い立ちます。太宰大弐が贈った香木等は源氏の気に入らず、旧宅二条院の蔵に収められた昔の優れた品々を取り寄せ、六条院の女君や朝顔の姫君に配り、調合を依頼します。前斎宮（秋好中宮）の冷泉帝への入内の際、朱雀院が様々な贈り物を贈っていますが、その中には世の常ならぬ「香壺の箱」、「くさ〴〵の御薫物ども」、最上の「薫衣香」がありました（三・176）。玉鬘の裳着では、秋好中宮から特別に薫りの深い「唐の薫物」が贈られています（四・442）。

薫き物は、香の調合の仕方によって「梅花」「荷葉」「薫衣香」「侍従」「黒方」などと名がつけられ、それぞれの方法は家々の工夫によって秘法として究められました。源氏自身も、紫上と居を別にして試み、二月一〇日には、訪れた蛍兵部卿を判者として薫き物合わせが行われます。調達された薫き物は、いずれ劣らぬ一品揃い、優劣を下すことは難しいのですが、蛍兵部卿宮は趣味人で諸芸に秀でた人でした。かつて、御前における絵合で梅壺女御（秋好中宮）と弘徽殿女御が競った時も、判者として選ばれたほどで、匂いから材料の過不足までを聞き分け、微妙な差を判定できるのです。

朝顔君（前斎院）の「黒方」は奥ゆかしく落ち着いた匂いがする。源氏の侍従は優美で魅惑的な薫りがする。紫上が合わせた三種のうち、「梅花」がはなやかで現代風、すこし鋭い薫りがして春には並ぶ物がない。花散里の「荷葉」は、しみじみとしめやかな薫りがする。明石上は本来は冬の香である「黒方」を合わせるべきところを、時宜を得た春の香を合わせる紫上に対抗して「薫衣香」を合わせたのですが、それがこの上なく優美である――結果としてはどれにも花を持たせるような判定で、源氏に「心ぎたなき判者なめり」（五・26）、たちのよくない判者だと、冗談混じりに非難されることになります。

それほど、どれも優れた薫き物であったのです。その夜行われた酒宴では若い公達の管弦が興を添え、翌日にかけて、明石姫君の裳着の儀が行われました。ここで、それぞれの薫き物の香りは、その人物を象徴するものとなっており、源氏に関わりのある女たちが、ここで並べて批評されている趣があります。

### 冊子作り

春宮の元服は二月の下旬です。光源氏は、他家の姫君の入内の意欲をそぐことをはばかって、入内を四月に延期し、その間、準備をさらに入念に行います。名筆の草子も集められ、当代の名手にも書を依頼し、自らも筆を執り、紫上を相手に仮名を論じ、蛍兵部卿とは男の筆跡を批評し合います。宮は、秘蔵の『古万葉集』や『古今和歌集』を姫君のために贈呈します。源氏自身も筆を取り、草書や仮名（女手）などを、思うさまに書くのでした。

薫き物と同じように、この冊子作りでも、筆跡が人物を象徴するものと見なされています。六条御息所は、何気なく書いた一行が見事だ。秋好中宮は細やかで風情があるが、才気に欠けるところがある。藤壺は風趣があって優美だが、か弱い所があり、華やかな美しさは少ない。朧月夜は当代随一であるがしゃれすぎていて癖がある。紫上は、和やかでもの柔らかな魅力が格別だ――薫き物に引き続いて、これまでの主要な登場人物が舞台に出され、少しずつ物語が一つの終わりに近づいていることを予感させます。

書は女の必須の教養の一つでした。藤原師尹が、娘である村上天皇女御、芳子に「一つには御手を習ひたまへ。次には琴の御琴を人よりことに弾きまさらむとおぼせ。さては古今の歌二十巻をみな浮かべさせたまふを、御学問にはせさせたまへ」（『枕草子』）と諭したというエピソードはよく知られています。特に、当時の女は親以外には兄弟でも男に顔を見せませんので、その容姿は噂を聞く程度にしか知ることはできません。筆跡と歌が教養と魅力を伝える手段でした。

紫式部が生きたのは、漢字を崩して創造された仮名が、「三蹟」の一人、藤原行成に典型的に見られるように、芸術性を主張していった時代でした。この場面で源氏が「仮名のみなん、いまの世はいと際なくなりたる」（五・36）というのも、そうした傾向を反映しているのでしょう。

## 夕霧と雲井雁

内大臣は、明石の姫君の入内の準備が整ってゆく様子を耳にすると、今年二〇歳の盛りを迎えた娘、雲居雁のことが気がかりでなりません。内大臣の娘には、弘徽殿女御と雲居雁、近江君、それに玉鬘がありましたが、冷泉帝の中宮として立后するはずだった弘徽殿女御は秋好中宮に先を越され、近江君は自ら子として名乗り出た変わり者、玉鬘は鬚黒の北の方となっています。雲居雁だけがまだ身の振り方を定めかねています。

かつて、冷泉帝後宮に入内させるという計画がありましたが、夕霧との関係が明らかとなって頓挫しています。激怒した内大臣が、夕霧と雲居雁との間を引き裂いてしまったのは、五年半ほど前でした。その後、内大臣の態度も軟化し、光源氏の側から下手に出てくれさえすれば、夕霧との結婚を認めようとも考えるようになりましたが、源氏にはいまだにそんな気配もありません。今、夕霧と雲居雁の間柄は膠着状態にあるのです。

# 33 藤裏葉（ふぢのうらば）

## 夕霧と雲居雁の結婚

この「第一部」最後の巻では、光源氏二人の子供たちの結婚が主な話題となっています。一つは息子の夕霧と雲居雁、もう一つは娘の明石姫君の、皇太子への入内です。前者は光源氏一門と内大臣家との関係を、後者は天皇家との関係を背景にしています。

光源氏は、父親としていつまでも息子夕霧との結婚の身が定まらないのが気がかりです。夕霧は、内大臣の態度が軟化したと聞いても、かつての冷たい仕打ちが忘れられず、卑官であった頃、女房の一人にそれを侮られただけに、昇進して見返してやろうとの気持ちが強いのです。そんな夕霧に源氏は、雲居雁に対する気持ちがもはや無いのなら、時の右大臣や中務親王の申し出に応じて、いずれかの娘を妻とするように勧めます。夕霧が黙っていると、女に対して軽はずみな行動があってはならないこと、少々気に入らないところがあっても辛抱し、親の気持ちに免じて、良いところを見つけて添い遂げるべきことなど、結婚生活について諭します。夕霧としては、他の女など思いもよらず、相変わらずひそかに雲居雁と文を交わすのでした。

いわば膠着状態にあった二人の関係は、内大臣の心境の変化によって打開の糸口が見えてきます。

このまま強がっていても仕方がありません。今さら雲居雁を別の男に添わせる訳にはゆかないのです。そうなったら、世間の笑い物になりかねないし、かつての二人の過ちも人の知るところとなるでしょう。聞けば光源氏は右大臣や中務親王の娘との縁談を夕霧に勧めてもいる様子です。ここは妥協すべきであると内大臣は考え、二人の祖母である大宮の忌日に極楽寺へ詣でた際、和解の意中をそれとなく伝え、四月一日頃藤の花の宴に夕霧を招待したのでした。

この宴の日、夕霧と雲居雁は再会を果たします。これを聞いた光源氏は、これまで思うに任せぬ状況の中、雲居雁への思いを持ち続けた夕霧の忍耐強さを誉めた上で、向こうが折れたからといっておごるな、内大臣は癖があるから油断するなと忠告も忘れません。相変わらずの源氏ですが、こうして、夕霧と雲居雁との結婚によって、源氏の家と内大臣家との間には融和が成立し、光源氏の栄華が政敵との確執のない盤石なものとなったのです。

## 明石姫君の入内

長年の懸案であった夕霧の結婚問題が解決し、あとは明石姫君の入内を待つばかりとなります。光源氏の意向で延期されていた明石姫君の入内は、四月下旬と決まりました。入内の際には付き人を伴いますが、源氏は、これまで六条院に住みながら身分の違いから対面すら許されなかった明石上に、その役割を任せることにします。養母である紫上も、実母と、成長した娘それぞれの思いを忖度してそれに賛同します。こうして、晴れて明石上と明石姫君の対面が実現し、養母と実母の付き添いのもと、明石姫君の入内の儀が執り行われたのでした。

天皇・皇太子の結婚式は、一般の貴族のそれと自ずから異なる面があります。男が女のもとへ三日続けて通い、三日目に二人して「三日夜(みかよ)の餅(もち)」を食べ、その後「露顕(ところあらわし)」（披露宴）を行うというのが一般の貴族の場合です。これに対し天皇・皇太子は、女側が召されて内裏や東宮御所の決められた居所から三夜通い、三日目に「三日夜の餅」を食べ、その後男の側が女の部屋を訪れて「露顕」を行います。その際、后の母の付き添い人としての役割は大きく、入内する前には持参する調度品や随行する女房の装束の用意を行い、入内後も娘の世話をしたり、横になった二人に衾をかけるなどして儀礼を補助します。明石姫君の場合、母明石君が女房装束を用意し、養母紫上が入内に付き添って三日間を過ごし、紫上の退出後に明石君が付き添っています。

この婚礼で、紫上と明石君が初めて対面しています。明石君は、女御と同格に扱われる紫上と我が身を引き比べて、改めて身の程を思い知らされますが、娘の晴れ姿を見れば、すべてが報われたような思いがします。

いとうつくしげに、雛(ひひな)のやうなる御有様を、夢の心(ここ)ちして見(み)たてまつるにも、涙のみとゞまらぬは、ひとつものとぞ見(み)えざりける。（五・104）

嬉しくて流すこの涙が、悲しみの涙と同じものだとは思えません。しかし不思議なことに、同じ涙なのでした。

### 光源氏準太上天皇となる

この年の秋、光源氏は「太上天皇(だいじゃうてんわう)になずらふ御位(くらゐ)」(五・108)に就きます。この時三九歳。来年は、初めて長寿を祝う「四十の賀」を迎えるという年齢になっています。「太上天皇」とは、位を譲った天皇すなわち「上皇」のことであり、それに「なずらふる」とは、上皇ではないが、それに準ずる位であるということです。歴史上、臣下で太上天皇になった例はなく、これは物語の仮構ということになります。

光源氏は、八歳の頃、父桐壺帝によって臣籍に下されました(桐壺巻)。日本と高麗の人相見の一致した見解によると、帝となる相はありながら、位についたなら国が乱れ、かといって大臣として補佐する相かと言えばそうでもないと言うのです。帝は、予言に基づいて、臣下としての道を歩ませることに決めます。

光源氏は、第二皇子として皇位継承権を持って生まれました。しかし、皇位につくならば国が乱れる恐れがある故にその道は閉ざされ、一親王として生きることになります。その場合には、身分の高くない更衣の子である故に便りになる後見もなく、無品(むほん)親王として不甲斐ない生涯を送ることを余儀なくされるのです。そうするに忍びない桐壺帝は、臣下として立派に朝廷を支えることができるだけの素養を身につけさせるべく、幼い頃から万般にわたる教育を施したのでした。

しかし、光源氏は大臣として朝廷を補佐する相ではなく、帝の相を持っているのですから、桐壺帝の判断は、予言の意味を全て理解した上でのことではありません。要するに、予言の意味は謎に包まれたままで物語は始まり、藤裏葉巻に至って初めてその謎が解けるのです。その解答は、確かに、臣下でありながら帝の相を持つ者にふさわしい、準上皇という地位でした。しかし、臣下としてはこれ以上は考えられない地位を与えても、冷泉帝は満足できません。ただ一つ、皇位を光源氏に譲るしか納得のいく道はないのですが、それができない限り、「朝夕の御歎き種(ぐさ)」(五・108)がなくなることはありません。

### 六条院行幸

冷泉帝は、十月下旬に六条院を訪れます。かつて行われた二つの盛大な行幸につづく、『源氏物語』中の三大行幸ともいうべきものです。紅葉賀巻の朱雀院への行幸は、桐壺帝が父とおぼしき「一院」のところへ出かけたのであり、乙女巻の朱雀院への行幸は、冷泉帝が表向きは兄である朱雀院を訪ねたのでした。この度の六条院への行幸は、冷泉帝と朱雀院が準上皇となった光源氏を訪ねるのです。時の帝と院がそろって六条院を訪ねるという、未曾有の慶事をもって藤裏葉巻は閉じられることになります。

巳の刻(午前一〇時前後)に帝と院は六条院に到着、夏の町の馬場殿へ案内されて宮廷武官による競馬ないし競射を見物し、未の刻(午後二時前後)を下る頃に春の御殿の寝殿へと導かれます。その間の通路には、二人の目を楽しませるべく、様々な趣向が凝らされていました。寝殿に到着して座る際、帝と院が並び、光源氏はそれより下座に用意されていましたが、帝の宣旨によって光源氏も同列に並ぶことになります。冷泉帝としては、父光源氏に最高の礼をもって仕えたい思いですが、表向きは父でない以上、それは許されません。せめて源氏の座席を自分と同列にすることしかできないのです。

宴が始まり、歓楽を尽くすうちに夕刻となった時、光源氏の脳裏に、かつて朱雀院の紅葉賀の光景が鮮やかに浮かび上がります。今ここにいる太政大臣と二人で青海波を舞ったのでした。それと共に、賀に先立って藤壺の前で行われた試楽で舞ったことも、当然思い起こされるはずですが、語り手はそれには触れません。

しかし、藤裏葉巻の巻末近くに重ねてさりげなく記される、冷泉天皇の心境は、このような光源氏の栄華が決して安泰なものではないことを示唆していると言えるでしょう。「みかどは、なほ限りあるゐや〳〵しさを尽くして、見せたてまつり給はぬことをなんおぼしける」（五・116）——どれだけ光源氏を高い位につけてもなお満足できないという、この冷泉帝の心理描写は、そのまま秘事の存在を強調する結果となっており、それは巻末の一文に至ると更に明瞭になります。

御かたちいよ〳〵ねびとゝのほり給ひて、たゞひとつ物と見えさせ給ふを、中納言さぶらひ給ふが、こと〳〵ならぬこそめざましかめれ。（五・120）

冷泉帝が光源氏と瓜二つであるばかりか、中納言夕霧も、身分不相応に冷泉帝とそっくりであることは、誰の目にも明らかである——光源氏がその栄華の絶頂に立って物語が一つの終わりを迎えようとする時、その栄華をもたらした秘事が、ぬぐい去りようもなく影を落としています。

# 34 若菜上

## 源氏物語第二部の始まり

更衣の子として生まれた上に、帝になるならば世が乱れるという予言によって臣下に落とされ、帝位につくことができなくなった皇子が、父帝の妻を侵犯してもうけた子を帝位につけることで、太政大臣、さらには上皇に準ずる待遇を獲得するに至る。これが第一部、桐壺巻から藤裏葉巻に至る三三帖の物語です。しかし、藤裏葉巻末に影を落としていた、光源氏に栄華をもたらした罪の問題には、何らかの解答が示されなければなりません。物語は、そこで終わるべくもありませんでした。

第二部全八帖（若菜上〜幻）の始めに位置する、長大な若菜巻上下は、朱雀院の病状が思わしくなく、出家の準備を進めるところから語り起こされます。朱雀院はこの年四二歳。光源氏より三つ年上です。出家するに際して、朱雀院には後ろ髪を引かれるような問題が一つありました。娘の一人、女三宮の将来が気がかりでならないのです。

この娘の母親は、先帝と更衣の間に生まれた藤壺女御でした。冷泉帝の母、今は亡き藤壺宮（第一部の藤壺）の異母妹にあたります。女三宮の母は、朱雀院が皇太子の時に入内したのですが、当時弘徽殿大后が、朧月夜を尚侍として入内させたために気圧され、「かひなくくちをしくて、世の中をうらみたるやうにて」（五・134）亡くなっています。そのような事情もあって、朱雀院は、盲目的な愛情を娘の女三宮に注いでいたのです。

朱雀院は、若菜巻の巻頭から、いつ崩御してもおかしくない状態で登場しますが、実際に崩御するのは源氏が没する前後、早くとも一五年ほど後で、五〇歳代の後半です。その間、女三宮に影のように付き添って細く長く生きるのです。第一部で、院は政治的には右大臣や弘徽殿大后の思わく通りに動かざるを得ない帝でした。また私的な面では、朧月夜を源氏に寝取られたり、好意を寄せていた秋好中宮が、源氏の政治的思惑によって冷泉帝に奪われるといった弱さが特徴でした。それが第二部でも継承されて、晩年まで我が娘への愛執の念を捨て切れぬ人物として描かれるのです。

## 女三宮の結婚問題

愛娘女三宮の人生を、自分の出家後、さらには死後も安泰なものにしてやりたいと朱雀院は考えます。皇女は独身で通すのが普通でした。独身で通すためには、末長く相応の地位・経済力のある人物の後見が必要ですが、更衣腹に生まれた女御を母とする女三宮にはそれがありません。また、庇護者が亡くなったあと、場合によっては男との間に浮き名を流すこともありました。やはり然るべき人物との結婚が最も安心な道なのです。問題はその候補者です。

冷泉帝の後宮には秋好中宮があり、それに次ぐ女御たちも名門の出ばかりです。立派に成長して中納言に昇った夕霧は降嫁先としてふさわしいのですが、すでに長年の恋が実って結婚した雲居雁があり、他の女に心を移す余地はなさそうです。蛍兵部卿宮は、趣味人で十分な世話は期待できません。女三宮に好意を寄せているらしい柏木は、まだ公卿の列に連なっていません。

そこで浮上したのが光源氏でした。私たちは意外な事の展開に驚かされます。光源氏は年が明ければ四〇歳。かたや女三宮は一三歳です。しかも、六条院には、幸福の絶頂とも言うべき紫上がいるのです。なぜ、光源氏なのか――女三宮の乳母の兄が次のように事情を語ります。光源氏にはあまたの女君がいるが、とりわけ寵愛を受けているのは紫上ただ一人だ。しかし、仮に女三宮が降嫁したならば対抗し得るものではないだろう。なぜなら、栄華を極め准上皇の待遇をもつ光源氏にとって、足りないものと言えば出自の高貴な妻であり、紫上はその任に当たることはできないからだ、と。

こうして、女三宮が、れっきとした源氏の正妻として六条院に迎え取られることになる可能性が出てきたのです。

### 女三宮の人物像

初めて女三宮の人物像に触れるのは乳母です。乳母の口から、光源氏が候補者に上ったのに次ぐ意外な事実が明らかになります。「姫宮(ひめみや)は、あさましくおぼつかなく心もとなくのみ見(み)えさせ給ふに」(五・158)。姫君はおどろくほど頼りなく未熟だというのです。一三歳は成人してよい年ですが、到底その年齢にふさわしい様子ではないらしい。このことは、父朱雀院の口からも「あやしく物はかなき心ざまにや、と見(み)ゆめる御さま」(五・162)、心もとなく頼りない性質、と重ねて強調されます。朱雀院が異常なほど娘のことを気に懸け、結婚させる道を選んだのは、娘がこのように頼りなく未熟で、身を持ち崩す恐れがあったからなのでした。従って、本来は皇女として気位高く独身を通して生きるべきなのですが、結婚という道を選ばせるしかありません。せめてそのプライドを保てる相手として、光源氏は選ばれたのです。

光源氏は、この朱雀院の意向をどのように受けとめたのでしょうか。乳母の兄左中弁から朱雀院の意向を伝えられた源氏は、自分の年齢を問題にし、朱雀院に続いて自分がこの世を去ることになれば、後に遺す女三宮がその際のほだしになると辞退して、夕霧を推します。重ねて、左中弁が朱雀院の心情を更に詳しく説明すると、故藤壺女院の異母妹である藤壺の娘であれば、並の器量ではないはずだと言って、今度は冷泉帝への入内を勧めます。

まずは辞退した光源氏ですが、この時すでに、心の中に藤壺ゆかりの女三宮に対する関心が生まれていたことは確かです。その後、女三宮の裳着が行われ、朱雀院は出家しました。それを見舞った源氏は、女三宮はやはりしっかりとした後見のできる人物に託すべきであると切り出し、夕霧はその任には当たれないと述べた上で、受諾したのです。

こうして、栄華を極めた光源氏と紫上のもと、安泰であるかに見えた六条院世界に陰りが見え始めます。

## 女三宮降嫁と紫上

女三宮が六条院に移ったのは、翌年二月の中旬、正月二三日に源氏四十の賀が行われたあとのことでした。前年暮、光源氏から女三宮降嫁のことを聞いた紫上は、まことに冷静に事態を受けとめています。その宮様から目障りだなどとと咎められたりしなければよいのですが。あちらのお母様とは、血縁がございますので、私を人数に入れて下さるでしょうか——余りにすんなりと降嫁を受け入れたので、光源氏はかえって不安になるほどでしたが、ひとまずは胸をなで下ろし、そうやって紫上も女三宮も穏やかに過ごせれば誠に結構と喜びます。

しかし、当然のことながら、紫上の心中は決して穏やかではありませんでした。空から降って沸いたような、源氏も避けようがない出来事なのだから、ここで自分が見苦しく振る舞って世間話の種になってはならないと、必死になって心の安定を保とうとします。紫上はこれまで、光源氏がもはやこれ以上浮ついた心も持たぬだろうと気位も高く持って過ごして来たのですが、そのことが世間のもの笑いになるような事態に置かれたのでした。しかし彼女はそれを自覚しつつも表向きは穏やかに振る舞います。

この姿勢は、女三宮の降嫁が盛大に寿がれる間も変わりません。その輿入れの盛事を目の当たりにしつつも何気ない風をよそおっている心ばえを、光源氏は稀なことと思っています。それにつけても光源氏は、初めて会った女三宮の印象を、かつての紫上と比べずにはいられません。紫上は気が利いていて話し相手になったのに、女三宮は幼稚に見えるので、「いとあまり物のはえなき御さま」(五・212)、あまりにもぱっとしない様子だと溜息をつくのでした。

このような女三宮像は、かねてから示されていたものでしたが、次第にその輪郭が明瞭になり、新婚三日を過ぎた頃には、調度品などの仰々しさに対して当人は全く無邪気で頼りなく、服だけでどこに体があるのかわからないほどだ、と描写されるに至ります。そして、それを目の当たりにしては紫上と比べる源氏の心理が、重ねて描かれます。相手が藤壺ゆかりの皇女であることと、朱雀院のたっての頼み事であることが、光源氏の心を動かしたのでしたが、その選択には問題があったことを自ら認めざるを得ません。

### 朧月夜との再会

女三宮の光源氏への降嫁は、朱雀院の出家と寺入りがもたらした大小の波の中の、大きな一つでした。朱雀院の后たちも、もはや「用済み」となって里に退出することになりますが、その中には朧月夜がいました。かつての尋常ならぬ密会の相手であり、須磨退去という受難のきっかけとなった女が、いま彼女自身の大きな境遇の変わり目にあります。それが光源氏の気持ちを刺激したのでしょう、源氏は周到に事を運んで、初めは拒んだ朧月夜との再会を果たします。

しかし、その様子は戯画的に揶揄を含んで描かれています。それは、紫上の苦悩をよそに、過去の女とうつつを抜かす光源氏に対する語り手の評価です。紫上は、源氏が口実を作って朧月夜のもとへ行こうとすることに気づきながらも、見知らぬふりをします。女三宮降嫁という事件以来、もはやこれまでと同じ自分ではいられず、少し距離を置く気持ちが生じたからでした。何気ない風を装いながら、紫上の心は少しずつ変わってゆきます。

## 若菜と源氏四十の賀

若菜巻で「若菜」が出てくるのは、朱雀院の病から始まって女三宮が六条院に降嫁することが決まったあとでした。降嫁は源氏四〇歳の二月でしたが、その前月の二三日に、鬚黒の妻、玉鬘が若菜を源氏に贈り、春の町で四十の賀が行われたのです。上皇に準ずる待遇を受けている源氏の四十の賀は、国をあげての行事となってもおかしくないのですが、ことごとしい扱いを嫌う源氏は公の祝賀の申し出をみな断ります。しかし、光源氏の養女である玉鬘は、その長年の後見に対して感謝の心を表したいと思い、予告なしに源氏に若菜を贈ります。諸方面からの申し出を固持する源氏に対して、賀を受け入れざるを得ないように意図したのです。

この年は、これを始めとして、源氏四十の賀が四たび行われました。源氏の意向によって万事簡素に進められましたが、趣向は主催者によって異なりました。一〇月には、紫上の主催により嵯峨の御堂と二条院で、一二月には、秋好中宮の主催により六条院秋の町で、最後に夕霧による賀宴が夏の町で催されます。

年中行事に用いる若菜を参賀に用いた先例は、醍醐天皇の時代にありました。古来、新春初子の日に若菜を羹にして食すると、邪気を払い病災を除くと言われて来ました。「若菜」という巻名から、私たちは新春の鮮やかな野の景色を思い起こし、同時に、藤裏葉巻で予告されていた光源氏四十の賀

――栄華の極みに達した源氏の、不老長寿への祈りへと連想を拡げます。ところが、実際に読み進めてみると、若菜巻を始めとする「第二部」の巻々は、登場人物の「生老病死」の相から語り出されていることに気づきます。若菜巻は朱雀院の病、柏木巻は柏木の病、横笛の巻は柏木の死、鈴虫巻は女三の宮の出家、夕霧巻は夕霧のねじれた恋、御法巻は紫上の病、幻巻は紫上の死から始まるのです。

玉鬘から贈られた若菜は、四〇歳を迎えた源氏の長寿と末長い繁栄を祈るものでしたが、同時にこの年を頂点として源氏が老境に入ることを明確に示すものでもあります。老境に入ってなお若々しく美しい源氏ですが、その身の上にも、他の登場人物と同じく苦悩の影が忍び寄ります。また、女三宮や明石女御と比べられ、その美質を賞讃される紫上も同様でした。四十の賀の間にはさまれるようにして行われた女三宮の降嫁は、表向きは、葵上死後これまで正妻をもたなかった源氏が、晴れて皇室からこれを迎えるという慶事でした。しかし内実は、源氏自身が選択を誤ったと認めざるを得ない空虚なものでした。

またこの巻で、夕霧がすでに雲居雁との間に多くの子をもうけていることが初めてわかります。明石姫君が入内する際、紫上が付き添い人として世話をする場面（藤裏葉巻）に、紫上が、明石姫君を可愛いと思うにつけてもこれが実子であったならと思い、源氏や夕霧も同様に、紫上に子のないことを惜しむ一節がありました。紫上に子のない事実は、この若菜上巻に至ると、他の男女に子ができ、一つの世代交代の時期を迎える中で、重い意味を持ち始めます。女三宮の降嫁によって紫上は正妻の座を奪われることになるのですが、重ねて彼女の立場を不安定にする出来事が起こります。明石女御にも子ができるのです。源氏が築き上げた六条院の世界は、源氏四十の賀、女三宮の降嫁、明石女御の出産といった表向きの慶事を機に、内側では徐々に崩壊へと向かい始めます。

## 明石女御の出産

明石女御が懐妊したのは、女三宮が降嫁したこの年の夏でした。東宮は、すぐには里内裏である六条院への退出を許しませんでしたが、まだ一二歳で、誰も彼も無事出産できるかどうかを心配しているうちに、やっと許可が下ります。そして、翌年三月の中旬に無事皇子を出産します。しかし、明石女御がこの巻で出産することになるのは、かなり無理があると言わねばなりません。一一歳で入内（藤裏葉巻）、一二歳で懐妊（若菜上巻）、一三歳で男子を出産（同）と、語り手は少々先を急いでいるようです。

歴史上の后の例をたずねてみると、藤原道長の娘彰子は一三歳で入内、二三歳で出産。その妹妍子は一七歳で入内、二〇歳で出産。末の妹嬉子は一五歳で入内、一九歳で出産。また物語の中でも同様で、藤壺は一七歳で入内、二四歳で出産、葵上は一六歳で結婚、二六歳で出産、明石君は一八歳で結婚、二〇歳で出産。これ以外の例も含めて、多くは二〇歳前後に出産しており、明石女御の一二歳がいかに早いかがわかります。語り手は、明石女御の出産年齢が早いことに繰り返し言及しており、このように無理があることは承知であることがわかります。なぜでしょうか。

前年の源氏四十の賀が六条院の各町で盛大に行われた際、一つだけ会場となることがなかった町がありました。明石君とその老母が住む冬の町で、ここに明石女御の産屋が設けられます。これは、明石女御が実母と祖母に囲まれて出産することを意味します。こうした特別な環境が用意された上で、明石女御に重大な事実が知らされます。常にそばにいる祖母から、女御が実は明石で生まれたのだと聞かされるのです。

出産を前にした女御は大きな衝撃を受けますが、それは実母との距離を限りなく縮める出来事でもありました。夫たる源氏のいない明石という辺地で、母が一人産み落としたのが自分であると知ったとき、女御は母の出産を追体験したいと思うのです。衝撃も冷めやらぬ明石女御のもとへ明石君が参上し、祖母と共に三人で歌を詠み交わしますが、明石女御の歌にはその思いが強くにじみ出ています。

二年前、女御が東宮に入内した際には、養母紫上のあとを引き継ぐ形で、実母である明石君が後見人として付き添ったのですが、明石君は、実の母としての晴れがましい思いと、常に身分差をわきまえなければならない心苦しさを味わわねばなりませんでした（藤裏葉巻）。しかし、皇太子女御である娘の出産は、六条院の光の当たらない冬の町で、娘に会うこともままならず老母とひっそりと暮らしていた明石君の境遇に変化をもたらしたのです。

こうして、実の母と子と祖母との間に一体感が生まれます。ここに、養母紫上は割り込むことができません。確かに、「出生の秘密」を知った時、明石女御は、今のような地位にあるのは紫上のおかげであると感謝します。しかし、その負い目は、逆に養母との間に心理的な隔たりをも生み出します。

子のない紫上は、明石女御の出産という六条院の栄華を象徴する事業を語る場から切り離されています。それは実母明石君に全面的にゆだねられたのです。

明石女御の出産は、子のない紫上の立場の弱さと、それに伴う不安を炙り出しています。それは、源氏にとっても同様に、表向きのめでたさとは裏腹な内実をはらんだものでした。思えば六条院は、光源氏と紫上・玉鬘・秋好中宮、花散里と夕霧、紫上と明石姫君（明石女御）というように、養父母と養子の関係で成り立つ空間でした。そこに、血縁という強固な結びつきが入り込んでくるのが、明石女御の出産という出来事なのです。

生まれた皇子は、産養（うぶやしない）のため、すぐに皇子誕生を祝う宴にふさわしい春の町に引き取られます。そこで源氏は皇子を抱いてかわいがり、紫上は自ら天児（あまがつ）（厄よけの人形）を作るなどして、明け暮れ赤子の世話で日々を過ごします。しかし、いかに皇子の誕生が六条院繁栄を象徴する慶事であっても、その内実は、若い時に鄙の地で身分の低い女に生ませた子を、後ろ指をさされないように子のない妻に育てさせて皇太子妃とし、その妃が子をなしたのです。あたかも、その欺瞞性を暴くように、明石一族の血縁による結びつきを、更に強固にしたのが明石入道の手紙でした。

### 明石入道の手紙

明石入道は、若紫巻で噂にのぼり、須磨巻で登場し、松風巻で明石君らを都に送り出して以来、物語の舞台からは遠ざかっていました。その後は世捨て人として明石の浦に余生を送っていましたが、皇子誕生の知らせを聞いて、これで大願の成就は疑いないと思い、翌四月、自邸を寺となし深山に分け入ったあと行方がわからなくなります。その間際に、都にいる一家に長文の手紙を送って寄こしたのです。明石姫君は、出産前に祖母からこの祖父のことを初めて聞かされています。そこにはこれまで読者も知らなかった事実が語られていました。

明石君が生まれる前に、入道は吉夢を見ました。須彌山（しゅみせん）を右の手に捧げ持っており、左右から月と日の光が差し出て世を照らしています。入道はそれを広い海に浮かべ、小さな舟に乗って西をさして漕いでいったというのです。夢を見たあと明石君が生まれたので、入道は書物を読み漁って夢の意味を探ります。内典外典には思い当たることが数多く記されていました。

この夢の意味は本文では明らかにされていませんが、「日」は帝、「月」は皇后、「海」は天下、「西の方」は極楽浄土を表し、入道の娘（明石君）の子が后になる（明石女御）ことを意味していると解釈されています。夢は、入道にとって明石一族の繁栄を予兆するものでした。住吉の神への祈願がそのころから始まります。その実現が確実になるのを見届けて、夢で自分が小さい舟に乗って西へ向かって漕いで行ったように、極楽往生を目指して深山に入ったのでした。

尼君と明石君は、この入道の手紙と、それに添えられた数多くの願文を泣く泣く読み、文箱に収められたそれらを明石女御に託します。そして一族の宿願の由来を語り、皇子が帝位についたあかつきには願ほどきの参拝をするよう言い聞かせるのでした。源氏は、この手紙と願文を偶然目にし、手紙の吉夢のくだりに感動するとともに、一方で紫上の人格のすばらしさを強調し、紫上をしのぐような態度があってはならないと戒めます。

しかし、源氏はあくまでこの手紙と願文を偶然目にしたのであって、もともとそれらは源氏に見せる筋合いのものではありませんでした。三代の親子が、几帳の内側で密かに読み、一族の強固な結びつきを確認するものなのです。このことは、六条院の中に、源氏の目の届かない異質の空間が生まれていることを意味します。

## 柏木の思慕

若菜上巻はその巻末近くで、明石一族の物語から一転して、降嫁後の女三宮になお関心を抱く若者に焦点が当てられます。夕霧（二〇歳）と柏木（二五、六歳）です。夕霧は、かつて垣間見た紫上と女三宮を比べてあれこれ思いをめぐらします。皇女でありながら、源氏が格別の寵愛を示さないので、世間の手前を取り繕っているに過ぎないのだろうと思いつつも、一度その宮の顔を見たいものと思っています。一方柏木は、以前から女三宮には強い関心を抱いており、六条院に降嫁したことを口惜しいことと思い、まだ女三宮に対する執着を捨てきれずにいます。源氏がかねての願望どおり出家したらチャンスが廻ってくるかもしれないとまで思い、そのために独身を通しています。

この柏木の思慕は、単に個人的なものというわけではありませんでした。女三宮に対する関心の背景には、やがて来たるべき東宮（朱雀院の子）即位の時世をにらんで、女三宮の父、朱雀院との身内関係を一層強化しようとする、太政大臣（かつての頭中将）家の思わくがあったのです。柏木の母

(四の君)は朱雀院の母(弘徽殿大后)の妹であり、太政大臣も柏木も院の忠実な臣下でした。朱雀院皇子が帝位に登れば、光源氏家に圧倒され続けてきた太政大臣家も、形勢逆転の可能性が出てきます。彼が朱雀院皇女である女三宮との結婚にこだわるのは、こうした理由もあったのです。

## 花の下の蹴鞠

そんな折、三月ばかりの空うららかな日に、六条院春の町で、若者たちが蹴鞠に興ずることがありました。蹴鞠は、後世定められた規則によれば、鞠庭(コート)の四隅に、「懸(かかり)」と称する柳・桜・松・楓の木を植え、その中で通常八人が左右に向かい合い、鹿皮の鞠を足の甲で蹴り上げ長く続ける遊戯です。皇極天皇の時に中国から渡来し、天智天皇・藤原鎌足が初めて行ったと伝えられていますが、実際には平安時代になって行われたものです。鞠を落とさないように蹴り続けるだけの場合と、数を競う場合がありました。平安末期の藤原成通や、『新古今和歌集』の撰者の一人飛鳥井雅経は名手として知られています。

柏木は、父太政大臣とともに、和琴(わごん)と蹴鞠に堪能でした。光源氏は若い頃、蹴鞠だけは太政大臣にかなわなかったと言っています。もっとも、語り手がこの場面で「をさ〳〵さまよく静(しづ)かならぬ乱(みだ)れごとなめれど」(五・346)と言うように、蹴鞠は貴族らしい優雅な遊びとは考えられていません。実際、始めに蹴鞠をしていたのは官位の低い者たちで、夕霧はそれを見物していたのです。

晩春のこの日、准上皇として仕事もなく退屈な光源氏は、春の御殿で蛍兵部卿宮、柏木らと世間話をしていたのですが、夏の町では夕霧が蹴鞠をさせていると聞いて呼び寄せます。春の御殿の広い庭の東側が、即席のコートとなります。源氏の一声で公達らも庭に降り、霞の立ちこめる中、色とりどりに咲く花の木のもとで、夕映えを受けつつ蹴鞠に熱中します。寝殿の中では、女三宮の女房が男たちの様子を簾越しに眺めています。この時、寝殿の東側は明石女御の、西側は女三宮の居室となっていました。

女房たちは御簾の手前に置くべき几帳も無造作に引き退けて覗いています。そのために、衣がしまりなく簾の下からこぼれ出て見える状態でした。牛車に乗っている時、衣の端をわざと簾の外に出しておく「出し衣(いだしぎぬ)」や、行幸など晴れの儀式の際に御簾の下から袖口の重ね色目を見せる「打ち出し」は、華やかさを演出するパフォーマンスですが、この場合は、御簾と几帳の奥にいるのが嗜みというものです。もともと女三宮の女房にしっかりした者は少なく、「若(わか)やかなるかたち人(ひと)の、ひたふるにうちはなやぎ、さればめる」(五・338)者たち――年若く容姿の優れた女で、ただ華やかでしゃれ好きな者たちが大半を占めていました。彼女らは、柏木や夕霧ら秀麗な男たちが蹴鞠に熱中する様を、興味津々で眺めていたのです。

## 柏木の垣間見

柏木の意中の人はその簾の奥の方にいるはずです。ひと休みしつつそちらに目をやると、小さな唐猫を追いかけて、大きな猫が簾の端から走り出ます。猫は長く首につけた綱をものに引きかけ、もがくうちに簾を引き上げてしまいます。そこに、あろうことかその人が立っていました。

木丁の際すこし入りたる程に、袿姿にて立ち給へる人あり。階より西の二の間の東のそばなれば、紛れ所もなくあらはに見入れらる。紅梅にやあらむ、濃き薄きすぎ〳〵にあまた重なりたる、けぢめはなやかに、草子のつまのやうに見えて、桜のおりものの細長なるべし。御髪の裾までけざやかに見ゆるは、糸をよりかけたるやうになびきて、裾のふさやかに削がれたる、いとうつくしげにて、七八寸ばかりぞあまり給へる。御衣の裾がちに、いと細くさゝやかにて、姿つき、髪のかゝり給へる側目、言ひ知らずあてにらうたげなり。夕影なれば、さやかならず奥暗き心ちするも、いと飽かずくちをし。（五・350）

野分巻で夕霧が紫上を垣間見た時も、「廂の御座にゐ給へる人」（四・352）と、「人」という呼称を用いていますが、ここでも同様で、見る側からすれば思いがけなくも初めて目にする人であることが示されています。風のために妻戸が開いている点と、猫につけた綱が簾を引き上げるという、偶然の作用によることも共通します。違いといえば、夕霧は何の気なしにのぞいたのに対し、柏木の場合はそれと意識して見やったという点です。その人は普段着の「袿姿」で、一番上には「細長」らしきものを着ています。もし女房であれば、主人の前では唐衣と裳をつけているはずですから、一目で女房ではなく高貴な女性、つまり女三宮であることが柏木にはわかったのです。

女三宮は蹴鞠に興をそそられて立ち上がり、御簾の近くまで寄ってしまっていたのでした。女房ばかりか誰よりも主人が「乱りがはし」かったのです。この「乱りがはし」またはこれに類する言葉は、蹴鞠の場面で繰り返し用いられています。源氏が蹴鞠について言う「乱れがはしきこと」（五・344）、「などか乱れ給はざらむ」（同・346）、語り手が蹴鞠についていう「静かならぬ乱れごと」（同）、「さすがに乱りがはしき」（同・348）「上らふも乱れて」（同）「例ならぬ乱りがはしさ」（同）、そして柏木が花について言う「乱りがはしく散るめりや」（同）。この時、いつも通り女房も女三宮も、そして、いつになく男たちも「乱りがはし」い状態にあったのでした。

この場面は、時間にすればほんの数十秒間の出来事ですが、かなり長い描写となっています。霞の中に花咲く庭、夕映えに浮かび上がる蹴鞠に興じる若者たちから、一転して走り出る猫、引き上げられる簾、その奥に立つ女人、その姿形、猫の鳴き声に見返るところで簾が降りるという、息もつがせぬ語りは見事です。そこには脇役として夕霧が配されて最後の幕引きの役割を負い、締めくくりには、柏木が猫を女三宮と思ってかき抱くのです。

この時垣間見た女三宮の姿が脳裏に焼き付いて離れない柏木は、夕霧に、光源氏がいかに女三宮に対して冷たい態度をとっているかを力説しますが、屋敷の奥深く住む内親王で、六条院の正夫人となれば、容易には近づけません。女三宮の乳母の娘、小侍従に文を託します。その文で自分が垣間見されたことを知った女三宮は、男に姿を見られた恥ずかしさよりも、それを源氏が知ったらどんなに自分が軽蔑されるだろうと気にかける幼さです。小侍従は、いつにも似ず言葉もない女三宮に代わって柏木に返歌をしたため、無駄なことと軽くあしらいます。ここで若菜上巻は終わり、柏木が小侍従の返事を見るのは、次の若菜下巻となります。

# 35 若菜下（わかなげ）

## 柏木と猫

若菜下巻は、小侍従の返事を道理とは思うものの、懊悩を募らせる柏木の心理描写から始まります。柏木は光源氏と顔を合わせる度に「けおそろしくまばゆく」（五・384）思い、大それた自分の欲望に心をかき乱され、その懊悩の果てには、例の猫を手に入れたいと思うまでになります。そして実際にそれを行動に移すのです。猫に目がない東宮に、ほとんど年の変わらないその姉、女三宮の所にいい猫がいると話を持ちかけ、東宮が借り出した頃を見計らって訪ね、すでに東宮が飼っている猫ほどではないから貸してほしいと借り出します。柏木は、「ともすれば衣（きぬ）の裾（すそ）にまつはれ、寄（よ）り臥（ふ）しむつるゝ」（五・390）猫を、懐に入れてながめている始末。それまで猫など興味がなかったはずと周りの者が不審に思うのは当然でした。

平安時代には猫の愛好が貴族の間で流行しました。早い例では、光孝天皇（在位八八四〜八八七）に献上された黒猫が、子の宇多天皇（在位八八七〜八九七）に下賜され、五年にわたって飼育されたという記録があります。帝は毎朝乳粥を与えて育てたといいます。我が国の猫はもともとみな中国から渡来したもので、中でも毛並みの良いものは「唐猫」と呼ばれて珍重されました。花山院（在位九八四〜九八六）は、わざわざ唐猫を探し出して、太皇太后宮に贈っています。一条天皇（在位九八六〜一〇一一）などは、昇殿を許すために愛猫に位階を与えたほどでした。猫が子を産んだ時は、人間と同じように産養（うぶやしない）が行われ、馬の命婦が猫の乳母に任じられています。

柏木の猫に対する愛玩は、このような背景のもとに描かれていますが、当の本人が自分の行為を馬鹿げていると思い、「うたても進（す）むかな」（五・390）、ひどい執心ぶりだと苦笑しているように、常軌を逸したものでした。それが猫という代替物ではなく、女三宮その人に向かうのは、六年後のことです。

## 空白の四年

語り手は、柏木の話が一段落したところで四年ほどの「空白」を置きます。『源氏物語』にはしばしば見られることで、年立てを一覧すると、桐壺巻と帚木巻との間には五年（光源氏一二歳〜一七歳）、花宴巻と葵巻の間には一年（同二一歳）、澪標巻と絵合巻の間には一年（同三〇歳）、光源氏没後では幻巻と匂兵部卿巻の間に九年ほどの空白があるのがわかります。

ただし、巻の途中にあるのはこの若菜下巻と匂兵部卿巻のみで、後者は二年です。若菜上巻から下巻へのほとんど時間の隔たりを置かないつなぎ方といい、巻の途中にある長期間の空白といい、やはり他の巻とは異なる性格を、この巻は持っています。

「はかなくて、年月も重（かさ）なりて、内のみかど、御位（くらゐ）につかせたまひて、十八年にならせ給ひぬ」（五・402）。若菜下巻の途中で、四年の空白の後はこのように書き出されています。仮にこれが若菜下巻の書き出しであれば、巻の変わり目で自然ですが、空白が下巻の途中に置かれていることで、柏木の猫の愛玩から女三宮との密通へと、一巻の中で話はつながります。柏木が女三宮と通ずるまでには、以下に述べるように、空白の四年間と更に一年余りの年月が必要でした。

空白の四年後、冷泉帝が譲位して、東宮（朱雀院皇子）が即位します（今上帝）。柏木の女三宮に対する関心の背景には、東宮が即位した後の時代をにらんで、女三宮の父朱雀院との身内関係を一層強化しようとする、太政大臣（かつての頭中将）家の思わくがありました。柏木の母（四の君）は朱雀院の母（弘徽殿大后）の妹であり、太政大臣も柏木も院の忠実な臣下でした。院の皇子が即位すれば、柏木の地位はより強固なものになるはずです。

物語は四年間の空白の後、さらに光源氏の住吉参拝、次に述べる六条院の女楽、紫上の病と、一年余りの出来事を語ります。そして再び柏木の動静へと舵を切るとき、「まことや、衛門督(ゑもんのかみ)は中納言になりにきかし。いまの御世にはいと親(した)しくおぼされて、いと時の人也(なり)」（五・496）と、その昇進と今上帝の寵愛から始めるのは理由のあることでした。

それは、「身のおぼえまさるにつけても、思ふことのかなはぬうれはしさを思ひわびて」（五・498）とあるように、昇進が、女三宮への思慕をより現実味のあるものにするからです。すなわち、二五、六歳になる右衛門督兼宰相、柏木が、六年近くの間に中納言になり「時の人」になるのを待たなければ、肝心の話は始められなかったのです。柏木が女三宮降嫁の候補者の一人であった時は、その身分の低さが問題視されたのでした。

ちなみに、柏木の父が宰相中将から中納言または権中納言に上がるのに二年で、夕霧も同じです。薫は四年かかっています。源氏の場合は、宰相中将であった期間が五年で、須磨・明石から帰還したあと権大納言に上がっています。柏木が中納言に昇進するには、父や夕霧のように二年あれば良かったのでしょうが、語り手は先を急がずゆっくりと話を進めます。空白の後、ただちに柏木の動静に切り替わるのでは余りに性急で、いかにも作り物めいてしまいます。外堀を埋めるように、その後一年余りの間に起こったいくつかの出来事を語るわけです。

このように、柏木の昇進は、女三宮との密通をより現実味のあるものとするために必要な条件でした。そのために四年の空白が作られ、継ぎ目を感じさせないように、更に一年余りが置かれたのです。

## 六条院の女楽と幻の皇子

冷泉帝の退位に時間を要した理由は、右のような事情だけではありません。もはやこれ以上帝位には留まれないという、冷泉帝の思いが説得力を持つためにも時間が必要でした。冷泉帝が退位したのは、帝自ら言うように跡継ぎが生まれなかったからです（生まれたのは一〇年以上後でした）。このことは、光源氏にとって何を意味するのでしょうか。

今上帝の明石女御の皇子は源氏の孫であって、紛れもなく自分の血筋を引く者ですから将来に憂いはないはずです。しかし源氏は、「末（すゑ）の世まではえ伝（つた）ふまじかりける御宿世（すくせ）、くちをしくさうざうしくおぼせど」（五・404）とあるように、冷泉帝の皇統断絶を不満に思うのです。それは、明石女御の皇子が自分と藤壺の血を受けてはいないからでした。明石女御は、あくまでも若い時に鄙の地で身分の低い女（明石君）に生ませた子を都に引き取り、後ろ指をさされないように子のない妻（紫の上）に育てさせて、皇太子（今上帝）の妃としたものでした。源氏の栄華は、冷泉帝の即位という段階を踏んだのち、明石女御の皇子出産によって盤石となりますが、「永遠の女性」藤壺の血は、このままでは冷泉帝で絶えてしまうのです。

先に述べたように「若菜」という巻名は若菜を献じて長寿を祝う算賀を示唆するものです。上巻には光源氏四十賀が描かれていました。この下巻では朱雀院の五十賀が描かれています。朱雀院は弟の光源氏より三歳年上で、空白の四年半のうちに五十賀が近づいていたのでした。その準備のさなか、かつて娘女三宮に琴の琴を教えた朱雀院が、賀宴で娘の演奏を聴きたいと望んでいると知った源氏は、いざという時恥ずかしくないよう明け暮れ女三宮に琴を教え込みます。

琴は、奈良時代に中国から伝来したもので、延喜天暦の頃までは演奏されましたが、奏法が複雑であったため、一条朝のころは廃絶していました。中国では君子の楽器とされ、『源氏物語』でも聖なる楽器として桐壺帝から伝授された源氏の第一の才芸となり、他に蛍宮、八宮、明石君、末摘花、女三宮、小野の妹尼が弾いています。源氏は明石女御や紫上には教えたことがありませんでした。源氏没後にわかることですが、女三宮だけは特別で、源氏自ら書いた琴の譜を女三宮に献上しているのです。琴を弾く人々のうち、五人が皇族であるところに、この楽器の特殊な性格がうかがわれます。

源氏が女三宮だけに琴を教えたのは、なぜでしょうか。彼女は、優れた弾き手として描かれてはいません。源氏に教えを受けて、初めて一人前に演奏できるようになった人なのです。にも関わらず、源氏が女三宮だけに伝授したのは、彼女が皇室から降嫁した正妻であるだけでなく、藤壺の血を引いているからでしょう。このままでは冷泉帝の皇統が絶えてしまうという思いの中で源氏ができることは、藤壺の血を引く女三宮に、琴を第一の才芸とする自分が、聖なる楽器の奏法を教えることだけだったのでしょう。琴は、いわば「幻の皇子」に伝えるべき楽器だったのです。

日頃から、自分には伝授されなかった琴の音を、女三宮の演奏で聞きたいと言う紫上の希望に応えて、女三宮の練習の成果を試みようと、源氏は女たちを集めてごく私的な催しとして演奏会を行います。正月二十日頃のことです。

> ゆゑあるたそかれ時の空に、花はこその古雪 思ひ出でられて、枝もたわむばかり咲き乱れたり。ゆるらかにうち吹く風に、えならずにほひたる御簾の内のかをりも吹き合はせて、鶯誘ふつまにしつべく、いみじき御殿のあたりのにほひ也。(五・444)

咲き乱れた花の薫りが演奏会場に流れ込み、そこで焚く香の薫りと混じり合います。中では女君に仕える女房や女童たちが華麗に装束を競い合っています。女たちはそれぞれ異なる四種類の弦楽器を合奏しました。明石君が琵琶、紫上が和琴、明石女御が箏の琴、そして女三宮が琴の琴です。女たちの容姿と装束の美が、各々橘・桜・藤・柳に喩えられて、眼前に浮かび上がります。

こうして美を競い合う場面は、乙女巻で初めて示される四つの町の対比、絵合巻の絵合わせ、梅枝巻の薫き物合わせなど、この物語にしばしば登場し、いずれもはっきりとした意図のもとに、それぞれの美が対照的に描かれています。中でもこの女楽は、四人の女を、聴覚のみならず視覚（装束）や嗅覚（香）にも訴える方法で対照させ、それぞれが響き合い、映じ合って、立体的な美を生み出しています。

四重奏が終わった後、源氏と夕霧は音楽について語らいます。その中で、源氏は琴（きん）について、その演奏法を習得した昔の人は天地を動かし、鬼神の心をもやわらげ、悲しみを喜びに変え、賤しく貧しい者をも富貴にすると述べて、その重要性を強調しています。もはや演奏する人もまれになった琴（きん）が、四重奏の中で最も重要な役割を担っていたのです。

## 紫上の発病

冷泉帝の退位、今上帝の即位とそれに伴う柏木の昇進、朱雀院の五十賀とそれに先立つ六条院の女楽は、四年の空白の後に示された出来事でした。これらと共に、年月がもたらしたものがあります。老いと病です。

六条院の女楽が催される前年のことでした。紫上と源氏との間柄は、長年連れ添って愛情を交わし合い、いささかなりとも不足はないように見えました。それもかかわらず、紫上は、この世はこれほどのものと見届けた気持ちがする年齢になったと言い、源氏に出家の許しを請うのです。

もちろん源氏はそれを受け入れるはずもありません。しかし紫上の方では、住吉参拝の後も、光源氏の寵愛が衰えない先に出家をと考え続けていたのでした。翌年、女楽が行われた日の翌日正月二十日に、紫上は急病に襲われます。あたかも自分の未来を見越していたかのようです。彼女はこの年三七歳になっていました(年立てでは三九歳)。語り手は、紫上の急病と女楽が直接関わっているように語っていませんが、発病が女楽の翌日であることは、女三宮がその正妻としての地位を琴(きん)によって示したことを考え合わせると、紫上の運命を象徴するような出来事でした。

## 女三宮と柏木の密通

源氏の驚きと狼狽ぶりは、朱雀院五十賀を前にした女楽の華やいだ雰囲気も、どこかへ消し飛んだかのようでした。病状は三月になっても回復せず、源氏は所を変えてみてはと、紫上を二条院に移します。しかし体は日に日に弱まる一方です。もちろん、紫上に掛かりきりになった源氏は、女三宮への足も遠のきます。

「まことや、衛門督(ゑもんのかみ)は中納言になりにきかし」(五・496)と語り出される柏木と女三宮の密通事件は、まさに紫上の急病騒ぎの最中のことでした。発病後の紫上と光源氏の様子を克明にたどり、病は一向に回復しないと記しつつ、語り手は唐突に柏木のその後に話を移すのです。あれから空白の四年をはさんで六年が経っています。既に中納言となっていること、女二宮と結婚したにも関わらず、女三宮への執着を捨てきれないでいることが簡潔に記されたあと、即座に女三宮の女房を口説く場面になります。

この私たちをいきなり事件の核心へと導く方法は、若紫巻でも用いられています。そこでは、紫上も手に入らず、葵上との間は疎遠になるばかりという源氏の精神的な飢餓感がたどられ、一向に進展しない状況を述べながら、唐突に藤壺との逢瀬の場面に移っています。

男女が会う手引きをするのは女房でした。若紫巻の源氏と藤壺の密会では、王命婦という女房がその役割を果たしていました。その際、王命婦と源氏の間に、どのようなやりとりがあったのか、語られていません。「内にても里にても、昼はつれ〴〵とながめ暮らして、暮るれば王命婦を責めありき給ふ。いかゞたばかりけむ、いとわりなくて見たてまつるほどさへうつゝとはおぼえぬぞわびしきや」（一・430）。王命婦を何度も何度も口説いたことと、最後は「たばか」ったこと、すなわち思い計って工夫したことが述べられているだけです。

それに対して、若菜巻の柏木の場合は、女三宮の女房である小侍従とのやりとりがかなり詳細に描かれています。柏木がどのようにして小侍従を陥落させることができたのか、その手だてを知ることができるのです。小侍従の母は女三宮の乳母で、柏木の乳母の妹でしたので、柏木は女三宮のことについては最もよく知り得る立場にありました。

柏木はまず、昔から「命も耐ふまじく」（五・500）、つまり死ぬほどに女三宮を思い続けていると切り出し、おおよそ次のような理由を述べ立てます。
①父院の寵愛ならびなき皇女であるにもかかわらず、女三宮が紫上に気圧されて、源氏に放ってお

かれているのが気の毒だ。
②朱雀院も源氏に降嫁させたのを後悔しており、柏木と結婚させるべきだったと言っている。
③后にだって帝以外の男と関わり合いのあった方がないわけではない。
④世の中は常無きもので、女三宮の庇護者たる朱雀院や源氏もいずれは世を去るときが来る。
⑤神仏にだって、思うことを言うのは罪にならないのだから、ただ一言物越しに言葉を交わさせて
　欲しい。

①については、これまで見て来た通り、むしろ紫上の立場が女三宮によって脅かされているのが事実です。②は少なくともこれまでの物語では記述がなく、作り話というべきでしょう。朱雀院が、源氏の寵のないのを心配するのは、事件の後のことです。③は自己正当化、④はゆすりに近く、⑤は牽強付会に過ぎません。小侍従はもちろん、とんでもないことと拒絶し、柏木の言うことは真実ではないと腹を立てます。それにも関わらず心を動かしたのは、彼女が思慮の浅い若い女房だったために、我が身を惜しまず切々と訴える柏木に対して、最後まで言い返しきれなかったからでした。

こうして、おそらく数週間後、四月の中旬に小侍従の手引きで六条院に忍び込んだ柏木は、とうとう女三宮との逢瀬を遂げます。時に葵祭の御禊（ごけい）の前日で、斎院のお供や見物やらで女房たちが準備に余念なく、女三宮の御前が人少なな折——いつもなら御帳台（みちょうだい）（ベッド）の周りを取り囲んでいる人々も見当たらない折を見計らって、小侍従が柏木を呼び入れたのです。女三宮の女房たちが、しつけも行き届かずだらしのないことは猫の一件で証明済みでした。一年で最も楽しい葵祭を迎えようとして

いる時、ガードは限りなくゆるんでいたのです。

一方、柏木も、始めからおおけなき振る舞いに及ぼうとは考えていませんでした。神仏まで持ち出したのはともかく、物越しに一言だけでも、と訴えたのはあながち嘘ではなかったのです。ところが、侍従が導いた先は、物越しどころか更に奥、女三宮の御帳台の脇でした。柏木は実際に相手を目の前にすると、「さかしく思ひしづむる心も失せて」（五・514）しまいます。始めこそ相手が内親王ゆえにかしこまった態度をとっていたものの、実際に間近で接してみれば、こちらが卑下するほど気品のある人ではなく、「なつかしくらうたげ」（同）、つまり親しみやすく愛らしくて、しかも現実にこの人が憧れの皇女であると思った時、ブレーキは効かなくなっていたのです。

## 柏木の文

事件のあと柏木は「おそろしくそらはづかしき心ち」（五・520）の余りに、出歩くことすらできず、女三宮も、すでに人がこのことを見聞きしているかのように、明るい所へ出ることさえできません。柏木は自分のしでかした過ちにおののきます。仮に帝の妻を犯して死罪になるなら、その方が源氏に睨まれるよりもつらくはない、とまで思いつめます。女三宮は、ひたすら源氏の目を恐れるのみです。

ここで興味深いのは、柏木も女三宮も、自分たちがした行為によって、光源氏に睨まれることを最大の苦悩としていることで、密通したこと自体に良心の呵責を感じているのではないことです。柏木の言う「いみじきあやまち」（同）とは、密通によって自分にとって不利な事態を招いたことを言うのです。これは、今日の社会通念との大きな違いです。これについては後で述べることにします。

常ならぬ二人の懊悩を、女三宮の夫光源氏と、柏木の妻女二宮は、それぞれ自分に不満を持つゆえと受け止めますが、この隠し事は長くは続きませんでした。まず女三宮に懐妊の兆しが表れます。紫上の容態が急変し、女三宮が病気がちであると聞いていても、二条院を離れることができなくなっていた源氏は、紫上が小康を得てようやく六条院に足を運び、女三宮が妊娠したと告げられます。身に覚えのない源氏は、その時は不審に思い、あてにならぬことと思っただけでした。

ところが、源氏が女三宮のところへ来ていると聞いた柏木は、それまでの「おそろしくそらはづかしき心ち(ここち)」とは裏腹に、「おほけなく心あやまりして」(五・552)、身の程もわきまえぬ心得違いの逆恨みをして、思いのたけを女三宮に書き送ります。これはそれまでの柏木の心理と矛盾するのですが、人間の心はそもそも矛盾に満ちており、思うことと正反対の行動をとったり、してはならないと思いつつしてしまったり、思わしくない結果が予想されてもそちらへと動き出したりするものです。

この柏木の文が、ほかならぬ女三宮の不注意によって、源氏の目に止まります。源氏が席を外したわずかな時間を捉えて、小侍従が女三宮に手渡したのですが、すぐに源氏が戻って来たので慌てて褥(しとね)の下に隠します。ところが、手紙の端がはみ出していたのです。

御褥(しとね)のすこしまよひたるつまより、浅緑(あさみどり)の薄様(うすやう)なる文(ふみ)の押(お)し巻(ま)きたる端見(はしみ)ゆるを、何心(なに)もなく引(ひ)き出(い)でて御覧ずるに、をとこの手なり。紙(かみ)の香(か)などいと艶(えむ)に、ことさらめきたる書(か)きざまなり。

二かさねにこまぐ〳〵と書きたるを見給ふに、紛るべき方なく、その人の手なりけりと見給ひつ。（五・556）

柏木の筆跡であることは一見してわかりましたが、人目のないところで改めてよくよく読めば、積年の念願が叶ったことの喜びと不安が、あられもなく――第三者が見てもすぐそれと知られる書きぶりで――書き尽くしてあります。もはや疑う余地もなく、懐妊は不義の結果だったことが明らかになったのでした。

## 源氏の心理

事実を知った源氏は、女三宮を扱うすべを知りません。源氏としては、これまで正妻として最上の待遇をして来たはずでした。柏木に対しては、第三者が読めばそれとわかる書き方をしていることを軽蔑した上で、柏木ごときに寝取られたことを不愉快に思っています。

この事件が発覚した直後の、長い源氏の心理描写では、「みかどの御妻をもあやまつたぐひ、むかしもありけれど」（五・564）と、過去にあった后の密通事件と引き比べているのが目を引きます。密通直後の柏木の心理描写にも、「みかどの御妻をも取りあやまちて、ことの聞こえあらむに」（五・520）とあります。源氏も柏木も、このことを念頭に浮かべているのです。

后をめぐるこのような出来事は少なからずあったようです。よく知られるのは、『伊勢物語』にある藤原高子らしき女と、在原業平らしき男の悲恋物語です。帝の寵愛を受け、召し使われる高い地位の女（高子）に、殿上の間に仕える若い男（業平）が懸想し、女が男を避けて里に下がったのを幸いと、男は女の家に通いますが、帝がこれを聞きつけて流罪に処せられ、女は謹慎となったという話です。歴史上の高子は、清和天皇の女御として入内した後、皇太后の地位に上りますが、僧善祐と通じたという嫌疑をかけられて地位を失い、善祐は伊豆へ流罪となっています。

柏木と女三宮の場合、このような后の密通とは違う点がいくつかあります。先に述べたように、柏木は、后と通じるような罪に当たるわけではなくても、ひたすら源氏の目が恐ろしく、女三宮は、昔の后のように男との交際に慣れていはいないために、ひたすら源氏の目を恐れるばかりです。一方源氏は、同情に値することもある昔の后の場合と異なって、柏木程度の男に許した女三宮がふがいないのです。そしてふがいなくても顔色に出すべきでないと思った時、ふと心に浮かんだのは、かつて自分自身が藤壺と密通したとき、父桐壺帝も知らないふりをしていたのだろうか、という思いでした。

若菜下巻は、朱雀院の五十の賀を基軸に語り進められています。始めの方にある四年余りの空白が、登場人物たちに老いと病とをもたらします。その一つが朱雀院の五〇歳の節目であり、もう一つが紫上の急病でした。そして、以下に述べるように、この柏木と女三宮の事件が、兄朱雀院より三つ年下の光源氏に、新たな老いの自覚をもたらし、当事者である二人にも病をもたらすのです。それらの先に、遠からず彼らの出家と死が訪れることを考えれば、幻巻に至る『源氏物語』の「第二部」は、老いと病と死をめぐる物語であると言ってもよいでしょう。

## 事件後の源氏と女三宮

この年二月に予定していた朱雀院の五十賀は、紫上の急病によって延期となっていました。紫上が小康を得たのは六月。ところが翌七月には朧月夜君が出家、八月は葵上の忌月、九月は朱雀院の母（弘徽殿大后）の忌月で延び、一〇月になると、六月頃懐妊の兆しのあった女三宮がひどく苦しむようになったため、また延期となります。これは、妊娠だけが原因ではなく、秘事を源氏に知られたことがいっそう彼女を苦しめたのです。柏木もまた、小侍従から光源氏が自分の手紙を見たことを聞いて以来「なほなやましく、例ならず病づきてのみ過ぐし給ふ」（五・586）という有様でした。初めて通じた際、柏木も女三宮も、この秘事を光源氏に知られて睨まれることをこの上なく恐れ恥じたのですが、それが手紙の一件で現実となり、二人は源氏の前に立ちすくむ日々を送ります。

ある日、朱雀院が、女三宮の容態を思いやる手紙をよこします。この頃は光源氏が女三宮へ渡ることがめったにないと聞き、何か過ちを犯したのではないかと娘を気遣ったのです。実際、娘は過ちを犯していたのですが、それが院の念頭に浮かんだのは、例の藤原高子と業平の話があるからでした。

源氏は朱雀院に対する返事を女三宮に促しつつ、暗に柏木との秘事をほのめかし、女三宮を諭します。朱雀院はあなたの幼い性質を心配しているゆえ、これからも気をつけなさい。人の言うことを鵜呑みにするあなただから、私に誠意がなく愛情が薄いと思い込み、すっかり盛りを過ぎた私を見くびって、何の変わり映えもないと思っているのが残念だ。どうか私のことをあなたの父親と同じように思い、軽んじないで欲しい。私はこれまで出家する機会を逃して来たが、それも遠くない。朱雀院も老い先そう長くはないゆえ、この期に及んで、思いがけない浮き名を流して父親を苦しめなさるな――表向きは柏木のことに触れずに、女三宮の犯した行為を難詰したのでした。女三宮は返す言葉もなく、泣くほかはありませんでした。

光源氏が自分の「老い」を口にするのはこれが初めてではなく、四十賀の際にはすでに玉鬘に対して「しばしは老いを忘れても侍るべきを」（五・202）、「時〳〵は、老いやまさると見たまひ比べよかし」（五・208）などと述べています。しかし、女三宮に対する、すっかり盛りを過ぎてしまったという言葉には自嘲が込められていて、それだけで彼女に対する痛烈な皮肉となっています。

## 事件後の源氏と柏木

光源氏は、何かの折りにつけて、柏木を自分の身近に呼んでは相談したりしていたのですが、事件の後は全くそのようなことがなくなります。顔を合わせれば、妻を寝取った男から老いてうつけたように見られるのが恥ずかしく、実際平静ではいられないと思うと、人が少々不審を抱くのをはばかってはいられないのでした。

しかし、十二月になり、いよいよ朱雀院の五十賀が中旬に定められると、その試楽を見るために二条院で療養していた紫上、玉鬘らが六条院にやって来ます。明石女御も三宮（匂宮）を産んで里にあり、夕霧も明け暮れ調楽に余念がないという状況では、さすがに柏木を呼び寄せないわけにはいかず、源氏は柏木を招きます。柏木は病気が重いことを口実にして参上しなかったのですが、父前太政大臣に促され、重ねて源氏が招くのでとうとうやって来たのでした。

柏木と対面した源氏は、罪は許しがたいと思いつつも、さりげなく、親しみを込めた隔てのない態度で、当面の試楽のために童舞の調練を、と言葉をかけます。それにつけても柏木はたまらなく恥ずかしく、自分の顔色が変わっているのではないかと恐れ、身も縮むような思いで、源氏の前から逃げるように下がります。

そして試楽の当日、同座の人々とともに見事な童舞を見ているその時、ことさらに柏木を名指しして言い放った源氏の言葉が、柏木の胸を貫きます。

> 過ぐる齢に添へては、酔ひ泣きこそとゞめがたきわざなりけれ。衛門督心とゞめてほゝ笑まるゝ、いと心はづかしや。さりとも、いましばしならん。さかさまに行かぬ年月よ。老いはえのがれぬわざ也。（五・610）

老いた自分の「酔ひ泣き」に気づいて、若い柏木が苦笑するのが恥ずかしい。しかしそれも今のうちだけで、もうしばらくすれば私もこの世を去るだろう――こう言って、源氏は柏木へ目をやります。この時、もちろん柏木は苦笑などしてはいなかったのでした。源氏自身も、「酔ひ泣き」をしていたわけではないのです。女三宮に対するのと同様に、自分の老いに対する自嘲を逆手に、柏木に対して痛烈な皮肉を浴びせたのです。

## 「良心」の芽生え

ところで、光源氏が、柏木と女三宮との密事が発覚した後、表向きは二人に対して何ら処罰めいた行動に出ないばかりか、直接抗議したり、非難したりすることのないのは、今日の私たちの目で見ると不可解なことです。右のように、密通が発覚した時点では、自分の「老い」を「武器」にして、それぞれに皮肉を投げつけたのが、唯一の報復なのです。このことを理解するためには、今日の社会通念との違いを考える必要があります。以下、増田繁夫氏の見解に添って、密通後の柏木と女三宮の心理と、それを知った源氏の態度について考えてみます。

柏木も女三宮も、自分たちがした行為によって、光源氏に睨まれることが最大の苦悩でした。柏木の言う「いみじきあやまち」(五・520)とは、密通したこと自体に良心の呵責を感じているのではなく、密通によって自分にとって不利な事態を招いたことを意味しています。夫婦が必ずしも同居せず、男が女のもとへ通って翌朝帰り、通って来る男も一人とは限らないという社会にあって、男女のこうした関係については、比較的おおらかで許容的でした。唐に倣って姦通を禁ずる厳しい法律はあっても、実際にはその通りに適用されたのではありませんでした。

今日の尺度からすれば、光源氏は淫乱で恥知らずということになりますが、この物語では理想の男性であり、人々の憧れの的なのです。また、男女の関係に限らず、人に知られない限りは、悪いことと見なされないのがむしろ普通であったことも、背景として考えておく必要があります。今日のような意味での「良心」が、社会通念ではなかった時代でした。一方、源氏も、同情に値することもある昔の后の場合と異なって、柏木程度の男に許した女三宮がふがいないのでした。従って、そこには処罰めいた行動や直接的な抗議、非難はなく、あるのは心理的な攻撃だけなのです。

ただし、柏木の場合、全く倫理的な負い目がなかったかと言えばそうではありません。自分の手紙が光源氏の目に止まる前から、ちょっとしたことで密事が露見するのではないかと恐れ、「空に目つきたるやうに」(五・572)思っていました。「空」のような超越的な何かが、自分を見ているという意識です。これは、自分の世間的な利害が損なわれるかどうかではなく、行為自体が許されるかどうかを気にしているということです。そこには、わずかながら「良心」の芽生えがあります(増田繁夫著『平安貴族の結婚・愛情・性愛』および『源氏物語の人々の思想・倫理』)。

柏木の心中に、「空に目つきたる」ような負い目があればこそ、光源氏の老いを逆手にとった皮肉も、彼を打ちのめすだけの力を持ったのでしょう。

# 36 柏木（かしはぎ）

## 柏木の病

老いと病と死をめぐる第二部の物語は、長い若菜上下巻が終わると一つの山場を迎えます。柏木と女三宮の密通事件とその発覚、二人に対する光源氏の心理的な攻撃を語って終わった若菜下巻を受けて、柏木巻はこの事件が何をもたらしたかを語ります。

若菜下巻は、二月中旬に予定しながら延期されていた朱雀院の五十賀が、柏木の重い病で更に延び、一二月の二五日に行われたところで終わっています。柏木は、光源氏に依頼されて朱雀院五十賀の試楽の童舞（わらわまい）を指導するのですが、その披露の最中、源氏に皮肉を浴びせられた上、酒を強いられて耐え難くなり、六条院を辞してそのまま「いといたくわづらひ給ふ」（五・612）状態となっていました。密通を源氏に知られてからというもの、食事らしいものをほとんど摂らなかった柏木でしたが、この頃からは蜜柑一つ口にせず、次第に「ものに引（ひ）き入（い）るゝやうに」（同・616）なり、年が明けても病状は一向に回復しません。

柏木巻は、新春から語り起こされますが、そこにあるのは、改まった華やいだ空気とは無縁の話です。前半では春の自然描写が避けられ、柏木は父邸の奥で祈祷僧や嘆き悲しむ家族らに取り囲まれています。女三宮も、六条院の奥で、不義の子の出産を控えて苦悩の中に息づいています。

若い時から、公私ともに人よりは一段優ろうとする気持ちが強かった柏木でしたが、事件の発覚以来、すべて世の中のことがつまらなく思われ、深く出家を考えるようになります。しかし、「心づからもて損ひつるにこそあめれ」（六・16）、全て自分の心から出たと思えば、恨むべき人もなく、出家したところで神仏に訴えるべきこともありません。

先に述べたように、柏木の苦悩は、光源氏に睨まれるという、柏木にとって不利な事態を招いたとのみに起因するのではありません。光源氏の皮肉が柏木の胸を貫くのは、「空」に目があって自分を見ているという意識があるからなのです。この「良心」の芽生えから、自分の心に全ての原因があるという考えに至るのは自然な経路です。

そのような柏木に取りついたのは、死の観念でした。

たれも千年の松ならぬ世は、つひにとまるべきにもあらぬを、かく人にもすこしうちしのばれぬべきほどにて、なげのあはれをもかけ給ふ人のあらむをこそは、ひとつ思ひに燃えぬるしるしにはせめ、せめてながらへば、おのづからあるまじき名をも立ち、われも人もやすからぬ乱れ出で来るやうもあらむよりは、なめしと心おい給ふらんあたりにも、さりともおぼしゆるいてんかし、よろづのこと、いまはのとぢめにはみな消えぬべきわざなり（六・18）

誰でも、永遠に生きることはできない。また万事は、死ぬ時には皆消えてしまうものだ。今死ねば、女三宮も哀れだと思ってくれるだろうし、源氏も自分を許し、死後に情けをかけてくれることもあろう。逆に無理に生きていれば、あってはならぬ評判が立ち、二人にとっても穏やかでない事態を招くことになる——すべてを死によって解決しようとする思いが、柏木の頭にこびりついて離れなくなるのです。

『源氏物語』には、第一部に限っても、桐壺更衣・夕顔・葵上・桐壺院・藤壺など、様々な人の死が描かれていますが、死にゆく人物の内面が詳細に描写されることは珍しく、また『源氏物語』以前の文学作品にも見られないものです。しかも柏木は、右に見たように、絶望という「死に至る病」に内部を冒されて自滅していく人間だと言えるでしょう。語り手はこの巻で、絶望した人間がいかにして死に至るかということを、その人物の内面から丹念に描いてみせたのです。その描写は、近代の小説に親しんでいる私達にも強く訴えかける迫力を持っています。

## 女三宮の出産

一方、女三宮は、柏木の哀れな手紙を見ても手紙は懲り懲りだと思い、返事も出せません。手紙がこのたびの密事発覚のきっかけでした。折々に、源氏が柏木との一件を遠回しにほのめかすのが恐ろしいのでした。それでも、女房に責め立てられて、しぶしぶ書いた返事が柏木に届きます。

柏木は、病の平癒を祈る僧たちの陀羅尼（だらに）の声高さが恐ろしい、いよいよ最期が近いようだと言って病床を抜け出し、女三宮の返書を携えた小侍従と言葉を交わします。柏木は、源氏に目を見すえられた日から、惑乱してさまよい出た自分の魂が、女三宮を恋い慕って六条院をさまようかもしれない、その時にはどうか「魂結び」、つまり魂を元の体に戻すためのまじないをして欲しいと頼みます。

この時代の人々は、人間には魂があって、身と魂は分離し得るものであり、人を恋う余りに、あるいは病や死に際してその身から遊離するものと考えました。それが恨みを抱く誰かに取り憑くのが「物の怪」です。柏木の場合、死の病に伏しており、しかもかなわぬ恋の相手をひたすら思うわけで、魂が遊離する条件はそろっています。

小侍従が女三宮の様子を伝えると、その悲しげな、やせ細った顔が目の当たりに浮かび上がり、実際に自分の魂が女三宮の近くをさまよっていると思われるのでした。柏木の魂は、誰かに取り憑くのでもなくさまよい、当人はもはや抜け殻のようになって、女三宮の無事出産を見届けることだけを心に占めて死を待つばかりです。

女三宮の、私もあなた同様もう生きてはいられませんという、こうした場合の常套句とも見られる言葉を、柏木はしみじみもったいないことと思います。重ねて、言葉も乱れ字も「あやしき鳥(とり)の跡(あと)のやうにて」(六・30)、最後の歌を書き送るのでした。

これに対する女三宮の返歌がないのは、出産間近だからです。場面は、前太政大臣邸のひたすら死に急ぐ男の蘇生を祈る陀羅尼の喧噪から、そのまま六条院の、女の不義の子の安産を祈る加持祈祷の喧噪へと転換します。人々はいったい何を願い、何を祈っているのか。こうして二つの祈祷が並べられてみると、そのような感慨を私たちに催させずにはおきません。

生まれたのは男児でした。女であったなら、とは、柏木と瓜二つの顔を見たくなかった源氏の感想ですが、これも藤壺との密事の報いであって、このことで自分の罪障を少しでも軽くなるだろうかとも思い返します。男であれば、六条院の世継ぎとして世間に広く顔を知られることになります。母親似であればまだしも、父親似であれば不審を招きかねません。女であれば顔を人目にさらすことはないわけです。

光源氏は、誕生間もない赤子を表向きかわいがるように見せかけながら、対面しようとはしません。夜は女三宮のところへは来ないで、昼間ちょっとのぞいては、行く末が心細くて勤行ばかりしているなどと、例のあてこすりともとれる言葉をかけるだけです。この源氏の態度が女三宮に思いもよらぬ変化をもたらします。

## 女三宮の出家

女三宮は、物語に登場する当初から、年のほどよりは幼く、小柄な女として描かれていました。出産についても、「さばかりひはづなる御さま」（六・36）、細くて弱々しい彼女にとって、出産は「いとむくつけう、ならはぬこと」（同）、気味悪く不慣れなことでした。当時の出産は、今日に比べてはるかに母体の生命の危険を伴う大仕事でした。それに加えて、不義の子を産むことになった自分の身の上のつらさに、女三宮は「このついでにも死なばや」（同）と思うのです。

かの藤壺も、不義の子を産まなければならなかった女でした。二人は同じく思いがけない男の「情熱」に屈して苦難を味わう点で共通していますが、事件に対する対処の仕方は全く異なっています。密通後は、容易に源氏に隙を与えず、手引きをする女房に対しても隔てをおき、わずかな手紙のやりとりさえ断る藤壺に対して、女三宮は二度三度と柏木を受け入れ、ついには密事の発覚を招いてしまいます。

藤壺は出産後も、その死ぬほどの辛さを、弘徽殿女御の笑いものになるまいとする意地と、わが子を何としても皇太子にとの一念で乗り越えます。これに対して女三宮は、同じく死ぬほどの辛さに源氏の冷たい態度が加わって、これから源氏のこんなよそよそしい仕打ちが増えていくのだろうと、出家を願うようになるのです。

『源氏物語』の作中で出家する女は、得度して尼寺に入るのではなく、世俗の生活を経て出家した尼で、こうした尼が平安時代には大幅に増加していました。多くは、家で仏事を行う「家尼（いえあま）」の形を取ります。その場合、夫とは居住を別にすることも広く行われており、場合によっては、妻からの婉曲な離婚または別居の意志が示されることもありました。出家の動機は、老齢に達したり、病弱であったり、寡婦や独身であることで、近親者の死や病気・出家など、本人以外の状況による場合もありました。女三宮の場合は、当人が語るところによると、出産の苦しみで死ぬ女性は罪障が重いので、まず出家して延命を期し、またそれがかなわなくても罪を消したいというのです。

娘の出産後の容態が思わしくないと聞いて、父朱雀院が袈裟衣で急遽山から下ります。これが今生の最後の対面となるかもしれない状況の中、院が娘の望みを受け入れて戒を授け、女三宮は出家を遂げます。

未熟で思慮深さを欠いた女三宮が、出産直後に急に大人びて出家を決意するのは唐突の感があり、後に出てくる六条御息所の物の怪のしわざだと捉えることもできます。女三宮の言動はそれだけ異常なのです。しかし、その未熟で思慮深さを欠いた娘が、出産の苦しみと、不義の子を産まなければならない重圧と、夫の冷たい仕打ちにおしつぶされてゆく様は、物の怪のしわざとのみ見ることをためらわせます。むしろ、未熟な、幼い心のままに、行く末も柏木のことも、生まれた子のことも考えられずに出家したと見るのが自然でしょう。

## 夕霧と柏木

まもなく、余命いくばくもない柏木に、今上帝から権大納言が贈られます。昇進の喜びに、参内する元気も出ようかという配慮でしたが、それも叶いません。ある日、夕霧がその祝いを述べに柏木のもとを訪れ、病床で対面します。夕霧はこの時二七歳、柏木より五、六歳年下でした（物語では、柏木の年齢に幅を持たせてあります）。二人の関わりを振り返ってみると、つきあいは長く、玉鬘を姉と信じていた夕霧に誘われて、柏木が異母姉とは知らずに玉鬘に歌を贈るなどしていた頃（胡蝶巻）から数えても、一二年になります。

一八歳の夕霧が、長年の恋が実って雲居雁と結婚する際には、柏木が異母妹である雲居雁のもとへ夕霧を導いています（藤裏葉巻）。翌年、紫上主催の源氏四十の賀では、かつて父親同士がしたように（紅葉巻）、二人して舞を披露（若菜上巻）。その翌年の春、二人は六条院の源氏の前で他の若者たちと蹴鞠に興じ、休憩している時に、柏木ははからずも女三宮を垣間見てしまいます。その時、咳払いをして、中にいる女房に御簾が上がっていることを気づかせたのは夕霧でした。

帰りがけに、夕霧は女三宮を垣間見たであろう柏木の心中を思い、柏木に問われるままに女三宮の境遇を語ります（若菜上巻）。まもなく行われた六条院の賭弓（のりゆみ）に参加した柏木の、物思わしげな様子に夕霧は同情します（若菜下巻）。密通事件の後は、柏木が朱雀院の五十の賀の試楽のために源氏に請われて六条院を訪れた際、夕霧とともに楽人・舞人の装束などについて準備を進めています（同）。

このように、二人は「親友」と言ってよい間柄でした。父親である光源氏と前太政大臣（頭中将）もかつてそのような関係でした。その昔、光源氏が須磨に退去したとき、時の太政大臣（もと右大臣）をはばかって、源氏のもとを訪ねる者のない中、一人頭中将だけが訪れた場面は、『源氏物語』の中では珍しい、男同士の「友情」を描いたものでした。今、病に伏す柏木を訪ねるのは、源氏の子夕霧で、この二人の対面も「友情」の一つの形を描いたものと言えるでしょう。

朱雀院の五十賀の試楽で源氏に睨まれた直後、柏木は病に伏し、見舞い客が引きも切らない中、夕霧も何度となく柏木を見舞っていました。今年になってからは「起（お）き上（あ）がる事もさ〳〵し給はねば」（六・60）という状態となり、大納言兼大将という重々しい身分の夕霧と、見苦しい格好では会えないと思って対面を避けていました。しかし、さすがにこの日は、もはや最後の面会になるだろうと夕霧を枕上に招き入れます。当時、通常は寝る際も脱がなかったと言われる烏帽子を、この時柏木は脱いでいました。それを被り直し、起きあがれないために「枕（まくら）をそばだてて」（六・64）、息も絶え絶えに夕霧と言葉を交わします。

## 柏木の遺言と死

柏木巻冒頭は、絶望を深め死の観念に取り憑かれてゆく柏木の長い心理描写で始まりました。この夕霧との最後の対面では、柏木が夕霧を相手に心中を吐露します。声を絞り出すようにして語ったのは、今まで誰にも話さなかった秘密でした。

まず、死に急ぐ心境を述べ、それにもかかわらず人生半ばにしてこの世を去るに当たっては心残りがあると前置きしたあと、柏木は「六条院（ろくでうのゐん）にいさゝかなる事のたがひ目（め）ありて、月ごろ心の内（うち）にかしこまり申す事なん侍りしを」（六・66）と切り出します。源氏に対して自分の本意でない事態が起こり、身を慎んでいたが、それ以来病気がちになり、源氏に睨まれた例の一件によって、今の事態に至ったと打ち明けたのです。

しかし、「たがひ目」が何であり、なぜ源氏に睨まれたのか柏木は語っていません。むしろ、それを紛らすように、「いかなる讒言（ざうげん）などの有りけるにか」（六・68）と、誰かが源氏に中傷したことによって、源氏の怒りを買ったような言い方をしています。これはなぜでしょうか。

夕霧は、もちろん柏木と女三宮との密事を知りません。知っているのは、柏木が女三宮を垣間見、懸想していたことだけでした。しかし、ここまで話せば、これまでの二人の関係から考えて、いつか察する時が来るはずと、柏木は考えたのでしょう。近くには人もいます。周囲の人々には真相がわからず、最も親しい夕霧にのみ真意が伝わるように柏木は話したのです。

「心の内に思ひ合はする事どもあれども」（六・68）とあるように、柏木の女三宮に対する恋慕が夕霧の念頭に浮かびます。しかしそれ以上のことは想像すらできません。今ははっきりと伝わらなくてよいのです。女三宮が産み落とした子を見た時、夕霧が気づくことがあるかもしれません。

続いて柏木は、このことは他人に漏らさないこと、自分の妻落葉宮（女二宮）の所へは、折々訪ねて欲しいことなどを依頼し、もはや話を続けることができなくなって、夕霧に部屋を出るよう促します。そしてその直後、「あわの消え入るやうにて」（六・72）、息を引き取るのでした。

『源氏物語』の他の登場人物で、このように比喩を用いて臨終を語る例として、藤壺と宇治の大君があります。藤壺は「灯火などの消え入るやうにて果て給ひぬれば」（三・316）、大君は「見るまゝに、もの隠れ行くやうにて、消え果て給ひぬる」（七・582）と語られています。藤壺や大君、また比喩の用いられていない他の人物、葵上や紫上にしても、その死に「泡」の喩えはふさわしくないでしょう。魂の抜け殻のようになって死を迎える柏木にのみふさわしい喩えです。柏木と女三宮の密通事件がもたらしたものは、当事者である男女の出家と死でした。

## 五十日の祝い

柏木巻は新春で始まるにも関わらず、これまで春の自然描写がありませんでした。柏木の苦悩と死、女三宮の出家という出来事は、すべて春のことだったのです。春らしい描写は意図的に避けられているのでしょう。巻の半ばにさしかかると、初めてそれが現れます。「やよひになれば、空のけしきものうららかにて、この君五十日のほどになり給ひて、いと白ううつくしう、ほどよりはおよすげてもの語りなどし給ふ」(六・74)――春の描写とともに語られるのは、女三宮が産んだ子(薫)の五十日の祝いでした。

出産は今日以上に生命の危険を伴う大仕事でしたが、無事出産したあとも、母子ともに目が離せません。順調に運べば、第一夜、三夜、五夜、七夜、九夜には祝宴が行われる習わしでした。これを「産養」と言い、親戚や知人などから衣服・調度・食物などの祝い物が贈られ、詩歌管弦の遊びが催されました。その他、着衣始、初剃り、御祈始、行始(歩きぞめ)など、その子の将来に幸あれと様々な儀式が行われたのです。とりわけ五〇日目は重要な節目で、原則としてこの日に行われたのが「五十日」です。父または祖父が柳の木の箸で赤子に餅を含ませるもので、女房達は着飾り、豪華な膳が用意されました。

女三宮の子の五十日の祝いは、母親が出家しているので、女房達はどうしたものかとためらうのですが、源氏の、男の子だから構わないという一言で、通常通り行われることになりました。出家した母と同じ女の子だと縁起が悪いが、そうでなければ構わないというのです。六条院の慶事とて、乳母たちも華やかに着飾り、調度類も心を入れて用意されています。光源氏は、内心目を背けたくなる苦痛を味わいます。

ところで、密通事件を起こした女三宮に対する光源氏の心理は、女三宮の出家前後から変化してゆきます。事件発覚後は、女三宮に対して皮肉を言いかけ、あるいはほのめかし、あるいは冷たい態度を取ったのでした。ところが、女三宮が出家を口にすると、それも一つの道とはしつつ、一方では、まだ若く髪の長い彼女が、尼姿に身をやつすことは憚られると思うのです。そして、青白く痩せ、はかなげに臥すその姿を見ると、とんでもない過失があったとしても、許してしまいかねず、惹かれるのをどうしようもありません。

いよいよ、父朱雀院が娘を出家させる意志を固めた時には、厭わしく思っていた女三宮に向かって、老い先短い自分を捨てるな、と哀願する始末です。髪をおろした時には、ただ泣くばかりでした。その後光源氏は、女三宮に強い未練を残したまま暮らします。

五十日の祝いの日、尼姿の女三宮の「うつくしき子どもの心(ここ)ちして、なまめかしうをかしげ」(六・76)、かわいい女の子の感じがしてみずみずしく魅力的な様子を見つつ、光源氏はひたすら、このような事態になったことを悔い、嘆き、自分を捨てたと、女三宮を責めています。彼女の、苦悩が醸し出す一種退廃的な美しさに光源氏の心は動揺し、それを我がものとなし得ぬつらさを嘆くのです。

わが子ならぬ赤子を抱けば、はかない柏木の宿命と、世の中の定めなさに思わず涙をこぼします。秘密を知る女房がこの有様を知れば、自分を愚か者と思うだろうと思いながらも、過ちがわかるようなそぶりを見せては女三宮に気の毒だと、何気ない表情を作ります。そして、あの柏木は、人にはそれと知られずに自分の子を後に遺して死んだのだと思うと、彼を癪だと思う心も失せてまた泣くのでした。

ここには、ことの善悪とは関わりなく、どうしようもなく人を愛し、人の身の上に同情する人間の姿があります。本居宣長がこの時の源氏の心情について、「よく〳〵あぢはひて、物のあはれをしるべし」(『紫文要領』下)と述べていることはよく知られています。

# 37 横笛（よこぶえ）

## あはれ

柏木が「あわの消え入るやうにて」（六・72）この世を去ってから一年が経ちました。故人を恋いしのぶ人々が多い中、光源氏もまた、事件を思い出すことはあっても、朝夕に親しく接し、目もかけていた柏木を、折々にしみじみと思い起こすのでした。何も知らない薫のあどけない様子を見ては、「あはれ」を増して、いよいよ追善供養を心がけます。夕霧もまた、追善の志を惜しみません。柏木の父母、致仕大臣（ちじのおとど）夫妻も、周りの人々にその死を惜しまれるたびに、亡き息子への哀惜の情を募らせます。「山のみかど」こと朱雀院も、出家した娘、女三宮への文を絶やすことはありません。

横笛巻の巻頭は、このように遺された者たちそれぞれの柏木への思いが描かれ、それらが「あはれ」という語で一つに結ばれています。「あはれは多（おほ）く」（六・118）、「いみじくあはれなれば」（同）、「あはれなれば」（同・120）、「いとあはれなり」（同・122）という具合に、ここには、『源氏物語』全編にわたって頻出する「あはれ」の語が、特に集中的に用いられています。

薫は日に日に成長します。その生い育つ様を見るにつけて、光源氏はこれまでのことは忘れてしまいかねず、この子が生まれんがために、あの思いがけない出来事も起きたのだろう、逃れがたいことだったのだと思い直します。しかし、源氏も聖人君子ではありません。女三宮への「過(す)ぎにし罪(つみ)ゆるしがたく、猶(なほ)くちをしかりける」（六・130）との思いは依然として心の中にわだかまっています。

柏木巻では、源氏が薫の五十日の祝いの日にわが子ならぬわが子を抱いた時、癪だと思うのも忘れて、はかない柏木の宿命と、世の中の定めなさに思わず涙をこぼす様が語られていました。事の善悪とは関わりなく、どうしようもなく人を愛し、人の身の上に同情する源氏の心の動きは、実際、聖人君子のそれではありませんでした。全てを許すというのではないのです。罪は許し難いという思いはありながら、それでも、その思いを押しやって心の底から沸いてくる感情、それが「あはれ」なのです。

## 夕霧と落葉宮

亡き柏木がこの世に遺したのは、薫だけではありませんでした。自分が亡き後は、折に触れて妻を訪ねて欲しいとの柏木の遺言に従い、夕霧は、柏木の未亡人落葉宮（女二宮）とその母の住む一条の宮をしばしば訪ねるようになっていました。

前年の夏に、二人は初めて贈答歌を交わしています。この時は、当時の恋愛初期の例にもれず、柏木が意中を伝え、落葉宮が拒んでいます。それから一年余りが経ち、この柏木一周忌の年の、秋のある夕暮れ時に一条の宮を訪ねると、落葉宮は和琴(わごん)をかき鳴らしているところでした。和琴は致仕大臣とその子柏木が得意とした楽器です。

東の庇の間に通された夕霧は、片づけられずに置いてあった和琴で――それは柏木が愛用したものでした――一曲演奏します。静かに夜の時間が流れてゆくうちに、箏の琴をほのかに弾き始める宮。夕霧はその奥深い音色に、自らも琵琶を引き寄せ、夫を慕う曲と言われていた「想夫恋（そうふれん）」を奏でます。夕霧が「想夫恋」を弾いたのは、夫を亡くした落葉宮の心中を思いやってのことですが、その思いやりには、自分の落葉宮に対する想いを察して欲しいという気持ちがこめられています。

それゆえに落葉宮は容易に合奏に応じることができません。夕霧が歌を詠み、弾かないのは私を思ってのことでしょうと思いをほのめかします。宮はそれを否定するために、やっと「想夫恋」の終わりの方を少し弾き、夫を想って弾くだけで他意はないと歌で答えたのでした。和琴から箏の琴へ、箏の琴から琵琶へ、そして再び和琴へ。弦楽器が弾き継がれてゆく中に、夕霧と落葉宮の交情が、それらの音色そのもののように語られます。

若菜下巻の六条院の女楽でも、弦楽器による四重奏が、演奏者それぞれの個性の交響として見事に描き出されていましたが、この横笛巻の場面は、微妙な心理の動きを楽器の音色が代弁しており、二人が音楽で対話しているかのような趣があります。

### 柏木遺愛の笛

しかし、横笛巻はその名の通り横笛という楽器が主役で、ここまでの弦楽器の描写は、その登場の下ごしらえと言ってよいでしょう。夕霧は、自分の落葉宮に対する思いを匂わせておいて、夜を更かさぬうちに辞去します。その際、宮の母である一条御息所が、由緒ある笛であり、この茅屋に埋もれさせるのは忍びないと言って、柏木遺愛の横笛を贈るのです。

夕霧は、柏木が常にこの笛を携え、妙音の全てを出し切れないと語っていたことを思い出します。

『源氏物語』ではしばしばあるように、この話はこれまで語られたことがなく、笛はむしろ夕霧の得意とするところです（梅枝巻・藤裏葉巻）。ただ柏木が上手に笛を吹くらしいことは見えていました（篝火巻）。

夕霧が柏木遺愛の笛を贈られ、落葉宮の一条の邸を辞去したあと、場面は一転して、夕霧の自邸、雲居雁のいる三条邸に移ります。夕霧が帰ると、格子が下ろしてあります。正妻は格子を上げて夫を待つ習わしでした。雲居雁は、落葉宮に心を奪われているかのような夕霧の振る舞いを憎らしく思い、寝たふりをしている様子です。一条宮とはうって変わって、あちこちにあどけなく寝ぼけている子供達や、混み合って寝ている女房たちの気配があります。夕霧は子だくさんで、雲居雁との間に少なくとも五人、多く見積もって八人いました。

夕霧が、笛を吹き鳴らして、一条宮で和琴を奏でているであろう落葉宮を想像し、片やもう一〇年にもなる雲居雁との夫婦仲を思いつつ寝入ると、柏木が夢に現れます。夢の中で柏木は、笛を伝えたいのは夕霧ではないと言います。では誰に、と尋ねようとした時、子供が泣き出し、夢は覚めてしまいます。子供が寝付かぬまま一夜明けても、夕霧は夢が気になって仕方がありません。笛のようにささいなことでも、この世に執着を残せば成仏の妨げとなると思った夕霧は、愛宕の寺で柏木の追善供養を行います。笛は男が吹くものとされていました。柏木が伝える相手が他にいるとすれば、男でなければなりません。女三宮の産んだ子が柏木の子であることを知らない夕霧は、疑問を抱いたまま、光源氏のもとを訪れます。横笛の由来は、そこで初めて明かされます。

陽成院（在位八七七～八八四）の笛で、故式部卿宮（誰を指すか諸説があります）が大切にしていたものでしたが、子供の頃から巧みに笛を吹いた柏木に、宮が贈ったのでした。夕霧から事情を聞いた光源氏は、すぐに柏木は自分の子に伝えたかったに違いないと思い、笛を預かります。もちろん、薫が柏木の子であることは言えません。陽成院から式部卿宮へ、更に柏木へと伝えられたことをもって、光源氏が預かる理由としなければなりませんでした。

この笛は、二四年後に今上帝が藤花の宴を催した際、「かの夢に伝へし、いにしへの形見」（八・262）として再登場し、二六歳の薫が「世になき音の限り」（同）を吹いたとあって、確かに薫に伝えられたことが確認できます（宿木巻）。

## 子供たちの描写

横笛巻では、右のように柏木遺愛の笛の行方を追うのと平行して、夕霧の家庭の様子が描かれています。そこには、髪を耳に挟み、子をなぐさめ、出ない乳を赤子に含ませる母親の様子があります。また遅く帰った夫と、赤子に手を焼く妻のほほえましい会話があります。明くる日に夕霧が六条院を訪ねると、明石女御の子、二宮と三宮（匂宮）がおり、夕霧を奪い合う子供らしい振る舞いが活写されています。先の薫や夕霧宅の赤子といい、この二宮・三宮といい、現代との時の隔たりを忘れさせるような生き生きとした描写で、私たちの心をなごませてくれます。国宝『源氏物語絵巻』の「横笛」では、夕霧と落葉宮の演奏場面ではなく、この夕霧邸で雲居雁が赤子に乳を含ませるところが取り上げられています。

先に、『源氏物語』「第二部」（若菜上〜幻）は、老いと病と死を主題とする巻々であると述べました。しかし横笛巻では、このように次の世代の子供たちが、伸びゆく命の輝きを放っている点も見逃せません。「口（くち）つきうつくしうにほひ、まみのびらかに、はづかしうかをりたる」薫（六・124）、「いとうつくしうおはする」夕霧・雲居雁の子（六・146）、「うつくしくおはする」匂宮（六・150）。それぞれ、筍を食い散らかし、夜泣きで親を困らせ、大人に抱っこをせがむ様子が生き生きと描かれ、新しい時代の到来を予感させます。このうち薫と匂宮が、第三部の主役となるのです。語り手は、老いと病と死を丹念に語るとともに、一方で、後から後から芽生えてくる命をも視野に収めて物語を紡いでいます。

# 38 鈴虫（すずむし）

### 女三宮の持仏供養

横笛巻が柏木の物語の結末に当たるのに対して、鈴虫巻は若菜巻から始まった女三宮の物語が閉じられる巻です。出家した女三宮は、源氏に対して「今はまほにも見え(み)たてまつり給はず」（六・124）、直接顔を合わせることなく、源氏の方もよそよそしくない程度に距離をおいて、六条院で暮らしています。

光源氏が五〇歳を迎えた年の夏、女三宮が六条院で持仏の開眼供養を行うことになりました。以前から内輪で考えていた念誦堂を造営する計画の第一歩として、女三宮の発願で造った持仏の開眼を行うのです。多くの親王や六条院の婦人たちからの供え物に加えて、帝や院からも使者が遣わされ、布施が山と積まれて予定していた以上に大がかりなものとなります。

これまで物語に描かれた主な仏教行事としては、藤壺中宮の法華八講（賢木巻）と秋好中宮の御読経（胡蝶巻）が挙げられますが、そのいずれと比べても、この鈴虫巻の持仏供養は詳細で視覚的描写に富んでいます。後に続く御法巻の法華八講、幻巻の曼陀羅供養・御仏名と、仏教色が強いのは、老いと病と死をテーマとする『源氏物語』の第二部としては自然なことと言えます。

「夜の御丁のかたびらを四面ながら上げて」（六・168）とあるように、六条院の寝殿の西側、女三宮の居室にある御帳台（ベッド）を台座として、阿弥陀仏と脇士の菩薩が安置され、その前の机に、女三宮と源氏が自ら書写し荘厳に装飾された経典が飾られます。この御帳台こそ、女三宮と柏木の密通があった場所です。それらを前に、光源氏は「後の世にだにかの花の中の宿りに隔てなくとを思ほせ」（六・172）、来世も女三宮と同じ所へと言って泣くのでした。

しかし、女三宮は先に入道して仏に導かれようとしており、長い間望みつつもいまだ出家を果たさないでいる光源氏としては、この若い尼を保護することしかできません。女三宮の父朱雀院は、娘が出家した後、三条の宮に住むことを望みました。しかし光源氏は、女三宮に与えられた様々な宝物・贈り物を、三条の宮に倉を建てて納めながら、あくまでそばで毎日お世話申し上げたいと言ってこれを拒みます。

このように、すでに出家前後から始まっていた光源氏の女三宮に対する執着は、収まるどころか強まっている様子です。老年に達している源氏は、まだうら若い未熟な女三宮を庇護する必要を感じています。もともと小柄で心も幼い女とされてきた女三宮でしたが、それはこの持仏供養の場面でも同様で、初めて姿を現すところでは「人げにおされ給ひて、いとちひさくをかしげにてひれ臥し給へり」（六・172）と描かれています。

出家前は光源氏の苦悩の種であったはずの女三宮の未熟さが、今は愛着の種となっているわけです。源氏のこうした心理は、「いましも心ぐるしき御心添ひて、はかりもなくかしづききこえ給ふ」

（六・176）と描写されています。そこには、「心ぐるしき御心」、切ない気持ちのままに、「はかりもなく」、際限もなく愛情を注ぐ老いたる光源氏の姿があります。鈴虫巻は、晩年の光源氏が、女三宮の事件を通じてどのように老いていったかを描く巻でもあります。

### 六条院・冷泉院の鈴虫の宴

季節は移って秋となります。源氏は、六条院東南の御殿の、寝殿から西の対へ続く渡殿（渡り廊下）の南側、庭の中程にある塀から東側を野原に仕立てます。その野原は、寝殿の西側にある女三宮の居室から眺めることができるのです。この東南の御殿は「春の町」と呼ばれるように、紫上のために春をテーマとして作られたものでしたが、この時源氏は、女三宮のためにその一部を秋の趣に作り替えたのでした。この野原に虫を放ち、十五夜の月を眺めようと言う趣向ですが、四季という自然の摂理を取り込んで造営された光源氏の大邸宅六条院は、女三宮のためにその一部が崩れ始めたかのようです。

源氏がこのようなことを思いついたのは、虫の音を聞きにゆくのにかこつけて、女三宮と言葉を交わさんがためでした。女三宮は、そんな光源氏に対して全くうっとうしいことと思っています。自分の過ちを知られ、以前とは全く変わってしまった源氏の心に向き合いたくないのです。

確かに、今の源氏の女三宮に対する愛着は、朱雀院皇女として重々しく扱ってくれていた頃とも、事件が発覚して冷たくされていた頃とも、出家すると言い出して泣かせた頃とも異なります。自分が隙を見せたために過ちを犯し、出家に至った女三宮に対する憐憫の情が保護者としての心理を刺激します。また出家によって新たに生じた距離感と、尼姿の初々しさが、それまでにない魅力となって光源氏を引きつけます。まことに手に負えない状態になっているのです。

そもそも、尼の身で男を受け入れたなら、破戒の罪を作ることになります。女三宮が「人離れたらむ御住まひにもがな」(六・180)と思うのも当然でした。しかし、女三宮にはそのような強い態度はとれません。

十五日の、日は沈んで月はまだ昇らぬ夕暮れに、源氏が女三宮の居室を訪れます。出家後は、御簾や几帳を隔ててのみ対面するようにしていた二人です。源氏の視線はそれで避けることができましたが、声だけは遠ざけることができません。夕闇の中、女三宮は端近くにいて、虫の音に耳を傾けながら念仏を唱えています。源氏もまた小声で陀羅尼を唱えながら近づいてゆくと、まだ月が昇らない闇の中で、様々な秋の虫の音の中に、ひときわ華やかに鈴虫のそれが響きます。

女三宮の前へ出た源氏は、まず鈴虫ではなく松虫を話題にし、「命のほどはかなき虫」、「隔て心ある虫」(六・182)だと言って難じます。松虫は、歌では「待つ」との掛詞として用いられ、人気のない野にあって、なかなか来ない人を待って鳴いているというイメージを持っています。

源氏が今ひときわよく聞こえてくる鈴虫ではなく、松虫を取り上げたのは、女三宮が柏木を「待つ」女であったこと、六条院を出て「人離れたる」住まいに移り住みたいと願っていることを、松虫を借りてほのめかし、それを非難するためでした。その上で、源氏は「鈴虫は心やすくいまめいたるこそらうたけれ」（六・182）と、鈴虫を誉めて言葉を締めくくります。
月が昇り、華やかに光が降り注ぐ中、「世中（よのなか）さま〴〵につけて、はかなく移（うつ）り変（か）はるありさま」（六・184）を思い続けながら琴（きん）を弾き、女三宮がそれに耳を傾けているところでこの場面は終わります。出家して、夫から離れて暮らし、仏道に専念しようとする女と、なお執着は断ち切れず、それを引き留めようとする男の姿は、そのまま鈴虫の音と月光の中に溶け込んで、一枚の絵のように静止したまま、女三宮の物語は閉じられるのです。

源氏がこの十五夜の月を楽しんでいるであろうと推察して、蛍兵部卿宮が訪ねて来ます。折から殿上人たちと共にやって来た夕霧が、琴の音を聞きつけて参上し、噂を聞き伝えて上達部たちも集まり、虫の音と弦楽器の競演となります。さらにこのことを耳にした冷泉院から催促の手紙が届きます。源氏は、めったに訪ねることがなかったことを悔いて、急遽冷泉院を訪ね、そこで再び月見の宴となります。

久しぶりに対面する源氏と冷泉院は、「いよ〳〵異（こと）ものならず」（六・190）、そっくりだと、秘密の親子であることが強調されますが、こちらも二人の姿はそのまま月光の中に溶け込んで、冷泉院の物語が終わります。女三宮と冷泉院は、これ以降第三部にも登場しますが、源氏の生前は、読経する女三宮を源氏が見て出家をうらやむ場面があるのみです（幻巻）。

## 一年に一巻のリズム

ところで、柏木巻から幻巻まではほぼ一年に一巻が当てられ、源氏四八歳から五二歳までの五年間が六つの巻で語られています。中ほどの、短い鈴虫巻と長い夕霧巻は、二巻で一年間に相当します。一巻毎に一年が過ぎてゆくという展開の仕方は、これまでの巻にもなく、これから後の巻にもありません。

たとえば桐壺巻は、源氏の誕生前から一二歳までの一二年間余りを扱い、長い時間の流れを早いテンポでたどっています。一方、初音巻から行幸巻までの七巻は、源氏三六歳の一年間余りを扱っており、一巻一巻ゆっくりと、詳細な描写が積み重ねられてゆきます。そこには、四季の移り変わりはあっても、時間の流れは強調されていません。

これらの二つの要素を合わせ持つのが若菜下巻で、途中に四年半ほどの空白があって、源氏四一歳から四七歳までの七年間近くを扱っています。いきなり時間を飛び越えるところと、空白を除く二年半ほどの、十分な心理描写と会話によって進行するところが共存しているのです。これらに対して、柏木巻から幻巻にかけての展開は、速いテンポで時の流れを追うのでもなく、また何巻も費やして一年が語られるのでもありません。

季節に注目してみましょう。一巻が数年の長い時間を扱う場合は、同じ巻の中で季節も数次巡ります。逆に、数巻が一年に当たる場合は、一巻が夏なら夏という一つの季節だけを扱うのです。これらに対して、柏木巻から幻巻までは、一巻が一巡りの四季を担っています。柏木巻（源氏四八歳）は、春の柏木の苦悩から始まり、薫が這い始める秋で終わります。横笛巻（四九歳）は、柏木の一周忌の春に始まり、柏木遺愛の笛の由来がわかる秋で終わります。鈴虫巻（五〇歳）は、女三宮の持仏供養の夏に始まり、鈴虫の宴の秋をはさんで夕霧巻へと続いて冬で閉じられ、以下御法巻（五一歳）は春から秋まで、幻巻（五二歳）は春から冬までを描いています。

このように、一つの巻が開かれ、閉じられるたびに四季が一巡するというリズムは、四季の循環が、毎年繰り返されつつ時が流れてゆくことを強く意識させるもので、通常私たちが毎年四季の巡りを体験するのと似通っています。今年もまた同じことが繰り返されるという感慨は、私達がしばしば抱くものです。語り手は、光源氏の晩年を描くにあたって、無理に時間を進めようとはせず、また時間を止めたかのように立ち止まることもしません。一巻ごとに四季の循環という自然の摂理が示され、それに呼吸を合わせて登場人物が各々の生を営む様相が浮き彫りにされてゆくのです。

鈴虫巻の秋は次の夕霧巻の秋へと続きますが、長大な夕霧巻の主役は夕霧で、この五〇歳の源氏の一年は、短い鈴虫巻一巻に凝縮されていると言ってよいでしょう。

繰り返せば、女三宮と冷泉院という、源氏の生涯の重大事件に関わる二人の人物の物語がここで終わるのです。

# 39 夕霧（ゆふぎり）

## 「まめ人」夕霧の恋

鈴虫巻で柏木と女三宮の事件に一応の終止符が打たれ、物語はいよいよ光源氏と紫上の退場へと向かうのですが、その前にかなりの時間を費やして語られるのが、夕霧の物語です。横笛巻に描かれていたように、夕霧は、わが亡き後は折に触れて妻を訪ねて欲しいとの柏木の遺言に従い、柏木の未亡人落葉宮（女二宮）の住む一条の屋敷をしばしば訪ねるようになっていました。前々年の夏に、初めて歌を詠み交わした二人は、前年（柏木一周忌）の、秋の夕暮れ時に互いに弦楽器を演奏しています。そこには、音色が微妙な心理の動きを代弁し、二人が音楽で対話しているような趣があったのでした。しかし、その対話は、心を許しあった男女のそれにはまだ程遠かったのです。

その後、落葉宮の母、一条御息所が病を得て小野の山里である律師の祈祷を受けるようになり、落葉宮も共にそこで過ごすようになりました。夕霧は雲居雁の嫉妬をはばかり、一条御息所の見舞いと称して小野の山荘を初めて訪ねます。二九歳でした。この時落葉宮に贈った歌「山里（ざと）のあはれを添（そ）ふる夕霧（ゆふぎり）に立（た）ち出（い）でん空もなき心（ここ）ちして」（六・224）——山里に夕霧がたちこめ、しみじみとした趣が増すゆえに、私はここから立ち去ろうとの気持ちになれないのです——によって、彼は「夕霧」と呼ばれるようになります。

ところで、夕霧巻の巻頭は、「まめ人の名を取りてさかしがり給ふ大将」（六・210）で始まります。夕霧はこれまで誰からも「まめ人」と認められて来ました。「まめ」は真面目で実直であるという意味で、一二歳の時、「大方の人がらまめやかに、あだめきたる所なくおはすれば」（三・438）と評されていたように、父親光源氏の目から見ても、彼の真面目さは生まれながらの性格でした。

しかし、真面目さは、うまく働けば実際的な能力を発揮しますが、他方では愚直さ——世間的な常識から離れてしまう傾向にもつながります。「さかしがり給ふ」、分別がありそうにふるまうという表現には、その危惧の念が示されていると言えます。表向きは、柏木の遺言に従って落葉宮の世話をするという体面を保ちつつ、密かに落葉宮への恋情を抱いているのです。

夕霧はかつて、柏木が死んだ原因に女三宮への思慕があったことを思い、「さるまじきことに心を乱りて、かくしも身に代ふべき事にやはありける」（六・86）と、柏木の惑乱ぶりを憤りをもって非難していました。その夕霧が、こともあろうに未亡人であり皇女である落葉宮に恋心を抱くことは、道理に叶いません。果たして、この巻に語られる夕霧の恋は、不器用でぎくしゃくとした経過をたどります。

## 落葉宮の結婚拒否

雲居雁をはばかり、一条御息所の見舞いと称して、落葉宮のいる小野の山荘を訪ねた夕霧は、落葉宮の御簾の前に通されます。山荘は都の住まいに比べて手狭なので、客人を通す場所がないのです。そこにいると落葉宮の声がかすかに聞こえ、その気配が伝わって来ます。女房を介して歌を詠み交わすうちに、夕霧は帰る折を忘れ果ててしまいます。

何としても思いを遂げるのだと、一途になった夕霧は、律師に話があるという口実を作り、ごく親しい供の者だけを残してこの山荘に泊まり込む決意を固め、落葉宮に伝えます。落葉宮の方は、夕霧がはっきりと口に出して思いを伝えたことだけでもやっかいだと思っていたのですが、さらに夕霧がこのように長居をして取り乱すような、これまでにない振る舞いを見せたため、厭わしく思わずにはいられません。そして、とうとう夕霧が、夕暮れの霧に閉ざされていっそう暗くなった室内へ入り込むと、気味が悪くなって、北廂（きたびさし）へと逃れてしまうのでした。結局、それ以上強引なこともしない夕霧は、歌を読み交わすのみで翌朝帰宅の途につきます。これが「まめ人」夕霧の、不器用な恋の第一章でした。

落葉宮は、なぜこのように夕霧を拒むのでしょうか。皇女の結婚には、特殊な事情がありました。この時代には、皇女は独身で通すのが普通で、降嫁すると世間並みの女と同じになり、尊厳が失われるという考え方がまだ残っていたのです。

先に述べたように、かつて女三宮について父朱雀院が頭を悩ませたのも、この問題でした。できれば独身で通させたいのですが、そのためには、相応の地位・経済力のある人物の後見が必要で、更衣腹の女御の子であった女三宮には、それがありませんでした。また、独身の皇女が、場合によっては男との間に浮き名を流すこともあって、朱雀院は未熟な女三宮にはそのような気高い生き方はできないだろうと考え、光源氏への降嫁を決めたのでした。

落葉宮の母、一条御息所も、娘を皇女らしく独身のまま一生を終わらせたいと考えていました。柏木との結婚も、初めは全く受け入れなかったのです。結婚させたのは、女三宮の結婚問題に際して、柏木への降嫁に熱心であった致仕大臣に対する気兼ねと、朱雀院が、柏木ならばと許したため、自分の考えが足りないのかもしれないと思い直したからでした（柏木巻）。

しかし、柏木自身は、女三宮を得ることがかなわない辛さに耐えられずに、落葉宮と結婚したのでした（若菜上巻）。「落葉宮」という通称も、女三宮への執着が捨て切れずに柏木が詠んだ歌、「もろかづら落葉(おち(ば))を何(なに)に拾(ひろ)ひけむ名はむつましきかざしなれども」（五・526）――皇女には違いないが、同じ姉妹なのにどうして落葉の方を拾ったのだろう――に由来するもので、語り手はこれを「なめげなるしりう事(こと)」（同）、無礼な陰口だと評しています。

このように、柏木と落葉宮の結婚は、初めから幸福なものではあり得ませんでした。しかも御息所から見れば、婿の柏木が原因のわからぬ病気にかかってあっけなく死んでしまい、娘は若くして未亡人となったわけで、それだけでも世間の笑い者になりかねないと思うのです。

落葉宮の考え方も同様です。この親子は、世間並以上に少しの隔てもなく心を通わせ合う間柄で、宮は全く母に対して隠し事をしない娘でした。一条御息所は、小野の山荘に移ることになったとき、物の怪が移ることを心配してこの娘を都に留めようとしたのですが、当人は、母と離れて暮らしたくないと山荘までついて来た位なのです。こうして夕霧との一件があり、あたかも関係があったように見られることは、母に対しても世間に対しても恥ずかしくつらいことでした。

## 小野の山里

一〇世紀末ごろから、貴族社会には世俗の生活を捨てて出家を願い、山林で静かに暮らしたいと願う隠遁志向が顕著になります。世俗の世界を離れて静かに深山にこもりたいという願いを詠んだ歌は、すでに『万葉集』や『古今和歌集』にもありますが、この時代になると、恵まれた立場にあったはずの上流貴族にも、そのような傾向がはっきりとしてきます。平安初期には、山里は春の訪れが遅く人目もない寂しい土地として認識されていましたが、中頃になると、都とは異なる自然美が見出されるようになり、別荘も現れます。そこは、世俗の憂さから逃れる隠棲の地でした。

小野の山荘は、現在の修学院離宮のある辺りに想定されています。この辺りは山籠りの僧が往来し、かつ女人も住むことのできる聖と俗の境界の地でもありました。物の怪に悩まされる一条御息所は、祈祷師として頼りにしていた律師が叡山にこもったため、律師が下りてくることのできる小野の山荘に移ったのです。夕霧が初めてここを訪ねた日の夕方の景色は、祈祷・読経の声とあいまって、夕霧に深い感動を与え、帰る気持ちを失わせますが、このような小野の風土が、夕霧の心情に大きな影響を及ぼしていると言えるでしょう。

落葉宮母子の住まいである一条の宮も、夕霧の家庭とは対照的に静謐な情緒を醸し出す場所でしたが、小野はなおさらです。また、これは夕霧巻の後半のことになりますが、落葉宮が、夕霧との一件がもとで母が死に至ったことをきっかけとして、出家してそのまま小野で一生を送ろうと考えるのも、右のような小野という土地の性格と深い関連があります。

さて、夕霧との一件は、二人が関係したと思いこんだ律師の口から御息所に伝えられます。一条御息所は、心ならずも降嫁させた相手の男が死んで未亡人となるという痛恨の事態に加えて、新たな別の男との浮き名を立てられかねないと嘆きます。そもそも再婚は普通の人でも軽薄であるのに、皇女たる身でそうそうあるべきことではないと御息所は考えるのです。

しかし、事態がこうなった今、これを収拾するには世間体を無視して結婚を認めるしかないと思い、御息所は夕霧の文に対して許諾をほのめかす歌を贈ります。ところが、結婚するからには三夜通うはずの夕霧の訪れがありません。

夕霧が小野の山荘を訪れた翌日の夜にその歌は届いたのですが、中味もよくわからないまま雲居雁が奪い取ってしまったのでした。夕霧が雲居雁に奪われた手紙を見つけ出したのは小野の山荘を訪ねた日の翌々日、日が暮れてからでした。夕霧はすぐに小野へ向かおうと思います。しかしその日が万事を凶とする「坎日（かんにち）」であり、結婚を許された場合は日柄が悪いと考えて、訪問を思いとどまるのです。

返事のみ使者に託し、その手紙が届いたことを知った御息所は、いよいよ夕霧に結婚の意志がないものと思い込みます。御息所の心は砕かれ、遂に息絶えてしまいます。

訃報を受けた夕霧は、大納言兼左大将という重い身分でありながら、即座に、まだ妻でもない女の母親の弔問に訪れます。急いで弔問すべき相手ではない、と女房たちに諌められながら、今日を逃すと日が悪くなるという口実のもとに出向き、まさに葬送の準備で立ち騒いでいる最中に、小野に到着したのでした。行かなければならない時に日柄を理由に行かず、行かない方がよい時に日柄を口実に行くのも、融通の効かない「まめ人」らしさです。

**落葉宮の心境**

落葉宮は母を喪い、悲嘆に暮れます。落葉宮は、死に後れまいと亡骸に寄り添い、女房たちが引き離そうとしても、すくみ上がって正気でいるとは思われませんでした。ひと月が経とうとする九月半ばになっても、明け暮れもわからぬような状態で、惚けたように日々を送っていました。『源氏物語』の主な登場人物には、光源氏を始め、紫上、夕霧、玉鬘など、幼くして母に死に別れた者が多いのですが、落葉宮が母を亡くしたのは二〇歳を過ぎてからのことで、母との結びつきが非常に強かっただけに、その喪失感は深刻でした。

九月一〇日過ぎ、夕霧が晩秋の小野の末枯れた風景の中を訪ねていっても、「あさましき夢の世（よ）」（六・312）と観ずる落葉宮の心は動きません。夕霧の「道行き」では、晩秋の風物が美しい行文の中に織りなされています。それは単なる自然描写ではなく、落葉宮への、かなわぬ恋に取り憑かれたように道をたどる夕霧と、母を喪い、この世に対する関心をも失ったかのように夕霧を拒み続ける宮の心象風景でもあります。夕霧が初めて小野を訪ねたのは八月中旬の秋の盛りの頃で、都から遠く離れた山里の風景が、鮮やかに夕霧の目に映じていました。それからまだ一月経たない風景ですが、両者は対照的です。

落葉宮は出家を思い立つこともありました。そのまま小野の山荘に住まおうというのです。山籠りの僧が往来し、かつ女人も住むことのできる小野の地は、隠棲するのにふさわしい土地でした。しかし、誰よりも父朱雀院がそれを許しません。世の中がつらくて出家するのは見苦しいし、女三宮に続いてまた一人、娘が出家するのは嘆かわしいことだと、たびたび手紙を送っては戒めます。一方、落葉宮へと心を通わす夕霧に、雲居雁の胸の内は晴れません。六条院でも、父光源氏は紫上とともに心を痛めながらも、この問題の行方を見守るつもりでいます。

**夕霧の変貌**

こうして日々が過ぎてゆくうちに、夕霧の心には変化が生まれます。これまで夕霧は、亡き柏木との、落葉宮の世話をするという約束を果たしているように見せながら、宮に交際を求めて小野の山荘の居室に上がり込むことはありましたが、強引な振る舞いに及ぶことはありませんでした。「まめ人」として、世の色好み人とは異なる態度をもってこの恋に臨み、相手の心が変わるのを辛抱強く待ったのです。

しかし、なかなか心を許さない落葉宮に、夕霧には一つの考えが思い浮かびます。例の御息所の文を盾にして落葉宮を口説こうというのです。御息所が夕霧宛に「あやしき鳥(とり)の跡(あと)のやうに」(六・266)書き送った最後の歌は、夕霧が「一夜(ひとよ)ばかりの宿(やど)」(同)を借りたことをふまえたものでした。御息所は、夕霧が訪れないことをなじりつつ、落葉宮との結婚を許容する意志を伝えたのですが、この歌を、あたかも初めから御息所が二人の結婚を許しており、夕霧に娘を託すべく死ぬ前に言い遺したかのように見せかけようとしたのです。

こうすれば、いくらなんでも言うことを聞くだろうと夕霧は考えます。実際、九月一〇日過ぎに訪ねた際には、落葉宮の女房である少将に、この手紙のことを持ち出してひどく泣いています。しかしその結果は、既に述べたように不発に終わり、夕霧は嘆きながら帰ったのでした。柏木巻で初めて歌を詠み交わしてから二年半余りが経とうとしていました。

夕霧はとうとう最後の手段に出ます。一条の邸に落葉宮が帰る日を決めてしまい、大和守に命じて調度品を整えさせ、自分は主よろしくそこに居座り、迎えの車を小野に差し向けたのです。世間に対しては、「宮(みや)す所の心知(し)りなりけり」(六・328)、亡き御息所が承知していたことだったのだと思わせ、それによって生ずる御息所の咎――皇女でありながら再婚を許したとの落ち度――は死者に負わせ、いつから落葉宮との関係があったかわからないようにしてしまおうという魂胆でした。

このやり方は、世間に二人の関係を既成事実として認めさせ、それによって本人が身動きできないようにしてしまおうとする策略に近いもので、光源氏がするような、女への直接の大胆な行動や口説きではありませんでした。通常の色好み人とは、その点で確かに異なるのです。女に逢うためにこのような姑息な手段を用いた男は、これまでこの物語には登場しませんでした。

夕霧は、今さら涙を尽くしての若々しい懸想はふさわしくないと考えました。ここでは、清純な雲居雁との恋の記憶は消え失せ、欲望を実現させるための、手段を選ばない中年の男の打算的な態度が見られます。大騒ぎされて世間の話題になりたくないというのが夕霧の本音で、彼にとってこの恋は、自然に人に知られて認められるのが最も好ましいのです。

## 落葉宮、一条邸へ

落葉宮は、出家を強く望みながらそれも思うに任せず、女房たちと御息所の甥である大和守に、都の一条邸に帰るよう説得されます。女房達にしても、このような山住みよりも都で過ごした方が嬉しいのです。落葉宮の意志は全く無視され、そのうちに次々と引っ越しの準備が整ってしまい、落葉宮は泣く泣く車に乗り込んだのでした。車に乗り込む時も、かつて小野に来た際に、母が病を押して自分の髪をなでつくろい、車から降ろしてくれたことを思い出して涙は尽きません。

都へ持ち帰ったのは、袋に入れた鋏・櫛・手箱・唐櫃(からびつ)など身の回りの日用品でした。これに対して、夕霧は、一条邸で壁代(かべしろ)・屏風・几帳・敷物などを用意し、意気揚々と待ち受けていたのでした。落葉宮の持ち帰ったものの中に経箱がありました。本来は喪中用の黒い経箱を使うのですが、宮は螺鈿の経箱をそのまま用いています。これは、御息所が持経を入れていたもので、形見なのでした。

夕霧が落葉宮を一条邸に住まわせたことは、雲居雁の耳に入ります。彼女は、「まめ人」が心変わりする時は急変するものだと、誰かから聞いたことを思い出し、憎らしい夕霧の顔は見まいと里の致仕大臣邸へ帰ってしまいます。女子はみな引き連れ、男子は三条邸に残したのですが、夕霧としては妻に帰ってくるよう説得する他ありません。毎度、致仕大臣邸へ行っては可愛い女の子の顔を見るという訳にはいかないのです。

長い夕霧巻は、夕霧が再三にわたって落葉宮に思いを訴え、挑み、果ては一条御息所の甥である大和守を手なづけ、落葉宮の女房を味方に引き入れて、落葉宮を小野から一条の邸に引き移し、遂に思いを遂げる一部始終を詳細に描いています。山里の、閉ざされた夕霧の向こうに隠れていた女を、男が手に入れるという物語であり、また女の側から見れば、山里での隠棲を志向しながら、やむなく男と結婚させられる物語であるとも言えるのです。

すぐ前の鈴虫巻では、長い女三宮の物語に一応の終止符が打たれました。この夕霧巻では、その異腹の姉、落葉宮の運命が「まめ人」夕霧の強引な恋を通して描かれています。この皇女姉妹の結婚は、各々不幸な道をたどりました。女三宮は言うまでもありませんが、落葉宮の場合も、その徹底した結婚拒否が相手の強引な行動を呼び起こす結果となります。山里での出家・隠棲を志向しながら、やむなく亡夫の友人と強制的に結婚させられ、都へ連れ戻されたのでした。

# 40 御法

## 紫上の出家願望

御息所の死後、まだ夕霧が辛抱強く落葉宮のもとを訪ねていたころ、うわさを耳にした紫上は、夫を喪い他の男に言い寄られて拒んでいる落葉宮について、「女ばかり、身をもてなすさまもところせう、あはれなるべきものはなし」（六・320）、女ほど身の処し方が窮屈で悲しいものはないと感懐をもらしています。全く引き籠もっていては、生きる喜びやなぐさめは得られないにも関わらず、女三宮や自分のように、そうして生きざるを得ないのが女で、「よき程にはいかで保つべきぞ」（同・322）、ほどよく身を処していくにはどうすればよいかと思うのです。

紫上はこの時四二歳。まだ二〇代の前半と考えられる落葉宮が直面している苦悩は、多くの女のそれであり、皇女の場合は特に問題となります。それは明石中宮（御法巻で立后か）の娘である、幼い女一宮を養育する紫上にとって、身近で重要な問題なのです。また、落葉宮は出家も選択肢の中にあり、埋もれたようにして生きようとする宮の姿は、紫上にとって他人事ではなかったはずです。

四年前、孫として女一宮を養育することになったころ、紫上にはすでに出家への願望が芽生えていました。若菜下巻には、紫上が出家を願い、また源氏に出家を申し出る場面が繰り返されています。

「この世はかばかりと見果てつる心ちする齢にもなりにけり」（五・406）、この世はこんなものと、すっかりわかったような気持ちになる齢になったという感懐に始まり、源氏の愛が衰える前に出家したいと思い、三七歳の厄年を迎えては（年立てでは三九歳の時）、先が長くないような気がするので、そのまま厄年を過ごすのは気がかりだと源氏に訴えています。

しかし、源氏は許しませんでした。紫上が発病し、危篤状態となったのはこのすぐ後のことでした。辛うじて一命をとりとめたものの、彼女はそれから四年近くの歳月を病とともに生きるのです。

### 紫上の心境

紫上は、なぜ出家を望むのでしょうか。当時女が出家するのは、夫が亡くなった後や自分が病と死に直面した時がほとんどであり、尼になると言っても、寺に入るのではなく、屋敷内に住んで日常生活のかたわらで仏事を営み、亡夫の供養や現世安穏・後生安楽を祈るのが一般的でした。紫上の場合も、大方の女たち同様の出家を望んでいたのでした。

しかし、他の多くの女と明らかに異なるのは、動機が病気や夫の死ではないことであり、また彼女が「幸ひ人」（五・536）と呼ばれる人だったことです。先に引いた、初めて出家を願い出る言葉の直前には、紫上の勢いには女三宮も及ばず、年月が経つにつれて源氏との仲も睦まじく、少しも不満なことも疎遠なこともないように見受けられるとあります。

つまり、源氏の寵愛この上なく、その生活は精神的にも満ち足りて見えるにも関わらず、紫上は出家を切望しているというのです。その動機とは、先に引いた、紫上自身の「この世はかばかりと見果てつる心ちする齢にもなりにけり」との言葉に示されているように、この世はこんなものと見極めがつく年になったということでした。

このように、外側から見た紫上の境遇と、実際に彼女が味わっている心境とは異なります。世俗的な意味で「幸ひ人」と言われる紫上の内面には、それとは裏腹に、この世で見るべきことは見たといった諦念に近いものがあったのでした。何がこのような心境をもたらしたのでしょうか。

幼くして源氏に引き取られ、源氏のもとで成人して今日に至った紫上の生活は、精神的にも物質的にも、全て源氏に依存しなければ成り立たないものでした。自分の所領として持っている二条院も源氏から与えられたものです。彼女が自分のものとして持っているものは、かつては若さと美貌でしたが、女三宮降嫁の後はそれだけを頼みとしてはいられない立場となります。

若菜上巻で女三宮が六条院に入ったとき、紫上は「かく世の聞き耳もなのめならぬ事の出で来ぬるよ」（五・216）、このように世の人が耳をそば立てるようなことが起きてしまうとはと、相当の打撃をもって受け止めています。しかし、彼女は表向きはその動揺を押し隠して過ごしてきたのでした。もはやその頃から、光源氏に対しては「すこし隔つる心添ひて」（同・242）、昔のような気持ちで接することはできず、これが大病を誘引することになります。

若さと美貌の失われる時が、全てを失う時であるとすれば、現在が頂点であり、現在以上のことを望み得る可能性はなくなっているということなのです。「この世はかばかりと見果てつる心ち」という言葉の背後には、このような思いがあったのでした。

## 光源氏の出家観

御法巻は、この「この世はかばかりと見果てつる心ち」という言葉を受けて、「紫の上、いたうわづらひ給ひし御心ちの後、いとあづしくなり給ひて、そこはかとなくなやみわたり給ふこと久しくなりぬ」（六・388）と書き起こされています。四年前に大病を患った後、紫上の病状は思わしくありませんでした。紫上には、生死を争う大病によって、より深く強い求道の心が生まれていました。

来世の準備に余念なく過ごし、死を迎えるにあたって罪障を消滅させたいと思うとき、唯一気がかりなのは、自分が先立つことによって源氏を嘆かせることでした。それは確かに源氏に対する愛情でしたが、先に確認したように、源氏に対しては、もはや自分に対する愛情に全面の信頼をおけないというのが、女三宮降嫁以来の紫上の真情です。ところが源氏は、紫上が出家することを許さないのです。

なぜ、源氏は紫上の出家を許さないのでしょうか。当時の権勢ある貴族にとって、出家は一つの理想的な生活形態でした。それは栄耀栄華の果てにもたらされる、安楽な生活であって、その日暮らしで仕官に奔走する者や、子供達の身の振り方の定まらない者には、落ち着いた仏道三昧の日々は送れなかったのです。藤原道長は法成寺で出家し、御堂関白と呼ばれました。その息子頼通も、宇治平等院に隠棲しています。道長は出家後、一応政界から身を引きますが、朝廷に対して絶大な権力を保持していました。それは、この世のみならず、来世においても安楽を願うことに他なりません。現世における欲望を満たしつつ、来世における幸福を確保するのが彼らの出家の意味なのです。

源氏が考えていることは、これとは異なります。御法巻の冒頭に、紫上の出家を許さない源氏の心中が語られています。出家したならば、仮そめにも現世を顧みようとは思わない。来世では紫上と同じ蓮の上に生まれるにしても、現世で仏道修行している間は、山に籠もって互いに顔を合わせぬつもりだ――光源氏は、道長らとは反対に、現世に対する執着は捨て去り、最愛の妻とも会わないで修行するつもりでいるのです。

光源氏が真摯に出家について考えたのは、二二歳で妻葵上を亡くした時でした（葵巻）。同じ年に桐壺帝の死によって出家の志を抱き（賢木巻）、翌年藤壺の出家によってその思いを深くし（同）、その崩御によって源氏は「げにこそ定め（さだ）がたき世なれ」（三・368）との思いを深めます（朝顔巻）。この時三二歳でした。このころから、源氏の胸中には、栄華は長続きするものではないという認識が育っていきます。権勢家と異なる出家観は、その認識の延長線上にあるものでした。

## 紫上の死と葬送

源氏に出家を許されぬまま、紫上の病は重くなる一方でした。生涯の終わりが近いことを悟った紫上は、長年志して用意を進めて来た法華経の千部供養を急いで行います。場所は六条院ではなく、わが御殿と思う二条院でした。法華経を千部書写して供養することは、出家できない彼女にとっては最高の滅罪の法会となります。これには今上帝、春宮、秋好中宮、明石中宮から供物が届けられました。

子のない紫上は、薄雲巻で源氏の要望に従って明石姫君を養女としました。明石姫君は、今は中宮となり、皇子皇女の母でもあります。その中宮に手をとられながら紫上は息を引き取ります。紫上の臨終前後の描写は、あたかも実在の人物の死であるかのような錯覚を抱かせるほどで、語り手が紫上に寄り添うように、万感の思いを込めて語っており、読者の胸を打ちます。

「十四日に亡(う)せ給ひて、これは十五日のあか月(つき)なりけり」(六・420)とあるように、紫上が亡くなったのは、八月一四日の早朝であり、葬送は翌日一五日の暁に行われました。夕顔は八月一六日に急逝の後、おそらく一七日の夜か翌朝に葬送、葵上は亡くなって二、三日経ったのち、八月二〇日過ぎの有明に葬送が行われています。桐壺更衣は夏、藤壺は春に没しており、皆が皆ではないのですが、源氏と関わりの深い女の死が八月半ば過ぎに集中しているのは、興味深いことです。

当時は、逝去と認められても、幾日か間を置いて葬送を行うことがしばしばありました。これは蘇生の可能性に期待したためであるらしく、仏教説話には、蘇生した男女が地獄極楽の様子を語るという話が多く見られます。死が確定すると、陰陽師を召して葬送の日取りや葬場・入出棺の日時・方向などが定められます。出棺は深夜に行われ、近親者は焼香をすませたあと、徒歩でそれに従いました。行列の先頭には松明を灯した人々、その後に霊柩車、男性の近親者、僧侶や会葬者、更に見送りの女房の車が続きました。収骨は明け方となります。

かつての通説では、蘇生の可能性に対する期待や葬送の準備に要するであろう時間を考えて、紫上のように死の翌日に荼毘に付されるのは異例のこと、かなりあわただしいこととされていました。その後、史実に照らしてこれを否定する見方も現れました。葬送が翌日の場合もあれば、二日後の場合もあり、必ずしも異例のことではないというのです。

いずれにしても、注意されるのは、紫上の死と葬送が「十四日」・「十五日」と明記されていることです。八月一五日からまず連想されるのは『竹取物語』です。紫上の死には、かぐや姫昇天のイメージが重ねられているようなのです。帝の求婚に対して、その心情に寄り添い、自分への愛情に理解を示しながら、結果的にはそれを拒み通して天上に帰るかぐや姫。自分の亡き後の源氏の悲嘆を思いやりながらも、生涯の最後に「この世はかばかりと見果てつる心地」のままに、源氏に頼ることなく、自ら法華千部供養の法会を催して矜持を見せ、この世を去る紫上。両者には似たところがあります。

## 紫上の容姿

実際、臨終前後の紫上の容姿は、かぐや姫の如くこの世のものならぬ美しさをたたえていました。次の一節は、死を間近にした紫上の容姿を、明石中宮の目を通して描いた場面です。

> こよなう痩せ細り給へれど、かくてこそあてになまめかしきことの限りなさもまさりてめでたかりけれと、来し方あまりにほひ多く、あざ〳〵とおはせし盛りは、中〳〵この世の花のかをりにもよそへられ給ひしを、限りもなくらうたげにをかしげなる御さまにて、いとかりそめに思ひ

給へるけしき、似る物なく心ぐるしく、すゞろにものがなし。（六・406）

これまでは、その華やかな美しさをこの世の花に喩えることもできたが、今は衰弱しているために、かえって高貴さと優美さを増して、喩えることができないほど美しいというのです。

また、次の一節では、死に顔の美しさが夕霧の目を通して描かれています。まだ暗い朝のうちに、夕霧が臨終の床を隔てる几帳の帷子を引き上げると、大殿油を近くに掲げて紫上を見つめる光源氏の姿がありました。夕霧も涙にくれて紫上を見つめます。

御髪のたゞうちやられ給へるほど、こちたくけうらにて、露ばかり乱れたるけしきもなう、つや／＼とうつくしげなるさまぞ限りなき。火のいと明かきに、御色はいと白く光るやうにて、とかくうち紛らはすことありしうつゝの御もてなしよりも、言ふかひなきさまにて、何心なくて臥したまへる御ありさまの、飽かぬ所なしと言はんもさらなりや。（六・416）

灯に照らされた紫上の髪は、気高く整って少しも乱れたところがなく、艶やかで美しく、顔色は白く光るように見えたのでしたが、その姿は、身繕いしたりせず無心に横たわっているために、非の打ち所がないのです。『源氏物語』でその死の前後の容姿がこのようにありありと描写されている人物は他にありません。紫上は、生前にも増して、言いようもなく美しい姿で世を去るのです。

なお、『竹取物語』では、かぐや姫が書き置いた手紙を、帝が不死の薬とともに富士山の頂で焼くように命じていますが、次の幻巻では、光源氏が、紫上の手紙を焼く場面が出て来ます。これも、『竹取物語』を下敷きにしたものと考えられています。

# 41 幻（まぼろし）

## 紫上亡き後の光源氏

紫上亡き後、光源氏は茫然自失の日々を送ります。紫上と同じ蓮の上に生まれるための準備、出家への意志は持ち続けているのですが、人聞きを憚ってそれができません。紫上の死によって出家したと、取り沙汰されるのを嫌ったのです。光源氏には、ひとたび出家したならば仮そめにも現世を顧みようとは思わないという、世の権勢家とは異なる強い道心があります。妻の死によって世をはかなんだと見られることは、避けたいのです。

また、「あるまじき絆（ほだし）多（おほ）うかゝづらひて」（六・458）と述懐しているように、出家の妨げとなる様々な事情がありました。それらは物語には記されず、幻巻に描かれているのは、ただ最愛の妻紫上を亡くした源氏の心情であり、紫上の思い出のみです。

柏木巻以降の諸巻と同じく、幻巻も春に始まってほぼ一年を描くのですが、四季折々の風物に触れては、光源氏の脳裏に紫上の思い出が蘇ってきます。早春の光に始まり、紅梅、桜、春の花々、梅雨、蓮、蛍、七夕、菊、雁と、四季のパノラマが、あたかも紫上を思い出させるためであるかのように展開し、源氏を中心に幾人もの人々が歌を詠み、その合間に紫上の人柄が繰り返し賞賛されます。

すでに御法巻の終わりのところで、源氏は次のように回想していました。幸運な人でも人から嫉まれたりおごったりする人もいる中、紫上は不思議なほど、関わりのない人にも信頼され、ちょっとしたことで人に褒められ、奥ゆかしく才長けていたと。それは源氏が他の女と関わったとしても変わりませんでした。紫上にとっては不快感を伴うにも関わらず、節度を失うことはなかったのです。幼い頃から、様々なことにつけて、その態度や言葉に才気と輝きを見せる人でした。

これまで紫上のために書かれたと言える巻は、初めて登場する若紫巻しかありません。その時一〇歳ほどでした。幻巻は、その死後、彼女を回想するためだけに用意された巻です。紫上のために捧げられたレクイエムなのです。

## 光源氏の旅立ち

冬が来たとき、源氏には心境の変化が生まれます。周囲の者は、いよいよ出家を実行に移す決心をしていると気づきます。源氏は、少しずつ残してあった、女達からの手紙を見つけては破らせます。その中に、特別にまとめて結んであった、須磨退去当時の紫上からの手紙がありました。須磨巻に「姫君(ひめ)の御文(ふみ)は、心(こゝろ)ことにこまかなりし御返りなれば、あはれなること多(おほ)くて」(二・440)とあったように、須磨にいた頃、紫上との間でやりとりしたそれらには、ひときわ深い思いがこもっていました。「千年(ちとせ)の形見」(六・480)というべきその手紙に、源氏は涙を禁じ得ません。涙が書面に降りかかって墨もにじむのですが、これも出家後は見ることもなくなると思うゆえに、目の前で女房たちに焼かせるのでした。

一二月の一九日から三夜の間行われる仏名会（仏名を唱えて罪障消滅を祈願する年中行事）のあと、光源氏は一年四ヶ月にもおよぶ籠居に終止符を打ちます。

その日ぞ出でたまへる。御かたち、むかしの御光にも又多く添ひてありがたくめでたく見え給ふを、このふりぬる齢の僧はあいなう涙もとゞめざりけり。（六・484）

それまでの紫上追憶の苦悩から抜け出したような源氏の姿に、老僧も涙をとどめ得ません。源氏は、辞世とも見なされる次の一首を詠み、新年を迎える準備を例年よりも特別に定めて、物語の舞台から去ります。時に五二歳でした。

紫上を喪い、四季の運行の全てが追憶の苦悩をもたらした一年余りの時間が、光源氏の心に大きな区切りをつけさせたと言えるでしょう。振り返れば、若菜上巻、女三宮を正妻に迎えたことをきっかけとして、光源氏の六条院世界は揺らぎ始めます。柏木と女三宮の密通、源氏の子ならぬ子薫の誕生、女三宮の出家と、その崩壊してゆく様が克明にたどられます。最後に、いわばとどめを刺したのが紫上の死でした。

その完全な崩壊によって、光源氏が六条院を後に出家への道を歩き始めるところで、『源氏物語』の第一部・第二部、すなわち光源氏の物語は終わるのです。舞台を去るとき、傷心した光源氏ではなく、昔以上に「光」輝く光源氏であったことは何を物語るのでしょうか。これから出家する者ではなく、どこかへ旅立つ者というにふさわしい描き方です。

### 雲隠巻

光源氏が舞台から去ったと述べたのは、次の匂兵部卿巻以降、光源氏が登場せず、幻巻から数えて八年後にあたる年から始まるその巻頭に、「光隠(ひかりかく)れ給ひにし後(のち)」（七・14）とその死が記されていることによります。さらに先の宿木巻によれば、この間に源氏は出家して嵯峨に隠棲し、その二、三年後に亡くなったことになっています。

幻巻と匂兵部卿巻の間に、巻名のみ伝わる「雲隠」という巻があります。これが、作者が本文なしで巻名だけ残したものか、同時代または後世の人が挿入したものなのか、いまだに結論は出ていませんが、右のことから、この巻名が光源氏の死、あるいは出家して人々の前から姿を消したことを暗示していることは確かです。

# 42 匂兵部卿（にほふひやうぶきやう）

## 『源氏物語』第三部の始まり

第四二帖匂兵部卿巻は、「光隠れ給ひにし後（ひかりかくれたまひにしのち）」（七・14）と、光源氏の死から書き出されていますが、亡くなったのは源氏だけではありませんでした。光源氏のライバル致仕大臣（頭中将）、弟の蛍兵部卿、鬚黒大将、朱雀院など、これまでの主な登場人物の何人かが、この頃はみな鬼籍に入っていることがこれ以降の巻でわかります。

一世を風靡した光源氏亡きあと、その子孫の中で源氏に代わる人はありません。強いて挙げれば、今上帝の中宮の子である第三皇子匂宮と、光源氏の正妻の子ならぬ子薫の二人ですが、源氏の美質にはおよばないのです。ただこの二人は、それぞれ光源氏の孫と子であり、その源氏の声望によって、更衣腹であるが故にいじめられた源氏自身の若い頃よりも重く扱われていました。二人は、すでに第二部の横笛巻でその幼い子供らしい様子が描かれており、そこには新しい世代が育ってゆく予感がありましたが、いよいよ成長した彼らが登場する舞台となったわけです。

この匂宮巻から、『源氏物語』は第三部とされる巻々（あるいは、幻巻までを「正編」とすれば「続編」）に入ります。第三部は、まず源氏の子と孫のその後を語るところから始まるのです。物語には主人公が必要ですが、光源氏に匹敵する主人公が望めない今、語り手はその役割を源氏の子孫である二人の貴公子に分け与えようとしているようです。

匂兵部卿・紅梅・竹河の三帖（匂宮三帖）は、この二人が様々に関わる三つの権門、夕霧家・紅梅大納言家・鬚黒家の姫君たちの結婚問題を、一巻ずつ割り当てて描きつつ、二人の主役の性格や行動を主として外側から照らし出します。二人に焦点が絞られることは、匂宮巻の一部を除いてはありません。合間合間に姿を見かけるといった語り方なのですが、それは、いかにも貴族社会に生きる幾多の男女の中にこの二人が息づいているという印象を与えます。

橋姫巻から始まる、いわゆる「宇治十帖」に入ると、物語の主な舞台も京を離れて宇治や小野の里に移り、この二人に焦点は絞られ、新たに大君・中君・浮舟の三姉妹が配されて、愛と苦悩の物語が展開します。匂宮三帖がなければ、匂宮と薫の、貴族社会に生きる人間としての実在感が薄れるとともに、第二部と宇治十帖との間の隔たりが著しくなって、長編物語としての統一性が失われることになるでしょう。三帖は、第二部から宇治十帖へと橋渡しをする役割を果たしているのです。

### 六条院のその後と夕霧家の娘たち

源氏の死後、六条院の住人たちは、泣く泣くそれぞれの「つひにおはすべき住（す）みかども」（七・18）に移って行きました。花散里は二条の東院に、女三宮は息子の薫とともに三条の宮に移り、明石中宮は内裏にのみ仕えていました。源氏の生前にさかのぼれば、すでに玉鬘は鬚黒大将のもとへ、秋好中宮は冷泉院からの退出はままなりませんでしたので、六条院は、昔と変わって人少なの状態になってしまったのです。

今ここに住むのは、当主夕霧、五十二歳になる明石の御方、明石中宮の娘である今上帝の女一宮、それに、内裏の梅壺を居室としていて、時々六条院へ休息に来る明石中宮の子、今上帝の二宮です。夕霧は、父の築き上げたこの大邸宅を荒らすまいと、落葉宮を丑寅の町に住まわせ、これも「まめ人」らしく、三条殿にいる雲居雁と交互に一五日ずつ通うことにします。明石中宮の三番目の子、今上帝の三宮すなわち匂宮は、主として紫上が晩年を過ごした二条院に住んでいましたので、光源氏ゆかりの二条院と六条院は明石中宮の子供たちの住まいとなり、祖母である明石君がその後見をするようになったのでした。

夕霧はすでに四〇歳となっていました。匂宮巻では右大臣兼左大将として登場し、長女（大姫君）は今上帝の一宮（春宮）に、次女（中姫君）は同じく二宮に嫁がせて権勢家として安定した地位を築いていています。順序よく次の娘を甥の三宮（匂宮）にと考え、世の人々も、匂宮の母、明石中宮もそう思っているのですが、匂宮の方はそれほどの気持ちはありません。

夕霧は子だくさんで、数え上げれば男子は七人、女子は六人いることになっています。そのうち雲居雁との間に生まれたのは少なくとも六人、惟光の娘、藤典侍との間には少なくとも四人いることが確認できます。強引に結婚した落葉宮との間には、子はありませんでした。残りの娘たちの結婚相手として、匂宮に続いて現れるのが、弟の薫です（夕霧の実弟ということになっています）。六君が、多くの貴公子の関心を集めていましたが、夕霧は、匂宮や薫たちの目にとまりやすいようにと、子のない落葉宮の養女とします。身分の高い宮の娘とすることで、世評を高めようとしたのです。

## 匂宮の人物像

匂宮巻で再び登場した匂宮は、一五歳。今上帝と明石中宮が「いみじうかなしうしたてまつり、かしづききこえさせ給ふ宮」（七・14）、たいそうかわいがり大切に世話している皇子でした。そこで内裏に部屋を与えて住まわせたのですが、本人は二条院のほうが自由で気楽なためか、また孫同様に自分を愛した故紫上に、ここに住んで紅梅と桜の世話をと頼まれたこともあってか、こちらを主な住まいとしています。

兄の一宮は春宮、二宮は次の春宮候補で、本人は住まいのみならず、そうした後継の問題からも自由な立場にあります。夕霧の娘をと母からも勧められているのですが、「我（わが）御心より起（お）こらざらむ事などは、すさまじくおぼしぬべき御気色（けしき）なめり」（七・16）、自分の気持ちから発した縁談でなければ興ざめだと思っている様子です。

匂宮は、薫が生来持っている不思議な芳香に対抗しようとして、朝夕薫き物の調合に熱中し、植え込みの花々ももっぱら香りのあるものを愛したために、世の人に少々柔弱ではと噂されています。語り手は、光源氏はそのように一つのことだけに熱中するということはなかったと評しています。恋愛の方は、あちこちの女を物色しますがこれといった人はなく、そのうちに冷泉院の女一宮に関心が傾きます。このように、匂宮は、高貴な血筋を持つが、政権からは距離をおいて風流と色好みに熱を入れる貴公子として登場します。

## 薫の人物像

一方、薫は一四歳になっていました。生前の源氏の意向によって、冷泉院が後見しています。その寵愛ぶりは院の一人子の女一宮に劣らず、なぜそれほどまでにと人々が思うほどでした。元服も冷泉院で行い、院の御座所近い対屋（たいのや）を与えられています。冷泉院が薫をこれほどまでに寵愛する理由は語られていませんが、源氏の子であるという、自らの出生の秘密を知る冷泉院に、薫は腹違いの兄弟であると思われていることは容易に想像できます。実は薫が源氏の子ではない――つまり院の兄弟ではないことを、冷泉院はもちろん、薫自身もまだ知らないのです。

女三宮は、相変わらず仏道に専念する日々を送っています。薫は、幼い時に自分の出生について女房たちの噂話を耳にし、不審の念を抱き続けてきました。二三、四歳という若さで急に出家し、仏道修行に生きる母の姿に、人に知られてはならない、何か思いがけない事態が起こったのだろうと思うのですが、知る術はありません。

深まる苦悩の中で、女の頼りなげな悟りでは往生もおぼつかないゆえ、自分も母の志を助けて、同じく後世を願いたいとまで思うのでした。実の父は誰なのかわかりませんが、女房たちのうわさ話の端々から気づいたのか、既に亡くなっていることを薫は知っています。生まれ変わってもその人に会いたいと思うのは当然でした。

薫を腹違いの兄弟だと思っているのは、時の右大臣夕霧も同様で、わが子に劣らず心にかけて大切に世話をしています。薫は、院からも右大臣からも愛されて、世間的にはこの上ない信望の集まる立場にありました。容貌は、取り立てて優れているわけではないのですが、まことに優美で、「心の奥(おく)多(おほ)かりげなるけはひ」（七・28）、心の奥底が計りしれないような雰囲気が、人とは全く違っていました。また、体から発する香りはこの世のものとも思われず、香を焚きしめる必要もなく、彼が花を折れば、その香が花に移ってひときわ香りを増すといった具合です。

薫は、元服後は冷泉院に住み、匂宮の住む二条院へは常に行き来する間柄でした。世の人は二人を「にほふ兵部卿、かをる中将」（七・32）と並び称してもてはやします。匂宮が年々に心を深く寄せるようになった冷泉院の女一宮は、薫と同じ冷泉院で暮らしていました。薫は、女一宮の様子を身近で見聞きし、妻としたいという気持ちは抱きながらも、皇女が独身を貫こうとすることはわかっていたし、冷泉院も遠ざけるので、強いて近づこうとはしませんでした。なおこの女一宮は、この後の巻には登場しません。

薫がかりそめにでも声をかければ、たいていの女は靡きました。縁が切れないように彼を心頼みにしている女は大勢いたのです。しかし薫は、女に対しては人目に立たぬようもてなし、つれないようでいて思いやりがなくもないという態度で通していました。自らの出生に関する不審の念から、「世(よの)中(なか)を深(ふか)くあぢきなき物に」（七・34）思い、悟り切った心境で、浮ついた恋愛関係などはいっこうに好まなかったのです。匂宮とは対照的な性格でした。

薫が二十歳の年、夕霧は、宮中で正月十八日に催した賭弓(のりゆみ)（賭け物を出して行う弓の競技）の還饗(かえりあるじ)（勝った方が自邸で行う宴会）に、大勢の公達を招きます。匂宮と薫のほか、夕霧の息子たちや上達部も六条院に参集し、極楽浄土さながらに盛大な宴が催されます。

## 43 紅梅（こうばい）

### ある家族の物語

先に述べたように、匂兵部卿・紅梅・竹河の三帖（匂宮三帖）は、薫と匂宮という二人の主役が関わる三家、夕霧家・紅梅大納言家・鬚黒家の娘たちの結婚問題を一巻ずつに描きながら、二人の性格や行動を外側から照らし出しています。この三帖では、薫も匂宮も、貴族社会に生きる幾多の男女の中の一人なのです。

前巻の匂兵部卿巻で、夕霧が貴公子たちのいずれかと結婚させることを考えていた娘たちと、薫・匂宮との間にはその後何も起こりません。冷泉院の女一宮も、以後登場することはありません。匂宮巻は、独立性の強い巻です。この紅梅巻も同様で、冒頭に時代を述べ、主人公の血筋や人柄を述べ、北の方、その子供と語り進めるのは、独立した物語が取る形式です。舞台は夕霧家から按察使大納言家へと移りますが、話題はやはりその娘たちの結婚問題です。

この大納言（紅梅大納言）は、故致仕大臣（昔の頭中将）の次男で、すでに賢木巻に九歳の少年として登場しており、その後も何度か「端役」として姿を見せていますが、ここで初めて「准主役」の座を与えられるのです。

この時五四、五歳で、才気があり、陽気な気質の持ち主で、「北の方」と呼びうる妻が二人あり、そのうちの一人がかの鬚黒の娘、このころ四六、七歳になっている真木柱なのでした。彼女は結婚しましたが、夫を亡くし、そこへこの紅梅大納言が通うようになります。紅梅大納言のもう一人の北の方は亡くなり、真木柱には宮との間に子がありましたので、双方子連れで同居します。大納言と真木柱との間には、男子が一人います。

## 真木柱の人生

このように、紅梅大納言家の親子の関係は複雑で、夫の「先妻」の娘が二人、妻の「先夫」の娘が一人、夫妻の間に生まれた息子が一人いるわけです。子供同士で見ると、腹違いの姉弟の関係と、血のつながらない姉妹の関係があり、また他方では、それぞれに前から仕えている女房がいて、しばしば「なまくね〳〵しきこと」（七・52）、つまりひねくれたもめごとが出来するのも不思議ではありません。その中で、今は正妻の地位にある真木柱は、こういう場合にありがちなトラブルをうまく処理して、賢明な夫人として生きています。

特に、紅梅大納言の先妻の子の一人、大君の東宮入内に際しては、後見人として内裏に仕えます。子の通過儀礼や結婚・出産に際して、従者たちを指揮して調度や装束などを準備し、付き添うのが母親の役目ですが、真木柱は、実の子以上によく面倒を見たのです。その昔、父鬚黒が玉鬘を迎え入れることになったため、一二、三歳であった真木柱は、錯乱した母北の方と共に祖父（式部卿宮）に引き取られました。その際、家の柱の割れ目に「いまはとて宿離れぬとも馴れ来つる真木の柱はわれを忘るな」（四・560）と歌を残した少女は、およそ四年後に蛍兵部卿宮と結婚しました。しかし、十分な愛情は得られないまま、三〇歳近くになって夫に先立たれます。

蛍兵部卿宮は風流人でしたが、最初の北の方と死別、玉鬘に求婚して鬚黒に取られ、次に女三宮に求婚して源氏に取られるという不遇に見舞われます。ようやく真木柱と結婚するのですが、真木柱の外祖父である式部卿宮があっさりと結婚を認めたため、かえって物足りなく思い、亡妻に似ていないのを不満に思う始末でした。しかし、これらの不幸な体験が、真木柱を強く賢明な母にしたとも言えます。

この蛍兵部卿宮との間に生まれた宮御方は、人並み以上の人見知りで、母である真木柱に対してさえ遠慮して顔を合わせないのです。陰気なところはなく、血のつながらない姉妹とは、同じ部屋で寝、稽古事を教えるなどして親しくしてきました。そのようなごく身近な同年配の同性に対してのみ、うち解けて心を開くところがあるのでしょう。結婚のことなどは考えていません。母親としては悩みの種ですが、真木柱はそんな娘を大きく包み込むように見守っています。

### 紅梅大納言の人物像

『源氏物語』には四人の「按察使大納言」が登場します。桐壺更衣の父（1）も、紫上の母方の祖父（2）も、雲居雁の母の再婚相手（3）もみな按察使大納言でしたが、この巻の紅梅大納言（4）

以外は、その前の経歴も、後の昇進も語られない人物です。桐壺更衣の父（1）は、娘の入内を遺言して亡くなった人であり、紫上の祖父（2）も、入内を願いながら亡くなり、遂にその願いは実現しませんでした。

この巻の紅梅大納言（4）も、娘の入内を願っていたことが記されています。大納言の娘では大臣の娘に対抗できず、苦境に陥る可能性があります。春宮妃としては、すでに右大臣夕霧の長女がいるにも関わらず、彼が大君を入内させたのは、娘がありながら宮仕えを断念するのでは育てた甲斐がないと、不利を覚悟の上でしたことでした。入内先は、春宮の前に、まず今上帝の方を考えたでしょう。しかしそこには明石中宮がいて、到底太刀打ちできないのです。次の大臣をうかがう紅梅大納言としては、まだしも可能性の残る春宮への入内を決断したというわけです。

大君が春宮に入内し、母の真木柱もそれに付き添って内裏にいるため、紅梅大納言も中君も寂しい思いをしています。大納言は、宮御方に対しては実の娘同様に扱いたいのですが、実の母に対してさえ人見知りをする彼女が、義父に心を開くはずがありません。何とか一目顔を見たいと思ってのぞき歩き、母親がいない間は自分が代わって面倒をみようとまで言う大納言の姿は滑稽です。

琵琶の音を聞かせろと催促し、宮御方の女房に琵琶を持ち出させようとすると、若くて良い家柄の出の女房などは、のんびり奥で座っているだけで、大納言の腹立ちを誘う始末です。この大納言の振る舞いは、養女玉鬘に執心する光源氏を彷彿とさせます。

## 匂宮への関心・匂宮の関心

紅梅大納言は、中君については匂宮に嫁がせようと考えます。もともと大君・中君の二人しか子がなく、後継ぎが欲しいと思った大納言が、神仏に祈った結果、真木柱との間にできたのが「若君」と呼ばれる男の子でした。平安時代の中ごろは、父の官職や職能を男子が承け継ぐ「父子継承」が次第に定着していった時代でした。紅梅大納言も、娘二人を入内させるばかりでなく、公卿の地位を継がせる男子が欲しかったのでしょう。

若君は、元服前に作法見習いのため宮中に仕える殿上童（てんじょうわらわ）で、「心ばへありて、奥（おく）おしはかるゝまみ、ひたひつき」（七・54）、つまり利口そうで将来が期待できそうな顔つきをしていました。この少年が、皇子として内裏に部屋を与えられている匂宮と、父大納言との間を行き来します。殿上童や女の童など、貴族に召し使われる子供が大人の間で様々に動いて、物語の展開に一役を買うことはしばしばあり、『源氏物語』とほぼ同じ時代に書かれた『和泉式部日記』の冒頭に登場する小舎人童（こどねりわらわ）も、和泉式部と帥宮（そちのみや）との間を取り持ちます。この若君も、紅梅大納言に命じられて、紅梅の折り枝と手紙を、匂宮に渡します。

しかし、匂宮の関心は中君にはありませんでした。「古（ふる）めかしき同（おな）じ筋（すぢ）にて、東（ひんがし）と聞（き）こゆなるは、あひ思ひ給ひてんや」（七・70）と、匂宮と同じく皇族の血を引き、紅梅大納言家の寝殿の東に住む宮御方が意中の人であることを若君に伝えます。実子の二人には、力のある方へなびく世の常として、言い寄る男達が多く賑やかなのに対して、宮御方の方は、「物しめやかに引（ひ）き入り給へる」（七・78）

ところが、匂宮の気に入ったのでした。自分にはないものを相手に求めたのでしょう。

ところが、宮の御方の方は、結婚の意志はさらさらありません。母親の真木柱は、匂宮が娘の夫として好ましく将来性もあると考え、たまに代筆で返事などするのですが、一方、彼が好き者で密かな通いどころが多いので、本当のところは諦めています。こうして、紅梅大納言家の匂宮への関心と、匂宮の紅梅大納言家への関心はすれ違いに終わります。

『源氏物語』の大半の巻は、ある非日常的な出来事を中心にして、語り手はその出来事の意味を掘り下げてゆきます。紅梅巻ではそのような出来事は起こらず、上流貴族の日常生活の互いに関連の薄い一コマ一コマが続きます。ここでは、ある出来事の一部始終を語り尽くすことをあえて避け、自然のうちに生活が推移してゆく様を描こうとしているようにも見えます。物語には事件が必要ですが、日常生活においては、何かがありそうでそのまま何も起こらずに終わってしまうこともしばしばあるわけです。紅梅大納言家の平凡な日常の中に、さりげなく第三部の主人公の一人である匂宮を置いたとも言えるでしょう。

ある家の人々を中心に据えてその生活を描きつつ、そこに主人公を配して人物像の一端を照射するのは、前巻匂宮と同じ手法です。そして、最後にわずか一行足らずですが、匂宮が「八の宮の姫君」（七・80）のところへも通っていることに言及し、宇治十帖の世界への通路を垣間見させるのは、実に印象的です。

# 44 竹河（たけかは）

## 姉妹の「変奏曲」

匂宮三帖の最後は竹河巻です。匂宮巻では夕霧家を紅梅巻では紅梅大納言家を舞台として、皇女を含め年頃の娘たちの結婚問題を描いたあと、この巻では鬚黒家の娘たちが話題の中心となります。それを通して、薫と匂宮の性格・行動を外側から照らし出すところは、前二帖と同じです。紅梅巻では、大納言家と匂宮との関わりが中心で、薫は名前だけの登場でしたが、この竹河巻では、反対に鬚黒家と薫との関わりに重点が置かれ、匂宮は名前だけで、その点紅梅巻と竹河巻は対照をなす巻です。

前巻で紅梅大納言の後妻として久しぶりに登場した真木柱は、鬚黒の北の方の娘でした。鬚黒には、このほか玉鬘との間に五人の子があり、そのうち二人が女でした。夕霧と紅梅大納言にもそれぞれ大君・中君がありましたが、ここでは鬚黒の大君・中君にスポットが当てられるのです。このように、権門貴族の、年頃になった姉妹が皇族と結婚するという点で三帖は共通しています。

夕霧の大君・中君は、すでにそれぞれ東宮・二宮と結婚していることがわかるだけで、特にその人物像が語られているわけではありません。時の右大臣の娘として、姉妹はともに幸福な道を歩むことでしょう。

紅梅大納言の大君・中君の場合、大君は東宮に入内しますが、それは、すでに東宮妃である夕霧の大君に対抗しなければならないことを覚悟の上でのことでした。中君は姉よりも魅力的でしたが、語り手は入内後のことに触れていません。紅梅大納言が大臣に上り、それに伴って順調なその後を歩んだのかもしれませんが、夕霧家の姉妹に比べると、紅梅大納言家の姉妹の行く末がどうなるか未知数です。結婚の意志のない継子の宮御方はなおさらです。

これに対して、竹河巻の鬚黒の大君・中君は、格段にはっきりとした輪郭を持って描かれています。大君は冷泉院に参院し、中君は今上帝に尚侍として仕える事情が語られるのです。

匂宮三帖では、上流貴族の姉妹の結婚という小さな主題がどの巻にも含まれており、いずれも大きな波乱もなく進行しますが、そこには宮廷社会の熾烈な競争が垣間見え、その中で女たちが苦悩する様子が、巻を追う毎に明らかになります。次の橋姫巻で登場する、宇治十帖の八宮の姉妹——大君・中君・浮舟は、そのような宮廷社会とは無縁のところでそれぞれの運命を歩むことになり、それまでの三つの権門の姉妹たちの苦悩とは異質の、より深い課題が課せられます。

このように見てくると、匂宮三帖では、宇治十帖の三姉妹の人生を描くための準備が、用意周到に、しかもさりげなくなされていると言えます。喩えて言えば、匂宮三帖でそれぞれの姉妹の結婚という小主題が、変奏曲のように形を変えながら繰り返され、それが宇治十帖で大主題となって展開すると見ることもできるでしょう。

## 「悪御達」の語り

さて、竹河巻は、一風変わった書き出しで始まります。「これは、源氏の御族にも離れ給へりし、のちの大殿わたりにありける悪御達の、落ちとまり残れるが、問はず語りしおきたるは」(七・88)。このような、語り手の紹介を前置きとして始まる巻は他にありません。この竹河巻は、鬚黒に仕えていた「悪御達」、つまりよくない女房たちの生き残りが、誰に尋ねられるともなく語り遺したものだ、というのです。すると、これまでの『源氏物語』は、そうではない語り手が語ってきたことになります。

この後には、次のようなことが述べられています。これまでは、源氏一族の側から見た「紫のゆかり」の物語であって、これから語られるのはそれとは違う。「悪御達」が言うところによると、これまでの話の中には、源氏の御子孫についてでたらめなことが色々混じって伝わっていて、それは年を取ってぼけてしまった人のでまかせだろう――これまでのことは、紫上方の女房が、彼女らの立場から語って来たもので、必ずしも真実を伝えていないというのです。

語り手は、どっちが本当だろうか、と首をかしげていて、これから語られる話が、「悪御達」の言う通り真実であるかどうかは保留としています。しかし、少なくとも、鬚黒の大君が冷泉院に参院し、中君が今上帝の尚侍として仕える経過を通して、これまでには知られなかった登場人物の側面が浮かび上がるはずなのです。

## 大君の参院

一風変わった前置きに続いて、「悪御達」の語りが始まります。鬚黒を喪ったあと、その娘たちの入内は実現に至らないままになっていました。生前、鬚黒は、娘の入内への強い志を帝に伝えてありましたので、今上帝からは絶えず大君をとの催促があったのですが、玉鬘は、明石中宮が他の后を圧倒している様子を聞くと入内に踏み切れません。

また、冷泉院からも大君の参院を促す意向が伝えられます。この催促の背景には、かつて、冷泉帝の御代に玉鬘が尚侍となりながら、鬚黒の意志によって里へ下がり、子供が生まれてからは参内も思うに任せぬ状態となった経緯があります（真木柱巻）。院は、玉鬘の娘を迎え入れることで、昔果たせなかった願望を果たそうとしているようです。

このほか、美しいと評判の大君に求婚する男たちは少なくありませんでしたが、中でも夕霧の息子である蔵人の少将は熱心で、憂き身をやつすほどの思いの入れようです。ただし、玉鬘が婿としてふさわしいと考えていたのは薫でした。薫は少年時代に女三宮の三条宮に住んでおり、元服して冷泉院のもとで暮らすようになってからも、そこへしばしば出入りしていましたので、すぐ近くにある玉鬘の邸にも度々訪れていました。

この時一四、五歳。玉鬘が見るところ、「心おきておとな〳〵しく、めやすく、人にまさりたる生(お)ひ先(さき)しるくものし給ふ」（七・96）、心構えも大人のように行き届き、人柄も好ましく将来も期待できる人物で、有力な婿の候補だったのです。その玉鬘から常々親しく声をかけられていた薫も、表向き目立ったふるまいはなかったものの、大君の存在に無関心ではいられませんでした。

しかし、冷泉院からの熱心な要請に、玉鬘は結局大君を参院させることにします。玉鬘にしても、二四年前、まだ二三歳のころ、大原野行幸の折に一九歳の院の横顔を一目見て、深く魅せられた思い出があります。鬚黒が里へ下がらせたために、帝の寵愛を受けることは叶わなかったのですが、冷泉院に対する「肩すかし」したことへの負い目と憧れとが、玉鬘の心を動かしたのです。

時に大君一八、九歳、冷泉院四四歳でした。冷泉院には、すでに五三歳の秋好中宮があり、四四歳の弘徽殿女御がありました。しかし、大君とは親子あるいは祖母と孫ほど年が違い、また時の政治状況と深く関わる帝への入内と違って、寵愛を競っての確執の心配はないはずです。それどころか、弘徽殿女御からは、私を他人扱いして分け隔てないで欲しい、院も私が邪魔しているのだろうと憎らしそうに言われるから、早く来て欲しいとまで言われていました。

実際、大君が参院した夜の冷泉院の心境を、語り手は「后、女御など、みな年ごろ経てねび給へるに、いとうつくしげにて、盛りに見どころあるさまを見たてまつりたまふ」（七・150）と説明しています。后や女御と違い、若くて可愛らしいと思った、というのです。こうして冷泉院に参院した大君は、その翌年、女宮をもうけます。

## 中君の尚侍就任

大君の参院について今上帝が不愉快に思っており、代わりに中君の入内を熱心に求めていると聞いて、玉鬘は中君を尚侍（ないしのかみ）として今上帝に仕えさせることにします。玉鬘は、二三歳で尚侍となり、四九歳のこの時までその地位にあり続けたことになります。長年辞職を考えながら、重責ゆえになかなか辞めることができなかったのですが、帝が娘の中君を所望したために、娘に譲る形でそれが実現するのです。

玉鬘は、大君の場合と同じ理由で、明石中宮がいる今上帝に后として入内させることは避け、尚侍という女官の立場で中君を宮仕えさせたのでした。今上帝の納得は得られないものの、中君は気を利かし、奥ゆかしく振る舞って平穏無事に過ごします。

しかし、それは明石中宮に最大の配慮をした上でのことでした。巻頭近く、大君の入内をためらう玉鬘の心理が語られています。中宮の、対抗する者のない御威勢に押されて、他の后達があれども無きが如き様子でいるのに、その末席に身を連ねて中宮に睨まれるのもやっかいなことだ――実は、かの紅梅大納言も、明石中宮にはばかって、大君を今上帝ではなく春宮に入内させたのでした。

この巻における明石中宮は、母子の間を引き裂かれるように紫上の養女となった姫君の頃はもちろん、光源氏の栄華のもとで春宮妃として華麗な絵巻の中心にあった頃と比べても、あたかも別人格のようです。語り手は、右の玉鬘の心理描写中、中宮に睨まれることを「目（め）を側（そば）められ」（七・92）と言い表しています、楊貴妃に嫉まれて幽閉されたまま年老いる女の悲劇を歌った白楽天の詩、「上陽白髪人」を踏まえたもので、明石中宮を、嫉妬する楊貴妃に重ね合わせているのです。娘が、明石中宮に嫉まれて年老いるようなことがあってはなりません。

冷泉院に参院した大君の場合は、まさにその嫉みを買う結果となります。女君が生まれて冷泉院がいっそう大君のみに寵愛を傾けるようになると、弘徽殿女御の女房たちからはこれを快からず思い、くちさがなく言う者が出てきたのです。一方、大君を迎えたことで、玉鬘に接近するチャンスを得た冷泉院の思惑が玉鬘を苦しめます。

その気配を感じ取った玉鬘が参院を避けるようになると、弘徽殿女御によって窮地に立たされた大君は、なぜ母は自分のもとに来てくれないのかと恨むようになります。六年ほどが経ち、今度は男子が生まれると、弘徽殿女御自身にも嫉みの心が生じ、心のねじけた振る舞いも起こるようになり、とうとう大君は実家に下がりがちになってしまうのです。

この巻においては、冷泉院も、かつて出生の秘密を知って深い苦悩に沈んだ面影はなくなっています。その代わりに、四半世紀を経ても、かつて愛そうとして果たせなかった女への執着を失わない、色好みの老人として振る舞います。亡き夫鬚黒の、娘を入内させる遺志を重んじ、かつ宮廷における寵愛争いから来る苦労は遠避けて、二人の娘の結婚問題に片を付けたかに見えた玉鬘でしたが、その結果は必ずしも思うようなものにはなりませんでした。「悪御達」に語らせると、光源氏の二人の子、明石中宮も冷泉院も、こんな別の顔を見せるのです。

## 蔵人少将の恋

竹河巻は、三本の糸が絡み合うように物語が展開します。玉鬘の娘である中君は、玉鬘が中君にその地位を譲る形で今上帝の尚侍となり、明石中宮に気遣いながらうまく務めを果たします。これが一本目の糸です。また大君は、今上帝と冷泉院の双方から入内・院参を求められますが、明石中宮の目をはばかって今上帝への入内は敬遠し、冷泉院に院参します。これが二本目の糸。そこには、さらに冷泉院と玉鬘の過去も関わっており、それを三本目の糸と見ることができます。

そして、これら三本の糸のうち、二本目の糸にからめられてゆくのが、蔵人少将と薫の大君に対する恋の物語です。美しいと評判の大君に求婚する男たちは少なくありませんでしたが、中でも夕霧の息子の一人である蔵人の少将は熱心で、憂き身をやつすほどの思い入れようでした。許しがなければ、盗み取ってしまいかねず、気味が悪いほどに思い詰めていたのです。玉鬘は、思いがけない間違いがあってはならないと女房たちを戒めていました。

三月のある日、たまたま玉鬘の息子を訪ねて来ていた蔵人の少将が、大君・中君を垣間見ます。晩春の頃とて庭に植えられた桜の木も咲き乱れています。このような折には、桜にことよせて人々が訪ねてくることも多かったのですが、主人のいない今、玉鬘邸は人の訪れも少なく、玉鬘の二人の娘とその女房たちは端近くに出て囲碁に興じていました。

姉妹は、庭に植えてある「むかしよりあらそひ給ふ桜(さくら)」（七・126）を賭け物にして勝負に臨んでいます。まだ二人が幼い頃、これを互いに自分の桜だと言い争ったとき、父髭黒が大君のものだと定め、母玉鬘が妹の方をかばうように、中君のものだと言ったことがありました。この桜の一件は、後に大君の心に蘇り、母玉鬘を恨めしく思う原因にもなっています。大君が冷泉院に院参し、弘徽殿女御の嫉妬から苦しい立場に置かれた際、冷泉院の下心を疎んじて玉鬘がなかなか娘のもとへ足を運べなくなった時のことです。

鬚黒の方は、はなやかな顔立ちの大君の方を可愛がっていたようで、中君付きの女房たちはそれが不満でした。このようなことがあるとは、垣間見る蔵人少将は知る由もなく、ただただ大君の美しさに目を奪われています。「散りなむのちの形見にも見まほしく、にほひ多く見え給ふ」（七・128）――散り果てた桜の形見として見ていたいほどの、輝くばかりの美しさで、この姫君が冷泉院のものとなるのが少将にはいかにも口惜しく思われるのでした。なお、父親が姉妹のうちいずれかをより深く愛するという設定は、のちに語られる宇治の八宮と大君・中君の物語に似通っています。

## 桜と禁忌

そのうちに、弘徽殿女御が、冷泉院に恨まれるからと大君の院参を促し、それに抗えず玉鬘が準備を進めていると聞くと、蔵人少将は死なんばかりに思って、母である雲居雁に玉鬘を説得するよう懇願します。玉鬘の方は、大君を院に、中君を少将にと考えている様子ですが、少将は垣間見た大君の面影が忘れられず、中君に思いを移すことはできません。

この後、大君が院参するまで、蔵人少将は玉鬘の女房、中将の御許に手引きを頼んであきれるほどに恨み嘆き、自分の命も残り少なく思われるので、もはや恐ろしいものはないとまで思いつめます。大君が院に参ってからも、「あはれと思ふ」（七・146）、つまり気の毒だと一言だけでも言葉をかけてくれれば、しばらく生きられると女房に言い付けます。死にそうだという言葉を真に受けた大君が「あはれ」を「無常」の意に違えて返歌すると、それに感激して、再び「あはれ」の一言を聞くまでは死ねないという意味の歌を贈る始末で、大君参院後もその情熱は収まるところを知りません。自分が中将となり、左大臣の娘と結婚してからもそれは変わりませんでした。

このように命をかけて恋する蔵人少将の造型は、柏木のそれと似ています。女（女三宮）が親子ほど離れた年齢不相応の相手（源氏）と結婚すること、別の女（落葉宮）と結婚しても男（柏木）がなおその女（女三宮）を思い続けること、垣間見た女（女三宮）が桜の細長を着ていること、右に見たように「あはれ」の一言を執拗に乞うところ、何年にもわたって慕い続けているところなど、柏木との類似点を見出すことは難しくありません。

蔵人少将が中将になり、結婚しても心をとめないと述べたすぐあとに、大君が弘徽殿女御の白眼視に耐えられず里がちになったとあれば、密通の可能性が浮かび上がります。しかし、少なくともこの物語が終わるまで、二人の間には何も起こりません。最後は、何年経っても思いが晴れず涙をぬぐう蔵人少将（宰相）が、二七、八で「いと盛り（さか）ににほひ、はなやかなるかたち」（七・188）をしていたとあるのみです。あるいは、語り手はもはや第二の柏木物語を書く必要を認めず、密通の必然性を示唆したのみで十分だと考えたのでしょうか。

『源氏物語』では、花宴巻の源氏（対朧月夜）、野分巻の夕霧（対紫上）、若菜上巻の柏木（対女三宮）と、しばしば桜をモチーフとして禁忌に触れる恋心が描かれています。竹河巻でも、冷泉院の大君所望を承知の上で、許されなければ盗み取りかねない様や、桜の咲き散る中に大君を垣間見て、人の手に渡ることをつらく思う蔵人少将には、やはり禁忌に触れる恋心が揺曳しています。桜の持つ、美しくかつはかないイメージが効果的に用いられていると言えるでしょう。

### 「まめ人」薫の恋

当初、玉鬘が娘の婿としてふさわしいと考えていたのは薫でした。先に述べたように、玉鬘が見たところ心構えも大人のように行き届き、人柄も好ましく将来も期待できる人物で、有力な候補だったのです。容貌では蔵人少将に、好感度と優美さでは薫に並ぶ貴公子はいないとあって、薫はその人柄の良さが評価されています。世の常の恋愛に対する強い関心も見せず、落ち着いており、書も見所があって整っており、和琴は名手であった亡き致知大臣（かつての頭中将）に似ています。玉鬘はそのような薫を「まめ人」と呼んでいます。

薫の方も、表向き目立ったふるまいはなかったものの、大君の存在に無関心ではいられませんでした。「まめ人」と呼ばれて、「屈（くん）じたる名かな」（七・106）、気が滅入る名だなと思い、「うれたし」（同・108）、しゃくだと思って玉鬘邸へ出かけていったのを始めとして、玉鬘に意中をほのめかすようになります。大君が院参してからも関心を持ち続け、好意を寄せるように振る舞うのです。

蔵人少将のように惑乱することはありませんが、大君の院参を残念なことに思い、彼女の琴の音を聞いても平静ではいられません。大君目当てに最初に玉鬘を訪ねた折を思い出して涙ぐみ、自分の気持ちが浅くなかったことに気づきます。乱れたふるまいはせず、馴れ馴れしくうらみかけることもしませんが、折々につけて思いが叶わないことを嘆かわしく思っています。

匂兵部卿巻によれば、薫は世の中を深く味気ないものと悟った気でおり、女性関係については、出家の妨げとなるような執着心は起こすまいと考えていました。女と全く交渉がないわけではないのですが、人目に立たぬよう扱い、つれないようでいて思いやりがなくもないという態度で通していました。冷泉院の女一宮に対しても妻としてふさわしいと思いつつ、世馴れたふうに近づくことはありませんでした。

その薫が、竹河巻では大君に対してかなりの執着心を見せています。匂兵部卿巻で描かれた人物像から、恋愛関係について一歩踏み込んだ造型になっています。興味深いのは、薫の大君に対する心理が描かれているのは、ほとんど大君が院参した後である点です。失った後に、失ったものに対する自分の思いの深さを知るのです。薫の、恋する女に対するこのようなあり方は、宇治十帖にも引き継がれます。

巻名の「竹河」は、新年に行われる宮中の行事「踏歌（とうか）」の際に歌われる歌謡にちなむものです。伊勢の斎宮に仕える少女に恋した若者が、少女とともに追放されたいと願うという歌詞で、もともと禁忌を犯す恋心を歌うものでした。蔵人少将も薫も、それぞれ異なる形ですが、大君院参後にもその恋心を失わないわけで、その思いはこの歌詞にある通りです。

## 宇治の姫君——宇治十帖へ

竹河巻の中には五年ほどの空白があります。薫の年齢で言えば、一七歳から二一歳までの記事はありません。薫が玉鬘の大君に意中を伝えるようになったのは、一五歳の時で、この年に大君は冷泉院に参り、最初の子を身籠もっています。薫の大君に対する心情が描かれるのは大君が院参した後であると述べましたが、それも一五歳の時のことなのです。

それから八年後、薫は中納言に昇進しますが、その頃の薫は既に宇治に住む姉妹に心を寄せていました。竹河巻の終わり近く、時に二三歳の薫の脳裏に、彼女らがふと思い浮かぶのです。それは玉鬘と対面している時のことでした。薫は玉鬘に対して、たいそう若々しくおっとりしているという印象を受けます。そこから、娘の大君もそうなのだろうと思い、そして自分が宇治の姫君に惹かれるのも、そのような感じがいいのだと連想します。薫は宇治の八宮に私淑しており、その娘たちを垣間見ていたのでした。この空白の五年間の後半にあった出来事は、次の橋姫巻で初めて語られます。

先に述べたように、匂宮三帖では、上流貴族の姉妹の結婚という小さな主題がどの巻にも含まれていますが、宇治十帖の八宮の姉妹——大君・中君・浮舟は、宮廷社会の熾烈な競争とは無縁のところでそれぞれの運命を歩むことになり、それまでの三つの権門の姉妹たちの苦悩とは異質の、より重い課題が課せられます。その中の一人が、竹河巻で薫が思い浮かべた宇治の八宮の大君なのです。玉鬘の大君とはまた異なる深い苦悩を背負ったこの女君に対して、薫がどのように関わってゆくのか。橋姫巻に始まる宇治十帖の焦点の一つです。

# 45 橋姫（はしひめ）

## 宇治十帖の始まり

橋姫巻から、最後の夢浮橋巻までの巻々を「宇治十帖」と呼んでいます。橋姫巻は、まず「世に数（かず）まへられ給はぬ古宮（ふるみや）」（七・198）、世間から忘れられた老親王がいたと語り出されます。桐壺巻から竹河巻まで通読してきた読者が初めてこの巻を読むと、これまでと同じように都のとある場所で、ある親王をめぐる物語が始まるのだろうと思います。しかし、舞台はこのあと都から宇治の山里へと移ります。

開巻まもなく、「古宮」に二人の娘がいること、北の方は二人目を産んだあと重い病で亡くなったことが語られます。やはり、これまでの三帖同様、この巻にも姉妹が登場するのです。零落した親王の娘たちで、しかも母はいません。おそらくその結婚が問題となるのでしょう。

先に述べたように、光源氏亡きあとの三帖（匂宮・紅梅・竹河）は、薫と匂宮という源氏ゆかりの二人の貴公子を主役として据えながら、三つの権門の姉妹たちの結婚問題を語ります。二人の貴公子の性格や行動がそれによって外側から照らし出され、貴族社会に生きる幾多の男女の中に、この二人が息づいているような印象を与えていました。続くこの橋姫巻では、この二人に焦点が絞られます。

薫・匂宮とこの「古宮」の娘達の接点はまだありません。少なくとも、その屋敷が「いといたう荒れまさ」り、「草青やかにしげり、軒のしのぶぞ所得顔に青みわたれる」（七・204）といった状態では、これまでの権門の姉妹とは違って匂宮の目には留まりそうにありません。まして世の好き者とは袂を分かつ薫はなおさらです。

都での「古宮」一家の暮らしぶりが描かれたあと、実はこの人物が光源氏の弟であり、八宮すなわち桐壺院の八番目の御子（または第八皇子）であることが明らかになります。ここで初めて、紅梅巻の巻末で触れられていた、匂宮が通う「八の宮の姫君」（七・80）が、この姉妹のどちらかであることがわかるのです。紅梅巻は、橋姫巻から更に二年ほど後の話で、まだこの時点では、匂宮と姉妹は出会っていないはずです。どういう事情で、匂宮がこの姉妹と関わりを持つようになったのか、まだわかりません。

続いてこの八宮の家が火事で焼け、八宮一家は宇治に所有していた「よしある山里」（七・212）、趣のある山荘へ移ります。そこで、今度は竹河巻の巻末近くで、薫が玉鬘の大君から連想した「宇治の姫君」（七・184）が、実はこの八宮の娘のどちらかであったらしいことがわかります。つまり、匂宮だけでなく、薫も都から離れた宇治の山里の姉妹のもとへ通っていたのです。

## 八宮の人物像

冷泉院がまだ春宮であった時、弘徽殿大后がその廃位を企て、八宮を擁立しようとして失敗したという事件がありました。そのために八宮は、源氏方からは排除され、冷泉帝の即位後はいよいよ世に背を向けて生きるようになっていました。この擁立劇は、これまで物語の中では語られていませんが、弘徽殿大后が春宮の廃位をもくろんでいたことは、源氏が須磨に退去した事情から想像がつくことです。

冷泉院が春宮位にあったのは、光源氏が二二歳から二八歳にかけてで、源氏の生涯で最も波乱に富んだ時期でした。すなわち、二二歳で正妻を失い、二三歳で父桐壺院を失い、二四歳で藤壺が出家、二五歳の時、尚侍であった朧月夜との密事が露見、二六歳で須磨へ退去し、二八歳の時都に帰還したのでした。

弘徽殿大后の企みは、右大臣家の台頭を後ろ盾にして、光源氏に朱雀帝の廃位と春宮（冷泉院）の即位をもくろんでいるという謀叛のぬれぎぬを着せ、流罪に処することであったと考えられます。源氏は、その画策が実現して春宮に累を及ぼすことを避けるために、自発的に退居を決めたのでした。源氏が自ら身を引いたことで流罪に処することは実現せず、それに連動して行うはずだった春宮位の廃立も失敗に終わり、源氏が帰還して冷泉帝が即位します。こうなると、もはや八宮の立場はありません。

八宮は女御腹に生まれたものの、早く父桐壺院を失い、後見してくれる人もないために学問も十分できませんでした。しかも世事には疎く、権力欲もなく、「あさましうあてにおほどかなる」（七・210）、驚くほど上品でおっとりした性格でした。弘徽殿大后が権力獲得のために利用しようとしたのも、そのような人物だったからでしょう。こうして八宮は、大臣の娘であった北の方との深い宿縁だけを頼りに生き、二人の娘が生まれたあと、北の方が亡くなってからは、その成長だけを楽しみとして音楽につれづれを慰めながら生き続けます。

このような不運に見舞われた場合、世を厭い出家する道もありました。先に述べたように、一〇世紀末ごろから、貴族社会には世俗の生活を捨てて出家を願い、山林で静かに暮らしたいと願う隠遁志向が顕著になります。世俗の世界を離れて静かに深山にこもりたいという願いが、恵まれた境遇にあったはずの上流貴族にもはっきりと現れて来ます。春の訪れが遅く、人目もない寂しい土地とされていた山里が、平安時代中ごろになると、都とは異なる自然美が見出されるようになり、別荘も現れます。そこは、世俗の憂さから逃れる隠棲の地でした。

八宮も、おそらく出家して山里で隠遁生活を送りたかったのでしょう。しかし娘たちを残して一人都を離れるわけにはいきません。心だけは聖になり果てて暮らすほかはありませんでした。そのうちに、自邸が火災に遭うという不運に見舞われます。娘たちの将来を思えばこそ、出家もせず都にとどまっていた八宮でしたが、火事で家が焼けてしまっては、もはや選択肢は残されていませんでした。宇治に持っていた別業（別荘）に移り住むことになります。

**宇治の風土**

宇治は、七世紀に僧道登によって宇治川に橋が架けられてから、京から大和へ向かう要衝の地となりました。長谷寺参詣などを目的に、大和地方へおもむく人はここを通ったので、京の人々にとって宇治はなじみのある土地でした。水運の便がよいこともあって、平安時代以降は貴族たちの別荘地の一つとして栄えます。中でも藤原道長は、公卿たちとしばしば宇治に遊びました。

このような風光明媚な別荘地であるだけでなく、宇治はまた別の雰囲気をたたえた土地でもあります。古代にさかのぼれば、応神天皇の死後、皇位を狙って反乱を起こそうとした大山守皇子（おおやまもりのみこ）を、皇太子菟道稚郎子（うじのわきいらつこ）が討ち取り、その兄大鷦鷯尊（おおさざきのみこと）との間で皇位を譲り合い、弟が自ら死を選んだという伝承があります（日本書紀）。この兄弟の譲り合いの裏には権力闘争があったとも考えられており、古い伝承が八宮の境遇に影を落としているとも言えます。

また、遅くとも九世紀後半ころには寺院の存在が認められ、平安中期までには少なからぬ寺院が建てられていました。藤原頼通が、父道長の別荘を寺に改めたのが宇治平等院です。宇治近辺には、寺院に所属する僧侶のほか、山奥の岩窟に住んだという伝承のある喜撰法師のような行者や隠遁生活を送る者がいました。嵯峨野・小野などと並んで、宇治の山里は別荘地であるのみならず、宗教的な雰囲気を持つ場所でもありました。

このような土地に、八宮は移り住んだのでした。もはや一時期を過ごす別荘としてではなく、終の棲家として宇治を選ばざるを得なかったのです。

八宮の山荘のほど近くに、一人の阿闍梨（官命などによって祈祷を行う僧）が住んでいました。学問に優れ、声望もありながら、朝廷主催の儀式には出ず、宇治に引き籠もって修行しています。既成寺院に属さず、山林で修行し、求められて祈祷を行う「聖」のような生き方をしているこの人物は、八宮が一人仏道を求めて仏典を読み習う様子を尊び、八宮のもとへ出入りするようになりました。阿闍梨は、八宮に仏教の教義の深いところまで説き教え、八宮も隔てなく語らいました。彼は冷泉院にも親しく仕えていましたので、その噂が薫の耳にも届きます。この三人は、それぞれ世の常ならぬ苦悩を持つ点で共通性があり、宇治をめぐる物語の発端にふさわしい顔ぶれです。

薫は、八宮が出家せず、「俗ながら聖になり給ふ」（七・218）点に強く惹かれます。既成寺院に所属する僧でもなく、また聖や遁世して仏道修行に余念のない隠者でもない、「俗聖」（同）に強い関心を抱いているのです。少年時代から、世間一般の貴顕のような、恋と栄達を求める生き方を好まなかった薫にとって、在俗のまま仏道を求める生き方が、一つの理想的なスタイルなのでしょう。自分の出生の疑惑という、人生の根本的な問題を抱えた青年が、その解決を求め、まなざしを宇治という土地に向けてゆく様が明確にかたどられて、宇治十帖は幕を開けます。

薫は阿闍梨に、自分には仏典を学ぶ志があること、幼い時から深い道心がありながら、公私ともに暇なく明け暮れて、俗世間を離れることができずにいることなどを語ります。それが八宮に伝えられ、何ひとつ不自由のない権門にありながら、年若くして熱心に道を求める薫に心を打たれた八宮は、「法の友」（七・226）、すなわち同じく仏道を求める友としてならばと、手紙を取り交わすようになります。

初めて宇治の八宮の山荘を訪ねた薫は、同じ山里でも、のどかな風趣ある様ではなく、荒々しい水の音が絶えず、川風の吹き払うような質素なたたずまいに驚きます。八宮は、山林修行の深い意味や経文などを、堅苦しく物々しい様ではなく身近なことを喩えとして説くので、薫は親しく足を運ぶうちに敬愛の念を深めます。八宮に娘のあることは、阿闍梨の話から承知していましたが、このころは道を求める本意に外れることと思い、娘たちへの関心を抑制していました。

当時の官僧（朝廷の許可した僧）は、時の権勢家に迎合してその物質的保護を受け、僧としての位・官に対する執着は俗世の官吏と変わりませんでした。『源氏物語』にも「僧都」「律師」「阿闍梨」など、官僧たちが登場します。しかし丸山キヨ子氏によれば、『源氏物語』に登場する官僧たちはこれと異なって、真摯に仏道修行に勤しみ、ある者は仏の救いの働きに加わることに使命感を持っており、そういう形で「聖」への志向をみせています。「聖」は官僧ではないため、位階や名聞に煩わされずひたすら仏道修行し、求めに応じて祈祷しました。八宮は出家していませんが、静かな環境で専ら仏典に接し、たゆみなく念仏を行う慎ましく清らかな在家信者として、後輩の薫に対して懇切に教える「聖」の姿を示しています（『源氏物語と仏教』）。

### 薫の垣間見

こうして三年が経ちます。薫二二歳の晩秋のある日に、薫は久しぶりに宇治を訪ねます。八宮の山荘は、都から向かう際には宇治川の此岸にあり、馬で行くことができます。薫が山路を馬で進む道中は次のように描写されており、いかにも山里の奥へ導かれてゆく趣きがあります。

> 入りもてゆくまゝに霧ふたがりて、道も見えぬしげきの中を分け給ふに、いと荒ましき風の競ひに、ほろ〳〵と落ち乱るゝ木葉の露の、散りかゝるもいと冷やかに、人やりならずいたく濡れ給ひぬ。（七・232）

山荘に近づくにつれて、楽器の音色が聞こえてきます。八宮の姉妹が琵琶と箏の琴を演奏していたのでした。姉妹は、都から人が来ると楽器に手を触れようとしませんでした。父八宮が山荘に姉妹がいることを誰にも知らせまいとしていたのです。零落してはいても、八宮には、宮家としての誇りがありました。都での豊かな暮らしに憧れ、軽はずみに、いいかげんな好き心で言い寄る男の誘いに乗って浮き名を流し、親の面目をつぶすようなことがあってはならないのです。

薫は、このような所に姉妹が人知れずひっそりと生きているのは不思議なことだと言って、宿直の者に案内をさせ、垣間見ます。霧が立ちこめる中、雲間からふと射した月光に照らされて姉妹の顔がおぼろに浮かび上がり、うち解けて言葉を交わす様子を見て薫は心を惹かれます。

来意を告げ、御簾を隔てて大君と対面した薫は、訪問したのは色恋が目的ではなく、俗世を超越した八宮と共に生きる女君と見込んで、自分の志の深さを理解してくれる友を求めているのだと語ります。いかに宇治の山里に人知れず暮らす姫君でも、このような男がいるとは思いもかけなかったでしょう。どう答えたらよいものかわからないまま、一人の老いた女房にその場を譲ります。

老女は、世慣れたふるまいで薫と応対しますが、几帳のそばから、次第に明るんで来る曙の光の中に薫を見出した時、思わず涙をこぼします。実は、彼女は薫にとって重大な秘密を知っていたのです。八宮には五、六年前から仕えて姫君を後見していました。かつて、母の縁で柏木に仕えたことがあり、また朱雀院の女三宮の侍女、小侍従とも親しくしていたので、柏木と女三宮の密事を承知だったのです。それから二二年が経った今、薫の風姿を見て、ありし日の柏木を思い出したのでした。

当時のことを語り出した老女は、人聞きを憚って、柏木が遺言を遺したところで口をつぐむので、薫も人目を気にして、別の機会にと約束して帰ります。大君と歌を詠み交わして都へ帰った薫は、宇治へ手紙を書き送ります。

宇治の山里へ分け入り、そこで見出した美しい姫君と交流を結ぶという、いかにも物語に出て来そうな経験は、男友達との間では格好の話の種でした。さっそく彼は、親友の匂宮にこのことを話して聞かせています。意外な所に佳人はいるものだ、月影で見てあれほどならと薫が話せば、匂宮も是非一度見てみたいという気持を抱きます。薫はしかし、もともと世間に心は留めまいと決めている上に、姫君を垣間見たあと、弁尼がふと漏らした柏木の遺言が頭の中を占めており、親しい友人と隔てのない会話を交わすだけで、それ以上の気持ちにはなれないのでした。

## 薫出生の秘密

やがて冬がめぐって来ます。一〇月五、六日のころ、薫は宇治へ出かけました。薫の関心は、当初から「俗聖」の生き方にあります。この時も、宇治の姉妹に会おうとの遠出ではありません。八宮が薫を待ち迎え、食事を共にし、日が暮れると火を灯して仏典を広げ、山から阿闍梨も呼び出して講義を聴く。川風は荒く、木の葉の散り交う音とともに宇治川の響きが迫ってくるような山荘で、まどろみもせずに道を学び、明け方近くに及ぶ――そんな一日を過ごしたのです。薫は以前ここで聴いた楽器の音色が思い出されて、八宮に演奏を所望し、八宮は一曲だけ琴（きん）を奏でます。冬の荒涼たる自然の中、求道の学問に勤しみ、疲れれば音楽を演奏するという、おそらく薫が理想とした「俗聖」の生活がそこにはあります。

しかしこの日の訪問には、もう一つ目的がありました。例の老女から、柏木の遺言の内容を聞き出さねばなりません。暁がた、この老女――弁（べん）といい、この頃六〇歳に少し足りない年齢でした――を招き出して語らいます。柏木が苦悩のうちに病で亡くなった一部始終を、薫は初めて知ったのでした。薫は長い間、自分の出生に疑念を抱き、真実を知りたいと仏に祈念して来ました。その祈りが通じ、「夢のやうにあはれなるむかし語り（がたり）」（七・278）を聞くことができたと、薫は涙をとどめることができません。もし、弁に出会うことがなかったら、「罪重（つみおも）き身にて過（す）ぎぬべかりける事」（同・284）、つまり実の父を知らないという罪を犯し続けることになっていたと思うからです。

弁が語るうちに夜も明け果て、薫は柏木の遺書を受け取り、都に帰ります。遺書は、細く押し巻いて、舶来の浮線綾（浮き織り）をほどこした布袋に納めてありました。恐る恐る開いてみると、中には、女三宮の返事が五、六通と、柏木の筆跡とおぼしき手紙が一通入っています。鳥の足跡のような字で書かれた文面の中に二首の歌が認められます。出家した女三宮以上に、この世を去る自分の方が悲しい。もし生きていれば、生まれてきた子供を遠くからでも自分の子と見ることができようものを――まもなく最期を迎える柏木の痛切な心情が、古びた紙面からありありと薫の眼前に甦って来たのでした。

## 宇治の風土再び

宇治北部の木幡には、藤原氏代々の陵墓がありました。柏木は故太政大臣（かつての頭中将）の嫡男であり、藤原氏の長者となるべき人物でした。薫が、源氏ではなくその藤原氏の秘められた血を引くことが、宇治という土地で明らかになるのは暗示的です。

八宮はその昔、世の中から見捨てられた存在でした。帝位についたのは冷泉院であり、それを後見したのは、今を時めく貴公子薫の表向きの父親である光源氏です。八宮を世の中から追いやった側にいる薫が、出生の秘密に苦悩して道を求め、八宮と「法の友」となったのでした。そして、その先に、出生の秘密の解明と、大君との出会いが待っていたのです。

薫が初めて大君を垣間見たのは、宇治の深い霧の中でのことであり、弁君が、初めて薫に出生の秘密を語り出したのも、その霧がなお立ちこめる中で迎えた明け方でした。いわば霧の中から、薫にとって重要な意味を持つ一つの真実と一人の女が姿を現してくるのです。薫の物語の幕開けには、宇治の風土が巧みに織り込まれています。

# 46 椎本（しいがもと）

## 匂宮と宇治の姉妹

「椎本」という語は、当時の人々が親しんでいた『宇津保物語』中の歌「優婆塞（うばそく）が行ふ山の椎（しひ）が本（もと）あなそばそばし床（とこ）にしあらねば」に見えるものです。在家の修行者である優婆塞が寝起きする山の椎の根本は、寝るための床ではないゆえにごつごつしているとの意で、在家の修行者といえば、橋姫巻に登場した「俗聖」、八宮が思い浮かびます。

この巻ではその八宮と娘達の身の上が語られますが、開巻すぐに登場するのは、薫でも八宮一家でもなく、匂宮です。薫から、宇治の山里で美しい姫君と出会ったことを聞いて以来、匂宮は是非一度その人を見てみたいという気持ちを抱き続けています。薫が父柏木の遺した手紙を読んだ翌年の春、匂宮は初瀬に詣でます。

だいぶ前に長谷観音に願をかけていた匂宮は、久しぶりに参詣する気になったのですが、それは帰途「中宿り」（休憩）に宇治へ立ち寄るためでした。目当てが八宮の娘にあることは言うまでもありません。かつて、光源氏が苦難を乗り越えて、住吉へ石山へと願果たしに出かけていたのに比べると、今上帝の三宮で春宮候補、生まれた時から恵まれた境遇にある皇子らしく、まことに気楽な「参詣」

の旅でした。

宇治には、夕霧の山荘もありました。これは光源氏から伝領した別荘で、八宮の山荘と宇治川を隔てた辺り、今日の平等院近辺に位置するとされています。夕霧はこのとき右大臣で、匂宮を出迎える予定だったのですが、急な物忌みで都合が悪くなり、匂宮は出迎えに来た薫と宇治に一泊することになります。

公卿・殿上人たちを始め、大勢の臣下を従えてきた匂宮は、さっそく碁や双六に興じ、夕方からは管弦の遊びに時を過ごします。この演奏が対岸の八宮の耳に届くと、中に混じって聞こえる笛の音を、彼はすぐに致仕大臣（かつての頭中将）の一族のそれと聴き分けています。致仕大臣から柏木へ、そして薫へと音色が伝わっていたのを、八宮の鋭い感覚が捉えたのでした。もちろん、八宮は薫の出生の秘密を知るべくもありません。

八宮から歌が贈られ、匂宮が返歌したあと、薫が公達を伴って八宮の山荘を訪ねます。匂宮から使いが差し向けられたことは、八宮にとっては思いもかけない光栄で、山里らしい風趣を生かして対岸から来た一行を精一杯もてなします。

匂宮も川の向こうへ渡りたくてたまらないのですが、重い身分がそのような軽々しい行動を許しません。姉妹に言葉をかけるきっかけを作るために匂宮が思いついたのは、贈歌で同じ皇族であることを強調することでした。それに対し、八宮の促しで、中君があなたは通りがかりの旅人にすぎないのでしょうと返します。こうして宇治川縁の春爛漫の風景の中、匂宮と宇治の姉妹との交流が始まります。

## 薫の苦悩の深まり

今上帝と明石中宮の愛情を一身に受けて育った匂宮と並んで、薫もまた、准太政天皇であった光源氏の「子」であり、冷泉院の限りない寵愛と、日に日に増していった秋好中宮の愛顧を受けて成長した貴公子の一人です。二人とも、将来は約束されていたのであって、その境遇は八宮とは対極にあったのです。しかし薫の方は、長谷寺参詣を口実として見知らぬ姉妹に馴れ初めようとする匂宮には想像もつかない苦悩を抱えています。

再び、橋姫巻で薫が出生の秘密を知る前後に時を戻してみます。前年の秋の末のことです。弁から、柏木が今はの際に言い遺したことを伝えなければならないと言われた日の翌朝、薫は柴刈の舟が宇治川を行き来する風景を目にして、ある感懐に誘われます。

たれも思へば同じごとなる世の常なさなり、われは浮かばず、玉の台に静けき身と思ふべき世かは（七・258）

この時薫は、これから自分の出生について重大な秘密が明かされる予感に、この世の全てが流転の様相を帯びて見え、都での栄達などいつ失っても同じことだという思いを抱いていました。そして初冬に再び宇治を訪れた時、自分が不義の子であることを、疑いようのない事実として知ったのです。

こんなことが世の中にあるだろうかと思い、その日内裏に出仕できなかったことが、薫に与えた衝撃の大きさを物語っています。

この衝撃は、生の足場が崩れたような根源的な不安に由来するものとも、あるいは右に述べたような、予感の中で抱いていた深い無常感の延長線上にあるものとも、あるいは、次に述べるような、わが身の栄達が実は虚構の上に築かれつつあるものだという自覚に基づくものとも言えます。

その年の秋、薫は中納言に昇進します。しかし、公務多忙になるにつけても、疑惑を抱いて過ごして来たこれまで以上に、苦悩は増すばかりです。世間から見ればうらやむべき昇進が、薫にとってはそうではありません。彼は故准太政大臣光源氏の子ではなく、柏木の子――長い間右衛門督で、死の直前に帝の配慮により権大納言を贈られた、柏木の子なのです。表向きの栄達と、本来あるべき官位との間には、大きな落差がありました。

当時、父が明らかでない子はまれではなく、権勢家の落とし種でありながら、身分の卑しい者の子となった例は珍しくありませんでした。しかし、逆に身分の劣る子が間違って権勢家の子として育てられた例はありません。そのようなことでもあれば、大事に至らぬ先に闇に葬られた可能性もあります。

薫は、深まる苦悩の中で、苦しみながら死んでいった父柏木の罪障が軽くなるように、一層仏道修行に励みたいと思うのでした。

## 薫の道心と恋

この年、八宮は「重(おも)くつゝしみ給ふべき年(とし)」（七・312）、六一歳の厄年でした。特に重厄とされる年齢を迎え、八宮は心細く思って、常よりも怠りなく修行しています。道心堅固に見える八宮でしたが、ただ一つ気がかりなのは、娘たちの行く末でした。婿として恥ずかしくなく、偽りない心で世話しようという男がいれば、見ぬふりをして結婚を許すつもりでいましたが、それらしい男は現れないのです。それゆえ、好奇心で近づこうとする男がいても、八宮は娘たちに返事をさせません。

七月頃、半年ぶりに宇治を訪ねた薫に、八宮は再び姉妹の後見を依頼します。薫は、世の中に心をとめまいと誓った身で、何ら将来の頼もしさはないとことわりつつ後見を約束します。薫に道心のあることは八宮も承知で、娘達を薫に添わせたいとは思いながら、結婚は難しいだろうと考えています。後見を頼むのは、自分の亡き後、せめて生活の心配のないようにしてやりたいとの思いです。

このとき薫は大君と言葉を交わしますが、薫の大君に対する感情にはこの頃から変化が生じます。大君と対面しつつ、薫が思うことは、自分が匂宮などと違って、これほど相手の父親に許されていながら、進んで結婚する気になれないこと、そうかといって、花につけ紅葉につけて心を通わす相手として好ましく、他の男のものになるのも残念であるということでした。すでに大君を「両(りやう)じたる心(ここ)ち」（七・322）、つまり自分のものだという気持ちがしているのです。

出生の秘密を知って苦悩を深める薫にとって、宇治にひっそりと暮らす、優雅でたしなみがあり、話のできる女の存在は、唯一の慰めなのでした。

## 八宮の遺言と死

秋も深まった頃、八宮はひどく心細い思いがして、例のごとく阿闍梨の住む寺に籠もって仏道に専念しようとします。出かける前に、姉妹に言い置いた言葉は、遺言と言ってよいものでした。

誰でも死別は避けられないものだが、その哀しみも、慰めてくれる人がいれば和らぐ。ところがお前たちには、実際にそのような相手として世話をゆだねられる人がいない。かといって、それによって私の成仏を妨げられるわけにはいかない。私が死んだ後、ともかくも亡き母の不面目になるような軽々しいことはしてはならない。よほど頼りになるような男でなければ、この山里から出てはならない。普通の女君とは違う運命のもとにあるとあきらめ、ここで生涯を送ると心に決めよ。

――おおかた、このように言い置き、女房達にもよくよく間違ったことのないよう戒めて、八宮は山寺へ入ります。これは、それまで父だけを頼りに生きてきた姉妹にとっては恨めしい言葉でした。

この時、大君は二五歳、中君は二三歳になっていました。後見のない、没落貴族の結婚に希望が持てないのは当然のことであり、また年齢も初婚にふさわしい年とは言えません。宇治の山里に、他に頼るべき人もなく、皇族の誇りだけを頼りに身を寄せ合って生きて来た親子は生きながら別れます。

八宮が阿闍梨のいる山寺に籠もるのは例のことでした。しかし、この時は特に重厄とされる六一歳を迎えて、「いつとなく心ぼそき御有りさま」（七・310）で、「物心ぼそく」（同・312）思い、常よりも怠りなく修行しています。八宮の寺入り前の場面には、これらを含めて、「もの心ぼそきに」（同・320）、

「いみじう物心ぼそく」（同・324）と、「心細し」という言葉が繰り返し用いられています。薫と対面しても、これが最後になるのだろうかと、自分の死期を悟ったような言い方をする八宮でした。この心細さは、死期を悟った人間の心細さであり、娘たちに言い置いた言葉も、自ずと遺言の意味を帯びたものになるのです。

参籠結願の日、八宮の帰宅を心待ちにしていた姉妹のもとに、その日の朝から八宮の体調が思わしくないとの知らせが届きます。それから二、三日、ひどくはないが何となく苦しいという状態が続きます。ところが阿闍梨は八宮に、ちょっとした病気に見えるがこれがあなたの最期になるかもしれないと言い、娘たちへの執着を断ち切って、山を下りないよう諭したのでした。そして八月二〇日頃、八宮はそのまま山寺で息を引き取ってしまうのです。

**阿闍梨の人物像**

なぜ、阿闍梨は八宮の下山を禁じたのでしょうか。八宮の病状如何に関わらず、既に八宮の死期を見通しており、現世の執着を断ち切って臨終の正念を期することが、八宮にとっての生涯の一大事と心得ていたのでしょうか。

先に述べたように、この阿闍梨は、既成寺院に属さず山林で修行し、求められて祈祷を行う「聖」のような生き方をしていました。八宮はその生き方に強く惹かれて出入りするようになり、仏教の教義の深いところまで教えを受け、隔てなく語らうようになった間柄でした。一見冷酷に見える態度も、それまでの信仰を介した二人の深い交流から考えると、阿闍梨の求める道の厳しさととらえるべきなのでしょう。

この訃報が姉妹に大きな衝撃を与えたのは言うまでもありません。せめて亡骸と最後の対面をと、阿闍梨に請うのですが、阿闍梨は許しません。日頃から八宮には、娘たちに対する執着心を断つよう諭していたゆえに、こうなった今は互いに相手を心に留めてはならないと言うのです。

八宮の下山を禁じたことといい、死後も姉妹との対面を許さなかったことといい、この八宮の死の前後の阿闍梨の振る舞いは、姉妹にとっては到底受け入れがたいものでした。「阿闍梨（あざり）のあまりさかしき聖心（ひじりごころ）を、にくく、つらしとなむおぼしける」（七・336）、余りに悟りきったような阿闍梨の態度を憎らしく思います。大君と中君の側に立てば「あまりさかしき聖心」としか言いようのない阿闍梨の態度ですが、阿闍梨の側から八宮の人生を見つめてみると、語り手のある意図が浮かび上がって来ます。

## 八宮の人生

八宮が往生していないと悟った阿闍梨は、『法華経』の「常不軽菩薩品（じょうふぎょうぼさつほん）」を行じます。この品には、無学文盲の常不軽と呼ばれる修行僧が登場します。常不軽は、出家・在家の「我こそは仏道を極めている」と自負する人々に向かって、「あなたがたは仏になれる。だから私は軽蔑しない」と礼拝賛嘆して回ります。人々はこの僧を罵り迫害するのですが、僧はそれでも礼拝をやめません。やがて迫害した人々も、大苦悩の後に法華経に帰依して仏となるのです。宇治の阿闍梨は、この「常不軽菩薩品」による回向こそ、八宮には必要であると考えたようです。

八宮は、かつて自分の北の方が亡くなった時、寂しさを紛らわせるために、女房の一人を近づけることがありました。ところが、その女房が子を産むと全く顧みなくなり、女房はやむなく子を連れて陸奥守の妻となります。上京した際に娘の成長を知らせる文を八宮に送っても、冷たく突き放されます。身分の低い女の産んだ子だからであり、都の宮廷社会から追われた八宮が、今度は追い出す立場に立ったのでした。この子が後に登場する浮舟です。

この出来事の延長線上に、親王の子であることに誇りを持ち、その名を傷つけることのないようにと娘達に勧めた遺言を置いてみると、八宮には、貴い血に固執する考え方があることが見えてきます。世の中から捨てられた故に、生きていく最後のとりでとして帝の皇子であるという出自にこだわったとも言えるのです。このような人生を送った八宮への回向としてふさわしいのは、その生き方の対極にあると言える、常不軽の修行による功徳しかないと阿闍梨は考えたのでしょう。

次の総角巻で、この阿闍梨が自分の夢に現れた八宮のことを語る場面が出て来ます。この時、大君は死に瀕しており、その場に薫と中君もいます。阿闍梨が言うには、夢の中で八宮が、臨終の際に少しだけ心にかかったことがあってまだ極楽に往生できないでいるゆえ、往生できるように仏事を営んで欲しいと告げたというのです。

この場面によると、八宮は往生しておらず、その原因は執着を断ち切れない現世との関わりにあるということになります。八宮にとって断ちがたい関わりとは、娘たちの他には考えられません。この話を病床で聞いていた大君は、父親の往生を妨げたのは自分だと「消え入りぬばかり」（七・570）に思うのでした。阿闍梨が臨終の正念を期して下山を許さなかったにも関わらず、八宮はついにそれを果たせなかったことになります。

『源氏物語』宇治十帖は、光源氏の栄華の陰で踏みにじられたとも言える、八宮の人生から語り起こされました。物語は、第二部まで、栄華そのものを相対化する視点を早くから示しながら、光源氏が準上皇という頂点へと上り詰めて行く様を描き、そしてその栄華とは裏腹に味わわなければならなかった、裏切りと愛する者の死、それによってもたらされる孤独を描いたのでした。

それに対して宇治十帖では、その裏側にいて、およそ光の当たらない、救済を仏道に求めるほかはない人物に焦点が当てられています。そこには、第二部までの、昇進・権力の獲得・貴族的恋愛といった都の秩序を遠く離れた世界があります。光源氏の苦悩は、いわば秩序の中にいてもたらされるものでしたが、八宮の苦悩は、立場や見かけをはぎ取られて秩序の外に追いやられた人間のそれでした。

## 匂宮と薫

薫の驚きと悲嘆が簡潔に語られた後、月が変わって九月となります。父を喪った姉妹の悲しみは、晩秋の訪れと共に深まり、山荘をとりまく自然の動きと一つに溶け合うように描き出されています。

野山のけしき、まして袖の時雨をもよほしがちに、ともすればあらそひ落つる木の葉のおとも、水の響きも、涙の滝も、ひとつもののやうに暮れまどひて、かうてはいかでか、限りあらむ御命もしばしめぐらひ給はむと、さぶらふ人ゝは心ぼそく、いみじく慰めきこえつゝ、「思ひまどふ」。（七・338）

八宮が亡くなり、自然に焦点は父を喪ったあとの姉妹の行く末に絞られます。後見のない二人の姫君に、薫と匂宮はどのように関わってゆくのでしょうか。それによって、姉妹の人生も大きく変わってゆくはずです。

薫は八宮との約束通り、姉妹の後見人として振る舞い、姉妹と文を取り交わしています。そのうちに次第に大君に惹かれて行き、この巻で誠に遠回しに求愛します。一方匂宮は、始めから好き心で姉妹に近づいて文を交わしますが、返事を書いているのが大君なのか中君なのかはわかりません。

これまで、匂宮への返事は、中君がしたためていました。それは、相手の求愛が本気ではないことを前提とした挨拶程度のものでした。八宮の死後は、さすがに返事をする気になれなかったのですが、匂宮が大変長い手紙を書いたのが効を奏して、重い腰を持ち上げるように大君が返歌します。

ようやく得た宇治の姉妹の返歌を、一刻も早く匂宮のもとへ届けようと、その手紙を預かった匂宮の使者が、宇治から木幡の山あいを馬で都へと急ぎます。匂宮は、いつもと筆跡の異なるその手紙を、夜ふけまで「うちもおかず」（七・344）見入って、翌早朝、再び歌を贈ります。この匂宮の若々しい求愛に対して、大君は容易に応じようとしません。心にかかるのは亡父の遺言で、ただひたすら父に疵をつけることを恐れて、二度とは返事を書かないのでした。

年の暮れに宇治を訪ね、大君と対面した薫は、匂宮の懸想のことに触れて、その仲介の労を執ろうと言いつつ、大君に自らの意中を伝えます。匂宮が関心を持っているのは中君である。いつも返事はどちらがなさるのか。このような山里でのわびしい暮らしは気の毒だから、都の私の家へいらしたらどうか——薫は遠回しに、姉妹を都へ引き取ることを申し出たのでした。これをそばで聞いていた女房たちは、都へ移り住むことができると喜ぶのですが、同じく奥にいた中君は、女房たちの物欲しそうな態度を見苦しいと思い、そんなことができようかと思っています。

椎本巻は、翌年の夏、薫が再び姉妹を垣間見し、強く惹かれる場面で終わります。

# 47 総角（あげまき）

**巻名「総角」**

八宮が亡くなってから一年が経とうとしています。宇治の山荘では、姉妹が亡父の一周忌の準備を進めていました。姉妹が家族の死に目に会ったのは、数年前の母の死以来のことでしたので、どのように法事を行えばよいかわからず、以前から仕えてきた女房たちが頼りです。

一年前の八月二〇日ころ、八宮が亡くなった際には、薫が阿闍梨や弁尼と図って葬儀・初七日・四十九日などを行わせました。一周忌も同様で、薫の援助のもと、姉妹は法服や経典の装飾などこまごまとしたことを女房たちの教えに従って整えたのです。法事には少なからぬ蓄えが必要です。仮に薫の後見がなかったら思うに任せぬ姉妹の境遇なのでした。

総角巻は、このように、これまで以上に心細い境遇に置かれた宇治の姉妹が、亡父一周忌の準備をしている場面から始まります。巻名の「総角」は、そんな姉妹を訪ねてきた薫が、大君に対して詠みかけた歌に基づいています。

総角（あげまき）に長（なが）き契りを結（むす）びこめ同（おな）じところによりもあはなむ（七・396）

「総角」とは、紐の結び方の一つで、輪を左右に作り、中を「石畳」に組むように結んで房をつけたものですが、薫の歌は、その結びの中に長い契りをこめて、糸が同じ所で何度も出会うようにいつまでも一緒にいたいという思いを表現したものでした。

これに対して大君は、貫きとめることもできない涙の玉の糸で長い契りなど結びようもないと、相変わらず薫を拒み続けます。

ぬきもあへずもろき涙の玉(たま)の緒(を)に長(なが)き契りをいかゞ結(むす)ばん（同）

この二人の贈答歌は、「むすぶ」「よる」「ぬく」（貫く）といった、糸に関わる語を用いてそれぞれの心情を表現しています。時に結び合わされて離しがたく、時に風に流されて容易に手に取ることができず、すぐ切れそうでいてなかなか切れない糸というものの変化に富んだ性格が、この贈答歌には生かされています。

### 糸――薫と大君

このとき姉妹は、法事の際仏前に奉る「名香(みょうごう)」を、紙に包んで五色の縒り糸で結ぶ作業をしていました。会話の中で、『古今和歌集』恋歌の一首「身をうしと思ふに消えぬものなればかくても経ぬる世にこそありけれ」を引いているのが薫の耳に入ります。

この歌は、つらい身の上でも死ぬことはかなわず、こうして生きながらえて来たというほどの意味ですが、「かくても経ぬる」の「へぬる」には、年月を過ごしてきたという意味と、縦糸をのばして機にかけたという意味が掛けられています。姉妹は、名香を糸で結ぶ作業からこの歌を思い起こして口ずさんだのでした。

これを始めとして、薫と姉妹双方の心理を描くために引かれている伊勢や紀貫之、詠み人知らずの古歌は、すべて「糸」を詠み込んだものとなっています。登場人物が次々と「糸」をめぐる古歌を思い起こし、そこから新たな「糸」をめぐる歌が生み出され、ほとんどそれだけで話が進行するのが、この巻頭の場面の特徴です。

姉妹はたまたま法事の準備で糸を繰っていたのですが、「糸」という言葉が持つイメージの喚起力が、一方では人生に対する感慨を呼び起こして、まさしく糸のように心細い今の姉妹の境遇を暗示し、他方では先に述べたように、薫と大君の、求愛する男とそれを拒絶する女の関係を効果的に浮き彫りにしています。

## 求愛——薫から大君へ

薫は、大君のつれない返答に話の接ぎ穂を失います。匂宮の懸想にことづけて、ようやく大君の自分に対するつれなさを恨むことができたのでした。薫は、八宮から姉妹の後見を託されたという事実に基づいて親しく交流し、大君の人柄に強く惹かれるようになり、その感情が次第に恋心に変わって今日に至っています。

遺言については、八宮の死後も弁君や大君との会話の中で触れており、今また大君を前にして、それをひきあいに出すのは自然なことでした。しかし、以前に比べて、「御心ばへどもの、いと〳〵あやにくにもの強げなるは、いかに」（七・400）、お気持ちがまったくもって無慈悲な位に何かと強情なのはどうしたことかと、恨む調子が強いのは、薫の大君に対する恋心が八宮の死後高まっているにも関わらず、相手の姿勢に変わりがないからです。

八宮は生前に、薫が娘の婿としてふさわしいとは思うものの、薫の深い道心を思えば、結婚は難しいと考えていました。薫に後事を託した際には、主として生活のための諸々の援助のみを念頭においていたように見えます。しかし、八宮が全く娘と薫の結婚をあきらめていたかと言えば、そうではありませんでした。

道心を貫くことと結婚することとは両立しないゆえに、「法の友」として薫に仏法を教え説いた八宮が、薫に結婚を求めるのは自己矛盾です。また、最後まで娘たちへの執着を捨てきれず、そのために出家も果たせなかった八宮が、薫に堅固な道心を求めることも同様に矛盾します。どちらにしても矛盾に陥る八宮が、娘たちの後見を依頼する言葉に「難しいことだろうが、場合によっては、薫さえその気になれば結婚を」という含みを持たせたとしても、不自然ではありません。

したがって、薫が八宮の遺言を盾に大君に結婚を迫るのは、遺言を曲解したわけでもなく、あながち筋違いとは言えません。問題は、薫の内面にあります。道心から八宮と交流し、色恋を求めて近づくのではないと言いながら、色恋沙汰になっていくという矛盾を薫も抱えているのです。

## 愛の拒絶——大君から薫に対する

一方、姉妹の男たちに対する態度は、亡き八宮の教育と遺言の大きな影響のもとにありました。八宮は、もともと興味本位に娘に言い寄って来る男に対しては、うわべだけの返事すら書かせませんでした。特に大君は、それが匂宮のように高貴な身分の男からの手紙であっても、筆を執らない慎重な性格でした。その上に、父が遺した厳しい訓戒が大君を固く恋愛から遠ざけていたのです。

彼女が匂宮の手紙に対しても薫に対しても、人並みならぬ魅力の持ち主であることは認めながら、父の名に傷をつけまいとし、情けをわきまえぬ修行僧のように過ごそうと思うのは、遺言があるからです。父の最後の言葉となった訓戒は、ほとんど結婚の可能性の入り込む余地のなさそうな厳しいものでした。それゆえに、大君は父が将来のことをあれこれと言い置いた言葉の中には、結婚のことは何一つ含まれていなかったと言って、薫の求愛を拒むのです。

しかし、この遺戒は、娘たちに対して単に結婚してはならないと言っているのではありません。「おぼろけのよすがならで、人の言(こと)にうちなびき、この山里(ざと)をあくがれ給ふな」（七・324）、しっかりとした依り所にはならないような男の言葉に靡いて、この山里をさまよい出てはならないという言葉は、裏返すならば、仮にしっかりとした後見のできる薫のような男であれば、結婚もあり得るということです。

このことは、先に述べたように、生前の八宮の頭の中にはあったことです。また、八宮が薫にその気持ちがあるなら婿にと考え、弁などにも漏らしていたことを、大君は知っていました。この遺戒が厳しいものになったのは、薫が娘の後見人とはなっても、彼が道心ゆえに結婚までは考えない可能性があると考えたからです。その場合は、娘たちは一生を宇治の山里で終わったほうがよいということなのです。

それでは、なぜ大君は結婚をかたくなに拒むのでしょうか。仮に薫の求愛を受け入れても、父の遺戒に背いたことにはならないはずです。大君には、結婚そのものを拒む「何か」があったはずです。むしろ、その「何か」が、幼少期から、あるいは生まれついてから備わっていて、父の教育の影響を大きく受けて思考の骨組みを形成しており、父の最後の訓戒は、それを完全なものにするための肉体の役割を果たしたと見ることもできそうです。

言い換えると、大君には、父の言葉の中から結婚の可能性の余地を含むあいまいな箇所を削ぎ落とし、純粋培養して自分の思想としてしまっているようなところがあるのです。その姿勢は一貫していて、数ヵ月後に訪れる死まで変わりませんでした。この「何か」が何であったのかは、巻末近くの大君の死までを見通してから、改めて考える必要があります。

## 愛の贈与——大君から中君へ

薫はこの日、大君の寝所に入り込み、髪をかきわけて火影に照らされた顔を間近で見ますが、大君は受け入れず、翌朝むなしく帰ったのでした。総角巻は一周忌を迎える場面から始まっており、年が改まってから後のことは詳しく語られていませんが、父が亡くなって一年が経つうちに、大君の心の中にはある変化が生まれていました。

大君はこの時の薫との会話で、初めて中君の身の上を案じていることを口にしています。続いて弁が、大君は中君を薫に縁づけたいと考えていることを薫に伝えます。大君が薫を受け入れないまま一夜を明かす間にそう思っていることがわかり、同じ八月のうちに再び薫が訪れた時は、妹に直接薫との結婚を勧めるに至っています。

前年の冬に大君と対面した際、薫は姉妹に、都の薫の家へ移り住むことをそれとなく勧めています。あるいはこの時の、結婚に向かって踏み込んだ薫の言葉がきっかけとなったのかもしれません。これ以前には、考えた形跡のない発想でした。大君は、いま父の遺戒を盾として薫を拒絶すると同時に、妹中君に結婚による「幸福」を与えようとするのです。

しかし、そのような発想が、中君に受け入れられるはずはありません。父の遺戒を理由に自分は結婚せず、一生を山里で送るつもりでありながら、妹には結婚せよというのですから、中君が「いかにおぼすにか」（七・434）と驚き、父は姉だけに訓戒を遺したのではないと反論したのは当然でした。

当事者でない女房たちは、もちろん大君が薫と結婚し、都へ戻ることに期待をかけています。宇治の山里に身を埋めたくないと思う者たちはとうに去り、後には、おそらく都へ帰るに帰れない者や、老齢で思うに任せぬ者が、依然として宇治の八宮山荘にとどまっています。中には、八宮の「古体なる御うるはしさ」（七・404）、つまり古風な律儀さが障害となって、結婚話も進まなかったなどと考えている女房もいました。弁を始めとして、八宮が亡くなった今は、大君が薫と結婚して中君もろとも都へ戻るのがよいと考えています。まして、八宮も生前はそれを願っていたわけです。

女房たちは、再び訪ねて来た薫を大君の寝所に導き入れます。ところが薫が入り込んできた時、大君は中君を残して部屋をすべり出てしまうのでした。

## 薫の哲学と求愛

すでに大君の顔を、髪をかきやりながら見たことのある薫は、目の前にいるのが大君ではないことに気づきます。おびえる中君が気の毒でもあり、大君が妬ましくもあって、薫は親しく語らっただけで去ります。かたくなに薫を拒む大君の心の中を、老女房たちは知るべくもありません。恐ろしい神がついたのだろうか、いやこんな人遠い境遇で育ったので、こうしたことをきまり悪く思うのだ等々と推測をめぐらすばかりです。

薫は、忍び入る前に、自分とよく似た人間を大君に見出していました。弁から大君の気持ちを聞いて、「いかなれば、いとかくしも世を思ひ離れ給ふらむ、聖だち給へりしあたりにて、常なきものに思ひ知り給へるにや」（七・444）、どうしてこれほどまでに現世への思いを断って生きているのか、父宮のそばにいたゆえに無常を悟っているのだろうかと思ったのです。

しかし、これほどに拒む大君を前に、さすがの薫も落胆を禁じ得ず、早々に都へと引き上げます。それでも、さりげなく感情を押し殺して詠んだような歌に対して、やはり何事もなかったようにさりげなく返した歌を見れば、全く恨み通すこともできないのでした。

少年時代から、世間一般の上流貴顕のような、恋と栄達を求める生き方を好まなかった薫にとって、八宮のように在俗のまま仏道を求める「俗聖」の生き方が、一つの理想的な生活でした。貴族社会からドロップアウトした八宮と権門の子弟として歩んできた薫とは対極的な存在ですが、どこまでも「俗」の中にあって与えられる地位はそのまま受け入れつつ、一方ではこの世の無常を超越するために精神的な拠り所として仏道を求める生き方の理想型は、八宮にあったと言えます。

出生の疑惑がそのような無常感に基づく隠遁への志向をいっそう強め、その秘密が宇治で明らかになり、生の足場が崩れたような根源的な不安を抱え込む。そして、もともと執着のないわが身の栄達が、実は光源氏の子という「虚構」の上に築かれつつあるものだと自覚する。一方、苦しみながら死んでいった父柏木の罪障消滅のために仏道修行に身を入れる――このような薫が、最初に大君と言葉を交わした時、俗世を超越した八宮と共に生きる女と見込んで、自分の志の深さを理解してくれる友を求めているのだと述べたのは、決して嘘ではなかったのです。

その後、出生の秘密を知って苦悩を深めた薫にとって、宇治にひっそりと暮らす、優雅でたしなみがあり、話のできる女の存在は唯一の慰めでした。現世に背を向け、さびれた山里でひっそりと生きている女に自分と同類の人間を見出して、心からの話し相手を求めたのです。薫は、単なる性的なレベルを超えた、人間としての親密感を大君に求めたと言えます。

薫が、最初に大君の寝所に忍び込んだ時も、匂宮を中君のもとへ導いた際に大君に迫った時も、その拒絶をそのまま受け入れているのは、薫に右のような「哲学」があったからでした。父柏木のように、情念に身を焦がす生き方はおよそ薫とは縁遠いものでした。

靡かぬ女の周りをぐるぐると漕ぎ廻る「いと人笑へなる棚なし小舟」（七・458）に自らをなぞらえて、一晩物思いにふけった明け方に、薫は匂宮のもとを訪ねます。中君を匂宮に譲って、匂宮の願望を叶えるとともに、大君に望みをつなごうというのでした。

## 匂宮と中君の結婚

八月二八日の彼岸の末日に、薫は匂宮を宇治へ案内します。彼岸の末日という吉日を選んだのは、その日を匂宮と中君の結婚の日と定めたからでした。以前のように、中君の居室に導いて欲しいとの伝言に、大君は喜んで、しかし廂の間の襖障子をしっかりと閉じて薫と対面します。その間に、大君が薫のために開けておいた通路を、薫と思いこんだ女房に導かれた匂宮が、中君の部屋へ忍び込んだのでした。

一方、薫も三度目の求愛に挑みますが、大君は拒み通します。後朝の文が匂宮から届いても、中君は正気も失せた様子でしばらく返事もできず、大君が無理矢理書かせる状態でした。大君としては、中君をこそ薫にと考えたのですが、思いがけなくも、中君は匂宮と結婚することになったのでした。

妹の幸いを願う大君としては、匂宮が心変わりすることなく、宇治へと通い続けてくれることがただ一つの希望です。

二日目の夜も、匂宮が遠い道中を急いで訪ねてきたことに対して、当初の願いとは裏腹な事態にとまどいながらも、「うれしきわざ」（七・482）と喜び、世間でいう「のがれがたき御契り」（同）だとなぐさめます。中君は返事もしないのですが、姉の自分の幸福を願う気持ちは受け止めています。しかし、匂宮との縁で世間の笑いものになるかもしれないという不安はぬぐえません。女房たちに言われるままに三日目の餅を用意して、姉妹は匂宮を待ち迎えます。

このような匂宮の振るまいに心を痛めていたのは、その母明石中宮でした。明石中宮は、この年四三歳、父光源氏を喪ったのはもう二〇年も昔のことです。その後は、六条院にも滅多に退出せず、専ら内裏にあって匂宮と女一宮を溺愛していました。「匂宮三帖」（匂兵部卿・紅梅・竹河）によれば、今上帝の寵愛は並ぶ者なく、宮廷での発言権も大きく、玉鬘も紅梅大納言も、自分の娘を今上帝に入内させるのを憚るほどでした。総角巻では、帝とともに溺愛する皇子の行動を案じて監視するのが専らの務めです。

三日目の夜、宮中に参内した匂宮は早速母に行跡を諫められ、禁足を余儀なくされます。折よく参内した薫に相談した結果、咎めは薫が負うと言われ、匂宮は宇治へ赴きます。それを聞いた中宮は、あきれて物も言えないと嘆きます。宮中を「脱出」した匂宮は夜遅く宇治に到着し、中君との三日目の夜を過ごして、ここに結婚が成ったのでした。

## 大君の絶望

この三日目の夜の場面で、忘れがたい印象を与えるのは、大君の描写です。妹の婚儀のさなかに、盛りを過ぎた女房達が着飾る姿を見渡して、自分はまだましと思うのはうぬぼれで、わが身を鏡に写してみればやせ細っていくばかりと思い、細くか弱い、痛々しいような手を袖から出してじっと見つめるのです。

もともと、大君は「紫(むらさき)の紙(かみ)に書(か)きたる経を片手(かたて)に持(も)ち給へる手(て)つき、かれよりも細(ほそ)さまさりて、痩(や)せ〳〵なるべし」(七・386)とあるように、ほっそりとした体つきでしたが、それが特にここでは強調されています。椎本巻の場面は、薫から見た大君の姿で、薫の求める精神的な愛の対象としての大君を暗示しているかのようでした。この総角巻の場面では、大君自ら見つめる手が、その生を象徴しているかのように見えます。

大君は、中君とともに、疎外され零落した八宮の娘として、三歳で母を喪ってから手入れもしていない屋敷で父の「俗聖」の姿を見て育ち、四年前にその家が火事で焼けて都をも離れ、隠棲の地宇治で何の希望もなくひっそりと生きてきたのでした。八宮の死後、匂宮から姉妹に贈られた文を見て「山臥(やまぶし)だちて過(す)ぐしてむ」(七・346)、修行者ふぜいで過ごそうと思うのは、父の生き方を自分の生き方として、それを貫こうとする意志の表れです。

薫との会話の中で、八宮の遺言に触れて「なほかゝるさまにて」(七・400)と言うのも、薫が初めて寝所に忍び込んだ後、薫を中君に譲ろうと思いつつ「猶かくて過ぐしてむ」（七・424）、「わが世はかくて過ぐし果ててむ」（同）と自らに言い聞かせるのも、その独身主義とも言うべき「哲学」が、一貫して大君の言動を支配していることを意味するのでしょう。

同じ境遇に置かれても、大君と中君とでは影響の受け方が異なります。大君は、「心ばせ静かによしある方にて、見る目もてなしも、け高く心にくきさま」（七・202）、落ち着いた性格でしっかりしており、見た目も態度も気品があって奥ゆかしい様子であり、「らう〱じく深く重りか」（七・206）、思慮深く重々しい印象を与えました。それに対して中君は、「いとうつくしう、ゆゝしきまでものし給ひける」（七・202）、大変美しく不吉に思われるほどの容姿の持ち主で、「おほどかにらうたげなる」（七・206）、おっとりとして可憐な印象を与えました。

姉妹の心の底の不安をなぞるように、三日目の婚儀が成った後は、匂宮の足が遠のきます。匂宮の中君に対する愛着は本物でしたが、母による禁足は思うに任せぬことでした。大君はその日数が積もるにつれて中君を哀れに思う一方、自分は決してこのような思いは味わうまいと深く心に誓うのでした。

九月一〇日頃、薫は匂宮を促して宇治へ一つ車で出かけます。匂宮が中君のもとへ行く間、およそ一〇日ぶりに薫と物越しに対面した大君は、決して薫にうち解けまいとします。中君のことを思うにつけ、今は好意を持っている薫に対しても、結婚した後はいずれ冷たいと思うことになりかねず、「われも人も見おとさず、心たがはで」（七・510）、つまり互いに見下さず、食い違いもなくこのまま生きていきたいというのが大君の真情でした。自分も相手も軽蔑や裏切りを味わうことなく生きるのが、最上の道だと考えているのです。

一方の薫は、相変わらず物を隔てて自分と接する大君がどうにも理解できません。中々宇治へ来ることができない匂宮が中君を何とか都へ迎えたいと思うように、焼亡した三条の宮を再建して大君を迎えようと考えます。

一〇月一日の頃、薫は匂宮を紅葉狩りに誘い出します。宇治の姉妹へは、そちらでひと休みするつもりだと告げて、御簾も掛け替えさせ、あちこちを掃除させて、接待の用意までさせます。紅葉狩りを口実に、匂宮を宇治へ宿泊させるのが目的でした。そのために内輪の親しい者だけを供に出向こうとしたのです。実際は、少なからぬ殿上人たちが噂を聞いて駆け付けていました。

しかし、遊びもたけなわという時に、都から夕霧の息子が大勢の随身を引き連れて参上します。皇子が都から宇治へ赴くというのに、これといった身分あるお供も伴わないのは先例ともなろうと、明石中宮が差し向けたのでした。もちろん匂宮の「単独自由行動」を戒めてのことです。

それればかりか、翌日も重ねて明石中宮から大勢の殿上人たちが送り込まれ、とうとう匂宮は宿泊をあきらめざるを得なくなります。なまじ薫から来訪の予定を告げられ、舟遊びの様子を遠くから眺めやっていた姉妹の落胆は言うまでもありません。匂宮から文があっても、ことごとしく大勢の取り巻き達がいる中へは返事のしようがありません。やはり自分のような者はあのような高貴の筋と交わるべきでないと身の程を知るのでした。匂宮も暗澹たる気持ちで宇治を去ります。

この一件があってから、大君の現世に対する不信の念は深まります。薫のこれまでの振る舞いも、ちょっと気を引いてみよう程度の気持ちからだったかもしれないとまで思い、父の遺戒を思い起こし、深い物思いをせずにこの世を去るべきだとまで絶望を深めてゆくのです。

## 大君の衰弱

紅葉狩りの一件があってからまもなく、大君は病がちとなり、それを聞いた薫が宇治へ見舞いに訪れます。御簾越しに病床の大君と対面すると、大君の口から漏れたのは、亡き父の諫めは、今度のようなことがあってはならなかったからだと思うと、妹が不憫でならないという言葉でした。

薫はすぐに修法(ずほう)を施すべく僧を手配します。修法は病人の近くに壇を置き、僧が近くで祈祷するので、病身を人目に曝すことになります。大君はそれを見苦しいことと思い、まして死を思う自分に祈祷など不要と思う一方で、生きながらえて欲しいと願う薫の思いも心にしみます。

当時の医療はいわば「総合医療」で、僧侶・医師・陰陽師の同席が認められ、加持祈祷・投薬・占いと各々の役割を受け持っていました。その中で看護の中心は、僧を呼んで本尊を安置し、護摩を焚いて加持祈祷をすることでした。効験あらたかな僧を招くためには権力・財力が必要です。薫にはそれが可能だったのです。

一方、匂宮は、紅葉狩りの際に差し向けられた衛門督に、その行状を母明石中宮に告げ口され、禁足は厳重になったばかりか、身を固めさせるべく夕霧の六の君との結婚も強いられることになります。

その噂が宇治の姉妹の耳に入り、絶望感は更に深まります。この世に立ち止まっていられないと思うにつけて、返す返す思い出されるのは、やはり親が諫めた言葉でした。そんな折、妹中君の夢に八宮が現れます。紅葉狩りの年の一〇月のことです。

## 夢枕に立つ八宮

「夢の通ひ路」・「夢路」という言葉が示すように、平安時代の人々にとって、夢はまず神仏や死者の世界、また過去・現在・未来の世界との間を行き来する通路でした。こちらからあちらへ行く場合もありますが、多くの場合は、あちら側からの訪問でした。また、夢は何かを指示し予告するもので、長く覚えている夢や気になる夢については占いが行われました（夢合せ）。これを専門に行う人を「夢解き」と言います。

また夢は、どのように解釈されるかによって、吉夢にも凶夢にもなりました。あらかじめ凶夢を忌んで、災厄から免れるために、呪いなどをして身を慎むことも行われました（夢違え）。吉事の前兆は人に聞かせてはならず、聞かれると結果としてそれは失われると考えられていました。

恋の夢では、『古今集』の小野小町の歌「思ひつつ寝（ぬ）ればや人の見えつらむ夢と知りせばさめざらましを」はよく知られていますが、相手のことを深く思って眠ると、相手を自分の夢に見、あるいは相手の夢に自分が現れると信じられていたことがよくわかる作です。現実には逢えない恋人同士にとって、「夢の通ひ路」は、逢瀬の最後の手段でした。

また、神仏は人の夢枕に立ってその意思を告げるものとされ、その告示を夢に求めて参籠し、神前仏前で眠ることが広く行われました。女の物詣で先は、たいていの場合、長谷寺や石山寺など観音を本尊とする寺院です。参籠してから自分の将来についての夢告げを得ることが目的で、示験の夢は暁方に見られました。

一方、貴族の日記や物語には、亡くなった人物がいわゆる「夢枕に立つ」ことがしばしば記されています。当時の人々にとって、死後の世界（来世）は、生まれてくる以前の世界（過去世）に比べてかなり現実味を帯びていました。現世での人間関係を引きずったまま来世に赴き、そこでこの世のことを思い続けるものなのです。

そしてしばしば現世の人々に影響を及ぼします。成仏していないために夢に現れることも、そうでないこともあります。前者の場合は、この世に未練を残しているらしく、苦しげな様子を見せたり、極楽往生できない苦悩を訴えたりします。後者の場合は、逆に往生していることがわかるような幸福そうな様子を見せるか、あるいは成仏・不成仏とは関わりのない内容のものもあります。

『源氏物語』では、八宮以外にも、その死後、夢枕に立つ人物がいます。明石巻の桐壺院（光源氏の夢）、夕顔巻の夕顔（光源氏の夢）、朝顔巻の藤壺（光源氏の夢）、蓬生巻の常陸宮（末摘花の夢）、玉鬘巻の夕顔（夕顔の乳母の夢）、横笛巻の柏木（夕霧の夢）です。これらは、いずれもこの世に何らかの執着を残し、成仏していないために夢に現れたと見なされる人々です。

平安時代には、今日定着しているような、死後七日ごとの法事が、すでに営まれていました。その中で「初七日」と「三十五日」が重要とされ、「四十九日」はとりわけ手厚く行いました。これは、死者の魂が中有を浮遊していると考えられ、死者の生前の善根に加えて、七日ごとの供養の功徳により、最後の四九日目に極楽往生できると考えられたためです。この四九日間、死者の魂はすぐにこの世を立ち去りがたい未練を残したまま、あの世とこの世の間に留まっているわけです。

右の人々は皆、「四十九日」を過ぎてから夢に現れていますので、その時点ではまだ往生できていないことになります。八宮が亡くなったのは一年余り前で、総角巻の冒頭はその一周忌の準備で始まっていました。今、八宮が中君の夢枕に立つのは、「四十九日」どころか、一周忌を経てもまだ往生していないということを意味するのです。

### 父と娘

ところで、中君の夢に現れた父八宮は、大君の夢には現れていません。今日の常識に従えば、ある人物が自分の夢に現れないとしたら、夢を見ないこちら側に問題があります。少なくとも相手の所為ではありません。しかし、平安時代の人々は、たとえば自分が恋人の夢を見ることがなくなると、それは相手が自分を忘れている証拠だとして悲しみ、恨んだのです。

大君も、中君の夢に父が現れる前は、苦悩する自分たちを打ち捨てて夢にさえ現れてくれないと思い続けます。そして中君の夢に現れた時は、何とかして夢に見たいと思っていたのに、自分の方には現れてくれないと嘆きます。中君の夢に現れた八宮は、「いとものおぼしたるけしき」（七・552）、たいそう心配そうな様子をしていました。同じ頃、宇治の阿闍梨の夢にも八宮が現れたことが、翌一一月になってわかります。阿闍梨によれば、八宮は俗体で、「いさゝか思ひし事に乱（みだ）れて」（七・568）、そのために浄土には行けないと語ったというのです。これを聞いた薫は、姉妹のことが気がかりで往生できないでいるのだろうと、追善の読経をさせます。大君は、自分たちが原因で父が往生できないでいると聞いて深く罪を感じ、父が今いる所へ行きたいと「消（き）え入（い）りぬばかり」（七・570）に思います。

大君の夢にだけ八宮が現れないのはなぜでしょうか。大君の心の奥に、父を寄せつけない何かがあったとは考えられません。夢は本人の心が無意識に作り出すものと見る現代では、そう解釈するのが自然かもしれませんが、あれほど生前から父を恋い慕い、亡き後もそれが変わらない大君であってみれば、どう見てもそれはつじつまの合わない話です。平安時代の人々の夢のとらえ方を念頭におけば、その理由は、相手の八宮の側にあることになります。この場合、八宮が自ら阿闍梨の夢に現れるのは、往生を願う魂として自然なことです。中君の夢枕に立つのも、娘が気がかりであれば理解できることです。しかし、同腹の長女である大君の所へは訪れないのは不自然です。

この親子が最初に登場する、橋姫巻の冒頭部分に目を向けてみましょう。都の屋敷が焼亡して、親子で宇治にやってくる前のことでした。八宮は、女御腹に生まれたものの、早く父桐壺院を失い、後見してくれる人もないために学問も十分できず、世事には疎く、権力欲もない人物でした。大臣の娘であった北の方との深い契りだけが生きるよすがだったのですが、北の方が亡くなってからは、遺された二人の娘の成長を慰めとして生き続けます。ところが、北の方は中君を産んで亡くなる前に、

「たゞこの君を形見(かたみ)に見(み)給ひて、あはれとおぼせ」(七・202)と、命に引き換えて産んだ妹の方を可愛がるように言い遺します。八宮はこの遺言通り、二人のうち、とりわけて中君を愛したのでした。

## 大君の悲劇

大君の夢に八宮が現れなかった理由は、八宮がとりわけ中君の方を愛したことにあると考えられます。大君に対する愛情がなかったのではないでしょう。少なくとも物語に描かれている限りでは、八宮が姉妹のどちらかを偏愛していることを示すような言動は見られません。しかし、この父娘が舞台に登場する場面と、最後に姉の方が去って行く場面に、父親が姉よりも妹の方を愛したことが確かめられるとすれば、見過ごすことはできません。

姉妹を子に持つ父親が、特にその一方に愛情を注ぐという構図は、匂宮三帖の竹河巻で、鬚黒が姉の方を、玉鬘が妹の方を愛するという設定にも見られます。これは、同腹の姉妹である点においても、また匂宮三帖の、宇治十帖への橋渡し的な性格から見ても、宇治の姉妹への伏線と見なすことができます。そして、このあと登場する浮舟も、実父の八宮からは母共々相手にされず、継父の常陸介からも冷遇される運命を背負っています。

既に述べたように、大君は疎外され零落した八宮の娘として、三歳で母を喪ってから手入れもしていない屋敷で父の「俗聖」の姿を見て育ち、四年前にその家が火事で焼けて都をも離れ、隠棲の地宇治で何の希望もなくひっそりと生きて来た女でした。

父の死後はその生き方を自分の生き方として貫こうとします。幼少期からの境遇が、彼女の人生観に決定的な影響を与えたと考えられます。しかし、大君の生き方に大きな影響を与え、死に至らせたとも見なされる父親が、大君よりも妹の方をより愛していたのだとすれば、大君の悲劇はいわば「父恋い」の悲劇と言えます。語り手はその結末を死で締めくくります。そして、その大君の生の名残りを引きずるかのように、実父と継父に疎外される浮舟が登場するのです。

大君の悲劇はそればかりではありませんでした。先に、大君のやせ細った手が、薫の大君に求めるものと大君の生き方を暗示しているかのようだと述べました。それと共に印象的なのは、その生涯の最期を迎えようとする時に、薫に対して顔を隠したことです。

これは、漢書や白楽天の詩に出てくる、漢の武帝の李夫人の故事に基づいているとされています。武帝に寵愛された李夫人が、その最期を迎えようとするときに、自分の顔を帝に見せようとしないのです。それは、病で衰えた自分の容色を帝に見られた場合、帝が自分に対する愛情を喪い、また兄弟を顧みなくなることを恐れてのことでした。大君が顔を隠すのも、薫がいま愛しているように、いつまでも追慕して欲しい故に、衰弱した顔を見せたくないとの思いからなのでしょう。

夢に恋しい父の訪れを見ないまま、大君は世を去ります。大君の死に顔は、その恐れとは裏腹に「たゞ寝(ね)たまへるやうにて、変(か)はりたまへるところもなく、うつくしげ」(七・584)であり、納棺の際にも「御髪(ぐし)をかきやるに、さとうちにほひたる、たゞありしながらのにほひになつかしうかうばしき」(同)様子で、薫の脳裏に刻まれたのでした。

## 中君の物語の始まり

一方、中君も、姉と同じように父に育てられ、姉と同じような人生を歩んできたのでしたが、その性格は姉と異なり、姉のように現世否定に向かって突き進むことはありませんでした。結婚後、匂宮の訪れがないために、中君はもちろん苦しむのですが、そのことを人生の深刻な問題として苦悩を深めていったのはむしろ大君の方です。

宇治への紅葉狩の際に、匂宮が素通りした形となった時も、思い乱れて病んでしまうのは大君で、中君は、不安の中にありながらも、どうしようもない事情が匂宮にはあるのであろうと自らを慰める所がありました。また、のちに昼寝の夢に父が現れたとき、目覚めた際の彼女の様子には苦悩の影もなかったのです。

八宮が成仏できず夢に現れたのは、娘たちへの執着が絶ちがたいためで、その将来が気がかりだからです。しかし、中君の夢にのみ現れたのは、とりわけ中君の行く末こそが八宮にとって重要な問題だったからでしょう。八宮の北の方は、中君を産んで間もなく亡くなったので、女房達は中君の誕生を忌まわしいこととして、身を入れて世話することがありませんでした。北の方はこれを不憫に思い、専ら中君を自分の形見として可愛がるよう言い遺したのでした。北の方は大臣の娘であり、我が子をゆくゆくは入内させる夢も抱いていたでしょう。

橋姫巻で、中君が「いとうつくしう、ゆゝしきまでものし給ひける」（七・202）と、高貴な人物にしか用いられない「ゆゆし」の語でその美質が形容されていることも、大君より中君の方が入内の条件を具えていることを物語っています。「たゞこの君を形見（かたみ）に見（み）給ひて、あはれとおぼせ」（同）との北の方の遺言は、こうした中君の将来の幸いを願ってのことで、その思いが八宮に伝わらないはずはないのです。

しかし、亡き北の方がおそらく抱いていた中君入内の夢は、八宮の境遇では容易に実現できるものではなく、姉妹には軽々しく男の言葉に従うことを戒め、むしろ宇治で一生を送れという遺言を遺すことになったのでした。それでも、故北の方の思いは八宮の心に根を下ろしていたのでしょう。

大君がこの八宮の遺言を理由に中君に薫を譲ろうとした時、中君は、亡き父が宇治で一生を送れと言ったのは姉に対してだけではないはずだと反論しています。その時、中君は続けて何気なく次の言葉を口にします。「はか〴〵しくもあらぬ身（み）のうしろめたさは、数添（かずそ）ひたるやうにこそおぼされためりしか」（七・434）、頼りない身の上を八宮が心配する点では、自分の方が姉よりも勝っていたというのです。これは、自分が姉よりも頼りない者だと言っているのですが、実は父の中君にかける愛情の方が大きかったことを意味する言葉でもあります。

中君が、大君のような、自ら苦悩を深めてゆく内省的な性格も、現世否定の世界観も持たない人物であること、また八宮が、亡き北の方の限りなく現世的な願いを心にとどめ、実現の望みのないままそれを中君に対する愛情に変えて注いだらしいことを考え合わせると、中君が都へ連れ戻されるのは当然の成り行きでした。次の早蕨・宿木両巻に描かれる「中君の物語」の始まりです。

## 宇治世界の崩壊

栄華の都から隔っており、少なからぬ寺院が存在し、隠者が住む宇治の地は、『源氏物語』においては、八宮によって形作られ、大君の自死に等しい死によって完成した「現世否定」の世界と言えます。薫が惹かれたのもその雰囲気であり、薫が理想とする「俗聖」の典型である八宮であり、現世否定的な生を象徴する大君という人物でした。それゆえに、八宮が亡くなってその世界は衰退に向かい、大君が亡くなることで崩壊します。

第一部で、夕顔や葵上、あるいは六条御息所が亡くなっても、変わるべき世界は存在しませんでした。藤壺や桐壺院すら、その死がそれまでの世界を変えたとは言えません。それらの登場人物の死は、いわば世界の中心にある光源氏の、通過点であったわけです。しかし、源氏が築き上げた、栄華の都を象徴する六条院の世界は、第二部に入ると女三宮の降嫁（若菜上巻）によって衰退に向かい、女三宮の密通（若菜下巻）と出家（柏木巻）を経て、紫上の死（御法巻）を迎えた時、崩壊します。紫上という人物の死が、六条院世界にとどめを刺したとも言えるでしょう。後には、第三部の宇治の世界が待っているのですが、その宇治の世界も大君の死によって崩壊するのです。

『源氏物語』では、一つの構造を持った世界が永続することはなく、仏教で言う「成住壊空（じょうじゅうえくう）」を繰り返すもののようです。それにしても、栄華の世界と現世否定の世界の双方が崩壊した時、後には何が残るのでしょうか。また同じように、栄華と現世否定を繰り返すのでしょうか。その問題に対する解答を探るためには、これから展開する中君の物語と、浮舟の登場を待たなければなりません。

## 匂宮の情熱

中君は、いわば現世否定の宇治と栄華の都のはざまにいた人物です。八宮が亡くなり、大君が亡くなって、後には中君のみが、一日も早く都へ帰りたい女房たちと共に、宇治に取り残されます。かねてから、禁足を命じられて宇治行きも思うに任せなかった匂宮は、中君を都に引き取ることを考えていました。しかし、六君との結婚話に関心を示さない匂宮に対する夕霧の不満、匂宮の両親である今上帝と中宮のその問題に対する憂い、また中君を並の女房として迎えたくない匂宮自身の思いがあって、どうにもならない状態が続いていました。匂宮は次の東宮候補なのでした。

このように限りなく現世的な栄華の世界に生きる匂宮でしたが、行動的な、貴公子らしい振る舞いは一貫していました。まだ見ぬ宇治の姉妹からの返事を待ち受け、雨の夜、使いの者に「駒引きとゞむるほどもなくうち早めて、片時に」(七・344)参上させて、翌早朝には再び手紙を遣わしました。

中君との結婚二晩目には、宇治を指して「はるかなる御中道を急ぎおはしましたりける」(七・482)志が、大君を喜ばせました。匂宮自身も、その遠い道のりを恋しさ故に辛く思い、三日目は荒々しい風と競うように、夜中近くに馬で駆け付けます。「いともなまめかしくきようにて、にほひおはしたる」(七・496)、優美で気高いその颯爽とした姿には、大君も中君も心を打たれたのです。

そして大君の亡くなったあと、まだ忌み明けには日があったにもかかわらず、中君が気がかりで、闇の中、雪に右往左往しながら宇治を訪れ、「狩(かり)の御衣(ぞ)にいたうやつれて、濡(ぬ)れ〳〵」（七・594）た姿を現すのです。匂宮の中君に対する愛は、一時的な遊び事ではありませんでした。

そのうちに、明石中宮から匂宮に、中君を邸（二条院）へ迎えてはどうかとの勧めがあります。理由は、薫がその死によって深い悲しみに沈むほど愛した女の妹ならば、誰しも普通には扱えまいというのでした。明石中宮は、帝とともに匂宮に禁足を命ずる一方、夕霧の六君との結婚話を強引に進めた頃から、匂宮に明け暮れ次のように勧めていました。そんなに気に入った女なら、女房の待遇で自分のもとに置いておけば、忍び歩きなどしなくてもいつでも会えると。中宮の心にどんな変化があったのでしょうか。

言葉通りに受け止めれば、宇治の女（大君）の死が、薫にとっていかに大きな出来事であったかを知り、その妹らしい女（中君）も、匂宮にとって大事な存在なのだろうと理解したことになります。しかし、明石中宮がそれほどものわかりのよい母親であるとは思われません。匂宮は、妹である女一宮の女房にでもするつもりだろうかと想像します。

夕霧の六君と無事結婚させるためには、匂宮の軽々しい行動を封じる必要があり、そのためには、相手をそばに置くに限ります。そばに置いたとしても、いずれ結婚させる夕霧の六君とは勝負になるまいとの計算が働いているのでしょう。何はともあれ、中君を自分の屋敷に住まわせる許可が下りたのですから、匂宮にとっては嬉しいことでした。

匂宮が中君の引き移りを急ぐのは、薫がいたからでした。総角巻の終わり近く、大君を喪い、悲しみの底に沈む薫の「物きよげになまめいたる」（七・600）様子を見た匂宮が、女ならば必ず心ひかれるだろうと思い、人がなんと言おうが、中君を宇治から都へ移さなければならないと思う場面があります。

大君亡き後に始まる中君の物語は、中君をはさんで匂宮と薫が関わる新たな三角関係で始まるのです。この三角関係は巻末でも強調され、更に早蕨・宿木両巻の軸となります。しかし、薫が中君を愛する必然性はありません。現世否定の宇治を象徴する大君であったからこそ薫は惹かれたのですから、妹であるからといって、中君をその代わりにするわけにはいかないはずです。

# 48 早蕨（さわらび）



**早蕨**

早蕨巻は、大君が亡くなった翌年、新春を迎えた中君の様子から始まります。春は毎年同じように巡って来て、その光はどこであれ分け隔てせずに注がれます。宇治の山荘にも同じように春がやってきたのでした。それは中君にとって、初めて迎える姉のいない春です。また、匂宮が都へ迎える手はずを整えつつある限り、この宇治で迎える最後の春となるかもしれません。

宇治へ来て父を失い、続いて姉を失った中君に残された道は、都の匂宮のもとへ引き移るのでなければ、このまま宇治で生涯を過ごすことだけです。女房たちと共に生き、出家し、老いて生涯を閉じるか、小野の山寺などへ身を隠すか、いずれにしても一人の落魄した不幸な宮家の女で終わるしかないのです。むしろ死んだ方がましだと、中君は思うのですが、寿命が尽きるまではどうにもなりません。仏の教えでは、自らの命を絶つことは罪なのです。

そんな中君のもとへ、阿闍梨から初蕨が届けられます。昨年、父が亡くなって初めて迎えた春にも、阿闍梨から芹とともに蕨が届けられました。その折には、父の採った蕨ならば春のしるしとも思われるだろうにという歌を大君が詠み、中君が歌を返したのでした。今度は姉が亡くなって初めて迎える春です。中君は阿闍梨が添えた歌に対して、「亡き人のかたみに摘める嶺の早蕨」（八・16）を、この春はいったい誰に見せればよいのでしょうと返しています。雪間から生い出る蕨は、初春の生命の芽生えを象徴するもので、亡き父の形見でした。今見る蕨はまた姉の形見でもあります。

早蕨巻は、亡き姉を父母以上に恋い慕う中君による大君鎮魂の巻であり、中君をめぐる新たな三角関係の始まりを告げる巻でもあります。

# 49 宿木（やどりぎ）

## 宇治から都へ

宇治は、少なからぬ寺院があり、隠者たちが住まう、栄華の都から隔った土地です。『源氏物語』では、八宮によって形成され、大君が生きた現世否定の世界として描かれています。しかし、八宮が亡くなり、大君が亡くなることで、その担い手はなくなります。現世否定の世界は、大君の自死に近い死によって「完成」を見るのですが、その後には人間のいない荒涼たる風景しか残されていません。大君は、父の「聖（ひじり）」の側面、すなわち現世否定の生き方を忠実になぞろうとしました。女房達に差し止められて出家はかないませんでしたが、その結婚拒否と自死に近い死によって、父の果たせなかった「聖」としての生を貫いたのです。大君は、現世否定の精神の完成と崩壊の双方を実現したと言えます。

その宇治から栄華の都に戻って来たのが中君でした。中君が匂宮の二条院に引き移ってから、それまで宇治を中心としていた物語の舞台は都へと移ります。宇治から都を見る視点が、都から宇治を見る視点に変わり、宇治によって相対化されていた都の世界が、再び手元に引き戻されてきます（次頁図6参照）。

八宮が「俗聖」としてしか生きられなかった原因は、「俗」すなわち現世に対する執着にありました。それは姉妹への執着、とりわけ中君への執着であり、源をたどれば故北の方の遺言に由来します。八宮北の方から八宮へ、更に中君へと、その現世的願望は受け継がれたわけです。八宮は、故北の方の願いを実現するすべもなく、執着を抱いたまま宇治で死にます。そこで成仏もかなわず夢に現れるのですが、それは中君の夢の中でなければなりませんでした。

しかし、栄華の世界はすでに、第二部で六条院世界の崩壊によって否定されていたはずです。中君は、崩壊によって否定された宇治世界から、すでに否定された栄華の都のただ中に放り込まれます。そこで経験するであろう苦悩は、すでに第一部・第二部で、桐壺更衣や紫上、明石君らによって味わい尽くされていたはずなのです。中君は、亡き母と父の「俗」の側面、現世的願望を担って匂宮のもとへ赴くのですが、都に帰った時そこで何が待っているのかは、宇治十帖以前の巻々を読んできた私たちには想像がつきます。

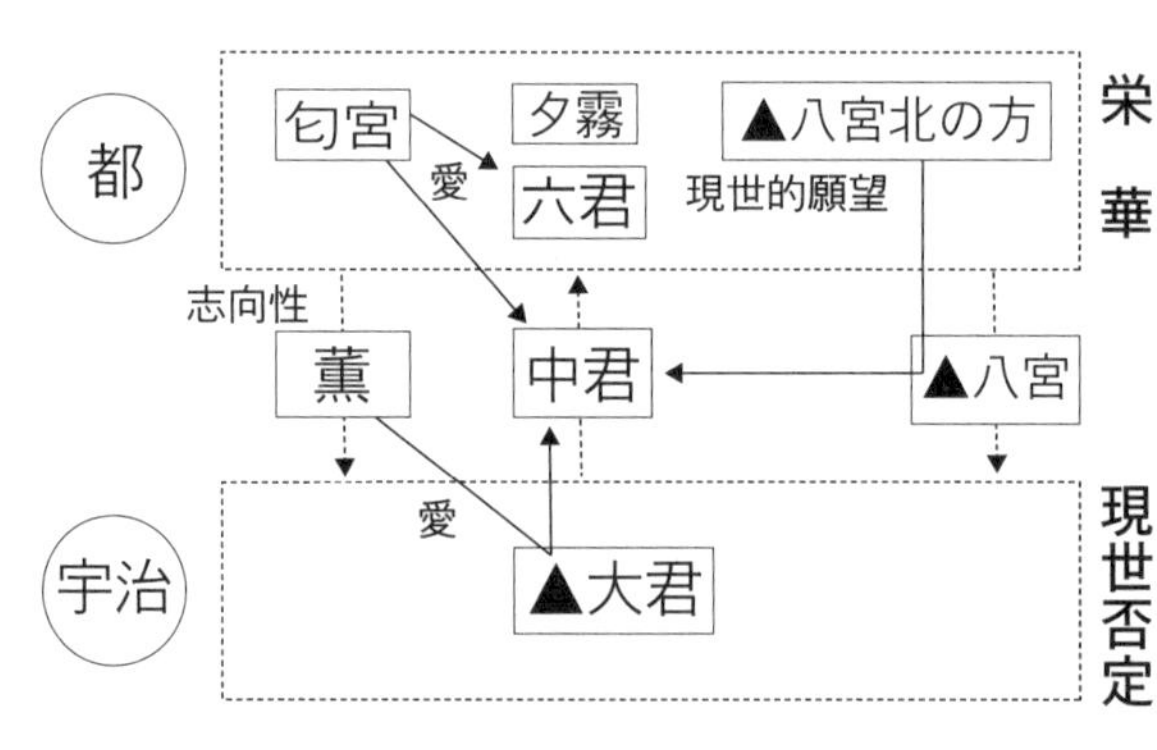


図6

## 今上帝の女二宮と薫

宿木巻は、「その比（ころ）、藤壺（ふぢつぼ）と聞（き）こゆるは」という書き出しで始まります（八・68）。これは、紅梅巻が「その比（ころ）、按察大納言（あぜちのだいなごん）と聞（き）こゆるは、故致仕（こちじ）のおとゞの次郎なり」（七・50）で始まり、橋姫巻が「そのころ、世に数（かず）まへられ給はぬ古宮（ふるみや）おはしけり」（七・198）で始まるのと似ています。物語の中で、それに近い巻とおおよそ同じ時期に当たることを示しながら、新たな人物を紹介したり、改めて、ある人物に焦点を当てたりして話題を転じる際に用いられる表現です。のちの手習巻も「そのころ、横（よ）川（かは）に、なにがし僧都（そうづ）とかいひて、いとたふとき人住（す）みけり」（九・170）と書き出されています。

宿木巻の「その比」は、薫や中君が生きている時代を漠然と指していて、「藤壺」がその同時代の人であることを示しています。ここで語り出された話は、おおよそ椎本巻の後半、薫が二四歳になった頃から始まっていることが、後に続く内容を他の巻とつきあわせてゆくとわかります。前巻の早蕨巻が薫二五歳の春の頃までを描いていることから考えると、中君が二条院に引き移った時点から、およそ一年近くさかのぼることになります。薫が大君に迫り、匂宮が中君と結婚するといった、物語に大きな進展のある以前のことでした。

書き出しで「藤壺」と呼ばれた人は今上帝の女御で、左大臣の娘。かつて梅枝巻で、今上帝が春宮として元服したとき入内しました。光源氏三九歳の時のことです。その当時は麗景殿を、この頃は藤壺（飛香舎）を御殿としています。しかし子に恵まれず、娘が一人あるのみで、明石中宮の全盛期の陰にあってその威勢に押され無念の思いを抱いています。何とかしてこの一人娘を盛り立てたいと、裳着の準備をしているさなかに、藤壺は物の怪に苦しめられて亡くなってしまいます。

藤壺がここで登場するのは、栄華の都における薫の私生活にスポットライトが向けられたからです。藤壺亡きあと、今上帝は遺された娘、女二宮を薫に添わせようとしますが、薫はその気になれません。大君とのことも現在進行中であり、その一方では、結婚相手は后腹、つまり中宮の娘が理想だという現世的な願望も薫は持ち合わせています。栄華の世界と現世否定の世界の狭間に生きる薫らしい態度です。

## 夕霧の六君と匂宮

夕霧も、だいぶ前から薫か匂宮に娘の六君を添わせたいと考えていました。しかし、帝が女二宮を薫に降嫁させようとしているという噂を耳にして、忌々しく思った夕霧は、風情ある手紙を折々に六君へ贈ってくる匂宮を婿にと決め、しきりに明石中宮に対して懇願するようになります。このことは、総角巻にさかのぼって、明石中宮と今上帝が匂宮の行状を憂えて禁足とし、夕霧の六君との縁談を押し進めたという話につながります。

総角巻では、明石中宮が匂宮を愛する余りに、六君を押しつけたように語られていますが、実はそこには夕霧の強い押しがあったということになります。そして、夕霧がそのように押してゆくのは、あれほど中君に熱中し結婚に至ったはずの匂宮が、同時に夕霧の六君にも文を送り続けていたからなのです。

しかし、匂宮はこの縁談に始めから乗り気ではありませんでした。なぜなら、もし夕霧の婿になったならば、夕霧のきちんとした気質の中に取り籠められて、窮屈な思いをしなければならないからでした。匂宮が絶やさず六君に手紙を贈っていたのは、確かに関心があったからで、その点、やはり同じ頃恋慕していた紅梅大納言の娘、宮の御方に対する思いと同様でしたが、結婚となると話は別なのです。

このように、総角巻に見られる、匂宮の中君に対する一途な情熱は偽りとは言えないものの、中君一人にとどまるものではなかったことが明らかになって来ます。総角巻に並ぶ二つの巻の二人の女、すなわち宿木巻の六君と、紅梅巻の宮の御方に対する恋心と同時進行だったのです。このような男女の関係は、上流貴族にとっては何ら特別なことでなく、非難されるべきものでもありませんでした。栄華の都の日常の風景なのです。

**匂宮と中君、薫と中君**

匂宮が中君に情熱を傾け、結婚に至ったのは、匂宮の六君との縁談に対する態度から考えると、中君には六君につきまとうような煩わしさがなく、一途に他のことを忘れて打ち込める相手だったからでしょう。宇治の山里で現世に背を向けてひっそりと生きる宮の姉妹。それだけで好き心をかき立てるに十分でしたが、その上、父は亡くなって後見が全くない状態となり、結婚の条件は整ったのでした。

ところが、一方で権門の姫君である六君との縁談は進められ、中君が都に移り住んでまもなく、それは確実となります。どうみても、六君こそ匂宮の正妻の地位にあるべき人であり、匂宮の気持ちがどうあれ、中君が苦しまなければならないのは必然的な成り行きでした。その直後に、中君は匂宮の子を孕みます。都に帰った中君を待っていたものは、これまで第一部・第二部、そして第三部の「匂宮三帖」で繰り返し描かれてきた、都の上流貴族の子女の苦しみと不安でした。

薫は、匂宮の六君との結婚話を耳にするにつけて、中君をふびんに思い、匂宮に譲ったことを後悔します。その執心には、「かの御ゆかり」（八・94）であること、つまり大君の妹であることが関わっていました。生前は似ても似つかない二人だったのですが、大君の死後、女房達の目から見ると不思議に中君は大君に似通って来ます。薫が対面しても、ものの言い方とそれに伴う気配は、薫が非常によく似ていると感じるほどでした。同じことがこの宿木巻でも繰り返し強調されています。

なぜ、中君が大君に似てくることが、このように強調されるのでしょうか。

先に述べたように、大君亡き後に始まる中君の物語は、中君をはさんで匂宮と薫が関わる新たな三角関係が軸となって展開します。しかし、薫が中君を愛する必然性はありません。現世否定の宇治を象徴する大君であったからこそ薫は惹かれたのですから、妹であるからといって中君をその代わりにするわけにはいかないはずです。

中君も薫も、いわば栄華と現世否定のはざまにいる人物ですが、現世否定の宇治から、現世的幸福の実現を担わされて栄華の都に戻ろうとする中君と、栄華の都から、重い宿命を担わされて現世否定の宇治を求めていった薫とでは、生きる方向が異なるのです。その薫が中君を愛するようになるとすれば、その動機はどこか姉大君に似ていることのほかは考えられません。

「ゆゆし」の語で評される、至上と言ってよい美を具えた中君に対して、大君はそれと同等の美質を欠いていています。その二人が似てくるのはなぜでしょうか。単に血縁の近さや、姉を喪った深い悲しみが生み出す内面への沈潜のせいばかりではないはずです。それは、中君自身の外見や心の状態のみに起因するのではなく、見る側にも要因があると考えられます。

その昔桐壺帝が桐壺更衣に似ていると言われて入内させた藤壺を愛し、光源氏が藤壺を母に似ていると言われて慕い、その藤壺と紫の少女が似ていると気づいて涙するのも、実際に似ていることに加えて、亡き人を思う故に亡き人の面影を慕い求めてやまないからなのでしょう。

あるいは、桐壺帝まで三代の帝に仕えた典侍（ないしのすけ）は、桐壺帝の心を安んじようと、亡き更衣に大変よく似ているという先入観をあらかじめ与えておいたとも見られます。同様に、母を失った幼い源氏の心の傷をいかほどでも癒そうとして、亡くなったお母様によく似ておいでですと事実以上に言い含めたのかもしれません。それは空想の域を出ないにしろ、中君の場合、薫や女房といった周囲の人間のまなざしの中に、中君を大君に見立てる意識が働いていると考えなければ、大君との相似を説明できないでしょう。

## 朝顔とその露

前巻早蕨で、薫二五歳の春に、中君は宇治から都の二条院に引き取られたことになっています。その夏の半ば頃に懐妊したことがこの宿木巻で語られ、ここから時間は早蕨巻の終わりに追いついて、物語が先へ進み出します。匂宮と夕霧の六君との婚儀が八月と決まったのは、この年の夏のことでした。それを聞いた薫は、中君を不憫に思い、なぜ自分が中君の世話をしなかったかと悔やみます。八月になってから、薫は朝顔を手に、自邸（三条宮）の北隣にある匂宮の屋敷（二条院）を訪ね、中君と対面します。

前の晩、中君や大君、匂宮、女二宮をめぐる様々な思いに寝付けなかった薫は、庭の朝顔の花が開いてゆく様を、横になりながら一人で見つめ続けていました。秋の花が咲き乱れる中、ことに朝顔が薫の目を引いたのは、朝のうちだけ咲くはかない風情を湛えているからです。その朝顔の花を折取り、露もこぼさず扇の上に置いて見ると、次第に変色してゆく様が見て取れるのでした。薫の心理は、次のように語り出されます。

　常よりもやがてまどろまず明かし給へるあしたに、霧のまがきより、花の色〳〵おもしろく見えわたれるなかに、朝顔のはかなげにてまじりたるを、猶ことに目とまる心地し給ふ。「明くる間咲きて」とか、常なき世にもなずらふるが、心ぐるしきなめりかし、格子も上げながら、いとかりそめにうち臥しつゝのみ明かし給へば、この花の開くる程をも、たゞひとりのみ見給ひける。（八・96）

様々な思いが去来する薫の心の中から、寝付けない夜の明け方に見つめ続ける朝顔へと語りはなだらかに移ります。このあと、花を開き終えてくっきりと浮かび上がった朝顔が、露を置いたまま薫の手によって折り取られ、中君のもとへ届けられる――この場面は、朝顔を軸にして、意識の世界と現実の世界が境目なくつながってゆくように語られています。

そして、対面した薫が話し出したのは、荒廃した宇治の山荘と、かつて光源氏の死後荒れ果てていた六条院の有り様でした。折り取られてたちまち色あせてゆく朝顔の花はそれらの住まいを、消え残る露はその住人を暗示しているかのようです。

**中君の物語**

先に述べたように、六条院が現世の栄華を象徴するものだとすれば、宇治の山荘は現世の否定を象徴するものと言えます。仮に、早蕨巻の中君の宇治出発前後から、宿木巻の出産前後までを「中君物語」と呼ぶことにすると、二つの異質な屋敷の荒廃によって、栄華と現世否定という相反する二つの世界は相対化され、中君の物語は、言わば後には残るものがない状態を見定めてから始まったのでした。

薫から宇治山荘の荒廃ぶりを聞くにつけても、宇治へ帰りたいという中君の思いは募ります。そこには出家した弁も残っています。今年は父の三回忌。宇治を訪ねてしばらく逗留したいという思いは抱いていました。しかし都へ来てまだ半年、また匂宮と六君の結婚が決まった今、宇治に籠もることは人目が憚られます。人に知られないように、薫に取りはからってもらう他はありませんが、中君に大君の面影を求めて近づこうとする薫としてもそれは不都合です。

薫は「いとあるまじき事也(なり)」(八・112)と強い調子で申し出を拒みます。中君は、大君のいない宇治山荘へ戻ろうとするのですが、宇治は大君にとってこそふさわしい場所であって、中君の終の棲家ではないことはこれまでの経緯から明らかです。また、薫は中君への執着からその宇治行きを阻もうとするのですが、この態度も都を「憂し」と思って宇治へ足繁く通った薫にふさわしくありません。

## 匂宮・六君の結婚

八月の明月の頃、左大臣家では、六条院の東北の御殿を磨き立てて、匂宮と六君の結婚の儀が執り行われます。この御殿は、かつて花散里が住み、今は落葉宮が住んでいます。六君はその養女として引き取られていました。朱雀院の第二皇女である落葉宮の養女とすることで、典侍腹であった六君の格を高めようとの夕霧の配慮でした。

中君は、三晩六条院へ通う匂宮を見送り、早朝二条院に帰って来ても、自分の所へは足を運ばず、まず六君に贈る後朝の文を書くのを待つという、初めての経験を余儀なくされます。左大臣の娘となれば、六君の婚儀の盛大さは容易に想像がつくのですが、語り手は簡潔に述べるだけです。都で繰り返されるこのような華やかな儀礼の数々は、既に第一部・第二部で語り尽くされているからでしょう。

しかしこの婚儀の描写は、しばらく私たちの目から離れていた都でどんなことが行われていたかを想い起こさせます。中君が、予想通り宇治と都の狭間で生き煩うこととなった必然性が確認されるわけです。この間の中君と匂宮の会話、中君の心情描写には相当の筆が費やされていますが、かつて紫上が経験したのと同様の、女の側の苦しみは、省略が許されないとすれば、そのまま繰り返し描くより他はないものです。確かに中君はその苦しみを味わったのでした。またそれを慰めようとする匂宮も、かつての光源氏を髣髴とさせます。

それに対して、紫上の場合と比べて大きく異なるのは、中君の境遇に対する語り手の評価です。第二皇子匂宮と結婚した中君が苦しむことになるのは、「つひにかゝるべき御事なり」(八・136)、結局はやむを得ないことだ。世の人々は、そんな中君に対してそれほど同情的ではない。かえって匂宮邸で大事にされる身の上を、「幸ひおはしける」(同)人だと思っている。余りに可愛がってもらっているので、急に他の女と結婚となれば、余計に衝撃は大きいと見える――というのです。

## 「幸ひ人」中君

平安時代の物語では、「幸ひおはしける」人、つまり幸運で時めく人をしばしば「幸ひ人」と呼ぶことがあります。『源氏物語』中、「幸ひ人」とされる人物は、明石君、明石尼君、紫上、浮舟、中君の五名で、これ以外に、主な登場人物で「幸ひ」がある人とされるのは、梅壺女御と大宮です。名のわからない人々も含め、これらに共通するのは女で幸運であること、すなわち、本来はそうなるはずのない幸福な境遇を手に入れた女であることです。

右のうち、初めの三名は光源氏との出会いによって、浮舟は薫との出会いによって、少なくとも第三者から見れば、思いがけない幸福を獲得したのでした。中君もまた、都の家が焼亡して宇治の山里に隠れ住み、父と姉と死別した後に、時の帝の第三皇子にひきとられるという、およそ世間的には幸運としか言いようのない足跡をたどります。その上、中君の腹には子がありました。

しかし一方で、母北の方から父八宮へ、さらに中君へと現世的願望は受け継がれたと見れば、中君は、崩壊した宇治世界から、すでに否定された栄華の都のただ中に放り込まれたのでした。そこで味わう苦悩は、すでに第一部・第二部で、紫上や明石君によって味わい尽くされていたはずなのです。六君こそ匂宮の正妻の地位にあるべき女であり、匂宮の気持ちがどうあれ、中君が苦しまなければならないのは必然的な成り行きでした。

このように、中君は、栄華の都に住む、世俗的な意味で「幸ひ人」でありながら、「幸ひ人」ゆえに味わうべき苦悩を抱える人物です。第一部・第二部の女の場合、語り手はその苦悩に寄り添って共感していたのですが、宇治十帖では、むしろ世俗的な意味での「幸ひ」によって、苦悩が相対化されています。

つまり、それは現世的な願望に基づく苦悩であって、先に引いた、語り手の中君に対する「つひにかゝるべき御事なり」という評価は、このような現世的願望を背負わされて宇治から都へやって来た中君が、必然的な運命として、甘んじて受け止めることを求めるものなのです。苦悩から逃れようと、宇治行きを願う中君を語る語り手の視点は、中君に寄り添うのではなく、それを見下ろす高い位置にあると言えるでしょう。

そのような視点から見た中君の苦悩、たとえば「いみじく命短き族なれば、かやうならんついでにもやと、はかなくなりなむとす覧」（八・138）、母も姉も短命だったゆえに、自分も出産を機に死んでしまうのではないかといった苦悩には、絶望が感じられません。おそらく、当時の出産を控えた多くの女に共通する不安に過ぎないのでしょう。大君の自らを追いつめてゆくような苦悩とは異なるのです。

## 薫の「犯し」

大君の面影を中君に求めて、薫は中君への思いを強めます。一方、婚儀が終わり、匂宮が六君に対する愛情を増してゆくと、中君は宇治を出てしまったことが現実のこととも思われず、後悔の念が深まります。その思いが余って、自ら薫に手紙を書くことになります。その文面から知られることですが、数日前に薫は宇治に赴き、宇治の阿闍梨に依頼して八宮の三回忌の法要を行っていました。その報告を受けて、ついてはお目にかかってお礼を申しあげたいというのが主旨でした。これまでは、薫から手紙を贈っても大した返事は返って来なかったのに、中君の方から会いたいと申し出たとあっては、薫の喜びも察せられようというものです。

中君の手紙は、陸奥紙（厚手の上質紙で主に実用的な文書に用いる紙）に、さりげなく認められていました。薫の好意を、これまでの宇治の一家に対する厚誼の「なごり」と思い感謝したいというのです。それに対する薫の返事も、生真面目に「白き色紙のこはぐしき」（八・154）、つまり白いゴワゴワした紙に認められています。すなわち表向きは恋文の体裁をとらなかった訳ですが、その文面は、厚誼の名残りだなどと思わないでいただきたいという、明らかな恋文のそれでした。二人は恋文らしからぬ体裁を取り繕って、密かに恋心を通わしたのです。

早速薫が二条院を訪ねると、常と異なって、中君は御簾の内に薫を通します。語り手はここから息詰まるような緊張感を場面にみなぎらせ、二人の接近を語ります。ところが、思いを抑えきれず、中君に迫り、添い臥した薫は中君の腹帯に気づくのです。薫はこの時初めて、中君の懐妊を知ったのでした。遂に心ざしを達せず、薫は二条院を後にします。仮に、薫が中君と通じていたとしたら——実際、匂宮は中君に残る薫の移り香に気づいてそう思い込むのですが——再び犯しとそれに伴う苦悩を語ることになります。もはや栄華の都の片隅で起こるそのような出来事には、語り手が語るべき何ものもないのでしょう。薫としては精一杯の「犯し」であったわけです。

### 「中君物語」のアイロニー

中君が都に引き取られてからあとの出来事はアイロニーに満ちています。薫の中君に対する執着、匂宮の六君との結婚、それによって引き起こされる、中君の苦悩と薫への慕情および宇治への心理的回帰、薫の中君に対する「犯し」——これと似たようなことは、第一部・第二部では、語り手が登場人物に寄り添って、その苦悩と出来事の重大性をそのままに読者に伝えようとしました。それに対して宇治十帖の中君の物語では、高い視点から、全てが実質的な意味を喪失したものとして扱われています。

先に述べたように、匂宮と六君の中君の婚儀は盛大なものでしたが、時の左大臣の権勢を空しく物語るものに過ぎません。また中君には世間的な意味での「幸ひ」以上の幸いはあり得ず、それに伴う苦悩は当然背負うべきなのです。そこを逃れて崩壊した宇治世界に帰ることにも、もはや意味がありません。

そして、薫と中君が結ばれる理由はなく、あくまで薫の中君に対する執着はカッコ付きの「犯し」で終わる性質のものなのです。確かに、そこには現世の栄華も苦悩も、そこからの離脱願望も、犯しへの衝動も描かれてはいるのですが、それによって逆にそれらの空虚さが浮かび上がるような構造を、中君の物語は持っています。

栄華の行き着くところには何もないことが見定められ（六条院世界の崩壊）、現世否定の行き着くところにも何も残らないことが確認された（宇治世界の崩壊）あと、右の「中君物語」は始まりました。その物語も、薫が中君の懐妊を知るところで終わりが見えて来ます。薫の移り香に、匂宮が動揺を隠さず中君を疑い、文を探し、嫉妬する一連の出来事も、もはやさほどの波紋を広げるには至りません。

中君はいわゆる正妻の立場にないどころか、身分からすれば六君の陰に隠れて生きるしかないような存在です。他の男が近寄ってきてもそれは些細な出来事で、多情な匂宮としては、中君の高貴な美質の魅力を自分から捨て去ってしまうことはできないのです。よく知られる国宝『源氏物語絵巻』宿木三の、匂宮と中君の合奏の場面が物語るように、「移り香事件」はその後事件らしい展開もなく、むしろ二人に与えた心理的動揺が、逆に二人の結びつきを強める結果になります。物語は、終わったのです。

## 人形

中君の物語が終ったことによって、薫は舞台に一人取り残された格好となります。自分の思いをどうしようもない薫は、いっそう細やかな、時には恋文とわかる手紙を中君に贈るのでした。中君は、もちろん親しく語らうことはならず、またこれまでの恩義を思えば冷たくあしらうこともできません。すでに自分の「物語」を終えた彼女としては、そのような薫の空しいアプローチをうまくかわす必要があります。

　そのうちに薫は、大君への止みがたい追憶の念から、大君の人形（ひとかた）（像）や絵を作り、その前で勤行して供養しようと思い立ちます。薫が口にした「人形」という語は、「形代（かたしろ）」「撫で物」とも言われ、本来は、禊ぎ・祓いの際や供え物・墓の副葬品として用いられる人形を意味しました。金属・木・紙・藁で作り、体をなでたり、息を吹きかけて身の罪穢れを移し、水に流しました。それが一般化されて、代わりのもの、身代わりの意味でも用いられるようになります。薫は、生前の大君の姿をよく移した像か絵を念頭に、この語を用いています。

これに対して中君は、禊ぎ・祓いの際に用いる「人形」を念頭において、薫の語をわざと曲解し、大君が水に流されては気の毒だと応じます。これは、機知を効かした会話の応酬に過ぎませんが、中君が水に流すものとして「人形」の語を用いたことは、後の物語の伏線となります。

中君は「人形」の語から、ある女のことを思い出すのです。その女は、中君が長い間その存在すら知らなかった人で、この夏に遠いところから中君を訪ねてやってきたのだといいます。会ってみると、不思議なくらいに亡き姉の大君に似ているというのです。何か八宮と関わりがあるらしく、中君は言葉を濁して詳しくは語りません。中君の「夢語り(ゆめがたり)か」（八・204）と思いながら聞いた薫は、おそらく八宮の遺児なのであろうと想像し、胸中に思い描いていた大君の「人形」のごとく、その人を「山里の本尊」と見なしたいと、強い関心を示します。しかし、この時点では、中君が自分から関心をそらしたい余りに口に出したことと薫は受け止めており、まだ半信半疑でした。

薫がこの新たに登場した謎の女のことを初めて聞き知った時、大君の姿に似せた「人形」と同じ意味合いで――すなわち大君の身代わりとして心に刻んだことは、重要な意味を持っています。『源氏物語』以外の物語においては、このように亡き女を慕う余りに、その身代わりを求めるという発想は見られません。「人形」は一種の身代わりと言えますが、生身の人間が、別の人間の身代わりとして愛される、というアイデアは独自のものと言えます。

このことは、既に第一部でも物語を展開していく骨格となっていました。光源氏が亡き更衣を慕い、母に似る藤壺を愛し、さらに藤壺に似る紫上を愛するという物語は、この発想が支えていると言えます。これは、薫が亡き大君を慕い、大君に似る中君を愛し、さらに大君に似る謎の女に関心を抱く、という展開によく似ています。心の奥深くに「永遠の女性」が存在し、その面影を生き身の女に求めるという心理の構造を、光源氏も薫も持っているのです。

その後、薫が宇治を訪ね、次節で述べるように新しい堂を宇治に建てる計画を阿闍梨に明かしたあと、弁尼から、人づてに聞いた話として、中君が話題にした例の女のことを聞き出します。女はやはり八宮の遺児でした。弁尼によると、八宮は北の方を亡くして間もないころ、北の方の姪にあたる中将君と呼ばれる女房に手をつけていたのです。その腹から娘が生まれますが、八宮が顧みないので、中将君は陸奥守（次いで常陸介）の妻となって東国に下ります。一度娘を連れて上京した際に、連絡しても八宮から冷たくあしらわれたので常陸に戻り、この年再び娘と共に上京して、中君を訪ねたのでした。それまでは半信半疑であった薫は、詳しくその女の素性を知って、会って見たいと思うようになります。

## 薫の結婚

宿木巻は、女二宮の結婚問題から始まりました。母藤壺亡き後の、女二宮の身の上を気にかける今上帝は、薫を婿の最有力候補として考え、折々に薫にそれをほのめかしていました。しかし、その頃は大君とのことが進行中であり、一方では中宮腹が理想だという現世的な願望も持ち合わせているために、薫はその気になれませんでした。そして、大君の死後は大君に似る中君が心を占め、たまに女二宮との結婚問題が念頭に浮かぶことがあっても、大君によく似ていたら嬉しいだろうと思うに過ぎなかったのです。

ところが、その後中君に迫り、懐妊していることに気づいてから薫の心境には変化が生じます。八宮の三回忌の前に、薫は中君に対して、宇治の山荘を寺として阿闍梨に寄進するよう勧めていました。中君から、遠いところからやってきた謎の女の話を聞いたあと、久しぶりに宇治を訪ねた薫は、阿闍梨の寺の傍らに八宮の山荘の寝殿部分を堂として移築する計画のあることを阿闍梨に伝えます。

阿闍梨から、大君に対する執着を断ち切るためにも、寝殿を移築することは善根を積むことになると言われた薫は、早速それを指示します。思い出のこもる寝殿を、寺の一部として移築・寄進し、そこに、先に中君に話していた大君の「人形」や絵を置こうというのです。大君に対する消すことのできない愛執を、それらの形あるものに変えて鎮めたいのでした。

一方、このような薫の心境の変化に応ずるように、私たちの知らないところで、今上帝の促しによって薫と今上帝の女二宮との縁談が進みます。中君に迫った時から、およそ半年近く経った二六歳の春、薫は中納言から権大納言兼右大将に昇進し、まもなく裳着を済ませた女二宮と結婚します。夕霧の息子たちの影が薄いのに対して、薫は次期の政権を担う人物として注目を集めています。

ところで、宿木巻の巻頭で、女二宮の結婚問題と今上帝から薫への促しが語られたあと、続いて話題となったのは、夕霧の六君の結婚問題でした。夕霧は大分前から六君を薫か匂宮にと考えていたのですが、女二宮と薫の件を耳にして、匂宮を婿にと決めたのでした。すなわち、匂宮は巻の前半で、薫は後半でそれぞれ正妻との結婚を果たすのであり、宿木巻は、このように薫と匂宮がそれぞれ正妻を得て身を固めるという筋立てを明確に持っていることがわかります。宇治十帖は八宮の三姉妹の物語ですが、三姉妹に関わって行く二人の貴公子の、正妻との結婚も重要な話題なのです。

かつて光源氏が、元服と同時に権門の姫君である葵上と結婚したように、薫は今上帝の婿に、匂宮は左大臣の婿となります。そうなるのは、かたや政界のトップとして、かたや帝としての将来を嘱望される彼らにとって、当然のことなのです。名門として代々繁栄してゆくために、男はしかるべき配偶者を得て子をなし、当主とならなければなりません。そのような薫や匂宮にとって、宇治の三姉妹は、少なくとも第三者から見れば「たしなみ」程度の存在にすぎません。ことに中君が話題にした、遠くから来た八宮の私生児らしい女のことなどは、ほとんど顧みる価値のない問題なのです。

その女が、宿木巻末で薫の目の前に現れます。

## 遠くから来た女

女二宮との結婚後も、薫は大君のことが忘れられず、「心の内(うち)には、なほ忘れ(わす)がたきいにしへざまのみおぼえて」(八・252)という状態でした。その心の落ち着く場所を求めて、思い立った計画を実行に移します。薫が結婚した年、二六歳の夏のことでした。

建設中の堂を見るために宇治を訪れた薫は、八宮の山荘に——既に前の寝殿は解体されて堂の資材となり、こちらには新しい寝殿が建てられています――弁尼を訪ね、宇治橋を向こうから渡ってくる女車の一行を目にします。一行は長谷詣での帰り道で、聞けば偶然にも常陸前司（ひたちのぜんじ）の姫君、つまりあの中将君の娘とのことです。

一行が山荘に入ると、薫はさっそく襖障子の穴から女を覗き見ます。薫から見たその女の印象は、「あてなり」（上品だ）という言葉が三度繰り返し用いられることによく示されています。初めて聞くその声は、垣間見しようとしている薫の耳に「ほのかなれど、あてやかに」（八・274）、ほのかではあるが、とても上品に聞こえて来ました。遠慮がちに車を降りてくるのを見ると、「頭（かしら）つき様体（やうだい）細（ほそ）やかにあてなる」（八・276）様子が、大君によく似ています。そして静かに横になった際、差し出した腕の「まろらかにをかしげなる」（八・278）、つまりふっくりとしてかわいらしい様は、受領の娘とは見えず、「まことにあてなり」（同）と思わせるものでした。

## 女と東国の人々

中君の異母妹は、「荒（あら）ましき東（あづま）をとこの腰（こし）に物負（ものお）へるあまた具（ぐ）して、下人（しも（びと））も数多く頼（たの）もしげなるけしきにて」（八・270）、大勢の荒々しい東男たちと下人に守られ、いかにも財力のある受領の姫君らしく裕福な様子で、宇治川の向こうから橋を渡ってやって来ました。彼女は、まだ小さい頃八宮のもとを去って常陸介の妻となった母と共に東へ下り、二〇歳ころまで陸奥国・常陸国で暮らしたあと、前年、任果てた継父一家とともに上京し、その屋敷に住んでいたのでした。この年二度目の初瀬詣らしく、今回は母君に差し障りがあって、一人だけの旅でした。

大君や中君と異なって、彼女は東国で育ちました。栄華の都の住人でもなく、宇治のような隠棲の地に現世に背を向けてひっそりと暮らす姫君でもありません。いわば、宇治十帖の物語における第三の世界からやって来たのです。ここから、大君の物語、中君の物語に次ぐ宇治十帖最後の、そして『源氏物語』最後の女の物語が始まります。

都人は、東国の人々を、都とは大分異なる風土の異国と見なしていたようです。宇治橋を渡って来る女の一行を目にした薫は、それを目にして「ゐ中(なか)びたる物かな」(八・270)、田舎じみているなと思い、垣間見の後には「ゐ中(なか)びたる人ども」(八・286)に自分の忍び歩きを知られまいと、家来たちに口封じをしています。

女の母(常陸介北の方)に仕える女房達は、薫の発する芳香を弁尼の焚いた香と思い込んで、「いとこそみやびかにいまめかしけれ」(八・278)、なんて風雅ではなやかなと感嘆の声を上げ、栗や何かをぽりぽりと音を立てて食べています。このような光景はおよそ薫のような貴顕が見たことのないものでした。

女の継父、常陸介にしても、卑しい素性ではありませんでしたが、若い時から東国に暮らしたせいか、「あやしう荒(あら)らかにゐ中(なか)びたる心」(八・302)が身に付いてしまっていました。粗野でなまりがあり、財力にものを言わせてむやみにものをそろえ、大げさで率直、自分の感情を隠しつつもうとしない人物でした。

一方、東国で育ちながらも、女はそれらしい雰囲気を持っていません。むしろ、先に述べたように、薫が垣間見たときの印象は、「あてなり」という語が最もふさわしかったのです。これは、薫だけの印象ではなく、のちに彼女を垣間見た匂宮も「あさましきまであてにをかしき人かな」（八・386）、あきれるほど上品で魅力的な人だなと思っています。また中君の女房達も、中君に劣らず「あてにをかし」（八・402）と評し、「いとおほどかなるあてさ」（八・406）、ゆったりとした上品さに大君そっくりの美を認めています。実父は故八宮、祖父は桐壺帝という高貴な血を引くこの女は、東国育ちに全く似つかわしくない容姿を持っていたのです。

# 50 東屋

## 女と薫の出会い

東屋巻は、女を垣間見て強く惹きつけられた後の、薫の心情から語り起こされます。

筑波山を分け見まほしき御心はありながら、端山の繁りまであながちに思ひ入らむも、いと人聞きかろぐ〵しうかたはらいたかるべきほどなれば、おぼし憚りて、御消息をだにえ伝へさせ給はず。（八・300）

常陸介の継子であるこの女を、常陸国にある名高い「筑波山」、その端くれの茂みに喩えています。強い関心を抱きながらも、世間体をはばかって実際に接触を求めることはしなかった――身分が違うゆえに、軽々しく接近しようなどとは思わないのだ、というのです。二人の間に横たわる隔たりは大きく、このままでは顔を合わせることはあり得ないことでした。二人を結びつける何かが必要です。

光源氏の場合、女と出会うきっかけは、たまたま見舞いに訪れた、乳母の家の隣の垣根に咲く見知らぬ花に惹かれたこと（夕顔巻）、病気の加持祈祷のために訪ねていった山中で偶然垣間見たこと

（若紫巻）、方違えのために泊まった家に女がいたこと（帚木巻）でした。このような偶然でなければ、明石君や玉鬘の場合のように、神仏の導きや霊験による他はありません。薫がこの女と出会ったのも、たまたま宇治を訪れた際、ちょうど宇治橋を渡ってくる女の車を見かけたという偶然によります。しかし、それだけでは二人が言葉を交わすに至らないのです。

この受領の継娘と、今上帝の女二宮を妻として持つ薫大将がいかにして結びついたのか。人間の心理と行動がもたらす必然性のもとに、その経緯を語る必要がある——宇治十帖の語り手は、そう考えているようです。これまでに薫が、中君の口から亡き大君によく似た人の存在を告げられ、宇治の弁尼からは詳しい氏素性を聞き出していたのは、そのためのいわば地ならしでした。関心を抱いた薫が、その直後に女を垣間見たあと、二人が結びつくまでの間、中心的な役割を果たすのが女の母です。

## 女の母

女の母、常陸介北の方（かつての中将君）は、八宮がまだ都にいた時に仕えていた女房でした。八宮の正妻の姪で、祖父は大臣という上臈女房（身分の高い女房）です。その他のことについては語られていませんが、召し名の「中将君」から推して、おそらく父は中将であったが早くに亡くなり、叔母である八宮の北の方に、女房として身を寄せたもののようです。北の方を亡くした八宮が中将君と契り、この女が生まれたことはすでに述べた通りです。

ところで、『源氏物語』には「中将」という名を持つ女房が少なからず登場します。その中に、たおやかな魅力で男を惹きつける点で共通する女房たちがいます。六条御息所付き（夕顔巻）、紫上付き（葵巻〜幻巻）、玉鬘の大君付き（竹河巻）、女一宮付き（蜻蛉巻）です。特に、幻巻に登場する紫上付きの中将は、紫上の死後、源氏に愛されるのですが、女主人のそばに控え、その苦楽を見て来た女房が、女主人の死後その夫の寵愛を得るという点で、宿木巻に登場する中将と似通っています。

光源氏が、紫上を喪った後、その面影を紫上に長く仕えた女房に求めたとすれば、八宮もまた、最愛の北の方の姪に似姿を見出して愛したものでしょう。いわば「形代（かたしろ）」だったのです。宇治十帖では、これら幾人もの「中将君」の中の一人に初めて焦点が当てられます。それまでは男にとって「形代」でしかなかった、たおやかな魅力ある女房の、その後の生が追求されることとなります。

八宮にとって、中将の君はまさしく「形代」でしかなく、八宮との間にできた娘を、八宮が顧みないために、常陸介の妻となって東国に下ってしまいます。上流貴族の生活をよく知っていたはずの彼女は、「すこし物のゆゑ知（し）りて」（八・308）とあるように、貴族的な情趣を理解する心を持っていました。のみならず、この東屋巻で描かれているように、人一倍上昇志向の強い女でした。

仕えたのは叔母、一度は東宮候補にもなった桐壺帝第八皇子の北の方です。その彼女が、受領の妻となって東国に下るのは、相当の決断であったと言わねばなりません。頼って幼子を託すべき身内も、もはや都にはいなかったのでしょう。苦悩と絶望から、全く異なる世界へと脱出を図った、いわば母子の「東下り」だったとも考えられるのです。父親から顧みられない娘と言えば、紫上と近江君がいます。それぞれ北山と近江に、祖母・母親に伴われて隠れるように住んでいたのでした。いずれも、都近郊の山里で、それぞれの事情で都に戻ります。夕顔の娘玉鬘も、母が急死しなければどこか都に近い山里に移り住むはずでした。

これに対して中将君とその娘は、遠く都を離れた陸奥国や常陸国へと去り、そこで長い年月を送るのです。それは、逆に言えば、ある人生の重要な局面でそのような選択もできる女であったということです。

『源氏物語』の主な登場人物の中には、母が早くに亡くなる登場人物が目立ちます。光源氏、夕霧、夕顔、紫上、玉鬘、大君・中君と少なくなく、末摘花や空蟬にも母親の影はありません。その中で、この最後の女が、母と共に東国から人生を歩み始め、その母が物語の終わりに至るまで生き続けること、言わば「死なない母」であることは、大きな意味を持っています。

## 女の継父と少将の求婚

中将君が、八宮のもとを去ってから、縁を頼って身を寄せた常陸介は、「受領」と呼ばれる地方官でした。受領は諸国の長官の呼称です。本来、長官は「守」ですが、親王の任国である常陸国では、実際に政務を執るのは二等官である「介」であり、任国へ赴任し最上位の国司としてその国の支配・経営に携わりました。

この常陸介は、先に述べたように、長い間東国の受領を務めたあと一家で都に戻って来たのです。先妻との間に三人ほどの娘があり、それぞれすでに縁づいています。後妻の中将君との間には一女をもうけていました。すなわち、常陸介一家には、まだ結婚していない娘が二人おり、それは介にとっては実の娘と継娘、介の北の方にとっては、父親の違う二人の実の娘だったのです。姉妹の結婚問題は、「匂宮三帖」以来繰り返される主題です。

ここに、左近少将なる人物が登場します。年は二二、三歳。学才も落ち着きもありましたが、父は大将で亡くなり、経済的に不如意でした。そこで裕福な常陸介の継娘に何度も言い寄ります。母である常陸介の北の方もこれを歓迎し、継父には断らないで、八月に結婚と決めて調度類も趣味よく整えます。ところが少将は、彼女が常陸介の実子でないとわかると、腹を立てて約束を破棄し、何と予定していた継娘との結婚のその日に、常陸介の実の娘と結婚してしまうのです。この間、始め少将と女との間を取り持っていた仲立ちが、少将に対する追従から、希望する結婚を実現しようと立ち回ります。

## 結婚問題

薫や匂宮のような貴顕はともかくとして、当時の平均的な貴族の男にとって、妻となる女に財産があるかどうかは、結婚する上で重要な条件の一つでした。貴族の恋愛の始まりは、容貌に関する噂や、直に聴く楽器の音色、取り交わす文に表れる教養や筆づかい、実際に垣間見ての印象がきっかけとなります。しかし、いつもそれだけで恋愛や結婚が進行する訳ではありません。どう転んでも構わない相手であればともかく、いわゆる正妻とすべき相手には、然るべき家柄と財力がなければならず、そこに由来する親の思わくもあったのです。

ところが、然るべき手続きを踏んで行う結婚よりも、それから外れたところにある思うに任せぬ恋愛、男女の思いがけない出会いや、うまくいかない結婚生活の方が物語の種にはなりやすいので、一般にその現実的な側面は余り描かれません。それに対して、この東屋巻の少将は、財産目当てであることを隠そうとしないばかりか、露骨な手段に訴えて常陸介の実の娘と結婚したのです。

常陸介の方も、自分の財産は全て最愛の娘に譲るつもりだといい、少将が大臣になろうとするなら、いくらでもバックアップすると保証します。こうして、「野合」が成立したのでした。自分の連れ子を、少将くらいの男にやるのは惜しいとまで思うこともあった北の方の驚きは、言うまでもありません。

## 二条院へ

少将の結婚破棄という思いがけない事態に、北の方は女を二条院の中君に託すことにします。少将が常陸介の実娘のもとへ通うことになって、もともと介の息子たちも住む家は手狭で女の居場所もないのでした。中君にしても、八宮が認知しなかった腹違いの妹を置くことに抵抗はあったのですが、さりとて知らない顔をしているのも心苦しいと思い、しばらくの間、西廂（にしびさし）の一角に住まわせることになります。

こうして舞台は常陸介邸から二条院へと移りますが、二条院は匂宮の邸であり、その南隣には薫の三条宮邸があります。これら一連の出来事は、常陸介の実の娘と継娘の結婚問題でありながら、実は、先に述べた薫と女の出会いのために必要な条件でした。

二、三日ばかり、北の方が女とともに二条院に滞在していている間に、まず匂宮が訪れます。匂宮は母の明石中宮が体調を崩したために内裏にいたのですが、生まれて六ヶ月のわが子見たさにやって来たのでした。北の方にとって、今を時めく皇子を垣間見る思いがけない機会の到来でした。

垣間見は、男ばかりがするものではありませんでした。夕顔巻では夕顔の女房達が光源氏を、若菜巻では女三宮の女房達が蹴鞠に興じる公達を窓や御簾越しに覗き見ています。男が垣間見る場合は、外から内側いる女を見るのですが、室内にいることの多い女の場合は、内側から外にいる男を見ることになります。この場面のように女が外側から男を垣間見ているのは、珍しいケースです。男も「見られる」存在であったと言えるでしょう。

二条院にやって来た匂宮を、北の方はその夜と明くる朝、二度垣間見ています。北の方は女の結婚が破綻した時、女房から薫の関心に答えるように——ほのめかしのレベルではありましたが、促されました。しかし、受け入れませんでした。左大臣夕霧を始め、方々からの申し出を退けて、今上帝の愛娘（女二宮）を手に入れた薫のような男が、自分の娘に真面目に関心など抱くはずはないと思うのです。

## 女の母の変化

しかし、匂宮を垣間見て、母北の方は考え方を変えずにいられませんでした。自分の夫よりはるかに立派に見える四位・五位の官人らが、宮の前に跪いてかしこまり、使いは近寄ることもできないその有様を見て、たとえ年に一度でも、このような貴顕の男に愛されるのはすばらしいことだと思うのです。この世界に比べれば、常陸介の実娘へと鞍替えした少将など、取るに足りない男に見えてきます。

この時点まで、物語はほとんど女の外面も内面も描いていません。初めて姿を見せる宿木の巻末で、薫から見た容姿が描かれて以来、当の女は舞台裏に引き下がり、その周囲の人物だけが表舞台で演技するという状態が続いてきたのです。興味深いことに、少将の鞍替え事件の際も、女がどう思ったか、どうふるまったかということは、一切触れられていないのです。なぜでしょうか。これは、省筆でも、描写の不足でもないことが、巻後半で明らかになります。

長いこと舞台裏にいた女が再び姿を現すのは、匂宮が宿直のため内裏へ向かった後、北の方が中君と対面した折のことです。女の父である八宮と姉大君の死、また薫が大君の代わりとして女に関心を抱いていることなどを話すと、中君が几帳越しに女の方へ目をやります。

かたちも心ざまも、えにくむまじうらうたげなり。もの恥もおどろ〳〵しからず、さまよう子めいたる物から、かどなからず、近くさぶらふ人〻にも、いとよく隠れてゐたまへり。物など言ひたるも、むかしの人の御さまにあやしきまでおぼえたてまつりてぞあるや、かの人形求め給ふ

人に見せたてまつらばや（八・360）

容姿も気だても憎めず愛らしく、おっとりしてはいるが、才気は感じられる様子です。ものの言い方も大君にそっくりで、「人形」を求める薫に会わせたいと、中君があらためて思ったその時、折しも今度は薫が訪れます。内裏に戻った匂宮の留守を窺ってやって来たのでした。

北の方は、この日匂宮と薫の二人を垣間見ることになったのです。薫と中君の会話は、次第に薫の中君に対する恨み節に流れてゆき、中君がそれをとどめようと、例の女がここに来ていると告げます。この二人の会話場面には、「人形」「本尊」「形代」と、宿木巻で大君の「人形」が薫と中君との間で話題になった際の、一連の言葉が全て出そろっています。ここでは、それに「撫で物」が新たに加わります。

**形代・人形・撫で物**

宿木巻では、薫が、大君をかたどった「人像（人形）」を造りたいと言ったのに対し、中君がそれを祓えに用いる「撫で物」の意ととらえて、それでは流されるものゆえ大君が気の毒だと応じていました。ここでは、女が大君の「形代」ならば、それを「撫で物」として思いを移そうと薫が歌い、中君が「撫で物」は流されてしまうのだから、女を託す相手としてあなたを頼みにはできない、と歌を返しています。

「形代」という語には、いずれ川に流される「撫で物」としての意味がつきまとい、ある女を他の女の身代わりにするという考え方には、その女をあたかも人形のように扱う冷たさが伴います。中君は、宿木巻でも東屋巻でも、薫の口にする「人像」「形代」といった言葉にひそむ危うさを、即座に暴いていると言えるでしょう。中君自身が、薫にとっては大君の「形代」でした。

薫が執拗なまでに中君に大君の面影を求める物語は、中君の出産によって終わったにも関わらず、薫の心の中ではいまだに残り火のようにくすぶり続けています。中君は、自分に代わる新たな「形代」として、東国から来た女へと薫の関心を差し向けたのでしたが、同時に、「形代」の語にひそむ危うさの認識と、薫が「形代」を求め続ける先に何が待っているのかという不安は、当初から心の中にあったのです。

一方、この会話を垣間見しつつ聴いているはずの母北の方にとって、娘が大君の「形代」「撫で物」と見なされることは、拒むべきことではありませんでした。初めて見た薫の有様がすばらしく、匂宮を垣間見たときと同じように、相手が年に一度通う彦星であっても、娘を添わせたいとまで思います。実は、この母北の方自身も、かつてはやはり八宮の北の方の「形代」でした。今、二条院にいる三人の女――中君と、常陸介の北の方と、その娘は、人生の有為転変の中で「形代」の役割を担わされた人々です。

## 匂宮の接近

中君に促されて薫は帰り、北の方も、翌早朝に常陸介からの催促があって、女を中君に預けて帰ります。二条院には、中君と女、それに仕える女房達だけが残されます。そこへ、匂宮が、明石中宮の病が癒えると内裏から再びやって来て、女を垣間見たのでした。匂宮は、ただちに入り込んで女の手をとらえ、添い臥します。彼にとって、この女は全く未知の、新参女房かと思われる程度の存在に過ぎません。方違えで泊まった家で、伊予介の妻空蝉と通ずる源氏の感覚とよく似ているのです。薫が初めて女を垣間見た時、大君との似姿に涙を落としたのと対照的です。

ここで興味深いのは、匂宮がおよそ「形代」とは縁のない人物であることです。大切な人を喪った時に、その身代わりとして求めるのが「形代」だとすれば、匂宮は、奪われたり喪ったりした経験がないゆえに、それを求める必要がありません。匂宮に喪失体験があるとすれば、幼少期に養育を受けた紫上が五歳のときに亡くなったことです。その遺言通りに二条院の紅梅を大切にしたことが幻巻に出て来ますが、その後の匂宮に、紫上の死が影を落としているとは思われません。三歳で母を喪い、継母に見知らぬ母の面影を求めた源氏や、出生の疑惑を胸に抱き続け、道を求めて行き着いたところで見出した女を喪う薫の陰りを、匂宮は持たないのです。父今上帝と母明石中宮の格別の愛情を一身に受けて育った皇子でした。それだけに、垣間見たあとの匂宮の行動は、「形代」の役割を担わされた人々の人間関係が醸成する微妙な雰囲気を、ただちに突き破るような印象を与えます。

## 女と中君の対面

女房たちの狼狽をよそに、なかなか女から離れようとしなかった匂宮も、内裏から明石中宮の具合が急に悪くなったとの報せで、ようやく腰を持ち上げます。匂宮の侵入・最接近という思いがけない出来事に、女は「おそろしき夢のさめたる心ち(ここ)」（八・392）で、どう気持ちを整理してよいかわからず、また中君がどう自分を思うかと、泣くよりほかはありませんでした。中君も「現場」からの報告を受けて困惑するばかりでした。そのうちに女房たちが、女をなぐさめてもらうために中君と対面させます。

中君と女の対面の場面では、中君が、腹違いの妹である女と亡き姉大君を引き比べています。女が大君と非常によく似ていることは、宿木巻以来強調されており、その共通点として「あてなり」（上品だ）という語が用いられていることも同様ですが、ここでは、両者の違いも認められていることが注意されます。

確かに、「いとおほどかなるあてさ」（八・406）、とてもおっとりした上品さは大君によく似ているのですが、「なまめかしさ」（同）、すなわち優美さにおいては劣り、「ゆゑゆゑしきけはひ」（同）、奥ゆかしい気品があれば薫にも受け入れられるだろうというのです。この中君に与えた印象は、これ以外の場面における大君、中君、女の描写と概ね一致しています。東屋巻までのこの三人の描写を総合してみると、それぞれの特徴を形容する言葉は、次の三つのグループに分けることができます（次頁図7）。

A＝外面的印象…あて（上品だ）・おほどか／おいらか／こめく（おっとりしている／おうよう

だ）・らうたし／らうたげ（可憐だ）・をかし／をかしげ（可愛い）

B＝親密感…なまめかし（優美だ）・なつかし（慕わしい）・愛敬づく（優しい）

C＝奥深さ…気高し（品格がある）・心にくし（奥ゆかしい）・故々し（重々しい）・らうらうじ（洗練されている）・重りか（重々しい）

中君によれば、女は、Aでは大君によく似ているが、Bでは劣り、更にCが必要だというのです。たとえば宿木巻では、薫が初めて目にした女君の印象を「貴なり」（A）という言葉で言い表していました。匂宮も、中君も同じ印象を持っています。しかしそれは外面的印象で、内面性も含むBやCの特徴は見い出せないのです。特にCの奥深さが、もっともよく大君の特徴を示すものと考えられます。しかし、かろうじて匂宮の難を逃れた

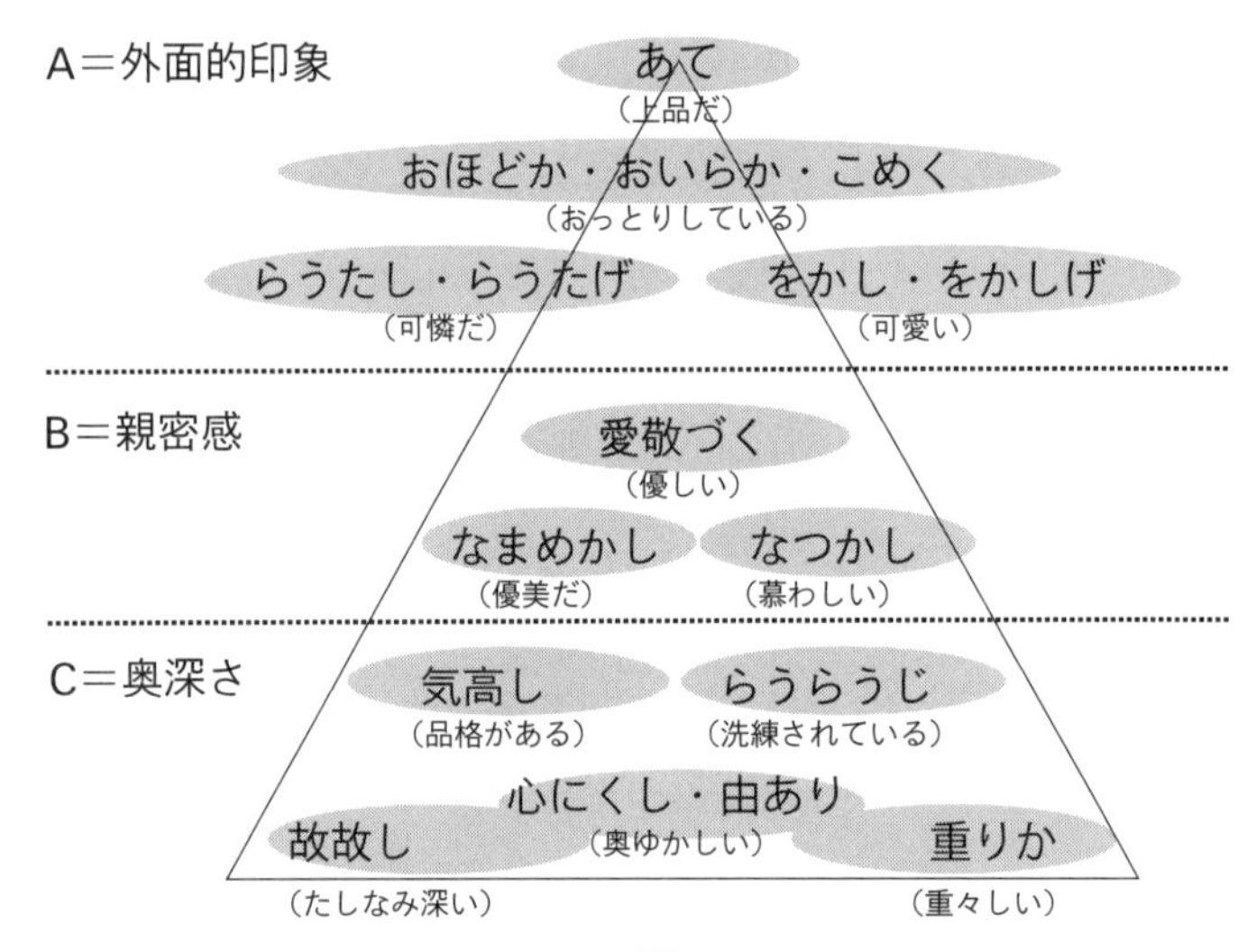


図7

直後のこの時点では、まだよく女君を見知っているわけではない薫も匂宮も、それに気づいていません。

## 三条の小家

この事件を知った母北の方は、急遽三条にある小家に娘を避難させます。この小家は、方違えのために造りかけてあったもので、調度類などもしっかりと整えてはありませんでした。北の方にしてみれば、このような不自由な環境に愛娘を住まわせることは忍びなかったのですが、常陸介邸に置くわけにはいかず、二条院ではいつ匂宮が来るかわかりません。長年常に一緒に暮らしてきた親子は、別居を余儀なくされたのです。

北の方は、匂宮があまりに遠慮なく娘の居室に押し入ってきたことを、侮られたようで憎らしく思いました。しかし薫のように、ほのめかすだけで中々言い寄って来ないのも辛いのです。自分の娘など、薫にとってはごく低い身分の女に過ぎず、心をとどめようとも思われません。かといって、少将のような男を、こちらから婿に欲しいと願うのも見苦しいことです。こうして、行き先が少しも見えないまま、女君は三条の小家で、母北の方は常陸介邸で日を送ります。

## 薫と女君の契り

九月になると、薫は宇治を訪れました。秋の深まる頃、宇治へ行くのは例年のことでしたが、この年は建築中だった御堂が完成したとの報せがあったのです。弁尼が住む、かつて八宮の山荘だったところも新たに寝殿が完成しました。薫は女が二条院に身を寄せたことを知っており、その後の消息を弁尼に尋ねます。今は「あやしき小家（こいへ）に隠（かく）ろへものし給ふめる」（八・428）、粗末な小家に隠れ住んでいると聞いて薫の心は動きます。それまでは実際行動へと移らなかった薫が強い関心を示したのは、そんな隠れ家なら人目を引かないと踏んだからでしょう。早速弁尼に、宇治から三条の小家へ赴くよう促します。手紙は、世間体をはばかって——つまり右大将ともあろう者が常陸介の娘を、と言われるのを憚って、出すのを控えました。

いつになく強い薫の態度に押されるようにして、言われた日に弁尼は女を尋ね、薫の意向を伝えます。しかし弁尼自身も、よもやその日に薫がやって来ようとは思いもよりませんでした。女はもとよりどうしてよいかわかりません。乳母は、この小家が常陸介邸に近いので、母北の方にこっそりどうしたらいいか相談しようと見当違いのことを言い出します。弁尼は、これまでの薫の振る舞いから考えて、性急な行動には出ないだろうと信じています。

ところが、薫のとった行動は、かつて大君に迫りながら、あるいは中君に迫りながら実を結ばなかった時とは比べることもできないほど、不誠実かつ大胆でした。語り手は「かの人形（かた）の願（ねが）ひものたまはで」（八・442）と、薫の心中を測りかねています。以前から大君の「形代」として強い関心を抱き続けてきたということすら、相手に告げないでとの意です。

薫が契る前に告げたのは、「おぼえなきもののはさまより見（み）しより、すゞろに恋しきこと。さるべきにやあらむ、あやしきまでぞ思ひきこゆる」（同）、思いがけない垣間見以来むやみに恋しく、しかるべき因縁ではと不思議に思うくらいだ、という一言だったのです。薫が、この時全く迷うことなく契ることが出来たのは、薫にとって相手が身分の低い女に過ぎないからでしょう。その点で、匂宮がとった態度と変わりません。しかし、異なるのはそのような行動へと促した動機が女が大君の「形代」だったことです。

翌朝、薫は女を伴って宇治の山荘へ赴きます。女をかき抱いて車に乗せ、悪路では揺れるのを気づかって女を抱き続けます。しかしその道中、薫の心を占めていたのは、目の前の女ではなくて、亡き大君でした。眼差しを外に向けるしぐさや、横顔の白さ、瑞々しい額髪の生え際、髪の端の上品さなど、薫が初めて間近で女に接した印象は、大君を髣髴とさせるものでした。

しかし同時に「おいらかにあまりおほどき過ぎたるぞ、心もとなかめる」（八・450）、おっとりとのんびりし過ぎているのが物足りないと思わずにはいられません。あるいは「少ゐ中びたることもうちまじりてぞ、むかしのいと萎えばみたりし御姿の、あてになまめかしかりしのみ思ひ出でられて」（八・454）、着る物に少し田舎じみたところがあって、それが着慣れた衣服でいる大君の、上品でしっとりとした姿を思い出させるのです。

先の分類（450頁図7）で言えば、確かに「貴なり」（上品だ＝A）という表面的な印象は垣間見たときと変わらなかったが、それに伴う「おほどか」（おっとりしている＝A）という面が前面に出ていて、一方、「なまめかし」（しっとりしている＝B）という親密感は抱かせず、まして「心にくし」

（奥ゆかしい＝C）という面は求めるべくもないということなのです。

## 形代を求める人間

これまでの女の足跡をたどってみましょう。女は、都のどこかで、桐壷帝の八宮とそれに仕えた女房、中将君との間に生まれました。母子は八宮に疎んぜられたので、常陸介の妻・継子となって東国に下ります。女はそこで成長したのち、二一歳のときに家族とともに都に帰って常陸介邸に住み、左近少将に求婚されます。しかし常陸介の実子でないとわかって婚約を破棄され、やむなく腹違いの姉、中君のいる二条院へ身を寄せます。東屋巻では、そこで匂宮に迫られた女が母の手で三条の小家へ移され、所在を知った薫が訪ねて行って契りを結んだのでした。

しかし、その三条の小家にいられるのも長くはありませんでした。女二宮という正妻を持つために、妾あるいは女房として、自邸の三条宮へ置くことができない薫は、そのまま宇治へ隠し据えることにしたのです（455頁図8）。次の巻が「浮舟」と名づけられたのは、このような女の流浪といってよい足取りをふまえてのことでしょう。

ところで、ふつう私たちは、ある人物と目の前で接するときには、言うまでもなくその人物を実際に存在する人間として理解しています。その人物がどこか別のところにいる場合や、亡くなった場合は、その人物は心の中に影としてのみ存在します。ある人物は心の外側に実在するか、心の内側に影として存在するわけです。

ところが、「形代」を求める人間においては、心の内側に喪失した人物が実際に住みついています。それとよく似た人物が外側に現れた場合には、その人物を実在する人間とは見なすことができず、影のような存在となります。心の中には喪失した人物が実在し、目の前には実在の人物が影としてしか存在しないのです。いわば、実在と非在が倒錯しているのです。

心の中にのみ実在する喪失した人物と、目の前に影としてのみ実在する人物との間にはズレがあります。喪失した人物とよく似ているのですが、遠目には生き写しに見えても、近くで接すると明らかな違いがあるのです。これは、お伽の国ではないこの現実の世界では、当然すぎるほど当然のことなのですが、「形代」を求める人間にとっては、そのズレがやりきれない現実として突きつけられます。この、実在と非在の倒錯によって生まれる空虚な心情は、薫が三条の小家で女と契る場面で、まことに巧みに描かれています。

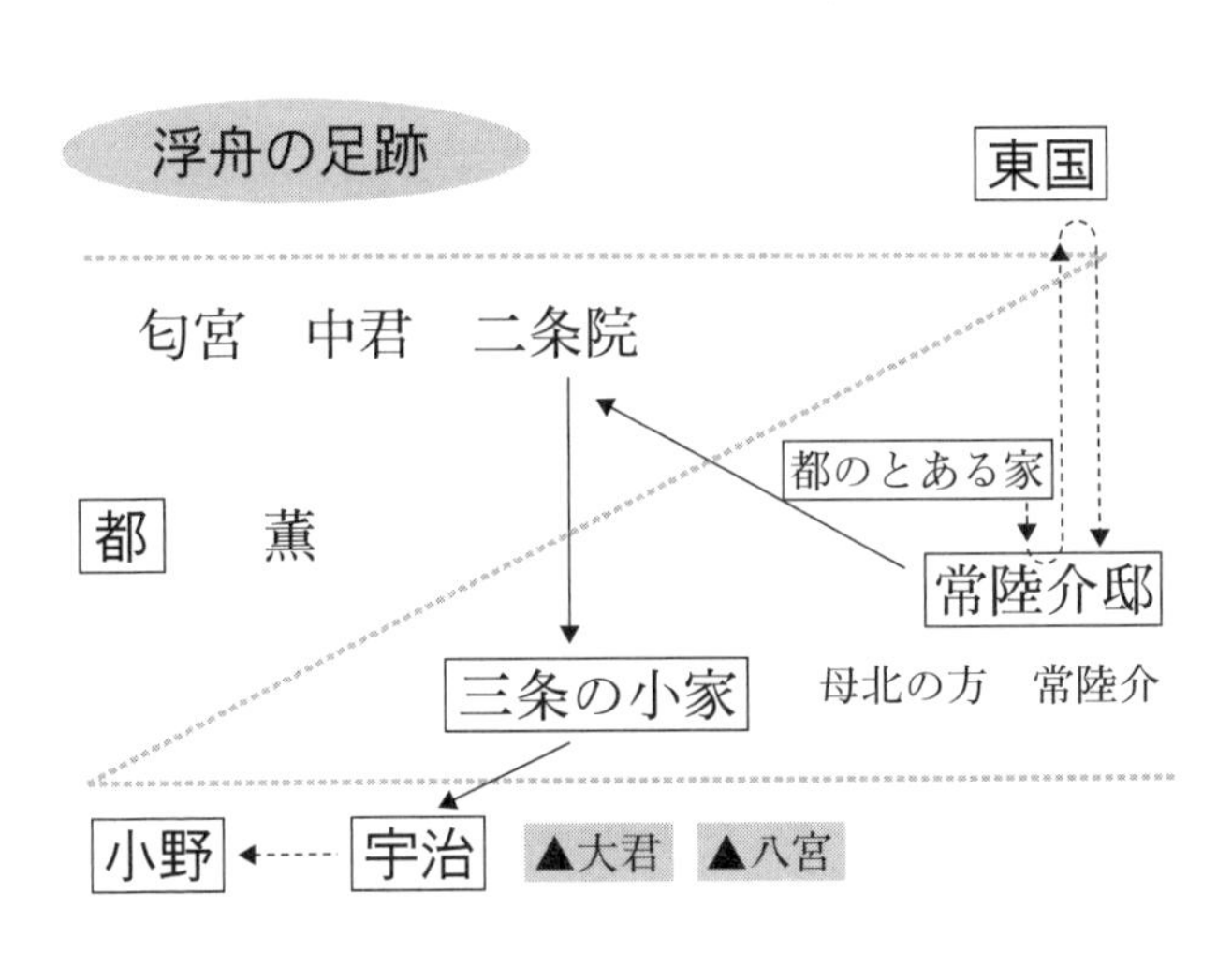


図8

一方、このような倒錯は、匂宮のような人間の心の中ではおよそ起こりえないことでした。匂宮の行動が果敢で颯爽として見えるのは、倒錯の欺瞞性を切って捨てるような一種の爽快感をもたらすからでしょう。

# 51　浮舟（うきふね）

## 「浮舟」の女

宿木巻で初めて登場し、東屋巻の主人公となった女を、この巻からは「浮舟」と呼ぶことにします。この女を「浮舟」と呼ぶようになるのは後の時代のことで、物語の中ではただ「君」「姫君」などと呼ばれています。寛弘五年（一〇〇八年、少なくとも若紫巻が書かれていたことがわかる年）に生まれ、一四歳の時に『源氏物語』のほぼ全巻を読みふけった菅原孝標女が、それから数十年後に書いた回想記『更級日記』では、「宇治（うぢ）の大将の浮舟（うきふね）の女君（めぎみ）」と記しています。これは、薫に愛された浮舟巻のヒロインといった意味でしょう。

「浮舟」という巻名は、宇治川の橘の小島へ向かう舟の中で、匂宮に返した歌「たち花の小島（こじま）の色（いろ）は変（か）はらじをこのうき舟（ふね）ぞゆくへ知（し）られぬ」（八・560）によります。浮舟が「うき舟」に我が身の行く末を重ねているのですが、浮舟という女の、この世に生を受けてからこれまでの足跡をたどる時、浮舟巻を待つまでもなく、後世の「浮舟」という呼び名がいかにふさわしいかがわかります。そして、「浮舟」としての漂流は、東屋巻では終わりませんでした。

## 匂宮の関心

浮舟巻は、匂宮が、二条院に身を寄せていた浮舟を偶然垣間見て迫り、目的を達しなかったために、いつまでも浮舟を忘れられないでいるところから始まります。前巻東屋も、薫が宇治橋を渡ってくる浮舟を偶然目撃したあと垣間見て、弁尼を介してたびたび意中を伝えるところから始まっていました。しかし、二人の浮舟に対する態度は対照的です。

匂宮が浮舟を忘れられないのは、ひとたび添い寝までした女との関わりが途中で終わってしまうのが気に入らないからです。匂宮からすると、その女は、ある日二条院に現れたかと思うと二三日後には姿を消してしまったのでした。添い寝をしただけだったからこそ、よけいに恋着の心情は募るというものです。中君に、あの女は何者だとしつこく訊ねたのは当然でした。

中君としては、匂宮がいずれは手だてを尽くして探し出さずにはおかず、その際は見苦しいこともしでかす可能性があるとわかっています。それゆえ自分の落ち度でそうなることは姉としていたたまれないとの思いから、事実を隠していました。ところが、たまたま浮舟の乳母子、右近の手紙が、二条院の中君付きの女房大輔(たいふ)のもとへ宇治から届けられ、その現場に居合わせた匂宮が見とがめたことから、浮舟の居場所が知られてしまいます。

手紙の中で、右近が匂宮に迫られた時の一件に触れていたことがきっかけでした。そのことと、薫がこの頃人目を忍んで宇治へ通っているとの噂を思い合わせると、どうやらその女を薫が宇治に囲っているということになりそうです。すると、自分が二条院で女に迫ったあと、それを知った薫が中君と示し合わせて、女を宇治へ隠し据えてしまったことになります。獲得目前に逃してしまった獲物を、自分の親しい家来に横取りされた格好です。しかも、それには妻も一役買っているのでした。

こうなれば、匂宮でなくてもじっとしていられないでしょう。まして目にとまった女房がいればその里まで訪ねて行く性分です。早速、自分に取り入って昇進しようと思っている大内記（だいないき）の道定という人物を使って、極秘裏に宇治行を企てさせたのでした。匂宮にもためらいはありました。どう考えてもとんでもないことで、薫に対しても後ろめたく、気がとがめるのです。しかし、第三者に事の次第を打ち明けてしまった以上、後へは引くことはできません。計画通り、宇治で浮舟を垣間見ることに成功します。

この間、薫はといえば、よもや匂宮が浮舟の所在をかぎつけて、宇治まで忍んで行ったとは思いもよりません。浮舟はさぞかし自分の訪れを待ちかねているだろう。そのうちに、宇治へ行く用事でも作り出して行ってみよう。そんなふうに悠長に構えて、都に浮舟を住まわせる準備を進めていたのでした。薫にとって浮舟はあくまで「形代」で、一度自分のものにしてしまえば誰に奪われる恐れもなく、あとはゆっくりと事をすすめればよかったのです。

## 匂宮と浮舟

さて、望み通り浮舟を垣間見た匂宮の印象は、最初に添い寝をした際に見て取った「あて」（上品）という側面にとどまりませんでした。「いとあてやかになまめきて」（八・500）、とても上品でしっとりとして、「ららたげにこまかなる所ぞいとをかしき」（八・506）、可憐で繊細な所がとても魅力的だという具合に、「なまめく」「こまかなり」といった、優美さ・繊細さ――先に示した分類で言えばBの「親密感」――がそれに加わっています（450頁図7）。この側面は、およそ薫が浮舟に対して見いだせなかったものです。「形代」を求める薫の目には見えることのなかった浮舟の魅力を、「形代」などとは縁のない匂宮は見出していたのでした。しかし、その魅力は、果たして浮舟自身が発するものだったのでしょうか。

薫の声をまねて右近を欺き、浮舟の寝所へ忍び込んだ匂宮は、とうとう宿願を果たします。このとき匂宮は宇治で二晩を浮舟と過ごしますが、浮舟に対する思いは加速度的に深まります。「いとをかしくけ近きさまにいらへきこえなどしてなびきたるを、いと限りなくらうたしとのみ見たまふ」（八・522）、とても可愛らしくうちとけた様子で返事などして言うままになっているのを、ただただ可憐だと思い、「あい行づき、なつかしくをかしげなり」（八・526）、優しく、慕わしく、可愛いと思うなど、「け近し」「なびきたる」「愛敬づく」「懐かし」と、「親密感」を形容する言葉が重ね塗りのように加わります。

ところが、語り手は、そのような描写とともに次のように言い添えています。「さるは、かの対の御方には似おとりなり」（同）、そうは言うものの、あの中君に比べると劣っている。また「大殿の君の盛りににほひ給へるあたりにては、こよなかるべきほどの人」（同）、夕霧大臣の六君の、美しい盛りでいらっしゃるのに比べるとずいぶん劣る人だ――浮舟の美しさは、あくまで匂宮から見たものに過ぎないのです。妻の中君と示し合わせた薫に、女を横取りされたという誤解が、匂宮を焚きつけて宇治へと駆り立てたのでした。

確かに「あさましきまであてにをかしき人かな」（八・386）、驚くばかり上品で可愛い人だという最初の添い寝の際の印象が、強く匂宮を惹きつけたのですが、そこから浮舟と契るに至るまでには、この誤解が大きく作用しています。匂宮の浮舟に対する情熱は、いわば自己増殖して、短期間に肥大化していったのでした。肥大化した情熱が浮舟に投影して、必ずしも彼女には具わっていない魅力が蜃気楼のように立ちのぼっていたと言えるでしょう。その肥大化は、「橘の小島」の段で頂点に達します。

### 浮舟の誤解

浮舟は、匂宮の情熱に対して、死ぬほどに自分を思い焦がれていると思い、これこそが愛だと思っていました。普段は長い一日が、匂宮と過ごすとあっと言う間に暮れてしまいます。それまで薫のことを、これほど端正な美しい人はいないと思っていた浮舟は、匂宮をそれ以上に輝くばかりに美しいと思います。巧みに絵など描いてみせると、若い心は匂宮に惹かれてゆくのをどうしようもありません。しかし、ただ一度添い寝しただけの匂宮が、なぜこれほどに自分を求めるのか、浮舟には知る由もありません。死ぬほどに自分を愛してくれる男と誤解していたのです。

また、浮舟は、薫が匂宮に比べると言葉は少なく、情熱的な振る舞いもないが、普段会えない苦しさをほどよく口にするあたりは、行く末長く頼みにできそうな性質だと思っています。しかし、薫は浮舟に大君の「形代」を求めているに過ぎず、三条の小家で初めて逢った時にも、全くそのことを触れませんでした。

そこから宇治へ伴った際にも、浮舟の父である八宮の思い出を語る中で、おそらく大君や中君のことも話題にしたはずですが、特に大君の「形代」であることなどは話さず、心の中にしまっているようです。似てはいても、大君にはあって浮舟に欠けている所が目につくわけですから、「形代」のことは話題にはなり得ないのでしょう。浮舟は、亡き大君の面影を求めて求めきれないために「形代」にとどまっている薫の態度を、誠実だと誤解しているのです。

薫にとって浮舟は、亡き「永遠の女性」の影に過ぎませんでした。また匂宮にとって浮舟は、自己増殖した情熱が生んだ蜃気楼に過ぎませんでした。一方、二人の男に「愛され」た浮舟もまた、匂宮と薫を誤解していたのです。その誤解に基づいて苦悩する浮舟と久しぶりに対面した薫が、浮舟に大人の女を見出したのは皮肉でした。苦悩が浮舟に人間的な深みを与えたのです。

それでは、浮舟という女は影か蜃気楼に過ぎないのでしょうか。二人の男にどう見られようと、浮舟は浮舟であって他の女ではありません。たとえ素顔の彼女が、薫や匂宮が思うような女ではない――普通の女であったとしても、浮舟は浮舟だけの生を全うするしかないのです。喪った女の面影を彼女に求めて、足りないものがあると思ったり、手をつけようとして横取りされたと誤解し、奪い返した勢いで魅力があると思いこむことは、男たちが勝手にしていることなのです。薫や匂宮と出会う前の浮舟は、舞台の奥の方にいて、母や、薫・匂宮その他の人物たちの為すがままでした。しかし、この時の浮舟は、もはやそのような女ではありませんでした。

## 浮舟と薫・匂宮の「恋愛」

匂宮が初めて浮舟と契ったのは、二八歳の正月半ばのことでした。このとき浮舟は二二歳。浮舟が薫と初めて契りを結んだのが前年の晩秋九月一二日でしたから、浮舟は初めて男と契りを結んでから、半年と経たないうちに別の男の愛を受けたのでした。もとより、共に浮舟自身が望んだことではなく、男たちの側からの一方的な求愛によります。

薫が浮舟を垣間見た時点にさかのぼっても、それはこの年の初夏四月でしたし、匂宮が垣間見たのは仲秋八月でした。薫の場合、垣間見た（四月）あと、契る（九月）までが五ヶ月足らず、契ってから次に逢う（二月）までが五ヶ月ほどで、その間は文のやりとりすらありません。匂宮の場合、垣間見た（八月）あと、契る（正月）までが五ヶ月ほどで、その間匂宮は、文どころか相手がどこの誰であるかすら知りませんでした。

しかしこのことはさほど驚くに値しないことです。浮舟は、八宮の血は引いていても認知されず、あくまで受領の継娘であって、匂宮・薫とは身分に隔たりがあります。身分に隔たりのある女との恋愛は、むしろ『源氏物語』の好んで扱う題材で、夕顔（三位中将の娘で早く両親と死別）、空蟬（受領の後妻）、紫上（兵部卿の娘で祖母が北山に養う）、明石君（受領の娘）と、いずれも、時の帝の第二皇子光だった源氏とは大きな身分の隔たりがあります。

大君・中君（八宮の娘たち）は、零落しても宮家の娘としての誇りを持ち続けた、または持つよう求められた点で、右の人物たちとは異なりますが、薫・匂宮との間には、やはり大きな身分の隔たりがありました。その大君・中君との関わりが恋愛ないし結婚だとすれば、浮舟との間に生じた関係は、到底「恋愛」「結婚」と呼びうるものではなかったと言えます。それでも、浮舟は男たちの「愛」を信じていました。

薫・匂宮と大君・中君との関わりが、じっくりと時間をかけて、通常の貴族の恋愛同様、垣間見、文のやりとりなどを経て契りを結ぶに至る――大君の場合はそれに至らなかった訳ですが――のに比して、彼らと浮舟との関わりは急テンポで進みます。むしろその存在が口の端にのぼってから垣間見られるまで、また垣間見られてから中心人物として舞台に上がり、自分の台詞を持つまでが長く、そうしてようやく一個の人格らしいものを持ち始めた時には、舞台から姿を消してしまうのです。浮舟という女の物語は、いわば地下水のように始まり、それが次第に地表に現れてせせらぎとなり、川となり、急流となったかと思うと、一気に滝となって流れ落ちるような趣があります。

### 雪の中で

名高い「橘の小島」の段は、右の比喩で言えば急流にさしかかろうとする場面です。自己増殖して短期間に肥大化していった匂宮の情熱が投影して、匂宮の目に映る浮舟の美しさは頂点に達します。

先に述べたように、匂宮が初めて浮舟と契ったのは、二八歳の正月半ば、浮舟は二二歳でした。それから間もない二月の二〇日過ぎ、匂宮は思い立って雪道を宇治へと向かいます。

一〇日ほど前に宮中で作文会（漢詩を作る会）があり、匂宮と薫は顔を合わせていました。折しも雪がにわかに降り出し、管弦の遊びも中止となります。匂宮の宿直所で、端近くにいた薫は、次第に積もる雪に星の光がうっすらと映じる中、浮舟が今夜も自分を待っているだろうとの意を込めて、「衣片敷きこよひもや」（八・552）と古歌を口ずさみます。その姿の何とも言えない風情を目にした匂宮は、薫の浮舟に対する思いが並々ではないと見て取り、急遽無理を押し通して宇治へ赴きます。雪の演出した薫の美が、匂宮の心を浮舟へと駆り立てたわけです。

都では消え残るほどの雪が、宇治へと向かうにつれて深くなり、人跡まれな細道を分けてゆく匂宮。浮舟の方では、匂宮がまさか夜更けて雪道をやってくるとは思いもかけず、「あさましうあはれ」（八・556）、何という情の深さかと思うほかはありませんでした。雪はここでも一役買っています。

> いとはかなげなるものと、明け暮れ見出だすちひさき舟に乗り給ひて、さし渡り給ふほど、はるかならむ岸にしも漕ぎ離れたらむやうに心ぼそくおぼえて、つとつきて抱かれたるもいとらうたしとおぼす。有明の月澄み上りて、水の面もくもりなきに、「これなむたち花の小島。」と申して、御舟しばしさしとゞめたるを見たまへば、大きやかなる岩のさまして、されたる常磐木の影しげれり。（八・558）

まだ暗いうちに浮舟をかき抱いて山荘を出ると、宇治川を小舟で渡って、澄み昇る有明の月の下、「たち花の小島」と呼ばれる中州を眺めつつ、対岸へ向かいます。辺りには積もった雪が月明かりを受けて薄白く見えていたことでしょう。浮舟は遙か遠い岸にまで漕いでゆくかのように心細く思って、匂宮にしがみつきます。

『源氏物語』には、子供を中心に「抱く」「抱かれる」場面が四五例あり、そのうち一三例が浮舟に集中しています。成人女性としても、夕顔三例、空蟬一例、朧月夜一例、女三宮二例に比してきわめて多く、特徴的です。薫によって三条の小家から宇治へ伴われた際も、浮舟は牛車の中で抱かれていました。この場面でも、今度は匂宮によって幾度も抱き抱えられるのです。

「かれ見たまへ。いとはかなけれど、千年も経べき緑の深さを。」とのたまひて、

　年経とも変はらむものか橘の小島の崎に契る心は

女もめづらしからむ道のやうにおぼえて、

　たち花の小島の色は変はらじをこのうき舟ぞゆくへ知られぬ

をりから人のさまに、をかしくのみ何ごともおぼしなす。（八・560）

「たち花の小島」を見て、二人は歌を詠み交わしますが、浮舟の返歌が巻名および浮舟という呼称

の由来となりました。「たち花の小島」は『古今集』中の歌に詠まれた地名ですが、ここ宇治川のそれか否かは不明です。小島の常磐木の深い緑に、匂宮は末長い愛を誓うのですが、浮舟は二人を乗せた小舟に、愛の行く末のおぼつかなさを託して歌います。宇治川の対岸には、匂宮の乳母子、時方の叔父が建てた家がありました。そこを浮舟と二人だけで過ごす隠れ家として用意させたのでした。

　夜が明けると、互いの容姿もはっきりと認められます。匂宮は宇治行きとて軽装であり、浮舟のほうも、宮が着物を脱がせて下着だけにさせたので、その白い姿が親密な、優美な魅力を醸し出していました。「なつかしきほどなる白き限りを五つばかり、袖口、裾のほどまでなまめかしく、いろ〳〵にあまた重ねたらんよりもをかしう着なしたり」（八・562）。薫が見出すことのなかった浮舟の美が、ここでも匂宮によって自在に引き出されています。

　しかし、それは匂宮の目から見た浮舟の魅力であるに過ぎません。語り手は、星の光の映える雪に始まって、雪の降り積もる細道、有明の月の光と、白のイメージを積み重ね、その中に寒々と白い浮舟の姿が浮かび上がるように描いています。その昔、光源氏が夕顔を廃院へと連れ出したのにも似て、匂宮が気づくことのない不安の影が浮舟を覆っています。夕顔の場合、出会いの場面では白い夕顔の花のほか、白のイメージが積み重ねられ、頓死する当日も「白き袷」（一・274）を着ていたのでした。

　隠れ家で再び詠み交わした二人の歌にはやはり雪が詠みこまれています。雪を踏み分けて訪ねる情熱の深さを歌う匂宮に対して、浮舟は雪よりもはかなく消えてしまいかねないわが身と歌います。この時の逢瀬は雪が二人を固く結び合わせるのですが、また浮舟のはかない運命を暗示するものともなっています。

隠れ家の二日目は、右近が他の女房にわからないよう手配した、濃い色の衣に紅梅の織物などを、色合いも好ましく着ています。匂宮は浮舟に裳をつけさせて手水の世話をさせますが、それは彼女を女房あるいは召人とみなしているからでした。女一宮（匂宮の妹）の女房にすれば、他にひけは取るまいと匂宮は考えているのです。

## 苦悩の深まり

都には二日間の物忌みと言ってあったので、匂宮は隠れ家を後にします。いずれ都の然るべき所へ住まわせることを重ねて約束して、後ろ髪を引かれるようにして浮舟と別れたのでした。帰京後、匂宮は物も口にせず、痩せて顔も青白くなり、帝・中宮をはじめ人々の心配の種となります。

匂宮の約束は、すでに最初の契りの際にも口にし、その後手紙でもその用意ができたと言って寄こしたものでした。一方、薫も、最初の契りのあと浮舟を都に住まわせるために家を造らせていましたが、この二月、久しぶりに訪ねた折に、それが完成したことを浮舟に告げています。匂宮がはっきりと手紙で知らせて来たのは、ちょうどその前日だったのです。

すでに匂宮と初めて契った時から、浮舟の心の葛藤は始まっていました。「さまよう心にくき」（八・522）、落ち着いていて奥ゆかしい薫に対して、「時の間も見ざらむは死ぬべしとおぼしこがる、」（同）、少しでも会わないでいると死にそうだと思い焦がれる匂宮。対照的な二人が、浮舟の中で互いに存在を主張し始めたのです。「いときよげに、またかゝる人あらむや」（八・526）、清らかな美しさがあり、こんな人があろうかと思う薫に比して、「こまやかににほひきよらなる」（同）、魅惑的な輝くばかりに美しい点で、匂宮の方が優れていると思い、逆に「行く末長く人の頼みぬべき心ばへ」（八・546）、これから末永く頼みにできそうな人柄においては、薫が優れていると思います。薫に続いて匂宮も都に住まいをしつらえたと聞いたのは、そうした葛藤のさなかでした。浮舟は「われながらも、うたて心うの身や」（八・548）と、わが身を厭わしく思い、苦悩を深めます。

## 母の訪問

先に述べたように、それから間もなく雪の演出した薫の美に駆り立てられて匂宮が雪道を訪ねて来ます。この訪問は、浮舟を一気に匂宮のほうへと引き寄せました。それだけに、匂宮が都へ帰った後、薫に引き取られるとばかり思って喜んでいる母北の方から、その準備に顔立ちのよい女童などを差し向けられると、我が身が厭わしいとの思いは更に深まります。

三月になり、浮舟の心には、薫、匂宮、母北の方、中君といった人々の面影が次々に去来して、その誰もが自分を疎ましく思うであろうとの念に苛まれます。薫と匂宮にそれぞれ歌を返したものの、生きることの辛さと涙にくれていることを詠む以外に歌の詠みようはありません。そのうちに、匂宮が受領の妻となった乳母の家を借りることになり、受領が任国に下る三月末に浮舟を呼び寄せるつもりだと知らせて来ます。

同じ頃、薫も翌月十日に浮舟を移らせると知らせて来ました。浮舟がどうしようもなくなり、しばらく母のもとに身を寄せようと思っていた矢先に、母が自ら宇治へ訪ねて来ます。薫が浮舟の引っ越しに際して女房たちの装束まで気を配るので、乳母だけでは準備がおぼつかないと思ったのでした。気分が悪いからと横になっている浮舟の耳に、母と乳母・女房達との会話が聞こえてきます。

弁尼も呼ばれて大君の思い出話をしている時、話題がふとしたことから匂宮に移ります。弁尼が、匂宮の色好みは並のものではないと言うと、母は、もし「よからぬこと」（八・592）、つまり浮舟が匂宮と関わりを持つようなことがあれば、自分にとってどんなにつらかろうと、もう二度と娘と顔は合わせないと言ったのでした。

その言葉を聞いた時の浮舟の動揺は想像するに余りあります。生まれ落ちてから今日に至るまで、母子一体で生きてきた浮舟にとって、母のいない人生は考えられないことでした。「わが身をうしなひてばや」（同）——わが身を亡き者にしてしまいたいという思いが、初めて浮舟の心の中に生じたのは、実にこの時のことでした。雨が降り続いて水かさを増していた荒々しい宇治川の川音が、浮舟の耳に響いてきます。

## 入水への道

浮舟の心中の苦しみを知らず、浮舟が薫に迎え取られることしか念頭にない母は、その準備や心構えなどを言い置いて都へ帰ります。死を思う浮舟は、二度と母には会えないと思い、少しの間でも母のもとへと慕います。しかし折しも常陸介の娘（浮舟の妹）の出産を間近に控えており、そこへ浮舟が帰宅することはかなわぬことでした。この少将が、かつて浮舟との結婚を破棄し、妹に鞍替えしたために、浮舟は常陸介邸を出ざるを得なかったのです。

その頃、体調不良となった明石中宮のもとに（中宮はたびたび体調を崩しました）、薫や匂宮たちが見舞いに来ていました。そのとき、薫は匂宮のもとへ手紙が届くのを目撃します。聞き合わせてみると、浮舟から匂宮に贈ったものに他なりません。薫は、匂宮の遠慮のない大胆な振舞いを不快に思うと共に、中君に対する思慕を抑えていた自分が愚かしく思われてきます。

一方では、見かけによらず、浮舟には匂宮と似合いの色めいた面もあると思い、いっそのこと匂宮に譲ってしまいたい気持ちにもなりますが、そもそも正妻のような重々しい相手ではないのだから、このまま隠し据えておこうと思い直すのでした。そして浮舟に対し、あなたは私を待っているとばかり思っていた、私を人の笑いものにするなと非難します。

薫が匂宮とのことに気づいたと知った浮舟は、益々窮地に立たされます。重ねて、薫に非難されたことを右近にも知られ、女房たちに対しても顔向けができないと思って伏していると、右近と侍従の話が耳に入って来ます。右近の姉が二人の男に関わって、前の男が後の男を妬んで殺してしまい、殺した男は追放され、右近の姉も東国の人となってしまったというのです。

浮舟は、自分の方から匂宮に心を寄せているのではなく、薫を頼みにしていながら、思いがけない匂宮の求愛によって、苦しい立場に立たされているだけだと思っています。にも関わらず、薫と匂宮の間に、何かよからぬことが持ち上がったらと考えると、どうしてよいかわかりません。浮舟は自分が置かれた立場を正確に捉えることができないのです。「形代」として執着し続ける薫、刹那的な欲望に身を焦がす匂宮という二人の男の心中を推し量ることは不可能でした。「まろは、いかで死なばや」（八・622）、私は何とかして死にたいと思う他はなかったのです。

入水を決意した浮舟に、薫が宇治の警護を厳しくしたという報せが届き、匂宮からは、浮舟に逢える日を心待ちにしているとの文が届きます。いよいよ「我身ひとつの亡くなりなんのみこそめやすからめ」（八・626）、自分一人が死んでしまうのが一番見苦しくないと気持ちを固めた浮舟の脳裏に浮かぶのは、その昔、男たちに言い寄られて身を投げた女の話であり、真実を知った時の親の嘆きでした。そして、文反故を焼き、あるいは川に投げ入れて、いよいよ入水を実行に移そうとする際には、じっとしていられず再び訪ねて来た匂宮に対する愛しさ、入水と聞いた時の薫の心中、親や兄弟の恋しさ、中君、乳母などもう一度会いたいと思う人々のことが胸中を駈け巡るように次から次へ思い浮かぶのでした。

## 自殺観と妻争い説話

このように入水に向かって突き進む浮舟は、自殺することについてどのように考えていたのでしょうか。初めて死を思った際、浮舟は死によって苦悩が無くなり、さっぱりと片がつくが、思い返せばそれも悲しいと考えています。まずここには、死によって苦悩から解放されるという認識があります。

次に、右近の前で思わず死にたいともらした時がありました。その際には、これほど情けない経験は、「下衆(げす)」（身分の低い者たち）でさえしないだろうと言っており、自殺がそうした自分を否定する行為として認識されています。さらに薫が厳重な警護を命じたことを知った時には、自分一人が死ねば問題はなくなると考えています。

また一方で、自殺を思いとどまろうとする意識も働いています。自殺を前に文反故を処分するという行為が心細さを増幅する結果となって決意はゆらぎ、同時に親に先立つ罪深さを思うのです。失踪直前に読経している際にもその罪の消滅を祈っています。

右のうち、浮舟が下衆でさえ珍しい経験であることを恥じて自殺を考えている点は、「妻争い」と呼ばれる型の伝説と関わりがあります。『源氏物語』以前の文学作品にも、恋愛のからんだ自殺は描かれていて、作者は、たとえば『万葉集』に見える伝説上の女、真間手児奈(ままのてこな)・菟原処女(うなひおとめ)・桜児(さくらこ)・縵児(かづらこ)の伝説や、『大和物語』一四七段の生田川伝説などに着想を得たと考えられますが、いずれも複数の男に言い寄られ、苦悩して自殺を遂げる若い女が主人公です。浮舟は、入水を決意したあとに、自分と似たような運命に陥って身を投げた昔の例を思い浮かべていますが、それもこれらの伝説なのでしょう。

そのいずれの人物も「下衆」に当たるのですが、浮舟が見るところ、それらの人物は浮舟と異なって、複数の男に言い寄られ、いずれとも心を定めかねて死ぬのであって、複数の男と通じたわけではありませんでした。それに比べると、自分が陥った事態は恥ずべきもので、死に値するのです。

一方、語り手は浮舟の自殺をどう見ているでしょうか。最も明確に語り手の評価が述べられているのは、次の箇所です。

子めきおほどかにたを〳〵と見ゆれど、け高う世のありさまをも知る方少なくて生ほし立てたる人にしあれば、すこしおずかるべきことを思ひ寄るなりけむかし。（八・628）

いかにもあどけなくおっとりと見えるが、品格をもって世の常識をわきまえることが十分でない育て方をした人なので、少し恐ろしいことを思いついたのであろう、というのです。語り手によれば、自殺は「おずかるべきこと」――恐ろしいことであって、貴族社会の常識とは相容れないものなのです。このような認識は、現代と明らかに隔たりがあります。現代では、自殺はこのようにある階層の人々の常識に反するものとは受け止められていません。私たちは、自殺者をそうした社会的立場を超えて、一個の人間の死として見るのが常です。

当時、ほとんどの貴族女性は、任意の生き方を独自に選択することができず、出家すら思いのままにはなりませんでした。それゆえ、自殺という意志的な行為は、貴族社会の倫理とは異質な激しい側面を持っています。それは浮舟が、東国の鄙の地で育ったことと無関係ではないでしょう。死にたいと思いながら、実際には死のうとはしないほとんどの貴族との隔たりは大きいと言えます。

このように、浮舟自身は二人の男と情を交わしたことを、語り手は浮舟が決行しようとしている入水自殺を、それぞれ貴族の女らしからぬ異常な行動であると見ています。

## 「形代」からの脱却

しかし、二人の男と情を交わした末に、自殺という烈しい意志的な行為で生涯を閉じようとする態度は、語り手や浮舟自身の認識とは裏腹に、浮舟という人物の造型に生彩をもたらしていることも確かです。浮舟は、薫の恋人大君の「形代」として登場し、その役割を担わされます。しかし、匂宮が関わることによって、「形代」としての存在を超えはじめ、更に自殺への意志がそこからの脱却に拍車をかけました。

入水を前にした浮舟は、すでにかつての「影」ではなく、苦悩する自我を持つ一人の女となっています。死に向かって自分を追い込む過程が、反対に浮舟の自我に深みをもたらしています。語り手は、浮舟の入水に至る心理的な葛藤を追うことによって、貴族社会の常識とは異質な自殺という行為にリアリティを与えたと言えるでしょう。浮舟は、入水に向かう過程の中で、いわば一個の人格を、自ら獲得していったわけです。

ところで、自殺ではありませんが、自殺に近い死に方をした人物に、柏木と大君があります。光源氏の正妻女三宮と密通した柏木の苦悩は、光源氏に睨まれるという、柏木の社会的立場をゆるがしかねない事態を招いたことに加えて、「空（そら）に目（め）つきたるやうにおぼえしを」（五・572）という良心の芽生えに起因していました。その上で自らを振り返った時、自分の心に全ての原因があるという考えに至ります。そのような柏木に取りついたのは、死の観念でした。誰でも、永遠に生きることはできない。死ねば、女三宮も源氏も死後に情けをかけてくれることもあろう。生きていれば穏やかでない事態を招くことになる――すべてを死によって解決しようとする思いが、柏木の頭にこびりついて離れなくなるのです（柏木巻）。

また、大君は、零落した八宮の娘として、三歳で母を喪ってから手入れもしていない屋敷で父の「俗聖」の姿を見て育ち、その家が火事で焼けて都をも離れ、宇治で何の希望もなくひっそりと生きた女でした。父の死後はその生き方を自分の生き方として貫こうとします。その独身主義とも言うべき思想が一貫して大君の言動を支配しています。身分差から生ずる匂宮の中君に対する態度は、大君の現世に対する不信の念を深めます。薫のそれまでの心中も疑わしく思われ、父の遺戒を思い起こし、深い物思いをせずにこの世を去るべきだと思うに至るのです（総角巻）。

柏木も大君も、現世に対する絶望を自ら深めてゆき、それが肉体の衰弱を加速させて息絶えています。現世に対する絶望が深まってゆく過程で、柏木はそれからの逃避を、大君は拒絶を選んだとも言えるでしょう。柏木は現世に対する執着を残しながらそこから離れざるを得ず、大君は現世的価値そのものを否定したのです。二人に救いがあるとすれば出家だけでした。しかし柏木は両親の嘆きをはばかってためらい、最後は自ら犯した罪を神仏に訴えることなどできないと思います。逃避する場所は死しかありませんでした。大君の方は、願望を持ちながら、女房によって出家を阻止されます。拒絶したあとは死だけが待っていました。

浮舟の場合、絶望はこの二人のように現世からの逃避や現世の拒絶に結びついていません。先に見たように、下衆も経験しないような情けない身の上に立ち至った自分を恥じ、否定するところに、浮舟の自殺の意味はありました。柏木や大君の絶望が現世否定（逃避または拒否）であるとすれば、浮舟の絶望は自己否定と言えます。生き恥をさらすであろう自分を処罰するかのような衝動には、ある種の倫理性すら感じられます。それは、浮舟が否定すべき自己を持ったということであり、そこに浮舟の悲劇と、再生への萌芽があったのでした。

## 52 蜻蛉（かげろふ）

### 浮舟失踪の波紋と「葬送」

蜻蛉巻は、浮舟の姿が見えず、人々が大騒ぎで探し回る場面から始まります。この後、手習巻で入水が未遂に終わったことがわかるまで、浮舟は舞台からいったん姿を消します。浮舟の失踪は、周囲の人々に衝撃と様々な波紋をもたらしました。女房達は最初の衝撃が収まると、世間体をつくろうために、亡き骸のないまま浮舟の葬式を出し、空の棺桶を焼きます。

『源氏物語』の登場人物で、葬送について記述があるのは、桐壺更衣、葵上、紫上ですが、そのうち葬送の行われた時期が記されているのは、葵上と紫上です。葵上は亡くなって二、三日経った八月二十日過ぎの有明に葬送、紫上は八月一四日の早朝に亡くなり、葬送は翌日一五日の暁に行われました。御法巻で述べたように、当時は逝去と認められても幾日か間を置いて葬送を行うことがしばしばありました。

失踪前の浮舟の様子から入水と判断した女房たちは、浮舟の遺骸は到底見つからず、かといって入水と知られるのは、自分たちの落ち度をさらけ出すことになると考えます。匂宮に欺かれて、薫と勘違いして彼を引き入れ、その後も匂宮と浮舟の逢瀬を他の女房たちに知られぬよう手引したのは、右近と侍従でした。浮舟が、薫という存在がありながら匂宮と通じ、その苦悩の果てに入水したと知られるのでは、世間体が憚られるのです。

そこで、浮舟の「葬送」は、遺骸のないことが人々の噂にのぼらぬよう、失踪の翌日の夜、遺骸の入っていない棺桶を用意して、近親者を伴わずに行われました。棺桶はたちまち燃えてしまいます。誠にあっけない野辺送りでした。

## 薫と匂宮の反応

浮舟の「死」は、早速匂宮と薫のもとへ知らされます。「夢とおぼえて、いとあやし」(九・24)との言葉がよく示すように、匂宮にとって、浮舟の「死」は理解を超える事態でした。失踪直前の浮舟の歌にいつもと異なる気配を感じても、せいぜいどこかへ身を隠すこと位にしか思わず、「常(つね)よりもをかしげなりし物を」(同)という程度の、辞世ではなく恋歌のレベルでしか受け止めていなかっただけに、衝撃は大きかったのです。

薫は、浮舟の「死」の報せに茫然としますが、一方では人並以下の簡略な葬式の出し方に自分自身の世間体をはばかっています。後には、これまでの浮舟に対する自分の扱いについて、どうして心を傾けもせず、のんびり構えて過ごしていたのか、自分がうかつであったという後悔だけが残ります。そして、こういう事態に苦しむことを自分の宿命ととらえます。

匂宮はただただ悲しみの中に身を沈め、周囲の人々が、どんな物の怪に取りつかれたかと騒ぐまでになります。薫は、匂宮の悲嘆に暮れる様子を耳にすると、世間体を保てたことで安堵します。浮舟は、男を引き付けずにはおかない女であり、もし生きていたらこの密通によって自分も馬鹿な目を見ることになったと思うのです。

## 薫と匂宮の対面

匂宮の病が重いと世間が騒ぎ出した頃、薫が匂宮を見舞います。対面すると、匂宮は涙を押さえきれません。そんな匂宮の様子を見た薫は宮の浮舟への思いを読み、自分が笑い物にされていただろうと恥じます。そう思うと、悲しさを忘れたような表情にならざるを得ません。それでも、会話が続いてそれとなく浮舟の話をするうちに、ようやく薫の目に涙が浮かびます。薫と顔を合わせるや否や、涙をこらえきれなくなった匂宮と対照的です。しかも、薫は泣きながら「かれもなにがし一人(ひとり)をあひ頼(たの)む心もことになくてやありけむ」(九・56)、相手も私一人を頼みにする気持ちも特になかったのだろうと、皮肉を言うのです。そう言いつつ、匂宮の前では見せたくないと思う涙を止めることができません。そして、何のことはない世間の出来事を耳にして動揺するのもつまらぬことですと、皮肉を重ねて薫は帰ります。匂宮の悲嘆ぶりに接し、浮舟を愛しく思う気持ちを自覚しながら、一方では愚かしいことだからもう嘆くまいと自制するのです。

このように薫は、心の底から悲しみをわかせるのではなく、匂宮の悲しみに心を動かされています。世間体と匂宮への対抗意識のために、悲しみに沈み込むことができないでいるのです。葬式の簡略さが二度にわたって気になるのもそのためでしょう。この場面では、薫と匂宮の反応が対比され、悲しみに没入できる匂宮の姿によって、悲しみに没入できない薫の心の暗部が照らし出されている趣があります。

## 「入水」の衝撃と浮舟像の変貌

そのうちに、浮舟が入水を遂げたらしいことが二人に告げられます。匂宮はその場に居合わせて引き止めていたらと胸たぎる思いがしますが、立ち入って浮舟の心情を思いやっていません。いくら悲嘆し得たとしても、匂宮にとって浮舟は、所詮、二度逢瀬を重ねただけの女にすぎないのです。

薫は、入水と聞いて絶句します。「いかでかさるおどろ〱しきことは思ひ立つべきぞ」（九・78）、口数少なくおっとりしている人が、そんなに大それたことを思い立つはずはない、どこかへ逃げて隠れたかと思います。薫の理解をはるかに超えていたのです。「入水」が本当らしいと知って疑いは消え、ここで初めて薫は涙をこらえきれないという状態になります。

薫は、「入水」の動機を推測することを通して、初めて浮舟の内面に立ち入ります。匂宮の求愛に心を奪われても、さすがに自分のことはおろそかには思わなかったのだ、だからこそ、明確な意志もなく、川の近くにいることがきっかけで入水を思いついたのであろうと考えるのです。浮舟を「入水」に至らせたのは自分の過失であると思い、水底の死骸のイメージが浮かんできて、心のなぐさめようもなくなるのでした。

このように、薫の反応は、単に浮舟の「死」を知らされた時とは異なっています。「入水」と聞いて初めて浮舟の内面に立ち入ったことは、浮舟を「形代」としてではなく、一個の人間として見るようになったことを意味します。浮舟は、もはや単なる「形代」ではなくなっているのです。確かに、以前から憧れていた女一宮の似姿を妻の女二宮に求めたのは、浮舟を大君の「形代」にしたのと同じ発想でした。しかし、「形代」のむなしさを心の底では知りながら、そのようなふるまいをする自分に、薫は嘆息をもらさずにはいられませんでした。入水を「いと心をさなく、とゞこほるところなかりけるかろ〴〵しさ」（九・130）と批評しながら、その一方で、浮舟の内面的な苦悩を思わずにはいられないのです。薫は、たかが受領風情の娘のためにと、世間が非難したとしても、常陸介の一族の面倒をみようと考えます。

こうして浮舟の存在は、「入水」によって薫の心の底に確実に刻印されたのでした。一方、匂宮は早くも他の女に手をつけ始めます。

## 薫の日常生活

浮舟が入水自殺を遂げたらしいことを知ったあと、浮舟に関わった人々が何を思い、どうふるまったのか――蜻蛉巻はヒロインの「死」をめぐる人間模様が克明に描かれた巻です。まず女房、続いて母親、さらに姉妹と身近な人々の反応が描かれ、続いて彼女を「愛した」二人の男、とりわけ薫へと焦点が絞られてゆきます。後半は、薫の浮舟亡きあとの日常生活を追います。そこには、一見すると何事もなかったかのように、昔から繰り返されて来た上流貴族の千編一律の生活があります。

ところが、薫はいつもの生活をしながら、いつもの薫ではありません。今上帝の女一宮に仕える女房小宰相は、薫が密かに通う女で、浮舟の「死」の真相も知っています。匂宮の誘いにも乗らない、世間並みの懸想を拒む点が薫に好まれていました。この小宰相のいる局へ薫が立ち寄ることがありました。元来薫は、女房の局に立ち寄るなどということはしない人です。浮舟を失った自分の悲しみをよく理解する人と気持ちをわかちたいという思いが、薫を常の行動から一歩はみ出させています。その小宰相の人柄を思うにつけても、他ならぬ浮舟と比べずにはいられません。

この年の夏、蓮の花盛りの頃、明石中宮が父光源氏と養母紫上の追善のために、六条院で法華八講を盛大に行います。その第五日に、薫ははからずも女一宮を垣間見ることになります。女一宮は、互いにまだ幼い頃薫が見かけて「めでたの児（ちご）の御さまや」（九・108）と思って以来、憧れの人でした。今上帝と明石中宮との間に生まれたので、光源氏の血を引いています。これに対して薫の正妻女二宮は、同じ皇女といっても、今上帝と亡き麗景殿女御との娘でした。薫が女一宮に抱く憧憬には、こうした血筋の違いが影響しています。

法華八講を終えて帰る僧に、仏法に関して尋ねたいことがあって、薫が釣殿の方へ向かうと、僧たちはすでに帰ったあとでした。そこで涼んでいるうちに、衣擦れの音を聞きつけた薫は、小宰相の姿を求めてそちらにあった部屋をさしのぞきます。垣間見えたのは、耐え難い暑さをしのごうと、大騒ぎで氷を割る女房たち。その様子を微笑みながら見つめているのが、他ならぬ女一宮なのでした。

当時、夏に氷を手に入れることができるのは、ごく限られた上層の人々だけでした。氷室に蓄えておいた氷を切り出し、割ったり削ったりして涼を取りました。「削り氷」は、甘葛（甘味料）をかけて食べたり、食欲のない女君に食べさせたりしたことが諸書に記されています。『大鏡』には、三条天皇が東宮だった時、夏の暑い日に、私を思っているならよしと言うまで持ち続けよと言って、綏子（藤原兼家の娘）に氷を持たせたため、その手が黒ずんだという逸話が伝えられています。夏の薄衣一枚でぬれた氷を持つ官能的な光景です。

いま、女一宮も薄物一枚で氷を手にしています。その美しさに惹かれる自分を薫はどうしようもありません。そして、もし道心を貫いていれば、このかなわぬ憧れも含めて、大君との出会い以来の自分の苦悩はなかったはずだと思うのでした。この、道心を貫いていれば苦悩も生じなかったはずとの思いは、薫らしく煮え切らない中途半端な態度です。僧にものを尋ねようとした直後に小宰相へと関心が移り、さらに女一宮、大君と女君たちのことが思われてくるところにも、それはよく表れています。しかしこの頃の薫は、それだけでは説明できません。

帰宅した薫は、翌朝女二宮に女一宮と同じ衣装、同じポーズをとらせます。女一宮の「形代」にしようというのです。これは浮舟や中君を大君の「形代」にしたのと同じ発想です。薫自身の言葉を借りれば、「絵にかきて、恋しき人見る」（九・114）のは特別のことではありません。かつて大君を喪った後にも、その似姿を絵や像に作って宇治に安置したいと、中君に言ったことがありました（宿木巻）。ましてその人に似る人ならば、自分の心も慰められようと思うのです。しかし、それもやはりむなしい行為に過ぎません。

薫は明石中宮と対面した時、薫は女二宮が、姉（女一宮）が自分に対して冷たいと思っていると告げます。実際にそんなことはないのですが、そのように言えば、女一宮・女二宮の母である中宮が、姉から妹に消息するようし向けるだろうと計算したのでした。その女一宮の手紙を薫はじかに見たいのです。意図した通り、しばらくして女一宮から女二宮に文が届きます。薫は、その筆跡を見て嬉しく思い、多くの絵を贈ります。その中に、ある物語の一場面を描いた絵がありました。それがちょうど物語中の女一宮を慕う主人公を題材としていることから、薫はそれに歌を添えたいとの思いにかられますが、噂の種になることをはばかってそれができずにしまいます。

## 薫の空虚さ

このような、小宰相、女二宮、女一宮に対する薫の態度には、空虚な精神状態がうかがわれます。この空虚さは、浮舟の「入水」と深く関わっています。

女一宮に絵を贈ったあとの、薫の心理が次のように描写されています。彼女のことで「よろづに何（なに）やかやとものを思ひの果（は）て」（九・130）に、薫が行き着くところは大君なのでした。大君が生きていてくれさえすれば、女二宮と結婚することもしなかったと薫は思います。意識はそこから中君へ移り、彼女が自分の求愛に応ぜず実を結ばなかったことを悔しく思い、さらに「あさましくて亡（う）せにし人」（同）浮舟の、心幼さ、軽々しさへと移ります。そして、その浮舟についても、彼女が二人の男と通じたことに苦悩しているとき、それを知った薫の態度に心が咎めて嘆きに沈んでいたことを思い出します。そうなった原因が、匂宮でも浮舟自身でもなく、薫自身が世馴れていないことにあるのだと思います。

このように、ほとんど脈絡のない薫の内省は、女一宮から大君、中君を経て浮舟にたどりつきます。ある女は以前から憧れ続けていながら、依然として手が出せません。ある女は自殺に近い死によって喪います。その「形代」として求めたある女は、もともと最初の女と契りたいがために、他の男に譲った女で、いくら迫ってもなびきません。またある女は、やはり「形代」として契ったあと、先の男と通じた果てに入水し、最も身近にいる妻は、自分から望んだのではなく、いわば帝から押しつけられた女でした。

薫の彷徨をたどって来ると、特に妻女二宮に対する空虚な振る舞いも、肯けるものがあります。それは浮舟の「死」を抜きにしてはあり得ず、薫のいわば「浮舟体験」の重みを物語るものと言えます。薫は浮舟が「入水」したらしいと知って、初めて彼女の心を思い遣っています。その薫の心の底に刻印された浮舟が、折あるごとに変わらぬ貴顕としての薫の生活の中に浮かび上がってきます。もはや、浮舟は薫にとって単なる「形代」とは言えません。

宮君は兵部卿宮の娘で、父を喪ったあと、継母のためにつまらぬ男に縁づきそうになるところを、女一宮に引き取られてその女房となっています。薫は、そこまで落ちぶれるくらいなら、水の底に身を沈めたとしても、誰も非難はすまいと思います。薫の宮君への同情の底には、恥をさらすより

「死」を選んだ浮舟の意志が見え隠れしています。出仕後の宮君に会った薫は、男に直接応答するという、身分にふさわしくない宮君の軽率なふるまいに接します。

それにつけても　思い浮かぶのは宇治の女たちです。高貴な出でないばかりか山あいに育ったのに、不思議に難点がありません。特に浮舟については、頼りなく、軽々しいなどと思うほかない人も、ちょっと見た風情は非常に優れていたと思われるのでした。ここにも、宮君を通して「形代」でない浮舟の人間像が浮かび上がっています。

こうして、薫が何につけても八宮の一族のことを思い起こすところで蜻蛉の一巻は閉じられます。文字通り何ごとにつけても、「形代」ではない浮舟が薫の心のどこかに現れて来るのです。その薫が、自らの心境を詠んだ一首「ありと見て手には取られず見れば又ゆくへも知らず消えしかげろふ」（九・158）は、薫の女たちをめぐる彷徨をまことによく言い得ています。またこれは、浮舟を喪って初めて彼女が「形代」でないことを認識しなければならなかった嘆きとも見られるでしょう。逆に言えば、「ゆくへもしらず消え」たことを嘆くことができるのは、「形代」でないからなのです。

**大君と浮舟**

大君は薫にとって確かに「永遠の女性」でした。その存在を永遠の内にとどめるためには、距離が必要です。薫が大君と契ることのなかった裏には、その距離を保とうとする意識が働いていたのかもしれません。大君は、ついに薫の手の届かぬ人でした。

一方、浮舟は、大君の「形代」にすぎなかった時、すなわち「入水」を知る前には、薫からみれば遠い存在に過ぎませんでした。身分差がその距離を作っていました。しかし、その「入水」を知ってからは、薫にとって浮舟は「形代」ではあり得なくなります。距離を作るのが身分差である限り、それは変らないはずですが、その距離を超えて、心の深層に刻印された浮舟に近付こうとするのが、蜻蛉巻以降の薫なのでしょう。

そして、最後の夢浮橋巻で、浮舟が彼に対して背を向けることで、逆に薫はその浮舟との距離を縮めようとする一人の男として読者の脳裏に残ります。仮に、そこからあと更に物語が続くならば、貴顕と受領の娘という身分差の問題は、少しずつ遠のいてゆくはずです。

# 53 手習（てならひ）

## 手習巻の書き出し

薫の心の底に刻印された浮舟、もはや形代ではない浮舟が、貴顕として変わらぬ日々を送る薫の意識の中に、事あるごとに浮かび上がるところで蜻蛉巻は閉じられ、第五十三帖「手習」が始まります。

手習巻は、「そのころ、横川（よかは）に、なにがし僧都（そうづ）とかいひて、いとたふとき人住（す）みけり」（九・170）と書き出されています。「そのころ」で始まる巻には紅梅、橋姫、宿木がありますが、みな第三部の巻で、物語の時間が前後しながら進行する、複雑な構成を持つ箇所です。前の巻を直接引き継いではいないために、漠然と「そのころ」とするわけです。私たちは読み進めてゆくにつれて、それがいつのことなのか理解してゆくことになります。手習巻の場合、「そのころ」がいつのことかわかるのは、冒頭で紹介される僧都が宇治川近くで見出した一人の女が、あの浮舟らしいと知られる時です。それは浮舟の事件があった頃であり、時間は浮舟が失踪した翌日までさかのぼります。

また、この巻は横川の「なにがしの僧都」の登場で始まります。この巻以外の宇治十帖について見ると、最初に登場するのは皇族・上流貴族・女房であり、手習巻が僧侶という他の巻と性格を異にする人物の登場で始まっていることがわかります。第一部の巻々は大半が光源氏で始まっていました。

続く第二部は、光源氏を含む複数の人物の動静で始まりますが、いずれも大半が皇族や上流貴族の人々です。僧侶で始まるのは、『源氏物語』全編を通じて他巻にはない特色です。

宇治十帖では、手習巻の前までは都と宇治という二つの舞台で起こる出来事が中心でしたが、手習と夢浮橋の二帖は小野が中心となります。宇治十帖において、栄華の巷（都）と現世否定の山里（宇治）の二極に、それぞれ匂宮と大君があり、その間にあって、現世否定に傾きながら徹しきれない八宮と薫がいるとすれば、浮舟はいわば「第三の世界」である東国からやって来たのでした。その浮舟が、流離の果てにたどりついたのが小野の山里なのです。

浮舟が初めて登場するのは宿木巻の巻末で、初瀬詣での帰り道に宇治橋を渡って来たのでした。薫の目には、どこからかやって来た見知らぬ女の一行でした。この手習巻で再び浮舟が登場する際も、僧都の一行にとっては、どこからかやって来た見知らぬ女です。

このように、一人の僧侶とその家族から語り出されること、小野という都でも宇治でもない地を舞台とすること、そしてヒロインがどこの誰かわからない人物、しかも始めは人間であるかどうかすらわからない存在として再び登場することは、物語が最終局面を迎えるに際して、格別の意味を持っています。

### 浮舟の再登場

横川の僧都の、八〇歳余りになる母尼と、五〇歳ほどの妹尼（大尼）が、初瀬詣から帰って来るところから話は始まります。自宅の庵室は比叡山の西のふもとの小野にあるのですが、途中で母尼が体調を崩したために、宇治の知人宅に泊まることになります。病状は思わしくなく、比叡山三塔の一つで、その最も奥地にある横川で山ごもりしている僧都は、その知らせを受け、取るものもとりあえず宇治へ赴きます。

泊まった家は御嶽精進（みたけそうじ）（吉野の金峰山に参詣する前に行う千日間の精進）中で、僧都は主人が死者を出すことをはばかっている様子を見て、近くの宇治の院と呼ばれる屋敷に移ります。「おそろしげなる所」（九・174）で、弟子が火をともしてその建物の裏手まで見て回った時、「森（もり）かと見（み）ゆる木（こ）の下」に、「白（しろ）き物のひろごりたる」（同）何ものかを見出したのでした。

始めは狐の変化かとも思われたそれは、髪の艶々と長い若い女でした。大きな木の根に寄りかかって、ひどく泣いています。この女が浮舟らしいと私たちにわかるまで、語り手は周到に段階を踏んで、この女の姿かたちとその声、介抱する人々の反応や僧都とその妹尼の態度などを語ります。

その過程で注意されるのが、「死穢（しえ）」という観念です。今日でも、一般的に死は忌むべきものですが、当時は、特に出産、月経などとともに穢れとされ、それに接触したり接近したりすることは禁忌であり、清浄の身にもどるまでは宮中への参内や神事に携わることを忌む習慣がありました。このような穢れは悪霊などのしわざと見なされ、それと触れたり、食べたり、見聞きしただけでも伝染すると信じられ、隔離し排除しました。その対象は幅広く、病気、出産、風雨地震、鳥虫の災害や妖怪なども含まれています。宮中や神社では死穢を極端に忌み、それに抵触した場合、宮仕え人は三〇日を上限として出仕できず、殿上人は服喪中の場所へ行く際、御簾の外で立ちながら見舞いました。

冒頭では、人々がこの死穢を恐れる箇所が幾度となく出て来ます。僧都の母尼を泊めた人物が尼の死をはばかるところ、人であると判明したとき、もし死人が甦ったのだとしたら、そもそも院内に置くはずがないと弟子の一人が思うところ、弟子の阿闍梨が、女がここで死ぬことは母尼にとって穢れになると言って垣根の外へ出そうするところ、女を院の中へ入れたあと、弟子達が、そのまま女が死ぬことをはばかるところです。ところが、僧都だけは死穢を恐れず、女に出来る限りの介抱を施して生かそうとするのです。これは当時の一般的な常識に反する考え方であり、横川の僧都という人物を強く印象づけるものです。同時に、女が人間であることが判明したあと、死穢を恐れられ疎まれたことは、これまでの女たちとは大きく異なる点です。

さて女は、始めはただ泣くばかりで、今にも絶え入らんとするばかりでしたが、この女を、亡くした娘の再来と信じた僧都の妹尼が、懸命に声をかけた結果、初めて口を開きます。「生き出でたりとも、あやしき不用の人なり。人に見せで、夜、この川に落とし入れ給ひてよ」（九・190）。この返答を聞いて驚いた妹尼は、女の体に死を願う原因となるような怪我や障害がないかを確かめますが、それらしい所はありません。女は、どこでどうしていたのでしょうか。

## 浮舟の蘇生

二日ほどして、故八宮の娘に右大将が通っていたが、女が失踪して大騒ぎになり、昨夜葬送が行われたという噂が僧都の耳に入ります。その魂を鬼が取って持ってきたのかと僧都が思うところで、女が浮舟らしいと私たちには知られるのですが、僧都もその周囲の人々も、もちろん子細はわかりません。そのうちに母尼の容態は回復し、小野へと帰ることになり、一行は浮舟も伴って行きます。

浮舟の失踪は三月終わり頃のことでしたが、このあと四月、五月を過ぎても正気は返って来ません。何を尋ねても、川に流して欲しいとしか言わないのです。妹尼は、横川へ戻った兄の僧都に祈祷を懇願します。これを聞いた僧都は、自分が一度は救った命だと思えば何かの因縁だと、再び山を下って小野を訪れ、祈祷します。

このように、母親の急病の報せに、ただちに修行中の山から下りてかけつけ、その際にたまたま出会った女を周囲の反対を押し切るように介抱し、その女の容態が回復しないと聞くや再び山を降りて祈祷する――横川の僧都には、人の命は尊いものであり、能うかぎり救済の手を差し伸べるべきであるという信念があるようです。死穢を恐れず介抱するのも、この信念に基づく行為なのでしょう。語り手が巻頭でこの僧都を登場させた意味の一つはここにあると考えられます。この僧都なくして、来るべき浮舟の蘇生はあり得なかったのです。

僧都の祈祷によって物の怪が現れ、自ら素性を語ります。大君を死に至らしめ、浮舟に取り憑いたのはこの物の怪で、恨みを遺して死んだ、ある修行僧の死霊でした。浮舟が昼となく夜となく「われいかで死なん」（九・204）と口にしていたために、あの夜、一人でいた時に取り憑いたのでした。ところが、観音が浮舟を守っている故に、死に至らしめることができず、僧都の祈祷に敗北したというのです。

物の怪が退散すると、浮舟に正気が戻り、失踪した夜のことを思い出します。その夜、人々が寝静まった折を見計らって妻戸から簀の子へ出たのですが、宇治川の荒々しい川波の音に恐怖を覚え、どうしてよいかわからなくなります。死のうと思い立ったのに、家に戻るのも中途半端で見苦しく、人に見つけられるよりは鬼でも何でも自分を食ってしまえと言いながらじっとしていると、「いときよげなるをとこ」（九・206）、たいそう美しい男が寄ってきます。抱きかかえられた感じがした時、匂宮がなさっていると思ってから後は正気を喪ったらしく、男がどこか知らないところに自分を置いて消え去った後のことは、全く覚えていませんでした。

浮舟失踪の事情が、この心の中の回想でかなり明らかになります。どうやら浮舟は、入水の決行に至らなかったもののようです。実際に発見時の様子は、「いと若ううつくしげなる女の、白き綾の衣一かさね、くれなゐの袴ぞ着たる。香はいみじうかうばしくて、あてなるけはひ限りなし」（九・186）と描かれています。失踪の翌日は雨が降っており、それに濡れた可能性はありますが、衣服に薫香が残っていることからすると、川に入ったとは考えられません。死への願望と恐怖のはざまで正気を喪い、ほとんど無意識の状態で川へ向かったが、途中で行き倒れたというのが真相なのでしょう。

「いときよげなるをとこ」は、今日の読者にとっては幻想と見なされるところですが、物語の文脈で読めば、先に登場した物の怪が「いときよげなるをとこ」に変じて浮舟を川へと誘い、観音の力で阻止されたということになります。いずれにしても、浮舟自身はこの男を匂宮かと思ったということは、その時彼女の心の奥底に匂宮がいたことを示しています。

　こうして正気に返ると、浮舟は生き返ったと思うのも口惜しく、何とかして死のうと思いますが、それとは裏腹に若い心身は回復に向かいます。浮舟は、その意志に反して生かされたのでした。浮舟は僧都に、出家しなければ生きてゆけないと申し出ますが、僧都は形ばかり頭の頂の髪の毛を切るのに止めています。その後は、僧都の妹尼の小野の庵で、生きていることを人に知られまいとひたすら願う日々を送ります。

### 小野の生活

　横川の僧都によって救われた浮舟は、小野の里で療養を続けました。小野は、都の貴族たちにとって、世俗から逃れる隠棲の地でした。夕霧巻に出てくる一条御息所の小野の山荘は、現在の修学院離宮のある辺りに想定されています。またこの辺りは山籠りの僧が往来し、かつ女人も住むことのできる聖と俗の境界の地でもありました。夕霧巻では、物の怪に悩まされる一条御息所は、祈祷師として頼りにしていた律師が叡山に籠ったため、律師が下りてくることのできる小野の山荘に移ったのでした。夕霧が初めてここを訪ねた日の夕方の景色は、祈祷や読経の声とあいまって、夕霧に深い感動を与え、帰る気持ちを失わせます。落葉宮が、夕霧との一件がもとで母が死に至ったことをきっかけとして、出家してそのまま小野で一生を送ろうと考えるのも、こうした小野の風土と深い関連があります。

いま浮舟がいる小野の妹尼の庵は、この一条御息所の山荘から更に奥に位置しています。このあたりは、宇治に比べると川音もなごやかで、庵の近くには田があり、里人が稲を刈っています。庵の下働きの若い女たちなのでしょう、里人をまねて稲刈り歌を歌って興じています。鳴子を鳴らす音も面白く聞こえて来ます。浮舟はそのような光景に触れるにつけて、かつて見た東国の風景を思い出します。小野の風土は、幼少期から娘に成長するまで母と共に過ごした東国にどこか似ているのでした。妹尼の弾く琴や女房がつま弾く琵琶の音を聞きながら、折々手習いに歌を詠む生活が続きます。「今は限り」と思った時には、自分をとりまく様々な人々のことが頭の中を駆けめぐったのですが、今思い出すのは、まず親と乳母のこと、そして右近のことのみです。

こうして、浮舟の「第二の人生」は始まります。

## 中将の登場

読者としては、浮舟が、できることならもう一度人生をやり直すことを期待したい所です。蘇生した浮舟が、現世というものにどう向き合うのか、あるいは現世を背き果てて生きるのか。それを見きわめるためには、薫でも匂宮でもない、「第三の男」の登場に、浮舟がどう応ずるかを描かなければなりません。また浮舟の世話をする周囲の人々は事情を知らない故に、彼女を普通の身分ある姫君として扱います。

このように、周囲の者たちがその身の上を知らず、また近づいてくる男も普通の貴公子であるという条件のもとで、浮舟という「どこからかやって来た未知の女」が、恋愛にどう反応するかが試されるのです。ここには特別な出来事は必要なく、これまで延々と繰り返されてきた常套的な男女の出会いの場面さえあれば十分です。

小野の妹尼は、ある上達部の北の方でした。その夫が亡くなったあと、一人娘を大事に育て上げ、よい婿を迎えたのですが、その後娘は亡くなってしまいます。出家したのはそういう事情があったからでした。よい婿というのは中将で、その弟が横川の僧都の弟子として山ごもりしていたため、常に叡山に登っていました。小野の庵は、横川への登り口あたりにあり、ある日横川へ登る前に小野の庵に立ち寄ります。妹尼にとっては、亡き娘の婿がやって来た訳です。

先払いの声と共に、中将が庵に入って来るのを中から見た浮舟は、かつて人目を忍んで通って来た薫のことをはっきりと思い出します。それまでは記憶の彼方にあったものが、中将の姿をきっかけに蘇ったのです。年の頃は二七、八。ちょうど薫（二七歳）や匂宮（二八歳）と同じ年格好です。妹尼は、中将をたいへん気に入っていた様子で、その昔を忘れない心ざしに感謝して彼を相手に問わず語りをするのでした。

浮舟は、中将の来訪をきっかけに次々と以前のことを思い出し、虚ろなまなざしで外を眺めています。白い単衣（ひとえ）は若い女にはふさわしくなく、袴は、山里の尼たちが身につける檜皮（ひわだ）色で、艶もなく黒っぽいものです。女房達はそんな浮舟の容姿を見て、亡き姫君がそこにいるようだと言い、その存命の昔のように浮舟が中将の妻であればと語ります。妹尼ももちろん、浮舟と中将の結婚を望んでいます。それを聞いた浮舟は、嫌悪を感じて、あの過酷な体験を二度と思い出すまいとします。浮舟はもはやそうした人生の「やり直し」を望みませんでした。

限りなくうき身なりけりと見果ててし命さへ、あさましう長くて、いかなるさまにさすらふべきならむ、ひたふるに亡き物と人に見聞き捨てられてもやみなばや（九・246）

この上なくつらい身の上だろうと見切りをつけた命までも、あきれるほど長く、これからどんな有様で落ちぶれてゆかねばならないのだろうか。ひたすら、もうこの世にはいない者と人には見聞きされないまま終わってしまいたいものだ――これが浮舟のいつわらざる真情でした。

八月の半ばの明月の夜、鷹狩りのついでに訪れた中将が笛を吹き鳴らすと、妹尼が琴を弾き合わせ、歌を詠み交わします。俗世を棄てたはずの尼達が、楽を愛で若やいで、若い男と女の交渉を期待するというこの場面は、それ自体が一種異様な光景です。更に、そこへ出て来た母尼が周囲の顰蹙を買いながら和琴を掻き鳴らして歌うことで、戯画と化します。浮舟の苦悩と、そのために死線をさまよった過去を知らない人々が、世俗の恋の成就を願って、都の人々と変わらぬ振る舞いを続けるのです。垣間見、贈歌、返歌の代作、男の再三の訪問、楽の音。そのような振る舞いに一顧だにしない浮舟の態度が、風流に遊ぶ貴族たちの「雅び」を相対化します。

## 初瀬の観音

浮舟の態度は、当時盛んに行われた初瀬詣（長谷寺への参詣）についても同様でした。平安時代には、現世利益を期待して、石山寺、長谷寺、壺坂寺、清水寺など、観音を本尊とする寺への貴族の参詣が盛んで、特に長谷寺は訪れが絶えませんでした。『源氏物語』にも、清水寺や石山寺の観音を念ずる場面がしばしば見られるほか、特に長谷寺が物語展開上、重要な役割を果たしています。

浮舟の場合も、宇治橋を渡る登場の場面が、その年二度目の初瀬詣からの帰り道でした。その後も、入水未遂の浮舟を救ったのは、やはり初瀬詣から帰る途中の妹尼一行でしたし、その際に、妹尼が浮舟の介抱に心を砕いたのも、長谷寺の観音の利益によって娘の代わりを授かったと考えたからです。浮舟に取り憑いていたらしい物の怪が退散したのも観音の力でした。横川の僧都も、母尼と妹尼の初瀬詣に弟子を付き添わせていることから、世俗の多くの人々と同様の信仰を持っていることがわかります。

このように、人々にとって、初瀬の観音の霊験はあらたかでした。ところが浮舟は、妹尼から初瀬詣に誘われると、それを拒むのです。かつて母や乳母がたびたび詣でさせたにもかかわらず、それは無駄だったと思います。それどころか、自分の生死すら思い通りにならず、ひどい目に遭ったと考えており、その思いを手習いに書き付けた歌には、初瀬へは「尋ねもゆかじ」（九・260）と、強い反感すら漂わせています。

## 浮舟の自己否定

手習巻には、横川の僧都と浮舟によって、当時の貴族たちの常識が常識ではなくなる場面がいくつかあります。

最初に発見された時、浮舟は正体不明の何物かとして穢れを忌まれ、人間であるとわかったあとも、どこからかやってきた未知の女であるばかりでなく、死の穢れを恐れられる存在でした。ところがその穢れは、横川の僧都が人々の思惑を退けて浮舟を救ったことによって必ずしも恐れるべきものではなくなります。また、中将の登場に始まる恋愛は、浮舟の拒絶と尼達の戯画化によって否定されます。続いて、横川僧都の一家が信ずる長谷寺の観音の霊験も、浮舟の初瀬詣の拒否によって退けられます。

そして、僧都の懇ろな祈祷によって現れ、調伏された修行僧の死霊も、浮舟自身によれば「きよげなるをとこ」(九・206)でした。ここでは、周囲の人々から見た浮舟と、当人が自覚する浮舟という二面性があることに注意が必要です。「鬼」(物)と呼ばれる正体不明の存在は信じていても、「鬼(おに)も何(なに)も食(く)ひ失(うしな)へ」(同)と思いつめた時、自分を連れて行こうとしたのは僧侶でも鬼でもなかったのです。浮舟を突き動かしているものは、浮舟自身の内にある何ものかであり、物の怪の憑依とは異なる原理が働いていると見るべきなのでしょう。

このように、手習巻では、当時の貴族が誰しも疑いを差し挟まなかった穢れは、僧都によって相対化され、貴族たちの日常の営みであった恋愛も、また初瀬の観音も、物の怪も、浮舟によって相対化されるのです。手習巻の浮舟は、他の女たちとは一線を画する新たな人物造型のもとに描かれていると言えます。

恋愛も観音も信じない浮舟、物の怪とも袂を分かとうとしているかに見える浮舟は、いったいどこへ行こうとしているのでしょうか。確かなのは、正気が返ったとき以来、自分はこの世界にいる必要のない身であるという自己否定と、死の代わりに選択できるのは出家だけだと信じていることです。

## 浮舟出家

妹尼たちが初瀬へ出かけたあとのある日、浮舟のもとに中将から文が届き、その夜中将が小野を訪ねて来ました。対面を懇願する中将を避けて、奥深く身をひそめ、更に僧都の年老いた母尼の居室に入り込んだ浮舟は、そこで一夜を明かすことになります。ところが、そこにいる人々の眠りこけて鼾をかいている様は恐ろしく、夜中に母尼が起き上がって見慣れない浮舟を不審に思い、額に手をかけた時には、鬼に食われてしまうのではないかと思うほどでした。

その不気味な姿におびえた一夜、浮舟の脳裏には半生の思い出がよぎります。実父の顔も知らずに東国で過ごし、都に戻って中君を頼ってからあと、匂宮・薫との間で苦悩したいきさつを回想すると、なぜ薫に囲われてようやく落ち着きかけた境遇を、匂宮の言いかけに応じたことで手放してしまったかと思います。匂宮に嫌悪感を覚える一方、薫をいつかもう一度離れたところからでも見たいと思う気持ちが浮かんできます。もはや匂宮は嫌悪すべき存在、薫こそ人生を託すべき相手であったと思うのですが、「猶(なほ)わろの心や、かくだに思(おも)はじ」(九・276)、やはりよくない心なのだ、こんなことだって思うまいと、すぐにその思いを打ち消すのでした。

夜明けを告げる鶏の鳴き声を聞きながら、母の声であったらどんなに嬉しいことかと思いつつ臥していると、その日に横川僧都が訪れるとの知らせがありました。今上帝の女一宮の病気治癒の祈祷を依頼され、急遽山を下りることになったのでした。小野妹尼のいない今、出家を遂げるチャンスでした。年取った母尼が事情を飲み込めないのをよいことに、横川僧都に出家したい旨を取り次いでもらい、浮舟は僧都と対面します。浮舟が出家するためには、周囲の人々、特に彼女を娘とも思い、出家を許さない小野妹尼が不在である上に、出家に伴う儀式を執り行う僧侶がなければなりません。この困難な二つの条件が、思いがけなくも整ったのでした。

僧都は、浮舟の素性も苦悩も、この時点ではもとより何も知りません。しかも、僧都はたまたま小野に立ち寄って、これから都へ祈祷に出かける所なのです。浮舟との縁は、ただ瀕死の自分を救ってくれたという一事のみです。その僧都に、自分の過去を一切語らずに、即日出家させて欲しいと願い出ることは、いかにも無理な話なのです。しかし浮舟は必死になって懇願します。出家を願う理由は、この世に生きながらえていられそうにないこと、たとえ生きていても世間並みには暮らして行けそうもないことでした。このようにして、まだ若い女がひたすら出家を思い立つことを、僧都がすんなりと受け入れなかったのは当然です。

浮舟は重ねて、幼い時からもの思いをする傾向があって、母親も尼にでもしてみようと言っていたし、ましていささか世の苦労を知ったあとは、一段と出家への願望が深くなったと説明します。このことは、初めて語られることですが、何も知らない僧都を説得するために思いついたことではないのでしょう。

浮舟は続けて、死期が近づいたせいか、非常に気持ちが弱くなったと泣きながら懇願します。とうとう僧都が、七日後に都から戻った時に授戒をと言うと、浮舟は更にひどく泣きながら訴えて、ついにその場で出家する承諾を得ます。七日後では、小野妹尼たちが帰ってきて絶好のチャンスを逃すことになります。

僧都が浮舟への授戒を承諾したのは、その訴え方が、物の怪がついているとしか思えなかったからでした。このままでは、浮舟にとって危険であると判断したのです。これに対して浮舟は、生まれついた性向に加えて、人並みの扱いを受けなかったこれまでの経験が重なり、現世出離の思い深く、ひたすら仏道を求めているという姿勢を示していることが対照的です。

これまでの物語によれば、浮舟が言うように、流離の人生と、薫と匂宮に関わる深い苦悩こそ出家を願う動機なのです。それは、物の怪などではなく、深い心の底から生まれ出た願いでした。浮舟は、記憶が十分に回復しない段階で、既に出家への意志だけは堅固でした。薫や匂宮のことなどをはっきりと思い出す前から、出家する意志があったのです。心の底にあって、その段階ではまだはっきりと自覚されていなかった強い願いが、そのような言葉となって口をついて出たのでしょう。彼女にとっては、ただ自己の否定と、そこから導かれる出家という行為だけが、この世にとどまって生き続ける条件でした。

出家に際しては決まった作法がありました。三師（戒和上・教授師・羯摩師）のもとで、剃髪し、袈裟を身につけ、在家の五戒（不殺生・不偸盗・不邪淫・不妄語・不飲酒）を授けたあと、沙弥戒または沙浮尼戒（十戒）を受け、四弘誓願（しぐせいがん）を行うことが中心でした。氏神・国王・父母などに礼して暇乞いし、剃髪の際には「流転三界中、恩愛不能断、棄恩入無為、真実報恩者」の偈（げ）を唱えます。

浮舟の出家については、意識を取り戻した際に願い出て五戒を受けたことのほか、この場面では更に袈裟を着たこと、親のいる方角を拝んだこと、「流転三界中」などと唱えたこと、髪を削いだことが記されており、作法に従って出家したことがわかります。『源氏物語』の中で、このように出家の場面が具体的に描写される人物は他にありません。

### 浮舟の選択

浮舟は、発見から二ヶ月以上経った後、横川の僧都の祈祷によってようやく意識を取り戻し、失踪の夜を思い出しています。その時は、まだ自分がどこに住んでいたか、自分の名が何であったかすら思い出せませんでした。匂宮をも「宮と聞（き）こえし人」（九・208）と呼んでいます。秋になり、小野の風景に触れてようやく宇治や東国の風景を思い出し、続いて母や乳母など身近な人々を思い出し、更に中将の姿を見て薫を思い出すのです。

ところが、「生（い）き出（い）でたりとも、あやしき不用（ふよう）の人なり」（九・190）との思い、すなわち自分が生きるに値しない人間であることだけは、発見された直後に口にしており、意識が回復し、失踪の経緯を思い出した時点では、すでに、死ぬことができなければ尼になることを望んでいました。先に述べたように、記憶が甦って来て、しかしなお十分に回復しない段階でも、出家への意志だけは堅固だったのです。

すでに述べたように、『源氏物語』の主な登場人物で出家する女としては、浮舟以外に、空蟬、藤壺、朧月夜、女三宮、朝顔、六条御息所が挙げられます。その動機は、始めの四人については、夫に先立たれたあと継子に言い寄らたこと（空蟬）、夫の一周忌（藤壺）、院の出家（朧月夜）、産後の衰弱（女三宮）でした。しかし、これらはおそらく表向きの理由またはきっかけに過ぎず、深い動機としては、四名に共通すること、すなわち密通の経験があるのでしょう。この点は浮舟も同様です。なお後の二人、朝顔君と六条御息所には、神事に関わったことがあるという共通点があります。朝顔は斎院でしたが、長年斎院であったため仏事から遠ざかっていた罪を消すために勤行にいそしみ、ひいては出家に至ります。六条御息所は娘が斎宮となった時、一緒に伊勢に下っており、それが仏教の側から見て罪を作ったことになると考えたのでしょう。

一方、出家を望んでもそれがかなわない場合もあります。紫上も、宇治の大君も、晩年に自らの死期が遠くないことを知って出家を望みますが、紫上は光源氏が許さず、大君の場合は女房たちが許さなかったために、遂げられないまま死を迎えました。作者はなぜこの二人を出家させないまま舞台から去らせたのでしょうか。出家した後、安らかに死ぬという筋立ては考えなかったのでしょうか。これは、作者の宗教観に関わる問題ですが、物語の問題として見るならば、そこに死に臨んだ際の人間の姿を描き分けようとする意識を読み取るべきでしょう。信仰によって救済されてゆく様を描くのではなく、人間にとって宗教とは何かということ、すなわち信仰を持つ人間がどのように生き、どのように死んでいったかという点に、作者の最大の関心はあると見られます。往生伝の類は始めから視野になかったのです。

浮舟の場合、これらの出家する人物、あるいは出家を願う人物と明らかに異なるのは、何よりもまず自ら死を選択しようとした点です。出家と死は密接に関連しており、先の紫上や宇治の大君のように、死に直面したり、死期を悟ったりした際に、出家を望むのは一般的でした。女三宮についても同様で、出産後の肥立ちの悪さから、この機会に死んでしまいたいと思いつめ、訪れた光源氏に対して出家への願いを訴えています。

これらの女が死にたいと思う心の底には、自ら招いた事態の重圧に耐えきれないという心情があり、浮舟との共通点もあります。しかし、決定的に異なるのは、浮舟が自ら死を選択しようとした点であり、それが実現できず、やむなく出家の道を選んだという点なのです。死ぬほかはなかった女が、生き続けなければならなかった時、他に選択する道はなかったのです。

## 手習の日々

浮舟は、とうとう願い通り出家を遂げました。すぐにできることでもなく、皆が思いとどまらせようとした出家を「うれしくもしつるかな」と思い、「これのみぞ仏は生(い)けるしるしありて」(九・292)、これだけは仏の御利益で生きていた甲斐があると喜んでいます。周囲の人々の悲しみをよそに、もはやこの世で生きなければならないと思わないで済むようになったことがすばらしいことだと、胸のすく思いがします。出家によって初めて、これから先を生きながらえる意味が見出せたのです。

しかし、翌朝になると、さすがに心細さが身にしみます。人の許さぬ出家なので、尼姿を見られるのが恥ずかしく、切ったばかりで乱れた髪を、煩わしいことを言わずに繕ってくれる人もいません。胸の内を人に話すのが不得手で、腹を割って話せる相手もいない今、浮舟にできることは手習いだけでした。出家後もなお、胸が一杯になる時があります。そんな時、浮舟がなしうる精一杯のことが、歌を詠み、「書く」ことだったのです。

浮舟の歌は全部で二六首あり、そのうち一五首が贈答歌、つまりある人物と詠み交わした歌です。浮舟から贈ったのは母三首、中君に一首、匂宮に六首、薫に二首、小野の中将に二首、小野の妹尼に一首で、いずれも答歌です。これらに対して、残りの一一首が独詠歌、すなわち相手のない歌です。独詠歌の占める割合が非常に大きいことがわかります。

「手習」とは習字で、成人の場合は、思い浮かぶまま無造作に書くことを意味します。浮舟が出家後に詠んだ歌のうち、最初に掲げられる二首は、自分は二度世を捨てたというものです。

亡(な)きものに身をも人をも思ひつゝ捨ててし世をぞさらに捨(す)てつる

限(かぎ)りぞと思ひなりにし世間(よのなか)を返(かへすかへす)〳〵も背(そむ)きぬるかな（九・294）

「身(み)づからいとあはれと見(み)たまふ」（同）とあるように、相手はなく、詠んだ歌を自ら読み返しています。人生に終止符を打ったのだということを、自らに言い聞かせるように詠むのですが、詠んだのは、この二首だけではありませんでした。何首も同じ趣旨の歌を詠んだのです。しかし何首詠んでも、世を捨てた心境を言い表しきれません。一首詠むと、また一首詠まずにはいられないのです。世を二度捨てたにも関わらず、捨てたと言い切れない自分がいます。

折も折、中将が訪れます。初めて浮舟の出家を知った中将が、自分もあなたに遅れまいという意味の歌を贈ると、浮舟はいつになくそれを手にし、物の端に歌を書き付けます。

心こそうき世の岸を離(はな)るれど行くへも知(し)らぬあまのうき木を（九・296）

心はもはや浮き世から離れているが、これからどこへ行くのかもわからない。願いかなって踏み出した道ではあるが、これからどうなっていくのか、いわば第二の生をどう生きて行くことになるのか、自分にもわからないという心境を詠んだのでした。不安や苦悩渦巻く現世を、出家という手段によって離脱しようとしても、生きて行く限りは、過去の記憶がつきまとうのは当然のことでした。それを、この歌を詠むことで自覚したということなのでしょう。

この歌は中将に返そうとして詠んだものではありません。少将尼が浮舟の書き付けをそのまま中将に渡したのです。しかし、中将の歌を踏まえて詠んでいるのですから、先の二首と異なり、純然たる独詠でもないのです。中将の歌には「岸(きし)遠く漕ぎ離(はな)るらむあま舟」(九・296)と、浮舟の固く揺るぎない道心を意味する言葉がありました。しかし、そう言われると、かえって出家後の自分がそのような道心とはほど遠い所にいることがわかるのです。中将との「対話」が浮舟の自省を促して、心の底にある思いを掬い取っています。こうして歌とともに浮舟の出家生活は始まります。

## 浮舟の出家生活

今上帝の女一宮の祈祷のために都へ出ていた横川僧都が、役目を終えて帰山する途中、小野へ立ち寄ります。浮舟に、苦悩の表情を見て取った僧都は、世間の栄華に執着する限り、世は捨て難いが、小野のような林の中で仏道修行する身であれば、思い患うことなどない、と浮舟を励ますのでした。そして『白氏文集』巻四の「陵園妾(りょうえんのしょう)」の詩句「このあらん命は、葉の薄(うす)きが如(ごと)し」・「松門(しょうもん)に暁到(いた)りて月徘徊(はいくわい)す」(九・308)を口ずさみます。「陵園妾」は、帝の陵墓に奉仕して一生を過ごす後宮の女官を憐れんだ詩で、僧都は、浮舟の孤独な出家生活をそこに重ね合わせたのでした。

浮舟は「陵園妾」を知らなかったでしょうが、薄い葉のような命のはかなさと、粗末な庵で夜通し月だけを友とするような日々という意は伝わったらしく、「思ふやうにも言(い)ひ聞(き)かせ給ふかな」(九・310)と胸を打たれます。そして、僧都が吹く風の心細い音を聞いて「あはれ、山臥(ぶし)はかゝる日にぞ、音(ね)は泣(な)かるなるかし」(同)と言えば、「我も今は山臥(ぶし)ぞかし、ことわりにとまらぬ涙なりけり」(同)

と、その言葉が心に染みて涙を流しています。「山臥」とは野山に起き伏しして修行する僧で、自分をそのような存在として自覚した時、浮舟は尼としての自分を受け入れることができたのでした。

　このように、浮舟の出家直後の不安は、僧都の言葉に触れることで和らぎ、その言葉に導かれることで一歩を踏み出すことができたと言えるでしょう。再び訪ねて来た中将に浮舟を垣間見させる時、少将尼が目にしたその尼姿は格別で、人に見せたいと思わせるほどでした。

> 薄き鈍色の綾、なかには萱草など澄みたる色を着て、いとさゝやかに、やうだいをかしく、いまめきたるかたちに、髪は五重の扇を広げたるやうにこちたき末つき也。こまかにうつくしき面様の、化粧をいみじくしたらむやうに、あかく匂ひたり。おこなひなどをしたまふも、猶数珠は近き几帳にうち掛けて、経に心を入れて読み給へるさま、絵にもかゝまほし。（九・312）

こうして、浮舟は出家後「すこしはれ〴〵しう」（九・318）なり、妹尼とかりそめに冗談を言い交わし、碁を打つなどして過ごします。雪が深く降り積もって訪ねてくる人もいない頃は、さすがに気持ちの晴れない時もありましたが、法華経その他の経文を読誦しながらまずは落ち着いた出家生活が続きます。

　年が明けて、小野で過ごす二度目の春がめぐってきます。こうした日々の中でも、過去の記憶は折々に甦って来ました。早春の景物に触れれば、匂宮と薫のことを思い出さずにはいられません。厭わしいと振り捨てたつもりでも、野山の雪を見れば去年の春、宇治川対岸の小家で匂宮と過ごした二日間を、また紅梅が薫れば、添い遂げなかった薫の袖の香を思い出すのです。

浮舟は、そんな折にも自分の心を歌に託します。それらの歌は、一見したところ、今なお執着を断ち切れぬ甘い懐旧の情を詠んだ恋歌という趣です。場面から切り離して読めば、艶やかな雰囲気を湛える佳品として親しむこともできる歌です。しかし、そのような恋歌を、二度世を捨てた浮舟が詠むことはあり得ないことでした。現世に背を向け、もはや男と会うこともなくなった今、甦る過去の記憶は、思い出の一齣を撮った写真のように歌の中に象嵌されただけなのです。

## 薫、浮舟の生存を知る

そんな折、横川僧都の母尼の孫にあたる男が京から訪ねて来ます。紀伊国の守で、薫の供をして宇治へ行き、故八宮の山荘で一日を過ごしたといいます。大君の死も浮舟の「死」も知っていました。その用件は、薫が行う浮舟の一周忌に、布施とする女物の装束を用意して欲しいというものでした。その話を聞いた浮舟は、胸を突かれて、人に気づかれぬよう奥を向いている他はありませんでした。話を聞いていると、薫は大君の時にも劣らず浮舟の「死」を悲しんでおり、川近くで流れる水を覗いて泣き、山荘の柱にその悲しみを歌にして書き付けたというのです。薫が自分を忘れないでいると思うにつけても、浮舟には母の心の内が推し量られます。一周忌には、母は「亡き」娘を偲んで悲しみを新たにすることでしょう。しかし、こうして尼姿となった今、それを母に見せる気持ちにはなれません。

妹尼が装束を縫う作業を手伝わせようとしても、浮舟は手を触れる気になれません。女房の中には、紅に桜襲ねの織物の袿を見せて、浮舟には墨染めの衣よりこちらの方を着ていただきたいと言う者もいます。「死者」である自分の法事に布施とする装束を、生きながら身につけることになるわけで、ましてその気になれるはずはありません。その思いを、浮舟はまた手習いの歌に託します。

尼衣変はれる身にやありし世のかたみに袖をかけてしのばん（九・330）

私にふさわしい衣だと人は言いますが、一度は死に、尼に様を変えて生きることになった私にとって、それは実は生前の形見に過ぎないのです。その袖を手にかけて偲ぶことはありません——世の常の尼であれば、この歌の第三句「ありし世」は、過ぎ去った昔を意味します。その場合は、尼に様を変えた身にとって、自分にふさわしい衣であっても、過ぎ去った在俗の頃の形見として偲ぶことはないとの意になります。しかし、浮舟の場合は、「ありし世」とは生前に他ならないのです。

これに先だって、横川僧都は、女一宮のために祈祷した際、明石中宮に、宇治で助けた若い女の話をしていました。既に女房の一人から、噂話として浮舟失踪の事情を聞き知っていた中宮は、その若い女は浮舟だと気づきます。それをすぐに薫に伝えることはありませんでしたが、薫の口から浮舟の一周忌に法事を営むことを聞いた中宮は、人づてに、浮舟が生きていることを薫に知らせるのでした。薫が驚いたのは言うまでもありません。まず薫は、匂宮が既にこのことを知っているのではないかと疑います。そうであれば、また匂宮から浮舟を取り返そうとはすまいとは思うのですが、直接中宮の口から、浮舟生存のことが匂宮の耳に入っていないことを確かめると、何とか体裁よく会う方法はないものかと考えます。また一方では、探し当てた浮舟がみすぼらしい姿で、しかもそこで嫌な噂を耳にするようなら辛いことだなどと考えています。

蜻蛉巻で、その「入水」を知って心の深層に浮舟が刻印されてからは、薫にとって彼女は「形代」ではなくなり、以後の薫は、身分差という距離を超えて浮舟に近付こうとすると述べました。浮舟の生存を知った際の、体裁よく、自分の期待を裏切られることなく会いたいという薫の反応は、いかにも上流貴顕の男が、身分差のある女に対して抱くものです。しかしそれでも「たゞ此事(この)を起(お)き臥(ふ)しおぼす」（九・344）とあるように、浮舟をひたすら求めずにはいられないところに、薫における浮舟の存在の重みが表れています。

# 54 夢浮橋（ゆめのうきはし）

## 薫と横川僧都

『源氏物語』の最終巻は、薫が比叡山の根本中堂に到着したところから始まります。薫はこのころ、毎月八日には必ず、薬師仏の供養のため比叡山に参詣していました。浮舟の一周忌を済ませたのが三月の末、その直後に浮舟生存を知りますので、翌四月の八日に叡山に赴いたことになります。前巻手習は、薫がその叡山への道すがら、浮舟の所在を横川僧都に聞き合わせようと思っているところで終わっていました。根本中堂からそのまま、更に奥に位置する横川に出向こうと考えたのです。

夢浮橋巻は、右の場面をそのまま受けて書き出されています。叡山に到着した薫は、いつもするように薬師仏に供養し、翌日予定通り横川へと向かいました。横川僧都とはそれほど親しい関係ではありませんでしたが、今上帝の女一宮の病気に際して僧都が行った祈祷にすぐれた効験があってからは、以前より深い尊崇の念を抱くようになっていました。

そんな薫がわざわざ横川を訪ねて来たので、横川僧都は驚いて、下にも置かずもてなします。薫の訪問の目的が浮舟にあろうとは想像もつきませんでした。横川僧都は、聖のように寺院を離れ山林に籠もって修行する僧ではなく、官僧として、薫のような貴顕に対する世俗的な意味での立場をわきまえた応対をしていると見られます。これは、若紫巻で北山の僧都がお忍びで訪れた光源氏を歓待したのと同様です。

世間話の後、声をひそめて浮舟のことを切り出す薫に横川僧都は驚きます。何よりも、自分の手で出家させた女が、薫という貴顕と深い関わりのある人だったことが、大きな動揺を与えたのです。僧都はすぐに、法師でありながら、深い考えもなく出家させてしまったと、自分の行いが軽率であったことを悔います。しかし、このことを隠し通せるものではないと判断した僧都は、そのまま詳しい事情を説明します。

僧都は、浮舟発見からこのかたの一部始終を偽りなく語ったのでしたが、浮舟を出家させた理由については、浮舟自身の口から「とりついている物の怪の妨げを逃れたい」という申し出があり、法師としてはそれを勧める立場にあったと説明しています。実際には、浮舟は僧都に物の怪のことを口にしていません。

確かに、僧都としてはそう捉えるしかなく、また実際に、取り憑いていた僧の死霊を調伏したのでした。しかし手習巻で見たように、死を選ぼうとして果たせなかった浮舟に残されていた選択肢は出家しかなく、その苦悩は到底僧都の知るところではありませんでした。浮舟が出家を懇願した動機は、物の怪の妨げを逃れたいという消極的なものではなかったはずなのです。

一方、薫はと言えば、もともと自分は浮舟を特別に思っていたわけではなく、跡形もなく消え失せた事情もよくわからないと述べた上で、出家したと聞いてむしろ安心したと、何気ないふうを装います。そして、母親が浮舟を恋い慕い悲しんでいるゆえ知らせたいが、僧都や妹尼が内密にしていたことを考えると、母親が会いに来れば面倒なことにもなりそうだと言って、暗に圧力をかけます。いわば浮舟の母親を「出し」にして、浮舟の所在を探ろうというわけです。

僧都は、薫の申し出を聞いて、薫を浮舟に会わせてよいものかどうか悩みます。出家させたのが軽率な行為であったにせよ、浮舟は現に尼になっているのですから、男を近づけることは罪を作ることにつながりかねません。さりとて、貴顕のこのような申し出を無下に退ける訳にもいかず、とうとう月が改まってから——すなわちその日四月九日から数えて二十日余りのちに、人に案内させることを約束します。

薫は、気の長い話だとは思うものの、急かすようなことを言うのも見苦しいので、そこで妥協します。そして、僧都に浮舟のところへ紹介状を書いてもらうことにし、しかも、薫の名は伏せておくよう指示するのでした。薫は、連れて来ていた浮舟の弟（継父常陸介の子）を文使いとして遣わすことにします。僧都がみずから手紙で、薫だとは知らせずに、ただ訪ねて来た人がいると伝えれば、浮舟も信用するだろうという思わくです。しかも手紙を携えて来たのは、浮舟の弟となれば、いやとは言うまいという念の入れよう、用意周到ぶりです。

浮舟との間の仲介を承諾した僧都も、この申し出にはさすがに従えず、僧侶である自分がそうすることは罪を作ることになる、薫みずから出向くのに差し障りはないだろうと答えます。僧侶である自分が引き合わせるのは問題だが、薫が近づくのは構わないというこの返答は、先に、男を近づけること自体が罪作りになりかねないと思ったことと矛盾します。自分の「落ち度」をひたすら弁明するかに見える僧都、浮舟に会わんがために本心は押し隠して体よく事を運ぼうとする薫。浮舟をめぐる二人の会話には、それぞれの思わくが透けて見えます。

僧都から罪作りという言葉を聞いた薫は、それを一笑に付して、自分は幼少の頃から道心が深く、「心の内は聖に劣り侍らぬものを」（九・370）とまで言い、最後には再び浮舟の母親を持ち出して、その気の毒な思いを晴らしてやるのが目的であるかのように述べ立てたのでした。結局僧都は、「いとゞたふときこと」（同）と、この申し出にも従うことになります。

### 浮舟と薫

この日浮舟は、深く繁る青葉の山に向かい、遣り水の蛍だけを昔を思い出すよすがとして、物思いにふけっていました。すると、はるか遠くまで見えるその谷の端から、蛍ならぬ数多くの光が見えてきます。特別に前払いをさせつつ山を下ってくる貴人の一行です。それが比叡山から都へ帰る薫だと聞いたとき、浮舟は「月日の過ぎゆくまゝに、むかしのことのかく思ひ忘れぬも、いまは何にすべきことぞ」（九・374）、月日は過ぎてゆくのだから、昔のことをこのように心に忘れなくても、今はどうなるはずもないと思い、その厭わしい記憶を阿弥陀仏を念ずることで紛らします。浮舟は、「むかし」と「いま」を隔てる「月日」を意識しています。今も忘れ得ぬ「むかし」の出来事は、もう過ぎ去ってしまったことで、もはやどうなるはずもないことです。むしろ浮舟は、時の流れによって忘れ得ぬ過去を押し流したいのです。

明くる四月一〇日、薫が僧都に頼んで書かせた手紙を持って、小君は小野を訪ねます。薫は前日の帰りがけに小野へ小君を遣わすこともできたのですが、薫の一行は人目につくので、何かと噂されることを憚っていったん都に帰り、日を改めて小君だけを小野へ差し向けたのでした。

この日の早朝、小君が到着する前に、僧都は自ら手紙を小野妹尼宛に出してありました。前日自分が薫に頼まれた手紙が、すでに小野に届いていると思っていた僧都は、出家させたことを後悔しているという気持ちを重ねて浮舟に伝えるよう、小野の人々に頼んだのでした。先に薫から頼まれて書いた浮舟宛の手紙が、後で届いたことになります。その手紙には、浮舟発見から出家までの事情を薫に話したこと、事情を知ってみれば、出家させたことがかえって仏の責めを負う行為であって驚いていること、薫との縁を損なわず、薫の浮舟に対する「愛執(あいしふ)の罪(つみ)」(九・380)を晴らして欲しいことなどがしたためられていました。

僧都がこの日の早朝に二通目の手紙を書いたのは、この始めの手紙だけでは、浮舟に自分の率直な気持ちが伝わっていなかったかもしれないと思ったからでしょう。要するに僧都は、浮舟に還俗を勧めたのでした。還俗して薫のもとへ戻ることが、浮舟にとってあるべき幸福な人生だと僧都は考えたのです。僧都は最後まで、入水未遂に至るまでの浮舟の苦悩を知るべくもありませんでした。

後で書いた、僧都の率直な後悔の念が記された手紙が先に届いたので、事情を知らない小野の人々は驚きます。浮舟は黙って答えません。浮舟が、「大将殿」すなわち薫と関わりがあるらしいことがわかるのみです。続いて僧都の手紙を携えて訪れた小君が、たいそう上品で美しく着飾った姿で現れたので、確かに高貴な身分の人物の使いであると知られ、さらに僧都の手紙を見れば、薫と浮舟の関係が、深い愛情で結ばれた間柄であったらしいことが明らかになります。二通の手紙の先後をあえて逆にしたことで、小野の人々が浮舟の素性を知るという、場面をドラマティックに盛り上げる語り方となっています。

## 浮舟と母

こうして、それまで身分を隠していた女が、初めて貴顕に愛される身分であったと知られる、という趣で話は展開します。当時の読者の中には、このまま浮舟が薫のもとへと引き取られ、ハッピーエンドで終わることを、僧都と同様に期待する向きがあったかもしれません。しかし、これまで丹念に浮舟の物語をたどって来た私たちには、問題はそのような次元のものではないことがよくわかっています。

浮舟は小君を見て、何より母の様子を知りたいと思いますが、尼となって面変わりした顔を見せるのをためらいます。そして、記憶が完全には甦っていないことを装い、失踪時には正気も失せていたと真相を隠しながら、母だけが心を離れず、もし存命であれば母だけに対面したい、僧都が言う方（薫）には、生きているとは知られたくない、何かの間違いだと伝えて欲しいと言い切るのでした。

ようやく小君から薫の手紙を受け取り、浮舟の「罪」（匂宮との関係や許しを得ない出家など）を許すといい、遠回しに浮舟との対面を求めた文面を見ても、その思いは変わりませんでした。もはや自分の意志に反して薫に見出されることを厭わしく思うだけです。全く相手のことは思い出せず、夢かと思うので手紙は薫のもとへ返して欲しいと言うのが精一杯のところでした。こうして、小君が浮舟の返事を持たずに帰って来たので、薫は興ざめて、使いなど遣わしたことを悔い、誰かが浮舟を隠し据えているのだろうかと思うことしきりでした。

僧都をはじめ周囲の人々の期待を裏切り、追いすがる薫をはるか遠くへ突き放して、浮舟は浮舟の道を歩いて行こうとします。しかし、恋愛も観音も信じない浮舟、この世界に生きる必要のない身と信じた浮舟の心の中を大きく占めていたものが、ただ一つありました。母の存在です。母だけが、全てを捨てて生き始めた浮舟の、ただ一つの拠り所でした。『源氏物語』は、長い長い物語の最後に、母を慕う女主人公を描いて終わります。浮舟は母と再会を果たすのでしょうか。母を恋い慕う物語は、仮に母との再会を描いたならばそれで終わります。それを永遠に終わらせないためには、たとえば、亡き母を恋い慕う少年が、その後の主人公となって、物語を引き継がねばなりません。

その主人公は、既にはるか昔のことですが、物語の舞台に登場していました。浮舟出家から数えて七〇年余り前、三歳で母を喪った少年、光源氏です。浮舟の物語は円環が閉じられるように、光源氏の物語へとつながりつつ終わります。母を慕う壮大な物語は、「いづれの御時(おほむとき)にか、女御(にようご)、更衣(かうい)あまたさぶらひ給ひける」時から、再び始まるのです。

# 主な参考文献

## 引用本文

「源氏物語」柳井滋・室伏信助・大朝雄二・鈴木日出男・藤井貞和・今西祐一郎校注
今井久代・陣野英則・杉岡智之・田村隆編集協力『源氏物語』一〜九　岩波文庫
「紫式部集」南波浩校注『紫式部集　付大弐三位集・藤原惟規集』同
「紫式部日記」山本淳子訳注『紫式部日記』角川ソフィア文庫
「伊勢物語」石田穣二訳注『新版 伊勢物語』同
「宇津保物語」室城秀之訳注『新版 うつほ物語』二　同
「枕草子」河添房江・津島知明訳注『新訂 枕草子』上　同
「更級日記」西下経一校注『更級日記』岩波文庫
「古今和歌集」高田祐彦訳注『新版 古今和歌集』角川ソフィア文庫
「小倉百人一首」島津忠夫訳注『新版 百人一首』同
「源氏物語玉の小櫛」『本居宣長全集』四　筑摩書房（昭和四四年）
「紫文要領」同
「日本文学の発生 序説」『折口信夫全集』七　中公文庫（昭和五一年）
＊「源氏物語玉の小櫛」「紫文要領」「日本文学の発生 序説」の旧漢字は新漢字に改めた。
また、ルビと原文にない濁点は引用者による。

## 注釈書・事典

玉上琢彌『源氏物語評釈』角川書店

石田穣二・清水好子校注『新潮日本古典集成　源氏物語』新潮社
鈴木日出男ほか校注『新日本古典文学大系　源氏物語』岩波書店
阿部秋生ほか校注『新編日本古典文学全集　源氏物語』小学館
前掲『源氏物語』岩波文庫
池田亀鑑編『源氏物語事典』東京堂出版
秋山虔編『王朝語辞典』東京大学出版会
小町屋照彦・倉田実編『王朝文学文化歴史大事典』笠間書院

**単行本**

＊平安時代に関するもの

家永三郎『日本思想史に於ける宗教的自然観の展開』昭和一九年　創元社
勝浦令子『女の信心─妻が出家した時代─』平成七年　平凡社選書
加納重文『平安文学の環境─後宮・俗信・地理─』平成二〇年　和泉書院
近藤好和『装束の日本史　平安貴族は何を着ていたか』平成一九年　平凡社新書
西郷信綱『古代人と夢』平成五年　平凡社ライブラリー（昭和四七年初版）
工藤重矩『平安朝の結婚制度と文学』平成六年　風間書房
工藤重矩『平安朝律令社会の文学』平成五年　ぺりかん社
高橋和夫『平安京文学』昭和四九年　赤尾照文堂
中村義雄『王朝の風俗と文学』昭和三七年　塙書房
西口順子『女の力　古代の女性と仏教』昭和六二年　平凡社選書
服部敏良『平安時代医学の研究』昭和五五年　科学書院（昭和三〇年　桑名文星堂初版）

春名好重『古筆百話』昭和五九年　淡交社
服藤早苗『平安朝の母と子　貴族と庶民の家族生活史』平成三年　中公新書
服藤早苗『平安朝の父と子　貴族と庶民の家と養育』平成二二年　中公新書
増田繁夫『平安貴族の結婚・愛情・性愛』平成二一年　青簡社
村井康彦『よみがえる平安京』平成七年　淡交社
目崎徳衛『出家遁世』昭和五一年　中公新書
森田　悌『受領』昭和五八年　教育社歴史新書
山口　博『王朝貴族物語』平成六年　講談社現代新書
横尾　豊『平安時代の後宮生活』昭和五一年　柏書房
山中　裕・鈴木一雄編『平安時代の信仰と生活』平成六年　至文堂
山中　裕・鈴木一雄編『平安時代の儀礼と祭事』同
山中　裕・鈴木一雄編『平安貴族の環境』同
有精堂編集部編『平安貴族の生活』昭和六〇年　有精堂

＊『源氏物語』に関するもの
秋山　虔『源氏物語の世界』昭和三九年　東京大学出版会
秋山　虔・三田村雅子『源氏物語を読み解く』平成一五年　小学館
秋山光和『王朝絵画の誕生「源氏物語絵巻」をめぐって』昭和四三年　中公新書
阿部秋生『源氏物語研究序説』昭和三四年 東京大学出版会
阿部秋生『光源氏論　発心と出家』平成元年　東京大学出版会
伊藤　博『源氏物語の原点』昭和五五年　明治書院
今井源衛『改訂版源氏物語の研究』昭和五六年　未来社（昭和三七年初版）

## 主な参考文献

今井源衛『源氏物語への招待』平成四年　小学館
大野　晋・丸谷才一『光る源氏の物語（上・下）』平成六年　中公文庫（平成元年初版）
尾崎左永子『源氏の薫り』昭和六一年　求龍堂
後藤祥子『源氏物語の史的空間』昭和六〇年　東京大学出版会
小山利彦『源氏物語と風土―その文学世界に遊ぶ』昭和六二年　武蔵野書院
西郷信綱『源氏物語を読むために』昭和五八年　平凡社
斎藤暁子『源氏物語の研究』昭和五四年　教育出版センター
篠原昭二『源氏物語の論理』平成四年　東京大学出版会
清水好子『源氏物語論』昭和四一年　塙書房
清水好子『源氏の女君　増補版』昭和四二年　塙新書
清水好子『源氏物語の文体と方法』昭和五五年　東京大学出版会
鈴木日出男『源氏物語虚構論』平成一五年　東京大学出版会
鈴木日出男『源氏物語歳時記』平成元年　ちくまライブラリー
高田祐彦『源氏物語の文学史』平成一五年　東京大学出版会
玉上琢彌『源氏物語研究』昭和四一年　角川書店
角田文衛・加納重文『源氏物語の地理』平成一一年　思文閣出版
中井和子『源氏物語と仏教』平成一〇年　東方書店
原岡文子『源氏物語の人物と表現　その両義的展開』平成一五年　翰林書房
日向一雄『源氏物語の王権と流離』平成元年　新典社
藤原克己ほか『源氏物語　におう、よそおう、いのる』平成一八年　ウェッジ選書
藤井貞和『源氏物語の始源と現在』平成二年　砂子屋書房

藤河家利昭『源氏物語の源泉受容の方法』平成七年　勉誠社
藤本勝義『源氏物語の想像力』平成四年　笠間書院
増田繁夫『源氏物語の〈物の怪〉』平成六年　笠間書院
藤田繁夫『源氏物語と貴族社会』平成一四年　吉川弘文館
増田繁夫『源氏物語の人々の思想・倫理』平成二二年　和泉書院
丸山キヨ子『源氏物語の仏教』昭和六〇年　創文社
三角洋一『源氏物語と天台浄土教』平成八年　若草書房
三角洋一『宇治十帖と仏教』平成二三年　若草書房
三田村雅子『源氏物語──物語空間を読む』平成九年　ちくま新書
三田村雅子『源氏物語　感覚の論理』平成八年　有精堂
紫式部顕彰会『京都源氏物語地図』平成一九年　思文閣
山田孝雄『源氏物語の音楽』昭和九年　宝文館出版（昭和五三年復刻版）

**論文**

玉上琢彌「源氏物語の構成」『源氏物語研究』昭和四一年　角川書店
鈴木日出男「薫論おぼえがき」『源氏物語作中人物論集』昭和五四年　笠間書院
今西祐一郎「『浮舟』覚書」『論集中古文学5　源氏物語の人物と構造』昭和五七年　笠間書院
西口順子「日本史上の女性と仏教─女人救済説と女人成仏をめぐって─」『国文学　解釈と鑑賞』平成三年　至文堂
三田村雅子「作品のなかの女性と仏教・『源氏物語』」同
白土わか「『法華経』・『無量義経』・『転女成仏経』における女人救済」同
坂本共展「末摘花」同

藤河家利昭「桐壺巻の方法―『いかまほしきは命なりけり』の歌について―」『源氏物語の源泉受容の方法』平成七年　勉誠社
久保田淳「女人遁世」『中世文学の時空』平成一〇年　若草書房（初出『岩波講座日本文学と仏教』第四巻　平成六年）
松井健児「『源氏物語』の贈与と饗宴―玉鬘十帖の物語機構」『日本文学研究論文集成7源氏物語』2　平成一一年　若草書房
三田村雅子「衣」　三田村 雅子・日向 一雅・藤原 克己『源氏物語　におう、よそおう、いのる』平成一八年　ウェッジ選書
藤本勝義「王朝文学と夢・霊・陰陽道」『平安文学と隣接諸学』2　平成一九年　竹林舎
勝浦令子「『源氏物語』の出家」『平安文学と隣接諸学』3　平成一九年　竹林舎
上野辰義「宇治の大君の道心をめぐって」『源氏物語の展望』第四輯　平成二〇年　三弥井書店
森　一郎「宇治の大君と中君」同
五島邦治「王朝貴族の生と死」『源氏物語を読む』平成二〇年　吉川弘文館

**叢書所収論文**

山岸徳平・岡一男監修『源氏物語講座』全八巻別巻　有精堂
森　一郎「源氏物語の構成と構造」第二巻　昭和四六年
藤村　潔「源氏物語の第三部について」同
大朝雄二「藤壺」第三巻　昭和四六年
早坂礼吾「帚木・空蟬・夕顔」同
玉上琢彌「若紫」同
石川　徹「末摘花」同
伊藤　博「澪標」同
池田利夫「蓬生・関屋」同
森藤侃子「松風・薄雲・槿」同
金田元彦「常夏・篝火・野分・行幸・藤袴・真木柱」同
常磐井和子「匂宮・紅梅・竹河」第四巻　昭和四六年
秋山光和「源氏物語の絵画論」第五巻　昭和四六年

三谷栄一「源氏物語における民間信仰―御霊信仰を中心として―」同
丸山キヨ子「源氏物語と漢詩文―特に白氏文集との関わりについて―」第八巻　昭和四七年

**秋山虔・木村正中・清水好子編『講座源氏物語の世界』全九集　有斐閣**

室伏信助「空蝉物語の方法――帚木三帖をめぐって」第一集　昭和五五年
増田繁夫「品定まれる人、空蝉」同
三谷栄一「夕顔物語と古伝承」同
加納重文「市井の陋屋」同
篠原昭二「廃院の怪」同
秋山　虔「桐壺帝と桐壺更衣」同
南波　浩「紫の上の発見」第二集　昭和五五年
清水好子「朧月夜に似るものぞなき」同
坂本　昇「前坊の御息所論」第三集　昭和五六年
大朝雄二「六条御息所の苦悩」同
山本利達「斎宮と斎院」同
石川　徹「葵の上の生涯」同
後藤祥子「藤壺の叡智」同
細野はるみ「花散る里をたづねてぞとふ」同
藤岡忠美「離別の構造」同
寺本直彦「須磨のわび住まい」同
秋山　虔「播磨前司、明石の入道」同
木村正中「受領の女、明石の君」同
伊藤　博「光源氏復権」同
今西祐一郎「古代の人、末摘花」第四集　昭和五五年
大朝雄二「冷泉院の後宮」同
森　一郎「栄華と道心」同
田坂憲二「桂の院の風雅」同
清水好子「藤壺の死」同
小町谷照彦「朝顔巻の構想」同
野口元大「夕霧元服と光源氏の教育観」第五集　昭和五六年
増田繁夫「大学寮」同
武原　弘「夕霧の幼な恋」同
野村精一「六条院の四季の町」同
森本　茂「初瀬詣」同
山中　裕「六条院と年中行事」同
小町谷照彦「光源氏と玉鬘（1）」同

鷲山茂雄「蛍兵部卿宮」同
稲賀敬二「近江の君登場」同
三谷邦明「夕霧垣間見」同
原田敦子「野分の美」同
篠原昭二「式部卿宮家」同
沢田正子「大原野の行幸」同
後藤祥子「尚侍玉鬘」同
三田村雅子「梅花の美」第六集　昭和五六年
加納重文「薫物と手本」同
大朝雄二「女三の宮の降嫁」同
小町谷照彦「紫の上の苦悩」同
清水好子「朧月夜再会」同
石田穣治「六条院の女楽」同
深沢三千男「五十日の祝」第七集　昭和五七年
増田繁夫「鈴虫巻の世界」同
森　一郎「まめ人夕霧」同
稲賀敬二「紅梅巻の世界」同

**今井卓爾ほか編『源氏物語講座』全10巻　勉誠社**
藤田加代「空蟬」第2巻　平成三年
依田瑞穂「秋好中宮」同

篠原昭二「竹河の薫―薫論（1）」同
坂本和子「八の宮」第八集　昭和五八年
石原昭平「宇治の伝承」同
今井源衛「宇治の山里」同
篠原昭二「道心と恋―薫論（2）」同
清水好子「宇治の中宿り――作中人物の歌」同
鷲山茂雄「大君思慕――薫論（3）」同
高橋　亨「大君の結婚拒否」同
増田繁夫「大君の死」同
藤井貞和「形代浮舟」同
秋山　虔「常陸介と左近少将」第九集　昭和五九年
武者小路辰子「中将の君」同
篠原昭二「都の薫」同
柳井　滋「初瀬の観音の霊験」同
後藤祥子「手習いの歌」同
阿部秋生「現世と彼岸」同

辻　和良「夕霧」同
稲垣智花「近江の君――ある〝愚か者〟の場合――」同

赤塚雅己「髭黒大将」同
宮川葉子「落葉宮」同
中島あや子「なにがし院の怪―夕顔巻―」第3巻　平成四年
村井利彦「紫のゆかり――若紫と以後の巻々――」同
増田繁夫「桐壺帝の後宮―桐壺巻―」同
山本トシ「おぼろ月夜の恋―花宴巻―」同
原田敦子「六条院の栄華―少女巻・玉鬘十帖―」同
原　陽子「女一の宮物語のゆくえ」第4巻　平成四年
後藤祥子「常陸介と中将の君」同
仁平道明「いろごのみの皇子」同
中嶋朋恵「宇治の世界―橋姫巻―同

**増田繁夫・鈴木日出男・伊井春樹編『源氏物語研究集成』全15巻　風間書房**

伊井春樹「玉鬘十帖の主題」第1巻　平成一〇年
今井久代「紫上物語の主題」同
藤原克己「源氏物語における伝承の型と話型」第8巻　平成一三年
藤本勝義「もののけ――屹立した独自性」同
池田節子「誕生――葵の上の出産場面と出産描写史」第11巻　平成一四年
松岡智之「死―紫の上を中心に」同
原岡文子「女房――宇治十帖を中心に」同
植田恭代「元服・裳着――源氏物語にみる成人儀礼」同

**鈴木一雄監修『源氏物語の鑑賞と基礎知識』全43巻　至文堂**

池田　勉「須磨の巻についての覚え書」2須磨　平成一〇年
高橋和夫「須磨巻について―「源氏物語」の創作過程」同
袴田光康「明石物語の人々とその原点―「明石」巻の諸問題と研究史的展望―」11明石　平成一二年
高橋和夫「親王と二世女王―故常陸宮と末摘花」13末摘花　平成一二年
川名淳子「絵画的イメージと物語の叙述―『源氏物語絵巻』「蓬生」段から遡及して―」36蓬生・関屋　平成一六年
三角洋一「蓬生巻の短編的手法・続」同
長谷川政春「末摘花―「唐衣」の女君―」同

坂本共展「末摘花と空蝉」同
高田祐彦「光源氏の復活」20絵合・松風　平成一四年
岡部明日香「明石の君と七弦琴—松風巻の醍醐皇統—」同
菊池　真「平安貴族の別荘ライフ—『源氏物語』の桂川沿岸別荘群—」同
倉田　実「明石姫君の袴着—養女となる次第—」同
藤本勝義「斎宮女御と皇妃の年齢—「薄雲」巻の構造をめぐって—」同
宮崎荘平「猫の文学形象」34若菜下（前半）平成一六年
細野はるみ「平安女性の出家とその後」35若菜下（後半）平成一六年
鈴木宏子「朝顔と女郎花」41宿木（前半）平成一七年
藤本勝義「女二宮を娶る薫—『宿木』巻の連続する儀式の意義をめぐって—」42宿木（後半）平成一七年
石田穣二「宿木の巻について—宇治十帖の構造—」同（初出『文学論藻』昭和五七年）

**室伏信助監修（西沢正史企画監修）・上原作和編『人物で読む源氏物語』全20巻　勉誠社**

藤本勝義「源氏物語の物の怪—生霊をめぐって—」第7巻　平成一七年
吉田幹生「六条御息所の生霊化」同
今井　上「平安朝の遊離魂現象と源氏物語—葵巻の虚と実—」同
袴田光康「明石の君の楽——箏と琵琶をめぐって——」同
藤本勝義「〝ゆかり〟超越の姫君—玉鬘—」第13巻　平成一八年（初出『人物造型からみた源氏物語』至文堂平成一〇年）
呉羽　長「玉鬘論——その容姿・性格表現と物語展開の連関をめぐって——」同
木谷眞理子「鈴虫巻の女三宮」第15巻　平成一八年

## あとがき

市民講座で『源氏物語』全編を読み終えたのは、もう九年前になる。桐壺巻から夢浮橋巻まで八年半をかけた。「はじめに」で、終わりにたどり着いた時しばらくは他の本が色褪せて見え、読む気にならなかったと記したのは偽らざる実感である。本書は、その機会に書いて受講生の皆さんに配布したレジュメがもとになっている。八〇回にわたったので大部になった。手にとってくださった方が初めて『源氏物語』という山に分け入る際の、伴侶となることができれば幸いである。題はその意味をこめて本居宣長の名著のタイトルを借りた。この「読書」は、私自身にとっても「初山踏」であったし、これからもそれは続くと思っている。

大石嘉美　おおいしよしみ
静岡県藤枝市生まれ
浜松文芸館・笠井文学セミナー講師
著書
『文学の言葉　解釈の諸相』
『四季の読書』
『書物の宴』

# 源氏初山踏（げんじういやまぶみ）

二〇二五年三月十五日初版第一刷発行

著　者　大石嘉美
装　丁　長田年伸
発行者　上野勇治
発　行　港の人
神奈川県鎌倉市由比ガ浜三―一一―四九
〒二四八―〇〇一四
電話〇四六七―六〇―一三七四
ファックス〇四六七―六〇―一三七五
www.minatonohito.jp

印刷製本　シナノ印刷

ISBN978-4-89629-453-8